À la table d'Hitler

À la table d'Hitler

V. S. ALEXANDER

Traduit de l'anglais (États-Unis)
par Raphaëlle O'Brien

City
Roman

Publié pour la première fois par Kensington Books, une marque de Kensington Publishing Corp., sous le titre *The Taster*.
Couverture : © Kensington Books

ISBN : 978-2-8246-1905-7
Code Hachette : 71 0429 3

Collection dirigée par Christian English et Frédéric Thibaud
Catalogues et manuscrits : city-editions.com

Dépôt légal : Août 2021

À James E. Gunn,
qui a allumé le feu

PROLOGUE

Berlin, 2013

Qui a tué Adolf Hitler ? La réponse se trouve dans ces pages. Les circonstances de sa mort font l'objet de débats depuis 1945, mais je connais la vérité. J'y étais.

Maintenant, je suis veuve, âgée et sans enfants, seule dans une maison remplie de souvenirs aussi amers que des cendres. Ni les tilleuls au printemps, ni les lacs bleus en été ne m'apportent plus la moindre joie.

Moi, Magda Ritter, j'étais l'une des quinze femmes qui ont goûté la nourriture d'Hitler, car il avait une peur obsessionnelle d'être empoisonné par les Alliés ou un traître quelconque.

Après la guerre, personne, à l'exception de mon mari, n'a su ce que j'avais fait. Je n'en ai pas parlé. Je ne pouvais pas. Mais les secrets que j'ai gardés pendant tant d'années doivent être libérés de leur prison intérieure. Il ne me reste plus beaucoup de temps à vivre.

Je connaissais Hitler. Je l'ai vu arpenter les couloirs du Berghof, sa retraite montagneuse, et je l'ai suivi dans le dédale de la Wolfsschanze, sa « Tanière du loup », son quartier général en Prusse-Orientale. J'étais près de lui lors de son dernier jour dans les profondeurs sépulcrales de son bunker berlinois. Souvent, il était entouré d'admirateurs, entre lesquels sa tête oscillait comme une bouée sur la mer.

Pourquoi personne n'a tué Hitler avant qu'il ne meure dans son bunker ? Une facétie du destin ? Son étrange capacité à éviter la mort ? Des complots ont été ourdis pour l'assassiner et, parmi eux, beaucoup ont avorté. Un seul a réussi à blesser le Führer. Cette tentative n'a fait que renforcer sa croyance en la providence, son droit divin de gouverner comme bon lui semblait.

Mon premier souvenir de lui remonte à 1932, lors d'un rassemblement du Parti à Berlin. J'avais quinze ans à l'époque. Il se tenait sur une plateforme en bois et s'adressait à une petite foule qui grossissait de minute en minute, à mesure que la nouvelle de son apparition sur la Potsdamer Platz se répandait. Des nuages gris crachaient de la pluie en ce jour de novembre, mais chaque mot qu'il prononçait explosait dans l'air jusqu'à ce que la foule rayonne de chaleur et de rage envers les ennemis du peuple allemand. À chaque coup de poing sur sa poitrine, le ciel tremblait. Il portait un uniforme marron, une ceinture en cuir noir passée en travers de la poitrine, l'écusson rouge, blanc et noir de sa croix gammée bien en évidence sur son bras gauche. Un pistolet était accroché à son flanc. Il n'était pas particulièrement beau, pourtant ses yeux vous tenaient captif de leur puissante emprise. Des rumeurs circulaient, selon lesquelles il avait voulu être architecte ou artiste ; moi, j'ai toujours pensé qu'il aurait été un meilleur conteur, si seulement il avait laissé son imagination s'exprimer en mots plutôt qu'en actes malveillants.

Il hypnotisait une nation entière, provoquant des émeutes soulevées par l'euphorie, chez ceux qui croyaient au nouvel ordre étincelant dessiné par le national-socialisme. Mais nous ne l'avons pas tous vénéré comme le sauveur de l'Allemagne. Certainement pas tous les « bons Allemands ». Ma nation a-t-elle été coupable d'engendrer le plus célèbre dictateur que le monde ait jamais connu ?

Un culte s'est développé autour d'Hitler, avec la même intensité après sa mort que du temps de son vivant. Les membres de ce culte sont fascinés par l'horreur et la destruction où il a précipité le monde comme l'aurait fait le diable. Il faut être adorateur fanatique du Führer ou étudiant en psychologie humaine pour se demander : « Comment un homme peut-il être aussi mauvais ? » Quoi qu'il en soit, ces disciples ont aidé Hitler dans sa quête d'une vie éternelle.

J'ai lutté contre les actes horribles perpétrés par le Troisième Reich et contre la place singulière que m'a octroyée l'histoire. Ce que j'ai vécu doit être raconté. Parfois, la vérité me submerge et m'horrifie, comme si je tombais sans fin dans un puits sombre. Cependant, au cours de ce processus, j'ai découvert beaucoup de choses sur moi-même et sur l'humanité. J'ai aussi découvert la cruauté des hommes qui créent des lois pour servir leurs propres intérêts.

***

La vie m'a punie et des cauchemars hantent mon sommeil. Il n'y a pas d'échappatoire aux horreurs du passé. Peut-être mes lecteurs ne me jugeront-ils pas aussi durement que je l'ai fait moi-même.

Le salon de thé
LE BERGHOF

1

Une étrange peur s'empara de Berlin, aux premiers jours de 1943.

L'année précédente, quand j'avais levé les yeux vers le ciel, lorsque retentissaient les sirènes annonçant un raid aérien, je n'avais rien vu à part de hauts nuages qui flottaient en traînées blanches au-dessus de moi. Les bombes des Alliés ne causaient que peu de dégâts et nous autres, Allemands, nous pensions en sécurité. À la fin du mois de janvier 1943, mon père devina que nous entamions le prélude d'une pluie de destruction ardente.

—Magda, tu devrais quitter Berlin, décréta-t-il au début des bombardements. C'est trop dangereux ici. Va chez l'oncle Willy à Berchtesgaden. Tu seras en sécurité là-bas.

Ma mère était d'accord. Je ne voulais pas suivre leur plan, car je n'avais rencontré ma tante et mon oncle qu'une seule fois, alors que j'étais toute petite. Le sud de l'Allemagne me semblait se trouver à des milliers de kilomètres. J'aimais Berlin et je voulais rester dans le petit immeuble où nous vivions, dans Horst-Wessel-Stadt. Nos vies, et tout ce que j'avais connu, tenaient sur un seul étage. Je voulais être normale. Après tout, la guerre se passait bien. C'était ce que le Reich nous disait.

Tout le monde à Horst-Wessel-Stadt croyait que le quartier serait bombardé. De nombreuses industries se trouvaient là, dont l'usine de freins où travaillait mon père. Un premier bombardement allié eut lieu le 30 janvier à 11 heures du matin, pendant que Hermann Göring, le Reichsmarschall, prononçait un discours à la radio. Le second eut lieu plus tard dans la journée, au moment où le ministre de la Propagande, Joseph Goebbels, parlait. Les Alliés avaient bien planifié leurs attaques : les deux discours furent interrompus par les raids.

Mon père était au travail pendant le premier, mais à la maison au moment du second. Nous avions déjà décidé que nous nous rassemblerions dans la cave pendant les raids aériens, avec Frau Horst, qui vivait au dernier étage de notre immeuble. Nous ne nous doutions pas, à cette époque, de la capacité de destruction des bombardiers alliés, de la terrible dévastation qui pouvait tomber du ciel sous la forme des nuages noirs et sifflants des bombes. Hitler avait déclaré que le peuple allemand serait protégé de semblables terreurs et nous l'avions cru. Même les garçons que je connaissais et qui combattaient dans la Wehrmacht gardaient cette pensée dans leur cœur. Nous étions propulsés par le sentiment d'accomplir une destinée.

—On devrait descendre à la cave maintenant, lançai-je à ma mère quand la deuxième attaque débuta.

Je criai les mêmes mots à Frau Horst en haut de la cage d'escalier, non sans ajouter :

—Vite ! Dépêchez-vous !

La vieille femme sortit la tête de son appartement.

—Aidez-moi. Je ne peux pas faire vite. Je ne suis plus aussi jeune qu'avant.

Je me précipitai dans l'escalier pour la trouver, armée d'un paquet de cigarettes et d'une bouteille de cognac. Je l'en délestai et nous parvînmes à la cave avant que les bombes ne commencent à tomber. Nous avions l'habitude de nous retrouver dans le noir. Aucun bombardier allié ne pouvait voir la lumière provenant de notre sous-sol sans fenêtre. La première explosion nous parut lointaine et je n'étais pas inquiète.

Frau Horst alluma une cigarette et offrit un cognac à mon père. Apparemment, les cigarettes et l'alcool étaient les deux biens qu'elle emporterait dans sa tombe. Des grains de poussière tombèrent autour de nous. La vieille dame désigna les poutres en bois au-dessus de nos têtes et déclara :

—Qu'ils aillent au diable !

Mon père hocha la tête sans enthousiasme. L'ancien fourneau à charbon crachotait dans un coin, mais il n'était pas en mesure de chasser les courants d'air glacés qui se frayaient un chemin à travers la pièce. Nos souffles gelés brillaient sous l'éclat de l'ampoule dénudée.

Un souffle plus proche retentit à nos oreilles et l'électricité fut coupée. Il y eut un éclat de lumière orangée au-dessus de nos têtes, si proche que nous apercevions sa traînée ardente à travers les fissures qui entouraient la porte du sous-sol. Un nuage de poussière tourbillonna dans l'escalier. Du verre se brisa quelque part dans l'immeuble. Mon père nous attrapa par les épaules, ma mère et moi, nous fit passer devant lui et protégea nos têtes en s'arc-boutant au-dessus de nous.

—C'était tout près, marmonnai-je, en tremblant contre le torse de mon père.

Frau Horst sanglotait dans un coin.

Le bombardement se termina presque aussi vite qu'il avait commencé et nous grimpâmes l'escalier obscur qui nous ramenait à notre appartement. Frau Horst nous souhaita une bonne soirée et nous quitta. Ma mère ouvrit notre porte et se mit en quête d'une bougie à la cuisine. Par la fenêtre, nous vîmes un panache de fumée noire s'échapper d'un immeuble situé à quelques pâtés de maisons. Ma mère trouva une allumette et la frotta.

Elle poussa un cri. Le vaisselier s'était ouvert, projetant sur le sol plusieurs pièces de porcelaine fine que lui avait offertes sa grand-mère. Elle se pencha pour réunir les morceaux en une petite pile, essayant de les assembler comme elle l'aurait fait avec les pièces d'un puzzle.

Un vase en verre taillé, qui avait beaucoup de valeur aux yeux de ma mère, s'était également brisé en plusieurs morceaux. Elle faisait pousser des géraniums et des iris violets dans le petit jardin derrière notre immeuble. Elle coupait les iris lorsqu'ils fleurissaient et les plaçait dans ce vase, sur la table de la salle à manger. Leur parfum capiteux se diffusait dans toutes nos pièces. Mon père disait que ces fleurs le rendaient heureux parce qu'il avait demandé ma mère en mariage à l'époque de l'année où fleurissaient les iris.

—Nos vies sont devenues fragiles, constata-t-il en portant un regard triste sur les dégâts.

Au bout de quelques minutes, ma mère, qui avait abandonné l'espoir de reconstruire les tasses de porcelaine et le vase, les jeta à la poubelle.

Nouant ses cheveux noirs en chignon, elle alla chercher un balai dans la cuisine.

—Nous devons faire des sacrifices, cria-t-elle.

—C'est absurde, répliqua mon père. Nous avons de la chance d'avoir une fille et non un fils, sinon, nous aurions sans doute à prévoir ses funérailles sous peu, j'en ai bien peur.

Ma mère apparut à la porte de la cuisine, le balai à la main.

—Tu ne devrais pas dire des choses pareilles. Cela fait mauvaise impression.

—À qui ? s'étonna mon père en secouant la tête.

—À Frau Horst. À nos voisins. À tes collègues de travail. Qui sait ? Nous devons faire attention à ce que nous disons. De telles déclarations, même de simples rumeurs, pourraient se retourner contre nous.

La lumière revint et mon père soupira.

—C'est le problème. Nous faisons attention à tout ce que nous disons et maintenant, en plus, nous devons faire face aux bombes. Il faut que Magda parte, qu'elle aille chez l'oncle Willy à Berchtesgaden. Peut-être même qu'elle pourra trouver du travail.

Au cours de mes vingt-cinq années d'existence, j'avais papillonné d'un emploi à l'autre, trouvant du travail dans une usine de vêtements, effectuant du classement pour un banquier, m'occupant de réapprovisionnement en tant que vendeuse, mais je me sentais perdue dans le monde du travail. Rien de ce que je faisais ne me semblait correct ou suffisant. Le Reich voulait que les filles allemandes soient des mères ; cependant, il voulait aussi qu'elles soient des travailleuses. Je suppose que c'était ce que je voulais aussi. Si vous aviez un travail, il fallait demander une permission pour le quitter. Comme je n'avais pas de travail, il était difficile de passer outre les souhaits de mon père. En ce qui concernait le mariage, j'avais eu quelques petits amis depuis mes dix-neuf ans, mais rien de sérieux. La guerre avait emporté beaucoup de jeunes hommes. Ceux qui étaient restés n'avaient pas réussi à conquérir mon cœur. J'étais vierge, mais je ne regrettais rien.

Dans les premières années de la guerre, Berlin avait été épargné. Quand les attaques commencèrent, la ville avança comme une somnambule, vivante mais inconsciente de ses mouvements. Les gens déambulaient, vides de sentiments. Des bébés naissaient, leurs parents les regardaient dans les yeux et leur disaient combien ils étaient beaux. Toucher une mèche de cheveux soyeuse ou pincer une joue ne garantissaient pas un avenir. Les jeunes hommes étaient envoyés sur les fronts, à l'Est et à l'Ouest. Dans les rues, on parlait de la lente descente aux enfers de l'Allemagne, avant de conclure immanquablement par : « Ça finira par aller mieux. » Les conversations sur la nourriture et les cigarettes étaient monnaie courante, mais pâlissaient face aux émissions qui claironnaient les nouvelles victoires remportées grâce aux luttes incessantes de la Wehrmacht.

Mes parents étaient les derniers d'une lignée de Ritter à vivre dans notre immeuble. Mes grands-parents avaient vécu ici jusqu'à ce qu'ils meurent chacun dans le lit où je dormais.

Ma chambre, la première pièce du couloir qui longeait la façade de l'immeuble, était mon domaine à moi, un endroit où je pouvais respirer. Aucun fantôme ne m'effrayait ici. Elle ne contenait pas grand-chose : le lit, une petite commode en chêne, une bibliothèque branlante et quelques objets que j'avais amassés au fil des ans, dont le singe en peluche que mon père avait remporté à un carnaval à Munich, lorsque j'étais enfant. Quand les bombardements commencèrent, je me mis à regarder ma chambre d'un autre œil. Mon sanctuaire prit un caractère sacré, extraordinaire, et chaque jour, je me demandais si sa tranquillité serait brisée comme un temple bombardé.

Le grand raid aérien suivant eut lieu le jour de l'anniversaire d'Hitler, le 20 avril 1943. Les banderoles, drapeaux et étendards nazis qui décoraient Berlin s'agitaient sous la brise. Les bombes causèrent quelques dégâts, mais la plus grande partie de la ville demeura intacte. Cette attaque fit également ressurgir toutes les peurs dont j'avais souffert durant mon enfance. Je n'avais jamais aimé les orages, surtout les éclairs et le tonnerre. L'intensité croissante des bombardements mettait mes nerfs à vif. Mon père insistait pour que je parte et, pour la première fois, je sentis qu'il avait peut-être raison. Cette nuit-là, il me regarda faire mon sac.

Je rassemblai quelques objets importants pour moi : un petit portrait de famille photographié en 1925, à une époque plus heureuse, et quelques carnets pour consigner mes pensées. Mon père me tendit mon singe en peluche, le seul souvenir que j'avais conservé de mes années d'enfance.

Le lendemain matin, ma mère versa des larmes en me regardant descendre l'escalier avec ma valise. Une pluie printanière éclaboussait la rue et l'odeur terreuse des arbres en bourgeons embaumait l'air.

—Prends soin de toi, Magda, dit ma mère en m'embrassant sur la joue. Garde la tête haute. La guerre sera bientôt terminée.

Je lui rendis son baiser et goûtai le sel de ses larmes. Mon père était au travail. Nous nous étions fait nos adieux la veille au soir. Ma mère m'agrippa les mains une dernière fois, comme si elle refusait de me laisser partir, puis les laissa retomber. J'empoignai mon sac et pris une voiture pour aller à la gare. Le trajet serait long jusqu'à ma nouvelle maison.

Heureuse d'avoir échappé à la pluie, je pénétrai dans la gare par l'entrée principale. Mes talons claquaient sur les pavés du trottoir. Je repérai la voie qui me conduirait jusqu'à Munich et Berchtesgaden et me plaçai dans la file d'attente sous la treille métallique du plafond voûté de la gare. Un jeune SS en uniforme gris vérifiait les papiers d'identité de chacun au moment de la montée à bord du train. J'étais une Allemande protestante, ni catholique ni juive, et assez jeune pour être bêtement convaincue de mon invincibilité. Plusieurs policiers des chemins de fer en uniforme vert se tenaient à côté de l'agent de sécurité qui gérait la file d'attente.

Le SS avait un beau visage racé, éclairé d'une paire d'yeux bleu acier. Ses cheveux bruns ondulaient en vagues sous sa casquette. Il examinait chaque voyageur comme s'il s'agissait d'un criminel potentiel, mais son comportement froid dissimulait ses intentions. Même s'il me mettait mal à l'aise, je ne doutais pas un instant d'être finalement autorisée à monter à bord. Il m'examina attentivement, scruta ma carte d'identité, prêtant une attention particulière à ma photographie avant de me la rendre. Après quoi, il m'adressa un léger sourire, sans aucune coquetterie, mais plein de timidité, comme s'il avait achevé un travail bien fait, et il fit signe au passager derrière moi de s'avancer. Mes papiers d'identité avaient passé son inspection avec succès. Peut-être avait-il apprécié ma photo. Je trouvais qu'elle me flattait. J'avais des cheveux brun foncé qui me tombaient aux épaules. Mon visage trop étroit, que mangeaient mes grands yeux noirs, me donnait un air d'Européenne de l'Est, ce qui me faisait ressembler à un portrait de

Modigliani. Certains hommes m'avaient dit que j'avais une beauté exotique pour une Allemande.

Le wagon, qui ne contenait pas de compartiments, seulement des sièges, était à moitié plein. Dans quelques mois, le train serait rempli de citadins désireux de partir pour une excursion estivale dans les Alpes. Les Allemands voulaient profiter de leur pays, même au milieu de la guerre. Un jeune couple, l'air très amoureux, était assis quelques rangées devant moi, au milieu du wagon, tête contre tête. Il lui chuchotait quelques mots à l'oreille, ajustait son Fedora puis tirait une bouffée sur sa cigarette. Des volutes de fumée bleutée flottaient au-dessus d'eux. La femme lui prenait de temps en temps la cigarette des mains afin d'en tirer une bouffée, elle aussi. Bientôt, de minces lignes de fumée grise s'étirèrent à travers le wagon.

Nous sortîmes de la gare dans la semi-obscurité de la pluie. Le train prit de la vitesse en s'éloignant de la ville et en passant devant les usines et les fermes au sud de Berlin. Je m'adossai à mon siège et sortis de ma valise un recueil de poèmes de Friedrich Rückert. Mon père me l'avait offert, il y avait plusieurs années, en pensant que j'apprécierais les écrits de cet auteur romantique. Je n'avais jamais pris le temps de les étudier. Le cadeau avait plus d'importance pour moi que les vers qu'il contenait.

Je fixais distraitement les pages d'un regard vide, l'esprit uniquement occupé par l'ancienne vie que je quittais et la nouvelle qui m'attendait. J'étais perturbée par le fait de m'éloigner autant de chez moi, mais Hitler et la guerre ne me laissaient pas d'autre choix.

Je tombai sur la dédicace de mon père quand il m'avait offert le livre. Il l'avait rédigée de la façon suivante : « Avec tout l'amour de ton père, Hermann. » Quand nous nous étions séparés, la veille au soir, il semblait plus vieux et plus triste que ses quarante-cinq ans n'auraient pu le laisser attendre, mais il était soulagé de pouvoir m'envoyer chez son frère.

Mon père marchait voûté à force de travailler courbé à l'usine de freins. La barbe grise qu'il rasait chaque matin témoignait des épreuves qu'il endurait quotidiennement sur le plan personnel, parmi lesquelles son aversion pour le national-socialisme et Hitler. Bien sûr, il ne parlait jamais de ces choses-là ; il ne faisait que quelques allusions à ses convictions politiques avec ma mère et moi. Son malheur le rongeait, ruinait son appétit et le poussait à fumer et à boire trop, alors qu'il s'agissait de luxes difficiles à se procurer. Il approchait de la fin de l'âge auquel on enrôlait les hommes dans la Wehrmacht, mais une blessure à la jambe, reçue dans sa jeunesse, l'aurait de toute façon fait réformer. D'après les conversations que j'avais eues avec lui, je savais qu'il avait peu d'admiration pour les nazis. Lisa, ma mère, avait plus de sympathie pour le Parti, même si ni elle ni mon père n'en étaient membres. Comme la plupart des Allemands, elle détestait ce qui était arrivé à son pays pendant la Première Guerre mondiale. Elle avait souvent répété à mon père : « Au moins, les gens ont du travail et assez de nourriture pour vivre maintenant. » Ma mère gagnait un peu d'argent supplémentaire grâce à des ouvrages de couture et, comme ses doigts étaient agiles, elle effectuait aussi des travaux à la pièce pour un bijoutier. Et elle m'avait appris à coudre. Si nous réussissions à vivre confortablement, nous n'étions en aucun cas fortunés. Nous n'avions jamais manqué de nourriture jusqu'à ce que le rationnement commence.

Ma mère et mon père ne faisaient pas étalage de leurs opinions politiques. Pas de banderoles, pas de drapeaux nazis accrochés à la façade de notre immeuble. Frau Horst avait suspendu une croix gammée à sa fenêtre, mais elle était petite et peu visible de la rue. Je n'étais pas devenue membre du Parti, ce qui consternait vaguement ma mère. Elle pensait que mon adhésion au Parti nazi pourrait être une bonne chose, car elle m'aiderait sans doute à trouver du travail. Je n'avais pas beaucoup repensé au Parti après avoir quitté la Ligue des jeunes filles allemandes et le Service du travail du Reich, deux organisations dont j'avais été membre sans y faire grand-chose. Et comme je ne savais pas ce que signifiait une affiliation au Parti, je ne ressentais pas le besoin de prêter allégeance. La guerre nous tournait autour. Nous nous battions pour le bien sur le chemin de la victoire. Ma naïveté masquait mon besoin de savoir.

Je continuai à feuilleter le livre jusqu'à ce que le train ralentisse.

Le SS de la gare apparut derrière mon épaule droite. Il tenait un pistolet dans sa main gauche. Il se dirigea d'un pas vif vers le couple devant moi et en braqua le canon sur la tempe du jeune homme qui fumait une cigarette. La femme regarda derrière elle, vers moi, les yeux emplis de terreur. Elle paraissait prête à s'enfuir, mais nulle échappatoire ne s'offrait à elle, car soudain, des policiers armés surgirent dans l'embrasure des portes, aux deux extrémités du wagon. Le SS éloigna son pistolet de la tête de l'homme et fit signe au couple de se lever. La femme se saisit de son manteau sombre et enroula une écharpe noire autour de son cou. L'officier les escorta jusqu'à l'arrière du wagon. Je n'osais pas regarder ce qui se passait.

Au bout de quelques minutes, je jetai un coup d'œil par la vitre à ma gauche. Le train s'était arrêté au milieu d'un champ. Une voiture de tourisme noire couverte de boue, dont les pots d'échappement chromés crachaient des nuages de fumée, était stationnée sur un chemin de terre à côté des rails. Le SS poussa l'homme et la femme à l'arrière de la voiture, puis monta à leur suite, son pistolet dégainé. Le policier grimpa à l'avant avec le conducteur. Dès que les portières se furent refermées, la voiture décrivit un grand cercle dans le champ, traçant un sillon boueux dans l'herbe, puis repartit vers Berlin.

Je fermai les yeux : quels méfaits ce couple avait-il bien pu commettre pour être ainsi arraché du train ? S'agissait-il d'espions alliés ? De Juifs qui tentaient de quitter l'Allemagne ? Mon père nous avait parlé une fois – une seule – à table des problèmes que les Juifs rencontraient à Berlin. Ma mère avait ironisé, qualifiant ses propos de « racontars sans fondement ». Il avait répliqué qu'un de ses collègues de travail avait vu des « *Juden* » peints sur plusieurs immeubles du quartier juif. L'homme s'était senti mal à l'aise du fait de sa seule présence à cet endroit, qui relevait en plus d'un accident de sa part. Des croix gammées étaient peintes à la chaux sur les fenêtres. Des panneaux mettaient en garde contre tout commerce avec les marchands juifs.

J'avais pensé qu'il valait mieux garder mes pensées pour moi et ne pas enflammer une discussion politique entre mes parents. Je me sentais triste pour les Juifs, mais personne parmi mes connaissances ne les aimait particulièrement et le Reich les pointait toujours du doigt. Comme beaucoup de mes compatriotes à l'époque, je fermais les yeux. Ce que mon père avait rapporté n'était peut-être qu'une rumeur. Je lui faisais confiance, cependant je ne savais presque rien, seulement ce qu'on entendait à la radio.

Je cherchai à revoir la berline noire, mais la voiture avait disparu. Je n'avais aucune idée du crime reproché à ce couple, toutefois l'image des yeux terrifiés de la femme s'était gravée en traits de feu dans ma mémoire. Ma lecture m'offrit peu de réconfort pendant la suite de mon voyage. L'incident m'avait troublée. Je me demandais qui serait le prochain et quand tout cela finirait.

2

La gare de Berchtesgaden était plus petite mais plus grandiose que celle de Berlin. Les banderoles nazies suspendues à la verticale formaient des rangs d'une régularité stricte, en contrepoint aux grandes colonnes de l'intérieur, qui donnaient au bâtiment la solennité d'une architecture romane. Sur un côté, une porte dorée scintillait. Elle semblait réservée aux dignitaires. Un aigle noir perché sur une croix gammée y était représenté en bas-relief. Peut-être s'agissait-il de l'entrée d'une salle de réception pour les personnes importantes qui rendaient visite au Führer ; après tout, c'était la dernière étape pour ceux qui étaient invités dans sa retraite alpestre.

Je cherchai mon oncle Willy et ma tante Reina, que j'aperçus près de l'entrée. Nous échangeâmes le salut nazi. Mon oncle semblait plus heureux de me voir que ma tante. C'était un homme en forme de poire avec une petite bedaine, qui avait conservé les cheveux roux et les taches de rousseur de sa jeunesse. Certaines de ces taches avaient viré au brun et s'étendaient sur son visage. Il tenait à la main sa casquette de policier. Le sourire de ma tante me parut forcé, comme si j'étais la belle-fille indésirable en visite chez eux. Elle était élégante et cultivée comparée à mon oncle qui se montrait plus affable. Mon père m'avait confié qu'il trouvait étrange le couple que formaient ces deux-là. J'étais jeune à l'époque et je n'avais jamais remis en question leur attirance mais, maintenant que je me tenais devant eux, leurs différences m'apparaissaient clairement.

Dès que nous nous fûmes salués, mon oncle chargea mon sac dans leur petite Volkswagen grise. Je pris place sur la banquette arrière. Je ne vis pas grand-chose du paysage montagneux pendant que mon oncle conduisait, à l'exception des pics sombres qui surgissaient des nuages fragmentés dans un ciel d'ébène. Je n'étais allée qu'une seule fois à Berchtesgaden, quand j'étais enfant.

Ma tante et mon oncle habitaient un chalet de deux étages, dans le plus pur style bavarois, coincé entre un petit restaurant et une boucherie dans une rue bondée, à proximité du centre-ville. L'influence alpine se faisait sentir partout. Leur maison était haute, mais pas aussi large qu'un chalet perché à flanc de montagne. Au sortir de la voiture, j'inspirai l'air vivifiant de la montagne. Difficile de croire que Berlin se trouvait dans le même pays.

Nous ôtâmes nos manteaux et laissâmes mes bagages près de la porte. L'oncle Willy était vêtu de son uniforme de la police locale, la croix gammée sur le bras gauche. Reina portait une robe bleu cobalt avec un col fermé, une broche en diamant en forme de croix gammée épinglée sur son cœur. Un grand portrait en noir et blanc du Führer était accroché au-dessus de la cheminée, où sa silhouette solennelle et carrée dominait la salle à manger. Ma tante avait brodé un chemin de table de croix gammées. Espagnole, Reina soutenait Franco, ainsi que Mussolini en Italie. Tout dans leur maison était l'objet d'un soin minutieux, conformément à l'idéal nazi de perfection germanique. Aucun désordre. Les meubles étaient astiqués jusqu'à briller et disposés de façon symétrique. J'avais l'impression d'entrer dans un conte de fées, quelque chose qui sortait de l'ordinaire et produisait un effet irréel. Ou bien d'admirer une exposition d'art : l'endroit était beau, mais ce n'était pas chez moi.

Comme la soirée s'avérait fraîche, mon oncle attisa le feu. Tante Reina servit un ragoût de bœuf et du pain, que nous accompagnâmes d'un bon verre de vin rouge. Le ragoût, léger en viande et en légumes, tenait plus du bouillon que d'autre chose, mais sa saveur s'avéra agréable. Le voyage m'avait ouvert l'appétit et ce repas était plus copieux que les plats de légumes que ma mère préparait ces derniers temps. Les œufs et la viande, rares dans toute l'Allemagne, l'étaient plus encore en ville.

Nous parlâmes de mes parents et de nos proches. Nous évoquâmes brièvement la guerre, un sujet sur lequel Willy et Reina ne savaient que sourire. Comme ma mère, ils étaient convaincus que nous étions en train de gagner et que l'Allemagne serait victorieuse de ses ennemis, en particulier des Juifs. Ma vie avait été si protégée, au milieu de gens qui me ressemblaient et de mes quelques amis, que je n'avais jamais beaucoup pensé aux Juifs. Ils ne faisaient pas partie de mon univers. Nous n'avions aucun ami ni aucun voisin qui soit juif. Personne parmi nos connaissances n'avait « disparu ».

Oncle Willy disait que le droit à notre *Lebensraum*, notre « espace vital », était aussi imprescriptible que notre héritage. Une fois les Juifs et les bolcheviques éliminés, le pays serait à peupler par l'Allemagne. L'Est produirait la nourriture, les minéraux et les matières premières dont le Reich aurait besoin pour son règne millénaire. Son visage rayonnait pendant qu'il parlait.

Tante Reina contemplait sa table parfaitement dressée comme une reine.

—Ce cristal vient de ma maison en Espagne. (Elle tapota le verre de la pointe des ongles.) Quand tu pourras voyager en toute sécurité, je t'emmènerai dans mon pays natal ; c'est un si beau pays. Les Alliés font de leur mieux pour nous inonder de propagande. Et pourtant, nous savons que le Führer ne peut pas avoir tort. (Elle jeta un coup d'œil au portrait au-dessus de la cheminée et sourit.) Nous vaincrons. Nos hommes se battront jusqu'à la victoire finale.

Je hochai la tête, n'ayant aucun goût pour le sujet, parce que j'étais une fille allemande ordinaire, bien moins sophistiquée que ma tante. Elle était différente de toutes les femmes que j'avais rencontrées, avec des idées nettement plus arrêtées que ma mère et une âme en acier trempé. Rien de ce que je pouvais dire ou faire n'aurait su influencer ma tante, mon oncle ou l'issue de la guerre. Même mes quelques amies se préoccupaient davantage de leur travail, de gagner de l'argent et de passer du temps ensemble. Nous ne parlions presque jamais de la guerre, sauf pour déplorer, avec mélancolie, le sort des garçons envoyés au combat.

Après que ma tante et moi eûmes débarrassé la vaisselle, nous passâmes une heure de plus au salon jusqu'à ce que l'oncle Willy s'endorme. Reina déclara la soirée terminée lorsque mon oncle commença à ronfler. Je transportai mon sac jusqu'à ma chambre au premier étage, qui donnait sur la rue. Le deuxième étage abritait le grenier, espace que ma tante utilisait pour le rangement.

Les lampadaires de la ville étaient éteints, mais quelques lumières voilées par des rideaux occultants brillaient aux fenêtres. Au-delà des immeubles, un mélange d'obscurité et de lumière tombait sur la nature. Les montagnes se dressaient dans différentes nuances de noir : la roche dense et sombre, la forêt plus claire dans son obscurité. Les nuages tourbillonnaient au-dessus de nos têtes et parfois, un rayon de lumière les traversait comme une flèche lumineuse. Je n'aurais su dire s'il provenait du sol ou du ciel, mais il éclairait momentanément les nuages comme s'ils avaient abrité une torche électrique. Je restai à la fenêtre tant j'avais de mal à détacher les yeux de la vue. La magie et le mythe étaient partout dans l'air de l'Obersalzberg. Pas étonnant qu'Hitler ait décidé de construire son Berghof, son château, dans la montagne au-dessus de Berchtesgaden.

Je déballai quelques affaires, puis je m'assis sur le lit. Même si j'admirais la beauté de Berchtesgaden, je demeurais une étrangère dans la maison de mon oncle et de ma tante. Je me couchai en pensant à ma confortable chambre berlinoise et à mes parents. Ils devaient être au lit maintenant, les stores baissés, les lampes éteintes. Frau Horst était sans doute encore éveillée, à fumer une cigarette en sirotant son cognac. Elle ne se couchait jamais sans avoir bu un verre.

Le silence dans ma chambre était étrange. À Berlin, surtout avant la guerre, quand le vent était favorable, j'entendais les trains et leurs sifflets solitaires. Je me demandais toujours où ils allaient, mais je me contentais de rester dans mon lit, plutôt que de rêver de voyage. Les voitures passaient en grondant, les klaxons retentissaient à toute heure. La ville ronronnait. J'allais devoir m'habituer au calme. De façon inattendue, ma rue bordée d'arbres, les bonjours et les conversations de nos voisins me manquaient.

Le lendemain matin, il ne restait plus la moindre trace d'amabilité dans mes relations avec ma tante.

—Tu dois trouver un travail si tu veux vivre ici, asséna Reina d'une voix lourdes de menaces.

Les attentions de la soirée précédente s'évanouirent avec le bol de porridge qu'elle me servit, agrémenté d'un peu de lait de chèvre. Il n'y avait pas de beurre sur la table et je n'osai pas en demander.

—Nous ne pouvons pas nous permettre de nourrir une bouche supplémentaire et tes parents ne sont pas en mesure de nous envoyer de l'argent. Il faut que tu travailles ou que tu trouves un mari. Le Reich a besoin de bébés mâles bien robustes pour le service futur.

J'avais beau être choquée par ses exigences, elles n'étaient pas totalement inattendues.

—Que voulez-vous que je fasse ? répliquai-je. Je ne peux pas me promener dans les rues à la recherche d'un homme.

Des plis se formèrent autour de la bouche de Reina.

—Je ne te suggère pas de te conduire en putain, répliqua-t-elle sans s'embarrasser de circonvolution. Les dévergondées nuisent au Reich et pervertissent nos soldats. La semence d'un homme doit être réservée à la reproduction. Il faut que tu trouves un emploi, quelque chose que tu puisses faire ou pour lequel tu sois douée. As-tu un talent quelconque ?

Je réfléchis longuement avant de répondre. Je n'avais jamais eu à faire grand-chose dans la maison de mes parents, à part nettoyer et raccommoder. Parfois je cuisinais, mais rarement. C'était ma mère qui commandait aux fourneaux.

—Je sais coudre, répondis-je finalement.

—Ça ne rapporte pas assez. Et le travail serait rare ici. Toutes les femmes de Berchtesgaden savent coudre, probablement bien mieux que toi.

Le scepticisme de ma tante vis-à-vis de mes capacités me piqua au vif. Cependant, sa tactique s'avéra efficace. Je me laissai tomber sur ma chaise et remis en question mon propre manque d'initiative. Mes parents ne m'avaient jamais forcée à travailler et j'avais supposé que les petits travaux que j'effectuais à la maison suffisaient à les dédommager de mon entretien. Peut-être avais-je tort.

—À quoi sers-tu pour le Reich ? insista ma tante, les mains plantées sur les hanches, tout en me fixant du regard. Chaque citoyen doit être productif. Tu devrais avoir honte d'être une fille aussi inutile, et tes parents aussi, puisque ce sont eux qui t'ont élevée. Il aurait peut-être mieux valu que tu restes à Berlin. Ton père est un éternel angoissé.

Elle brandit devant moi un index menaçant. Le peu d'affection que j'avais pour ma tante diminuait rapidement. Nous avions passé peu de temps ensemble et la perspective de plus de quelques jours laissait présager un désastre.

—Je chercherai du travail après le petit déjeuner, déclarai-je.

Les yeux de ma tante s'illuminèrent.

—C'est bien. Tu dois quand même être bonne à quelque chose.

Je n'étais pas convaincue.

Je l'aidai à faire la vaisselle, puis je pris un bain et déballai le reste de mes affaires, même si je n'étais pas sûre de rester.

Désireuse d'être élégante, je choisis ma plus belle robe. Je n'avais pas postulé pour un emploi depuis plusieurs années et je ne me sentais pas du tout préparée. Ma tante m'offrit un bloc-notes et un stylo, tous deux ornés de croix gammées.

Les nuages s'étaient dissipés pendant la nuit et les rayons du soleil s'imposaient avec toute la force du printemps ; il faisait encore assez frais pour porter une veste. L'air de la montagne tout autant que la lumière éblouissante m'incitèrent à accélérer l'allure après la conversation désagréable que j'avais eue avec ma tante. Je regardai à ma droite et fus ravie d'apercevoir le Watzmann, dont les magnifiques pics dentelés se dressaient au-dessus de la vallée comme des dents de requin jaillissant de la terre. Les neiges blanches de l'hiver s'accrochaient encore aux hauteurs de sa paroi rocheuse. Où que je porte le regard, il n'y avait que forêts et montagnes. Berchtesgaden était très différente de Berlin, où tout le monde se sentait à cran.

Je me promenai dans la rue, passant devant des magasins aux vitrines vides. Nombre d'entre elles étaient fermées ou complètement condamnées. Je m'arrêtai même devant un journal local pour y lire les annonces d'emploi, mais il n'y en avait pas. Comment ma tante pouvait-elle s'attendre à ce que je me dégote un boulot avec autant de magasins en faillite ou bien ne vendant que des produits et des services rationnés ? Aucun panonceau sur les vitrines n'indiquait qu'on cherchait à embaucher, sauf sur celle de la boucherie située non loin de chez mon oncle et ma tante. Quelques minuscules carcasses de volailles étaient suspendues à des crochets derrière le comptoir. Le boucher voulait un aide avec des épaules solides, pour l'aider à nettoyer et soulever. Je ne me voyais pas éviscérer des oiseaux ou nettoyer des dégâts sanguinolents. De plus, il était logique que le propriétaire du magasin veuille un homme capable de transporter de lourdes carcasses de bœuf, aussi rares soient-elles.

Mes parents m'avaient donné quelques Reichsmark pour subvenir à mes besoins. Ils s'attendaient à ce que mon oncle et ma tante me nourrissent et me logent gratuitement. C'était prendre leurs désirs pour des réalités et leurs espoirs ne se vérifiaient donc que partiellement. Je suppose que c'était mon oncle Willy, le chef de famille, qui avait autorisé ma venue à Berchtesgaden, malgré les objections de ma tante.

Je m'arrêtai dans un restaurant et regardai le menu. Les saucisses, qui provenaient probablement de la boucherie locale, me parurent bonnes. Cette viande appétissante était un mets rare, difficile à se procurer où que ce soit, à cette époque-là. Je m'installai à une table en plein air et je me demandai si je devais utiliser l'argent durement gagné par mes parents pour m'offrir une extravagance pareille. Ayant besoin de quelque chose pour me remonter le moral, je ne fus pas longue à me décider. Le propriétaire prit ma commande : une saucisse et des pommes de terre frites. La saucisse était servie grésillante, dans son jus, sur une assiette chaude. L'odeur des pommes de terre frites me rappela la cuisine de ma mère.

Après mon repas, je ne savais plus quoi faire. En deux heures, j'avais parcouru presque toute la ville sans succès. Je marchai sans but pendant un moment, profitant du paysage, jusqu'à ce que je voie mon oncle se diriger vers moi.

—Tu as déjeuné ? me demanda-t-il en se frottant le ventre.

Je lui désignai le restaurant que je venais de quitter.

—La saucisse était excellente.

Il m'attira à l'écart, à l'ombre de l'auvent d'un magasin.

—J'ai parlé à ta tante après ton départ, dit-il, sourcils froncés. Ne prête pas trop attention à ses remarques. Elle peut être bourrue parfois. Elle cherche à nous protéger de la guerre.

Je hochai la tête.

—Je vous suis reconnaissante pour ce que vous avez fait. Sans vous, je n'aurais eu nulle part où aller.

Il leva un doigt, comme s'il s'apprêtait à me sermonner.

—J'ai fait appel à quelques personnes ce matin. Être policier et membre du Parti vous ouvre des portes. Pose ta candidature au Reichsbund et je m'en occupe. (Il inclina la tête vers un immeuble, au bout du pâté de maisons orné de drapeaux nazis.) Ne sois pas timide. Vas-y. Je vais accomplir un des tours dont j'ai le secret.

Il me déposa une bise sur la joue.

Je le quittai, souriante, et marchai jusqu'au Reichsbund, un bureau du service civil. Je jetai un coup d'œil par une fenêtre laissant voir d'innombrables livres, de bannières, de pancartes et d'autres publications nazies.

Derrière cette fenêtre, une femme vêtue d'un uniforme gris trônait à un bureau. Elle leva les yeux de son travail, comme si elle avait senti ma présence. Stimulée par les encouragements de l'oncle Willy, j'entrai pour m'enquérir des postes disponibles. Les cheveux blonds de la femme étaient retenus en arrière par des épingles, dans un style plutôt strict qui ne l'empêchait pas d'être jolie, avec ses hautes pommettes, ses yeux bleus et son nez fin. C'était le genre de personne qu'on voulait aimer. Je suppose que cela expliquait sa présence à ce poste.

Je lui fis part de ma requête et elle me pria de m'asseoir sur une chaise en chêne, devant son bureau.

—Je viens de Berlin et je vis ici avec ma tante et mon oncle, mais j'ai besoin de travailler.

Consciente de mon infériorité, je m'empourprai. Elle arrêta de griffonner dans son registre, plaça son stylo dans la pliure centrale et referma le cahier.

—Puis-je voir vos papiers d'identité ? Êtes-vous membre du Parti ?

Bon sang, pourquoi n'avais-je pas adhéré au Parti depuis longtemps ? Si je réfléchissais à ma loyauté, je me rangeais du côté de mon père, qui était au mieux non engagé, au pire critique silencieux. Cependant, j'avais besoin de travailler, sans quoi je risquais d'être obligée de retourner à Berlin.

—Mes papiers sont à la maison, chez mon oncle et ma tante. Je ne suis pas membre du Parti.

Elle m'observa d'un air plutôt méfiant, mais son examen de ma personne dut lui suggérer que je n'étais pas une menace pour la politique nazie.

—Qui sont votre oncle et votre tante ?

—Willy et Reina Ritter. Ils sont membres du Parti et vivent près d'ici.

Elle me prit les mains comme si nous avions été à l'école ensemble.

—Je les connais très bien. Ce sont des gens très convenables, qui font honneur à tous les Allemands loyaux. Comment vous appelez-vous ?

Je me nommai et elle écouta mon histoire avec avidité. Pendant que je parlais, elle prit un autre registre pour consigner ce que je disais. Lorsque j'eus terminé, elle me demanda de me tenir devant un écran noir situé au fond de la pièce. Elle prit plusieurs clichés de moi avec un appareil photo à flash, m'informant qu'elles seraient envoyées à son supérieur après avoir été développées.

—Y a-t-il un travail que je puisse faire, pour lequel je serais qualifiée ? insistai-je.

—Il n'y a rien dans ce district, répondit-elle. Vous n'êtes pas compétente pour être comptable, jardinière, ni pour travailler dans le bâtiment ou comme conductrice de train. Beaucoup de femmes sont déjà au service du Reich, donc les postes sont limités.

Je soupirai. Reina ne serait pas contente.

Remarquant mon froncement de sourcils, la femme reprit :

—Mais cela ne signifie pas que cet entretien n'a servi à rien. Le Reich a toujours du travail pour son peuple, que vous soyez membre du Parti ou non. (Elle me regarda comme une professeure censée faire preuve de patience.) Si votre soutien était aussi affirmé que celui de votre oncle et de votre tante, nous pourrions vous considérer plus favorablement.

Je me levai de mon siège.

—Où puis-je m'inscrire ? demandai-je aussi sincèrement que possible, même si quelque chose en moi se rebellait à l'idée d'être une nazie.

Ma mère avait un jour reproché à mon père de ne pas être « plus fort », de ne pas être un homme qui pensait davantage comme les dirigeants du Parti. Pour obtenir un emploi, je devais adopter le mode de pensée de ma mère.

Mon interlocutrice me désigna un bureau à l'autre bout de la pièce.

—Herr Messer sera là samedi. Revenez le voir.

Je sortis du Reichsbund un peu ragaillardie, même si je n'avais pas envie d'affronter ma tante, n'ayant toujours pas de perspectives d'emploi.

Reina était à la cuisine quand j'arrivai. Je me faufilai donc dans l'escalier jusqu'à ma chambre, préférant me détendre plutôt que de l'affronter.

Environ quarante-cinq minutes plus tard, j'entendis mon oncle ouvrir la porte et saluer ma tante.

Je les trouvai assis dans le salon. Choquée de me découvrir à la maison, Reina m'accueillit pourtant avec un sourire.

—Willy m'a annoncé la nouvelle. Je suis sûre que quelque chose de bon sortira de ton entretien.

Oncle Willy alluma une cigarette, recracha la fumée et déclara :

—J'en suis certain.

Ce soir-là, au dîner, nous parlâmes de l'enfance de ma tante en Espagne et de sa rencontre avec mon oncle dans une auberge des Alpes italiennes. Willy y logeait à l'occasion d'un rassemblement politique ; Reina y passait la nuit avec un groupe d'amis randonneurs. Ils virent l'un dans l'autre quelque chose que les membres de ma famille ne pouvaient distinguer.

La conversation s'éteignit en même temps que le feu et nous allâmes nous coucher vers 22 heures. Je passai plusieurs heures à me préoccuper de mon travail avant de finir par m'endormir. Le lendemain matin, je sortis à nouveau, pour revenir bredouille. Encore une fois, j'appréhendais de rentrer à la maison sans travail. En arrivant, j'allai trouver ma tante et lui annonçai la mauvaise nouvelle.

Elle se tenait les mains jointes devant moi, étrangement calme compte tenu de son empressement à voir mes recherches aboutir.

—Le Reichsbund a appelé cet après-midi. Ils veulent que tu te présentes demain matin. Apparemment, ils ont un travail pour toi.

Elle me serra dans ses bras et me déposa sur la joue un baiser de ses lèvres froides. Plus tard, je demandai à Willy s'il savait de quel poste il s'agissait, mais il secoua la tête.

Ce soir-là, nous fêtâmes la nouvelle en buvant du vin. Ma tante me permit d'appeler mes parents pour la leur annoncer. Frau Horst et mes parents partageaient un téléphone dans l'immeuble. Si ma mère semblait heureuse, je fus incapable de deviner l'opinion de mon père. Quand je leur annonçai mon intention de m'inscrire au Parti, mon père répliqua :

—Fais ce que tu dois faire pour survivre.

Ses mots douchèrent mon enthousiasme.

Je n'étais pas devin, mais je me demandais en quoi ma situation pouvait se compliquer si je travaillais pour le Reich.

3

Je me présentai au Reichsbund le lendemain matin. Au lieu d'être accueillie par la femme qui avait pris mes coordonnées la veille, je fus reçue par un officier SS. Il me sourit agréablement et me demanda de m'asseoir devant le bureau. En scrutant son visage, ses beaux traits nordiques, je fis un rapprochement qui ne m'était pas venu à l'esprit auparavant. La plupart des SS étaient jeunes, avec le même genre de visage. Le Führer tenait à ce qu'ils soient aryens. Dotés d'une musculature fine, ils étaient généralement blonds aux yeux bleus, mus par l'adoration de leur chef. Lorsque le Parti était arrivé au pouvoir, leur uniforme était noir mais, depuis peu, ils ne portaient plus que du gris. Ce jeune homme était vêtu de noir et je compris plus tard qu'il était membre de la Leibstandarte du Führer, son corps de sécurité personnelle au Berghof.

Je demandai au SS quel emploi j'allais exercer. Il ne me fit pas de réponse précise, mais m'annonça que je devais attendre et accepter le poste sans hésitation. Il ouvrit un dossier marqué du sceau du Reich sur son bureau et y étala les photos de moi.

—Vous n'êtes pas membre du Parti ? demanda-t-il avant d'allumer une cigarette.

—Non.

—Pourquoi ?

La fumée s'écoula tel un ruban blanc de sa bouche.

—Ce n'était pas nécessaire.

Ma réponse avait été simple et directe. Les jeunes femmes n'avaient pas besoin de s'engager, sauf si elles étaient motivées par la carrière politique, une profession des plus inhabituelles. Je n'étais pas la seule à raisonner ainsi. Plusieurs de mes amies étaient aussi peu préoccupées que moi par le Parti. Nous ressentions toutes la même chose. Pour un homme, il en allait autrement. C'était un honneur, une fierté que de servir le Reich et d'aller à la guerre.

—L'Allemagne a changé, répliqua-t-il en pinçant les lèvres. (Il rassembla les photos et les étudia avant de les jeter une à une sur la table.) Vous n'êtes pas ce que le Führer aurait typiquement demandé. Vous avez les cheveux trop foncés, le type trop oriental. On pourrait s'interroger sur votre loyauté… sur votre héritage.

Je baissai le regard, déconcertée par son effronterie. Après quelques instants, je relevai la tête et le regardai droit dans les yeux, plus par dépit qu'autre chose.

—Non, je ne suis pas membre du Parti, mais je suis fière d'être allemande. Il n'y a rien dans mes antécédents, ou mon héritage, qui doive vous inquiéter.

Il sourit.

—C'est mieux comme ça. Montrez un peu de vivacité. (Il s'adossa à sa chaise de bureau et tira une bouffée sur sa cigarette.) Nous avons contacté votre oncle et votre tante, vos parents à Berlin, et même quelques amis et voisins. Votre dossier est en règle. Vous comprenez que nous devions nous montrer prudents.

Au cours de l'heure suivante, il m'interrogea sur mon éducation, mes habitudes de travail, mes loisirs, et même si je projetais d'avoir des enfants, bref toutes les questions personnelles que le Parti pourrait déterrer. J'y répondis honnêtement et il parut satisfait. Il me fit ensuite passer une batterie de tests sur les mathématiques, les arts, les sciences et la politique. Je pensai avoir lamentablement échoué à la plupart d'entre eux, en particulier sur les questions politiques, qui avaient beaucoup à voir avec l'histoire de l'Allemagne et la montée au pouvoir des nazis. Je terminai avant midi et il me congédia.

Je m'arrêtai devant la porte et me retournai.

—Vous avez dit que je n'étais pas ce que le Führer demandait habituellement. (Une boule s'était formée dans ma gorge, mais je trouvai le courage de poser ma question.) Suis-je censée travailler pour lui ?

Ses lèvres se séparèrent en un mince sourire et ses yeux rencontrèrent les miens.

—Je n'ai rien à voir avec votre mission. Je suis seulement ici pour m'assurer que vous ne présentez aucune déficience sur les points incontournables pour le Reich. C'est tout ce que je peux vous dire. Bonne journée, Fräulein Ritter.

Sur quoi il se leva et s'inclina légèrement.

Je refermai la porte. Par la fenêtre du bureau, je le vis remettre mes examens et mes photos dans mon dossier. Je ne fumais pas et je buvais rarement, mais à ce moment-là, j'aurais aimé avoir un vice à assouvir car mes nerfs vibraient comme des cordes de violon pincées.

Au cours des deux semaines qui suivirent, je fus formée pour mon poste qu'on ne nommait pas. Je me levais tôt et je rentrais tard à la maison, mais grâce à cet emploi du temps, mon oncle et à ma tante n'étaient plus confrontés qu'à la seule contrainte de m'avoir comme invitée chez eux. Pendant la formation, le Parti nous servait le petit déjeuner, le déjeuner et un dîner léger. Ma tante n'avait pas à cuisiner pour moi, ce qui lui convenait tout à fait.

L'une des choses que j'appréciais le plus, c'étaient les excursions de mon groupe dans la campagne qui environnait Berchtesgaden. Des membres du personnel nous évaluaient en gymnastique suédoise. Pour procéder aux tests, on nous emmenait dans un champ alpin tranquille, près de l'Hoher Göll. Mes poumons s'étaient acclimatés à l'air raréfié et je me rendis vite compte que j'étais mieux coordonnée que certaines de mes nouvelles amies. Je courais vite, surtout les sprints. Mes longues jambes me servaient bien. Chaque nuit, je sombrais épuisée dans un sommeil sans rêve. Après des courbatures initiales, mes muscles devinrent plus forts et plus tendus. Je perdis du poids. Je n'eus jamais l'occasion d'intégrer le Parti. Et, franchement, je n'en avais pas envie.

Après mon entraînement, j'eus droit à un jour de repos et de détente chez Willy et Reina avant de prendre mon mystérieux nouveau poste. La femme qui m'avait interviewée au Reichsbund m'appela pour me dire que je devais être prête à partir à 5 h 45 le lendemain matin, avec mon sac.

Mon oncle et ma tante discutèrent plus tard que d'habitude après le dîner. Willy était ravi de mon nouvel emploi ; son visage couvert de taches de rousseur rayonnait de fierté. Nous prîmes congé et je promis de leur téléphoner dès que j'aurai pris mes nouvelles fonctions.

Le lendemain matin, des nuages roses striaient le ciel. Mon oncle se tenait à la porte, vêtu de son uniforme de policier. Ma tante, dans sa longue robe de chambre bleue, regardait par-dessus l'épaule de son époux. Une Mercedes noire s'arrêta devant la maison et un chauffeur SS en sortit. Des drapeaux des corps SS flottaient au-dessus de chaque phare. Sans un mot – il dut me reconnaître grâce à mes photos –, le chauffeur plaça mes bagages dans le coffre et me tint la portière ouverte. Je pris place sur la luxueuse banquette en cuir. Je me souviendrai toujours de l'expression peinte sur le visage de ma tante : un mélange de bonheur et de jalousie. Elle savait maintenant que mon travail était important. Les autres domestiques civils n'étaient pas traités d'une manière aussi royale.

Je les saluai de la main pendant que la voiture s'éloignait et que le conducteur tournait vers l'est en direction de l'Obersalzberg. Je n'avais aucune idée de l'endroit où nous allions. Nous traversâmes l'agréable vallée qui berçait Berchtesgaden et dépassâmes les fermes bien soignées qui entouraient la ville. Le chauffeur me parla peu alors que nous nous commencions à gravir les pentes montagneuses ; les arbres à feuilles caduques se firent plus rares maintenant que les sapins et les épicéas couvraient le flanc des collines. La vallée s'étendait en contrebas, où j'entrevoyais les clochers de l'église de Berchtesgaden.

Ma curiosité finit par avoir raison de moi et je demandai au chauffeur SS où nous allions. Quittant un instant la route des yeux, il regarda dans le rétroviseur et répondit :

— Au Berghof.

J'avais entendu parler de la « cour montagnarde » d'Hitler par mes parents, ma tante et mon oncle. Avant la guerre, après que le Führer en avait fait sa résidence, c'était devenu une attraction touristique. Les gens se rassemblaient sur la longue allée devant la maison principale dans l'espoir de l'apercevoir. Souvent, il sortait pour saluer la foule en adoration et serrer la main de ses sympathisants.

Mon cœur s'emballa à l'idée que j'allais travailler dans sa retraite isolée. Ce sentiment provenait davantage de l'excitation liée à mon poste que d'une quelconque admiration pour Hitler. J'imaginais voir les diplomates, les visiteurs étrangers, les membres importants du Parti : Bormann, Göring, Speer, Goebbels, dont beaucoup se rendaient presque quotidiennement au Berghof.

Nous atteignîmes bientôt une zone déboisée, alors que la route montait toujours. Une guérite d'aspect rustique apparut à côté d'une arche devant la vitre du conducteur. La structure grossièrement taillée reposait sur un socle rocheux. À l'approche de notre voiture, plusieurs SS se montrèrent à une fenêtre. L'un des gardes sortit et tira sur le portail. Il devait connaître le chauffeur, car ils n'échangèrent qu'un signe de la main. Un autre garde se tenait dans l'embrasure de la porte de la guérite, son arme en bandoulière. Ils me jetèrent à peine un regard, peu impressionnés par ma présence – ils étaient habitués à voir des rois, des princes et des diplomates du monde entier.

J'aperçus le Berghof quand nous eûmes franchi le portail. Il était perché sur la colline, tel un aigle se préparant à prendre son envol. Son style montagnard avait été modifié pour devenir une architecture monumentale, mais les pans inclinés du toit lui conféraient une légèreté intrinsèque. Peut-être était-ce l'air de la montagne qui lui donnait cet air délicat et aérien, si peu conforme à la demeure fortifiée d'un chef en guerre. Le soleil scintillait sur la façade blanche, lui conférant un aspect accueillant. J'observai la bâtisse avec étonnement pendant qu'elle passait devant mes yeux. La voiture prit un virage près d'un tilleul et se dirigea vers une petite allée qui se séparait de celle où nous roulions. Le chauffeur me conduisait à l'entrée d'un long bâtiment situé à l'est de la bâtisse. Il arrêta la voiture et ouvrit la portière.

— Vous allez voir Fräulein Schultz, la cuisinière du Führer. Je vais porter vos bagages à vos appartements.

— La cuisinière ?

J'étais abasourdie. Bien que j'aie de l'expérience dans la préparation des repas de ma famille, je ne me sentais pas qualifiée pour cuisiner pour le chef du Troisième Reich.

— Ce sont les ordres que j'ai reçus. (D'un mouvement de la tête, il indiqua la porte et un garde sortit de l'ombre.) Emmenez Fräulein Ritter chez la cuisinière.

Sur quoi il remonta dans sa voiture, effectua un demi-tour et repartit vers l'entrée principale du Berghof.

Le garde s'avança, ouvrit la porte et me conduisit à travers les couloirs jusqu'aux cuisines. Bien qu'il soit encore tôt, de nombreux employés étaient déjà réunis pour la préparation du repas. La pièce était bien aménagée, dotée d'équipements modernes. Plusieurs gazinières et fours étaient disposés contre les murs, ainsi que des étagères garnies de plats et d'ustensiles de cuisine. Des livres de cuisine étaient éparpillés sur une grande table. Des hommes et des femmes vêtus d'uniformes de service pétrissaient une pâte, préparaient les œufs et émincaient fruits et légumes. Une grande femme au visage ovale et aux cheveux bruns ondulés se détachait de l'ensemble : dans sa robe sombre protégée d'un tablier blanc, elle dégageait une autorité indéniable. Occupée à discuter avec un homme devant un évier de pierre noire, elle s'interrompit quand elle me repéra et s'approcha.

—Vous devez être Fräulein Ritter, lâcha-t-elle.

—En effet, répondis-je en lui serrant la main. Vous êtes Fräulein Schultz ?

—Oui. La diététicienne et la cuisinière du Führer. (Elle m'examina, soucieuse.) Que vous a-t-on dit à propos de votre poste ?

Je haussai les épaules.

—Rien.

—Venez dans mon bureau, près de la cuisine. Vous resterez ici, dans l'aile est, afin d'être proche de moi, du personnel de cuisine et des autres goûteuses.

Je ne compris pas. Nous nous rendîmes dans le hall dans l'enfilade de la cuisine, pour atteindre une série de portes. Celle de son bureau était la première. Elle l'ouvrit à l'aide d'une clé et nous entrâmes dans la petite pièce. Elle ôta son tablier et s'assit à son bureau tandis que je prenais place dans le fauteuil réservé au visiteur. Une fenêtre était orientée vers le nord, dans la même direction que le Berghof, et offrait une vue imprenable sur l'Untersberg. La cuisinière se tourna vers moi, les mains croisées sur ses genoux.

—Vous avez été choisie, commença-t-elle, par le capitaine Karl Weber, l'officier SS qui supervise la sécurité de mon personnel, et par moi-même. Vous êtes l'une des quinze.

Je remuai sur mon siège.

—L'une des quinze quoi ?

—Des goûteuses qui travaillent pour le Führer, dans son quartier général.

—Des goûteuses ? (Je n'avais aucune idée de ce dont elle parlait.) Peut-être pourriez-vous m'expliquer ce que cela signifie ?

Elle me dévisagea comme une enseignante irritée par une élève.

—Vous et d'autres personnes devez goûter la nourriture du Führer. Votre corps est offert en sacrifice au Reich, au cas où cette nourriture serait empoisonnée.

Horrifiée par ses paroles, j'avais soudain du mal à respirer. La cuisinière dut lire la détresse sur mon visage car elle me prit la main.

—Il n'y a pas lieu de paniquer, me réconforta-t-elle. Je vais vous parler franchement : il est obsédé à l'idée d'être empoisonné. Il pense que les Britanniques lui en veulent... C'est très shakespearien, si vous voulez mon avis. Pourquoi auraient-ils recours à des tactiques aussi médiévales alors qu'une balle de sniper bien logée suffirait ? Son médecin personnel pourrait l'empoisonner, lui aussi, mais nous ne goûtons pas ses médicaments. Le risque que vous courez d'être empoisonnée est minime. Après tout, nous goûtons tous la nourriture pendant sa préparation. Cependant, j'imagine qu'il y a toujours un risque, ajouta-t-elle avec un regard espiègle. Vous n'êtes sans doute pas prête à ce que je fasse preuve d'une telle franchise, mais vous devez savoir la vérité.

—C'est pour cela que j'ai été choisie pour le service civil ?

Elle retira ses mains et reprit son attitude professionnelle.

—Oui. Apparemment, le Reichsbund a estimé que vous étiez qualifiée pour ce poste. C'est un grand honneur.

Faute de savoir quoi répondre, je bredouillai humblement :

—Il faut croire que oui.

Je repensai à mon oncle Willy et me demandai s'il serait fier de ma position. C'était sur ses recommandations que je me trouvais ici, après tout.

—Vous allez travailler avec moi, expliqua-t-elle. Si vous faites du bon travail, il y a d'autres fonctions que vous pourrez exercer, comme la tenue des comptes de la cuisine. C'est aussi une tâche importante. Nous avons tout ce qu'il faut pour cultiver notre nourriture, des serres avec lesquelles vous allez vous familiariser. (Elle marqua une pause et scruta mon visage.) Vous êtes jolie. Il y a beaucoup d'hommes séduisants ici, assez pour occuper une fille aguicheuse. Je décourage la fraternisation intime avec les officiers et les autres membres du personnel. Nous projetons des films, nous dansons parfois, mais vous devez vous rappeler que vous êtes au service du Führer. Votre vie personnelle n'a pas d'importance.

Je frissonnai. Ma vie pouvait se terminer ici. Même les bombardements de Berlin ne m'avaient pas forcée à affronter l'idée de ma mort de manière aussi brutale. La pensée que je puisse mourir pour Hitler me stupéfia. Un piège involontaire m'avait été tendu et s'était refermé sur moi. Mes parents m'avaient envoyée au loin, l'oncle Willy avait tiré des ficelles et je me retrouvais à présent à un poste qui pouvait me conduire à la mort. Mon esprit se mit à gamberger sur les moyens que j'avais de m'échapper du Berghof. Mais où irais-je ?

Mon interlocutrice se leva et je me sentis écrasée par sa stature. Apparemment, elle pouvait lire dans mes pensées, par-dessus le marché.

— Je ne tirerais pas de conclusions hâtives, à votre place. Si vous rejetez votre poste, les conséquences pourraient s'avérer sérieuses. Vous risqueriez de vous mettre dans l'impossibilité de retrouver du travail. Comme je vous l'ai dit, le risque est minime. Quand la guerre sera finie, votre service pour le Reich sera récompensé. (Elle ramassa son tablier.) Je dois retourner en cuisine, déclara-t-elle, avant de soulever les cheveux qui tombaient sur ma joue gauche. Le capitaine Weber avait raison. Vous êtes jolie, mais d'une manière différente. C'est peut-être pour cette raison qu'on vous a choisie. Il veut vous parler. Attendez-le ici.

Sur quoi, elle ouvrit la porte et me laissa seule dans le bureau. J'enfouis mon visage entre mes mains pendant que j'attendais l'officier SS. En quelques jours, ma vie était passée de celle d'une jeune Allemande ordinaire à celle d'une personne importante au sein du Reich. La tête me tournait face à ce que le destin venait de mettre aussi rapidement sur mon chemin. L'idée de mourir, et qui plus est pour Hitler, avait rarement effleuré mon esprit. Comme un animal piégé, je ne pouvais rien entreprendre. Battre en retraite aurait couvert ma famille de honte et de ridicule, peut-être même aurait-on mis en doute sa loyauté. Je ne pouvais qu'attendre et espérer que tout irait bien.

Le bel officier arriva quelques minutes plus tard.

—Vous êtes plus jolie que sur vos photos, constata-t-il après m'avoir examinée.

Il avait énoncé ainsi une vérité factuelle, dénuée du moindre sous-entendu sexuel. Je le remerciai, mais sans réel enthousiasme. Après tout, qu'est-ce que mon physique avait à voir avec la dégustation de plats ?

Fräulein Schultz l'avait désigné sous le grade de « capitaine ». Les insignes sur les uniformes SS ne signifiaient pas grand-chose pour moi. Il y avait deux écussons de chaque côté de son col. L'un montrait deux zigzags argentés qui ressemblaient à des éclairs.

Ses cheveux blond foncé, séparés par une raie sur le côté droit, lui tombaient sur le front. Sa bouche était sensuelle, sans cruauté. Sa lèvre supérieure formait un arc de Cupidon remarquablement bien dessiné. Ses yeux noisette étaient surmontés de longs sourcils qui s'incurvaient vers son nez – une caractéristique agréable en soi –, lequel était fort et nettement dessiné jusqu'à la pointe. Ses oreilles constituaient peut-être son seul défaut. Elles étaient trop grandes pour la taille de son visage. Néanmoins, elles ne nuisaient pas à l'apparence générale de l'officier. J'étais attirée par lui, mais quelle femme ne l'aurait pas été ? Je savais, bien sûr, qu'une telle attirance était dangereuse. Il serait capable de me faire tuer aussi facilement qu'il pouvait me prendre dans ses bras.

—Vous avez été choisie pour un travail dangereux, déclara-t-il.

Je le regardai s'asseoir dans le fauteuil de la cuisinière et sortir un paquet de cigarettes que, faute de trouver un cendrier, il remisa dans la poche de sa veste.

—Je n'ai rien demandé, objectai-je. Il y a dix minutes, j'ignorais encore quel serait mon emploi.

Il s'adossa au fauteuil.

—Vous pouvez toujours partir. Le Führer n'est pas un homme obtus. Bien des gens sont venus ici et repartis.

—Ce n'est pas ce que je souhaite, répliquai-je, espérant surmonter ainsi mes propres doutes. (Que ferais-je d'autre ? Reina serait mécontente de me voir réapparaître sur le pas de sa porte.) J'ai besoin de travailler. Et l'on m'a bien fait comprendre que je pourrais avoir du mal à trouver un autre poste si je quittais le Berghof.

Il me tendit la main.

—Je vois. (Ses yeux perdirent leur sévérité professionnelle, comme s'il comprenait ma détresse.) Je m'appelle Karl Weber. Je suis officier de sécurité, chargé de superviser la cuisine et la salle à manger. Pas vraiment un travail excitant, mais je suppose que je l'ai mérité. J'ai combattu en Pologne et en France. Les combats ont été assez rudes, toutefois pas autant que ceux que nos troupes endurent sur le front de l'Est.

—Avez-vous été blessé ?

—Non, j'ai eu de la chance.

Nous restâmes sans parler pendant quelques secondes, je ne savais trop quoi dire. Mon destin avait été scellé par le Reichsbund et je ne pouvais pas y faire grand-chose. Partir déshonorerait mes parents. Ma tante risquerait de me mettre à la porte. Je me rappelai soudain que je devais appeler Willy et Reina pour les informer de la nature de mon emploi.

—Puis-je téléphoner ? Ai-je ce privilège ?

Il s'esclaffa.

—Vous n'êtes pas prisonnière. Bien sûr que vous pouvez passer un appel. Cependant, au Berghof, chaque conversation téléphonique est surveillée. Vous n'aurez aucune intimité ici. Qui voulez-vous appeler ?

—J'ai dit à mon oncle et ma tante que je leur ferais savoir où j'étais envoyée.

—Ne vous donnez pas cette peine. Votre oncle et votre tante, ainsi que vos parents, ont été informés que vous êtes au service du Führer. Ils ont tous été ravis. En revanche, ils ont été laissés dans l'ignorance de ce que vous allez faire exactement. Je ne vous recommande pas de le leur dévoiler. Et il est aussi préférable que vous n'ayez que des contacts limités avec les personnes extérieures au Berghof.

—J'ai peu d'amis à qui parler, mais je devrais aussi ignorer ma mère et mon père ?

Il m'étudia et se pencha en avant.

—Fräulein Ritter, il faut que vous compreniez certains aspects de votre travail. Tout d'abord, vous êtes sous mes ordres et ceux de la cuisinière. Plus important encore, vous servez le chef du Troisième Reich. Deuxièmement, votre vie ne sera plus jamais la même à partir de maintenant. Troisièmement, si vous voulez partir, vous devriez le faire sur-le-champ, car il n'y aura pas de retour en arrière possible une fois que j'aurai quitté cette pièce. (Il me scruta d'un regard intense.) Vous n'êtes pas membre du Parti, n'est-ce pas ? (Je secouai la tête. Il était apparemment exclu que j'échappe à une question sur mon appartenance au Parti.) Vous devriez peut-être y adhérer.

Il tourna le regard vers les montagnes par-delà la fenêtre : leurs couleurs changeaient sous le soleil du matin, passant du violet au vert foncé. Sans se détourner de leur spectacle, il ajouta :

—C'est moi qui vous ai choisie. La Cheffe voulait une autre fille, mais j'ai insisté.

—La Cheffe ?

—Fräulein Schultz. Elle avait une autre candidate en tête, mais j'ai décelé quelque chose de différent en vous. J'étais incapable de l'expliquer. Elle n'aurait pas compris mon point de vue. Maintenant que je vous ai rencontrée, j'ai la certitude que mon intuition était la bonne. Sinon, j'aurais insisté pour que vous partiez.

Il se tourna vers moi et je me tortillai sur ma chaise.

—Dois-je être flattée ?

Sa mâchoire se contracta.

—Non, vous devriez avoir peur pour votre vie. Mais je sais que vous êtes apte à effectuer ce travail. Je vous comprends et, avec le temps, nous apprendrons à nous connaître.

Il se mit au garde-à-vous devant moi et tendit le bras droit vers le mur.

—*Sieg Heil !*

Je me levai moi aussi, mais sans imiter son salut. Je restai muette. Bizarrement, je me sentais préoccupée et quelque peu souillée, comme si le Reichsbund et le capitaine Weber m'avaient mystifiée. L'officier me jeta un regard pensif, dénué de colère ou de défiance. Il ne manifesta que peu d'émotion, semblant accepter le fait que je ne sois d'aucune utilité pour la politique ou la guerre.

—Vous ferez le salut militaire quand ce sera nécessaire, déclara-t-il, pragmatique. Je suis certain que vous savez vous y prendre.

On l'effectuait partout.

Il ouvrit la porte et me laissa seule.

Pendant quelques semaines, je me familiarisai avec la routine de la cuisine. Je frottais et lavais les gamelles, aidais à transporter la nourriture aux serveurs, nettoyais les fours et les unités de réfrigération et observais avec grand intérêt les cuisiniers pendant qu'ils préparaient les repas. La Cheffe éclata de rire quand je lui demandai si Hitler résidait dans la maison.

—Bien sûr, répondit-elle. Pourquoi nous donnerions-nous tant de mal sinon ? Pas pour Bormann ou Göring. Ils ont leurs propres chefs. Et on ne se mettrait certainement pas en quatre pour un petit bureaucrate.

Le capitaine Weber suivait mes progrès presque quotidiennement. Les cuisines étaient assez petites pour que nous nous voyions assez souvent. Il n'était pas rare qu'il se tienne à proximité pour nous observer, la Cheffe et moi, jusqu'à ce qu'elle s'irrite et le fasse sortir de la pièce, l'air réprobateur.

—Vous avez mieux à faire que de perdre votre temps avec nous, lui lançait-elle.

Il nous souriait en retour et déclarait qu'il voulait s'assurer que tout dans les cuisines se conformait aux normes élevées requises par le Führer.

Ce n'était qu'un stratagème de sa part pour se rapprocher de moi, je le savais. Ma tête et mon cœur se tournaient vers lui dès qu'il était dans la pièce. J'avais du mal à me concentrer sur mon travail lorsque le beau capitaine se trouvait dans les parages. J'appréciais ses attentions.

La Cheffe me donnait également des instructions : je ne devais jamais me promener seule dans le Berghof, ne devais parler que lorsqu'on m'interrogeait et avais interdiction de déranger ou d'interrompre une conversation, en particulier avec le Führer – si jamais je le rencontrais, ce qui, selon elle, serait rarissime. Elle m'avertit également que les SS étaient partout et qu'ils connaissaient tout ce qui nous concernait, y compris nos habitudes personnelles. Ce fait me troublait tellement que je me sentais mal à l'aise chaque fois que je me rendais aux toilettes. Je cherchais un micro dissimulé dans les murs et le plafond.

Un officier SS que je ne connaissais que par son titre de colonel dans la Leibstandarte rôdait souvent dans nos parages. Il avait un visage agréable avec des yeux bleus ronds, une mâchoire carrée et le menton fendu d'une fossette. Cependant, un vernis impénétrable et glacé masquait toute la chaleur qu'il aurait pu véhiculer. Chacun dans la cuisine gardait ses distances, sauf quand il fallait le servir.

—Ne vous approchez pas de lui, me prévint la Cheffe. Cet homme se retournerait contre sa propre mère.

Je n'étais pas sûre de savoir pourquoi elle m'avait avertie. Peut-être qu'un membre du personnel des cuisines avait eu des ennuis avec lui. Je ne cherchai pas à en savoir davantage. Je me fiai à mon aversion pour cet homme et gardai mes distances.

Ma camarade de chambre était une jeune Munichoise du nom d'Ursula Thalberg, qui travaillait au Berghof depuis plusieurs mois. Ursula avait un visage ovale encadré par des boucles blondes. Elle avait également une personnalité extravertie et dynamique, des traits souvent illuminés par son sourire lorsqu'elle parlait. Comme la plupart d'entre nous, ses idées politiques découlaient de ce que nous savions du Parti *via* les journaux du Reich et les émissions de radio. Ursula était plus préoccupée par le programme « pour la Foi et la Beauté », un plan de bénévoles soutenu par le Reich visant à faire de nous des Allemandes modèles, que par la politique. Je connaissais l'existence de ce programme, sans vraiment parvenir à en voir l'utilité. Pour l'essentiel, Ursula et moi nous contentions d'effectuer des randonnées en montagne et de pratiquer nos exercices de gymnastique en plein air par beau temps. Ursula était goûteuse, elle aussi.

Notre chambre, petite mais confortable, contenait deux lits simples, un bureau, une chaise et un téléphone. Quelques livres et souvenirs garnissaient nos étagères et une minuscule armoire abritait nos uniformes comme nos vêtements civils. Mon singe en peluche avait trouvé sa place sur mon oreiller.

Ursula fumait, mais seulement quand elle n'avait pas peur de se faire prendre. La Cheffe avait dit qu'Hitler dissuadait fortement les hommes et les femmes à son service de fumer. Une nuit, peu de temps après notre rencontre, Ursula éteignit les lumières, ouvrit la fenêtre et recracha la fumée sous l'appui de la fenêtre pendant que nous parlions. Je n'avais pas encore pris mes fonctions et j'étais pleine d'interrogations.

—Tu n'as pas peur d'être empoisonnée ? demandai-je.

Elle gloussa.

—Pas vraiment. Je suis beaucoup trop jeune pour mourir. D'un autre côté, le Führer est si bien protégé que je ne vois pas qui pourrait l'empoisonner. Un traître serait immédiatement découvert et mourrait d'une mort horrible.

Je fus stupéfiée de sa nonchalance.

—C'est comment d'être goûteuse ?

J'étais déterminée à en savoir plus sur mon métier, en dehors de l'horrible possibilité d'être empoisonnée. Plus j'en savais, moins j'avais de chances de mourir.

Ursula tira une bouffée sur sa cigarette, sépara les rideaux à motifs floraux et souffla la fumée par la fenêtre.

—Il n'y a pas grand-chose à faire, vraiment. La Cheffe prend une portion de chaque plat. La portion est prélevée à différents endroits du plat, pas en un seul point. Plusieurs d'entre nous goûtent, puis nous attendons. Parfois, nous buvons aussi, si une bouteille a été ouverte. Nous devons manger une heure avant le Führer, au cas où…

—Personne n'est mort ?

—Non, même si plusieurs goûteuses sont tombées malades, répondit-elle en riant, avant d'ajouter : Mais je pense que leurs maladies ont été causées par les soldats qu'elles avaient embrassés la nuit précédente. Il n'y a aucun problème avec la nourriture. Tu l'as vu. Les serres ne produisent que des aliments d'exception et ils sont toujours préparés de la manière la plus délicieuse. Quand on y pense, on a de la chance de ne pas avoir à se soucier du rationnement, comme le reste du pays.

Je m'installai sur mon lit pour câliner mon singe en peluche.

—Tu es ridicule avec ce jouet, commenta Ursula.

Je fis voltiger le singe dans les airs et le rattrapai dans mes bras.

—Je sais, mais il me rappelle ma famille et ma maison.

—Munich ne me manque pas. J'adore être ici, répliqua-t-elle, puis son humeur s'assombrit et elle baissa la voix : Tu as des informations sur la guerre ?

Je secouai la tête.

—Pas grand-chose, juste ce qu'on apprend en écoutant la radio et en lisant les journaux.

Ursula tira une autre bouffée de sa cigarette.

—Même s'ils sont censés se taire, les soldats d'ici parlent, surtout si tu es jolie. (Elle me lança un clin d'œil.) Je sais que qu'on va gagner la guerre, mais des rumeurs circulent, comme quoi les Alliés et nos ennemis de l'Est gagnent du terrain. Certains prétendent que ce n'est qu'une question de temps avant que l'Allemagne ne tombe. (Elle agita sous mon nez un index menaçant.) Ne répands surtout pas cette rumeur.

Je pensais que nous pourrions nous retrouver dans une impasse avec les Alliés, mais perdre la guerre était une éventualité que je n'avais jamais envisagée, malgré les pressentiments négatifs de mon père. L'idée d'avoir à affronter la horde ennemie me glaçait. C'était trop à envisager en une seule soirée. Ursula décela mon malaise quand je me recroquevillai contre le mur.

—Que pense le colonel de ce genre de propos ? demandai-je.

—C'est un homme dangereux, répondit Ursula.

Elle tendit le bras sous son lit pour en tirer un cendrier et éteignit sa cigarette. L'odeur de tabac brûlé emplit notre chambre. Ursula agita les mains pour tenter de faire sortir la fumée par la fenêtre. Elle jeta un coup d'œil dehors.

—S'il me surprenait à fumer, il me dénoncerait dans la seconde.

—Je commence à avoir l'impression d'être en prison, constatai-je, même si je n'avais aucune idée de ce que pouvait être une véritable prison.

Elle haussa les épaules.

—Ne t'inquiète pas. Tu auras bientôt ton cours sur les poisons. C'est très intéressant. La Cheffe explique bien. On apprend à les identifier par la vue, le goût et l'odorat.

—Le goût ? répétai-je, me demandant comment l'expérience était possible.

Tu ne goûtes qu'un soupçon de nourriture. Un coup de langue sur la pointe de ton doigt. Pas assez pour te faire du mal, du moins avec la plupart des poisons.

Je frissonnai et cherchai à changer de sujet de conversation. J'en avais assez appris pour la soirée.

—Tu aurais envie de faire quelque chose, ce soir ? Je me sens agitée.

Les yeux d'Ursula s'illuminèrent et j'en vins à me demander si elle n'avait pas eu envie de sortir depuis le début.

—Je pensais lire, mais allons plutôt nous promener. Il est trop tard pour voir un film à la salle de spectacle, mais la caserne des SS est en haut de la colline.

Elle ébouriffa ses cheveux et regarda son visage dans un miroir de poche. Nous enfilâmes nos manteaux et traversâmes l'aile Est du Berghof. Un garde posté devant la porte où le chauffeur m'avait déposée opina du chef à notre passage.

—Bonne soirée, lui lança Ursula qui connaissait beaucoup de soldats.

Comme nous nous trouvions dans les environs immédiats de la résidence, nous n'eûmes pas besoin de montrer nos laissez-passer. Ursula m'expliqua que si nous avions manifesté le désir de visiter un endroit hors du périmètre, les SS nous auraient interrogées.

La caserne des SS se trouvait sur la colline au sud-est du Berghof. Les quatre bâtiments principaux étaient construits autour d'un terrain central utilisé par le corps d'armée pour les exercices et les inspections. Ursula affirma que la plupart des hommes seraient encore debout et qu'elle me présenterait à quelques officiers. Nous déambulâmes dans les casernes et jetâmes un coup d'œil sur le terrain. Les bâtiments étaient obscurcis par les stores occultants. De temps en temps, la brise soulevait l'un d'eux et une lumière chaude et onctueuse en jaillissait, pour s'éteindre aussi vite qu'elle était apparue. Ursula et moi marchions dans la lumière laiteuse d'un quartier de lune qui brillait à travers des nuages soyeux.

Au bout d'un petit moment, nous tombâmes sur un groupe de soldats qui se tenaient debout près de l'angle de la caserne sud. Nous les repérâmes à leurs silhouettes sombres et à la flamme orangée de leurs cigarettes. N'ayant pas détecté notre présence, ils riaient. Deux d'entre eux n'avaient ni chemise ni chaussures et ne portaient qu'un pantalon retenu par des bretelles passées sur leurs épaules nues. Lorsque nous approchâmes, ils nous saluèrent amicalement et l'un d'entre eux tendit le bras vers Ursula pour lui faire un baisemain, à la grande joie des autres. Elle me présenta au soldat en question, Franz Faber. C'était un blond, au large sourire, de quelques centimètres plus grand qu'Ursula. Une cicatrice courait sur le côté gauche de son visage. Ursula et Franz étaient si intimes avec le groupe qu'ils en oublièrent que je ne connaissais personne. Les autres hommes s'éloignèrent et me laissèrent plantée là avec le couple. Ne tenant pas à leur imposer ma compagnie, je m'aventurai plus loin dans la cour, où j'entendis alors un homme m'interpeller par mon prénom.

Je me retournai : c'était le capitaine Weber, l'un des hommes sans chemise ni chaussures, que je n'avais pas reconnu dans le groupe de ses semblables. Je rougis, embarrassée, car Ursula et moi avions interrompu leur réunion. Je resserrai le col de mon manteau autour de mon cou.

—C'est une belle soirée, non ? lança-t-il en me tendant la main.

Je la serrai poliment et hochai la tête.

—Je me promène avec Fräulein Thalberg, répondis-je en regardant ma montre. Nous devrions retourner au Berghof, d'ailleurs. Je suis désolée de vous avoir dérangé.

—Pas du tout, protesta-t-il en se frottant les mains. Il fait trop froid pour rester planté sous la lune. Ne voulez-vous pas entrer un moment ?

—La Cheffe n'aimerait pas ça. Je crois qu'elle appellerait ça de la « fraternisation ».

Il éclata de rire.

—Ne vous inquiétez pas pour la Cheffe. J'en fais mon affaire.

Je n'étais jamais entrée dans une caserne et je n'étais pas sûre d'y être à ma place, mais comment résister à l'invitation du capitaine ? Je n'avais rien d'autre à retrouver que mes quartiers solitaires. Ursula et son compagnon se trouvaient toujours là où je les avais laissés. J'agitai les bras afin d'attirer l'attention de ma cothurne, puis je désignai Karl. Elle comprit aussitôt et m'adressa un petit signe en retour. L'officier me guida vers l'entrée de la caserne. Sa chambre personnelle n'était qu'à quelques mètres de là. Il en ouvrit la porte et nous entrâmes.

Ses appartements étaient exigus, semblables aux nôtres, à Ursula et à moi, mais au moins le capitaine Weber vivait-il seul. La fenêtre, protégée par son rideau occultant, donnait sur le champ central. La chambre était meublée d'un lit, d'un bureau et offrait suffisamment d'espace mural et d'étagères pour qu'il expose ses diplômes, ses médailles et les trophées obtenus au cours de sa formation et de la part du Reich. Sa veste d'uniforme était accrochée au dos de la porte. Ses bottes noires cirées reposaient au pied de son lit.

Je louchai dans sa direction, savourant l'occasion de jeter un coup d'œil à son corps avant qu'il n'enfile une chemise blanche et ne la boutonne à moitié. Son ventre était plat, son torse et ses épaules larges. Il me fit signe de m'asseoir sur la chaise du bureau pendant qu'il prenait place sur le lit. Il tendit la main vers ses cigarettes, puis se ravisa.

—J'essaie d'arrêter de fumer. C'est mauvais pour la santé.

Souriant, il s'adossa contre le mur, comme si nous étions les meilleurs amis du monde.

—Je ne pensais pas que les hommes avaient le droit de fumer à l'extérieur.

Je désignai le plafond. Notre voisine, Frau Horst, m'avait dit que les bombardiers pouvaient viser la lumière des cigarettes. À l'époque, j'avais pensé qu'elle était idiote.

—Je vois les choses d'un autre point de vue. Qui sait pour combien de temps encore nous sommes là ? Et puis, les Alliés ne survolent pas cette région… pas pour le moment. (Je le regardai fixement, faute de savoir comment réagir.) Vous appréciez le Berg ? demanda-t-il finalement, rompant un silence inconfortable.

—Le « Berg » ?

Je ne connaissais pas ce terme.

—Tout le personnel appelle cet endroit le « Berg », surtout si vous aimez le chef.

—Je suis là pour travailler, répondis-je en posant les mains sur mes genoux. Je n'ai pas encore goûté le moindre plat. Je suis un peu nerveuse.

—Ne le soyez pas. Comment vous en sortez-vous ?

—Bien. J'ai rencontré la plupart du personnel. Le Führer a beaucoup de cuisiniers.

—Oui. Il y en a un qu'il aime tout particulièrement, un homme qu'il a arraché d'un sanatorium. La Cheffe est jalouse de lui, mais Hitler aime la façon dont il accommode les œufs.

Je fus surprise d'entendre le capitaine appeler le Führer par son nom. Cela me parut informel et irrespectueux, mais je repoussai cette pensée.

—J'ai vu Fräulein Braun et ses amies se promener avec ses chiens, lâchai-je.

—Oui, ses terriers écossais, Negus et Stasi. Ils sont dans le Grand Hall à minuit, avec tous les invités, tandis que Blondi doit attendre ailleurs. Hitler supplie Eva de laisser Blondi entrer, mais elle ne le permet pas, tant que ses chiots sont là. J'ai entendu dire qu'Eva donne des coups de pied à Blondi sous la table, ajouta-t-il avec un petit rire méprisant.

—Elle frappe qui ?

Je n'arrivais pas à saisir de qui Karl parlait.

—Blondi. La chienne berger allemand d'Hitler.

J'éclatai de rire, maintenant que tout cela avait un sens. J'avais vu la chienne quand le valet d'Hitler l'emmenait en promenade. C'était une belle bête, amicale avec la plupart des gens. Elle était autorisée à monter dans le cabriolet Volkswagen réservé au chef du Reich.

Karl regarda par le store, pendant quelques secondes.

—Ursula et Franz sont encore en train de parler. En fait, c'est plus qu'une conversation, mais je ne veux pas me montrer indiscret. Ils se connaissent depuis leur enfance à Munich. Ils sont amoureux.

Il appuya son oreiller contre le mur et s'allongea sur le lit. Ses yeux étincelaient sous la lumière de la lampe. J'avais l'impression qu'ils regardaient non au-delà de moi, mais à travers moi, qu'ils perçaient un trou dans mon âme. Je remuai sur mon siège, mal à l'aise d'être seule dans une pièce en compagnie d'un officier qui semblait désirer autre chose qu'une simple conversation.

—Que pensez-vous d'Eva ? demanda-t-il, avant d'ajouter : Savez-vous qui elle est ?

Je secouai la tête.

—Une amie du Führer ?

—Nous pensons tous qu'elle est plus que ça, mais la plupart des Allemands l'ignorent.

J'hésitai à lui donner mon opinion sur elle, parce que je craignais de trouver en lui un admirateur secret de la compagne d'Hitler. Je ne connaissais pas assez bien le capitaine pour deviner pourquoi il me posait ces questions. Chacun devait se montrer prudent lorsqu'il parlait avec un officier SS. C'était du moins ce que je croyais, surtout après ce que j'avais retenu de l'incident du train. Mon père affirmait que les mots étaient aussi précieux que l'or de nos jours et qu'il fallait les manier avec tout autant de précaution. Ma mère affichait un certain enthousiasme à se conformer à la ligne du Parti et veillait à ne dire que ce qu'il fallait. Je fournis donc une réponse inoffensive.

—Je n'avais jamais entendu parler d'elle avant de venir ici. Elle est jolie et porte des vêtements élégants qui lui vont bien. Ses bijoux me semblent chers.

Karl sourit.

—Elle change de tenue presque toutes les heures, alors que le reste de l'Allemagne…

Il rougit et détourna le regard, puis resta muet pendant de longues secondes, si bien que j'en vins à me demander si je devais partir.

—Je suis désolé, lâcha-t-il. Je devrais garder mes opinions pour moi, mais il est parfois difficile de conserver une attitude positive, vu la façon dont les choses tournent.

—Pourquoi ? m'enquis-je.

Rien de ce que j'avais entendu, à l'exception du commentaire d'Ursula, un peu plus tôt, ne me donnait la moindre raison d'être inquiète concernant le déroulement de la guerre. Il était très étrange que le capitaine ait abordé le sujet.

—Vous ne vous intéressez pas à la politique, n'est-ce pas ?

Je secouai la tête.

—Pas vraiment.

—Vous pouvez être honnête avec moi. Le contenu de nos conversations ne sortira pas de cette pièce.

J'étudiai ses yeux, scrutai leur profondeur afin de pouvoir juger de la vérité de ses paroles. Je n'y décelai que de la sincérité, mais je sentis quand même que je devais faire preuve de prudence dans mes commentaires.

—Franchement, je suis plus préoccupée par mes parents que par moi-même. Au début, la guerre ne signifiait pas grand-chose pour moi, pas plus que pour les autres filles de Berlin. Nous entendions dire que les gens de l'Est étaient nos ennemis. Mais maintenant, les choses ont changé, les bombardements alliés ont commencé et la nourriture se fait rare. La vie est dure. (Je détournai le regard, redoutant la question que j'allais poser.) Sommes-nous en train de perdre la guerre ?

Je l'entendis remuer sur le lit. Quand je levai de nouveau les yeux, il s'était rassis et me fixait.

—Comprenez-vous que votre question frise la trahison ?

Sa réaction me stupéfia.

—Je vous ai interrogé parce que je désire savoir. Je suppose que nous ne devrions jamais parler de perdre la guerre. Vous m'avez dit que je pouvais vous faire confiance. Par ailleurs, si j'étais traîtresse à notre pays, serais-je l'une des goûteuses du Führer ?

Il se leva du lit.

—Quelle réponse voulez-vous ? Celle du Reich ou la vérité ?

—La vérité.

Il sourit.

—J'ai eu raison de vous choisir. Mais vous aurez votre réponse plus tard. C'est bientôt l'extinction des feux. Je devrais vous escorter jusqu'à votre chambre. J'ai déjà pris un risque en recevant une femme ici. (Il souleva son store et regarda dehors.) Ursula et Franz ont disparu.

—Je peux rentrer toute seule. (Haussant les épaules, il me tendit une main que je serrai.) Je ne suis pas certaine que venir ici était une bonne idée, ajoutai-je en ouvrant la porte du hall faiblement éclairé.

Karl posa une main sur mon épaule.

—Laissez-moi vous emmener voir un film au Berghof. C'est Eva qui choisit les films. Nous les voyons avant le public. Souvent, nous les recevons d'Amérique. Hitler ne les regarde pas, car il considère que le chef du Reich ne doit pas s'amuser pendant que le pays souffre. Les seuls films qu'il regarde, ce sont des répétitions ennuyeuses de ses discours, afin de s'entraîner à devenir un meilleur orateur.

J'étais surprise.

—C'est ce qu'il fait de mieux.

Le capitaine hocha la tête.

Je réfléchis un instant à son offre de film.

—Je serais heureuse d'accepter votre invitation. Je pense que la Cheffe sera d'accord.

—Naturellement. Je vous rappelle que même un officier SS est un être humain.

Il se tenait tout près de moi pendant que nous avancions dans le couloir. Quand nous arrivâmes à la porte de la caserne, il s'inclina légèrement.

—Bonne nuit, Fräulein Ritter.

Les battements de mon cœur s'accélérèrent quand je m'engageai sur le champ de manœuvre. Le capitaine s'intéressait-il à moi ? Je n'osais pas le penser. Mon attirance physique n'était pas une raison pour lui faire confiance.

La lune avait grimpé plus haut dans le ciel et la température, baissé de quelques degrés. Une brise glaciale me piquait les joues pendant que je me hâtais vers le Berghof. Le garde qui nous avait laissés sortir était toujours en service, mais un autre SS se tenait dans l'ombre. En m'approchant, je reconnus le colonel dont la Cheffe et Ursula m'avaient conseillé de me tenir éloignée. Il s'avança vers moi et me demanda :

—Puis-je voir votre laissez-passer ?

—Je ne l'ai pas sur moi, répondis-je. On m'a dit que je n'en aurais pas besoin.

—Vous devriez l'avoir sur vous en permanence, Fräulein Ritter, répliqua le colonel. Ouvrez votre manteau.

—Vous me connaissez ? fis-je, non sans accéder à sa demande.

Ses mains froides tapotèrent mon corps. Satisfait, il me fit signe de continuer vers la porte.

—Bien sûr, répondit-il d'un ton aussi sombre que les ombres sur son visage.

Je regagnai ma chambre vide et me préparai à me coucher. Franz et Ursula étaient visiblement amoureux. Je m'imaginai brièvement en train d'embrasser Karl avant de me convaincre que cette idée était ridicule. J'avais besoin de ce travail. Il n'y avait pas de retour en arrière possible. Même s'il était très « humain », aucun homme, aussi charmant soit-il, ne pourrait me forcer à enfreindre des règles qui risqueraient de me coûter mon poste. Je repensai à l'officier SS qui avait fait descendre le couple du train. À quel point était-il humain ? Était-il rentré chez lui ce soir-là et avait-il fait l'amour à sa femme ? Avait-il mis ses enfants au lit avant de les embrasser pour leur souhaiter bonne nuit ?

Ces pensées tourbillonnaient dans ma tête pendant que j'essayais de dormir. La guerre était-elle en train de prendre une tournure vraiment mauvaise ?

Peu après minuit, Ursula regagna notre chambre. Elle n'alluma pas la lumière pour se déshabiller. Elle se glissa dans sa chemise de nuit, se mit au lit et poussa le soupir d'une jeune femme qui venait de passer une soirée exaltante avec un homme.

Je l'enviais.

4

Les mains tremblantes, je regardais la Cheffe s'affairer avec divers champignons, fioles et petits récipients remplis de poudres variées. Ses bras minces s'agitaient au-dessus de la table en chêne. Mon premier cours sur les poisons se déroula un matin de bonne heure, dans un coin des cuisines, pendant que le reste du personnel vaquait à ses occupations.

Je n'eus pas d'appétit pour le petit déjeuner et mon estomac se retournait en regardant les objets disposés devant moi. Je m'assis, trop nerveuse pour rester debout.

—Nous allons examiner quatre domaines, commença la Cheffe. Les champignons, l'arsenic, le mercure et le cyanure. Nous ne pourrons pas tout couvrir aujourd'hui, mais ce sera notre point de départ. (Elle désigna les champignons.) L'un d'eux est comestible, l'autre non. Pouvez-vous les distinguer ?

La peur m'envahit. Je n'en avais aucune idée. Ils étaient identiques à mes yeux. Elle me montra deux sphères blanches qui ressemblaient à des vesses-de-loup.

—Allez, lequel d'entre eux est toxique ? (Je secouai la tête.) Je vois que la route sera longue. (Elle enfila une paire de gants en caoutchouc et s'empara de l'un des champignons en forme d'entonnoir.) C'est un *Omphalotus olearius*. Il pousse en Europe. S'il est rarement mortel, il peut provoquer des maladies graves. Il ressemble à *Cantharellus cibarius*, une chanterelle, qui pousse ici sous le nom de *Pfifferling*.

Elle a un goût poivré. (La Cheffe détacha un petit morceau de la chanterelle et la tint sur le bout de son doigt.) Allez-y. Goûtez-moi ça.

Je pris la chair jaune orangé entre mes doigts et j'étais sur le point de la mettre dans ma bouche quand la Cheffe me retint :

—Attendez, me dit-elle. Sentez-la d'abord.

J'avais l'impression d'être une idiote, à sentir et à goûter des champignons, mais l'activité devait faire partie de ma routine quotidienne.

Je portai le morceau à mon nez et reniflai.

—Ça sent l'abricot.

Je fourrai le morceau dans ma bouche, où je le laissai se dissoudre lentement jusqu'à ce que le goût poivré devienne trop fort. J'avalai et remuai la langue pour essayer d'en faire sortir le goût, craignant que la Cheffe ne me joue un mauvais tour. Voulait-elle m'empoisonner ?

—Observez l'*Omphalotus*. Il pousse aussi en Amérique et en Asie. Il a des lamelles non fourchues et l'intérieur est orange, pas comme celui de la chanterelle. (Elle fendit les deux champignons en deux pour me montrer la différence de couleur.) Le Führer mange rarement des champignons. Il ne les aime pas vraiment, mais voyez comme il serait facile de broyer, de hacher ou d'émincer un *Omphalotus* et de le glisser dans sa cocotte d'œufs aux pommes de terre. Vous devez être consciente des couleurs et des odeurs des aliments toxiques et être à l'affût de leurs traces.

La Cheffe m'expliqua ensuite la différence entre les deux vesses-de-loup qui reposaient sur la table. L'une était mortelle, l'autre non. Je devais avoir la vision troublée, car à part la taille et la quantité de terre sur les deux champignons, je les trouvai étonnamment similaires. J'étais incapable de faire la différence. La Cheffe secoua la tête comme si elle réprimandait une élève paresseuse pour sa stupidité.

—Vous allez apprendre, décréta-t-elle d'une voix ferme.

Ou mourir.

Nous passâmes à l'arsenic. La Cheffe prit une petite quantité de poudre et la fit chauffer dans une poêle. Ça sentait l'ail. Elle s'empara également de quelques granules gris-blanc et abattit plusieurs fois un marteau dessus, provoquant friction et chaleur. L'odeur d'ail emplit l'air.

—L'empoisonnement provoque des symptômes très similaires à ceux du choléra : diarrhées, vomissements, crampes et convulsions, déclara la Cheffe. C'est pourquoi il était facile de dissimuler un tel empoisonnement, au cours des siècles passés, où le choléra était très répandu. La douleur causée par l'arsenic est aiguë. L'ail est un antidote contre un empoisonnement lent.

Elle m'ordonna de mettre des gants et de renifler l'arsenic, qui sentait le métal plutôt que l'ail. Mes mains tremblèrent quand elle m'intima d'en goûter une petite particule. Mes mâchoires se crispèrent. La Cheffe capitula : elle m'ouvrit la bouche de force et plaça le petit morceau sur ma langue. Il avait un léger goût de fer, à peine suffisant pour être remarqué.

Elle me tendit ensuite un flacon brun de chlorure de mercure.

—On l'utilisait pour traiter la syphilis engendrée par les rapports sexuels, mais c'est un poison qui peut tuer. Il provoque une transpiration abondante, une pression sanguine élevée et un rythme cardiaque rapide. Inutile de le goûter, il n'a aucun goût.

La Cheffe me tendit le petit bol de sels blancs et me le fit examiner. Une faible odeur de chlore se dégageait du bol, mais il se pouvait que je l'aie imaginée tant elle était faible.

Enfin, nous nous occupâmes du cyanure. Selon la Cheffe, c'était le poison qui serait le plus probablement utilisé contre le Führer. Les granulés blancs dégageaient une faible odeur d'amande amère. La Cheffe était contente quand j'aie remarqué l'odeur.

—Certains ne sont pas capables de sentir le cyanure. C'est un trait génétique. Vous avez de la chance, sinon, vous auriez dû vous trouver un autre travail.

Je fus accablée par ma propre déveine. Si j'avais menti au sujet de l'odeur, j'aurais pu être affectée à la comptabilité des cuisines ou à une autre tâche moins dangereuse. Au lieu de quoi, grâce à mon ignorance des poisons, je m'étais assuré mon emploi de goûteuse.

La Cheffe fit tournoyer son doigt ganté dans les granules.

—Les sels de cyanure sont extrêmement toxiques. On perd connaissance, on ne peut plus respirer et la peau devient bleue. (Elle désigna une fiole métallique sur la table.) Malheureusement, quelques-uns de nos officiers se sont déjà suicidés de cette manière. Briser une capsule de cyanure avec les dents provoque la mort en quelques minutes. On ne peut plus rien faire une fois que le poison a été ingurgité.

Le liquide semblait assez inoffensif, presque incolore, mais je fus surprise de la rapidité avec laquelle la mort pouvait survenir. Je devais croire la Cheffe sur parole concernant son statut de poison.

La tête me tournait après tout ce qu'on m'avait montré. L'un des cuisiniers demandant à voir Fräulein Schultz, elle s'absenta quelques minutes. Je tins la fiole de cyanure et regardai la fine ampoule de verre, avant de la replacer sur la table puis de poser les yeux autour de moi dans la cuisine. La Cheffe était en train de superviser la préparation du petit déjeuner d'Hitler. Je ne pouvais qu'attendre. Assise sur ma chaise, je fus prise de vertige en songeant qu'une si petite capsule de verre pouvait changer le cours de l'histoire, à condition que quelqu'un ait le courage de mettre son plan à exécution. Hitler n'était pas un héros pour moi, mais je n'osais pas dire ce que je pensais.

Le capitaine Weber m'invita au cinéma le premier soir où je goûtai la nourriture d'Hitler. Karl organisa notre rendez-vous par l'intermédiaire d'Eva Braun. Apparemment, son physique et sa position au sein des SS étaient suffisamment remarquables pour qu'il soit placé occasionnellement dans le cercle d'Eva. Depuis que Karl et moi avions discuté dans ses quartiers, j'avais revu Eva plusieurs fois aux cuisines. Sa présence était un événement particulier qui perturbait les cuisiniers et les commis, car elle exigeait que l'on soit aux petits soins pour elle. La Cheffe m'expliqua qu'Eva était la compagne du Führer et la maîtresse de maison de la résidence. Elle apparaissait dans de belles robes qui flattaient sa silhouette, même lorsqu'elle déambulait pour inspecter les fours et les gazinières. Elle tenait surtout à savoir ce que le personnel préparait pour ses invités, et non pour Hitler. Elle parlait à chacun des cuisiniers et demandait même à goûter un plat d'agneau en cours de préparation, exigence qui provoquait la consternation de la Cheffe : elle réprimandait Eva en prenant garde de ne pas l'insulter, prétextant qu'elle ne pouvait pas garantir sa sécurité si Fräulein continuait à agir de manière aussi peu orthodoxe. Eva secouait la tête et sa cascade de boucles, puis éclatait de rire. Elle dégageait un air d'invincibilité, suggérant qu'aucun malheur ne saurait la toucher.

La Cheffe m'avait raconté qu'Hitler se prétendait végétarien, mais des rumeurs circulaient selon lesquelles il mangeait de la viande : du pigeonneau, certains poissons et même du poulet. Quand je l'avais interrogée, la Cheffe avait répondu qu'Hitler ne demandait jamais que des œufs, des fruits et des légumes. Eva, pour sa part, mangeait de la viande, et avec appétit, comme la plupart de ses invités. Hitler n'imposait pas ses habitudes alimentaires aux autres, mais il veillait à placer ses invités carnivores à sa table et leur parlait souvent des boucheries, des abattoirs et de l'horreur qui y régnait. La Cheffe m'affirma que certains officiers quittaient la table quand les histoires qui avaient accompagné leur déjeuner ou leur dîner s'avéraient tellement remplies de sang et de viscères que leurs estomacs se retournaient.

Je n'avais jamais vu le Führer. Autrement dit, tout ce que je savais sur lui, je l'avais appris des autres. La plupart des ragots du Berghof se propageaient dans l'ombre. On ne savait jamais si le colonel était tapi dans un coin, l'oreille collée au mur.

Par une fin de matinée, après la visite d'Eva aux cuisines, la Cheffe me prit à part et me chuchota :

—Le Führer trouve Eva trop maigre. Il aime les femmes qui ont plus de chair sur les os. Vous verrez ce que je veux dire si vous apprenez à le connaître. Il s'intéresse toujours aux femmes qui ont des courbes. (Elle gloussa.) Dieu interdit à Eva de changer d'apparence. Elle s'est attaché les cheveux une fois et il a détesté. Il a déclaré qu'il ne la reconnaissait pas. Eva n'a plus jamais recommencé, bien qu'il ait complimenté une de ses secrétaires quand elle a fait de même.

J'avais envie de m'esclaffer, mais mon rire demeura coincé dans ma gorge. Les rumeurs sur la défaite de l'Allemagne étaient en opposition avec ce que je voyais et entendais au Berghof : la nonchalance d'Eva Braun, qui se promenait dans le parc avec ses invités et ses chiens ; les conversations sur les robes et les coiffures ; la scène bucolique des enfants d'Albert Speer venus demander des pommes aux cuisines. Même Hitler, selon la Cheffe, était un hôte aux manières impeccables, plutôt prince des montagnes que chef d'une machine de guerre. Tout était paix et abondance dans l'atmosphère à l'oxygène raréfié du Berghof.

J'étais tellement curieuse que j'interrogeai la Cheffe sur l'homme qu'était vraiment le Führer. Je n'avais rien vu des accès de rage qu'on lui prêtait à l'encontre de ses officiers, ni du personnage froid et calculateur qui terrifiait les plus faibles que lui.

—Il est comme votre grand-père, me répondit-elle, idée qui me fit éclater de rire. Je ne l'ai jamais vu en colère, poursuivit-elle. Bouleversé, oui, mais furieux, non.

Le colonel apparut à la porte des cuisines, impeccablement soigné et poli : l'image du parfait SS.

— Voyez-le, maugréa la Cheffe, en regardant dans sa direction. C'est tout lui : il surgit de nulle part pour nous observer, comme maintenant. (Elle posa discrètement un doigt sur ses lèvres.) Faites attention à ce que vous dites quand vous êtes près de lui. Je ne me mettrai jamais en travers de son chemin parce que je ne lui fais pas confiance. Il protège le Führer mieux que Blondi. Le colonel m'a déclaré à plusieurs reprises que si nous connaissons des revers avant de gagner cette guerre, ce n'est pas la faute du Führer. D'après lui, ce sont les Alliés qui causent nos malheurs, mais je ne serais pas surprise qu'il en rende bientôt le peuple allemand responsable.

Le colonel passa devant nous dans la cuisine, examinant les éviers, les comptoirs, les plans de travail, comme s'il s'agissait de son propre domaine. Il me rendait nerveuse. Les rumeurs qui circulaient dans cette résidence de montagne donnaient l'impression que le Berghof reposait sur un iceberg en train de fondre lentement alors que tout alentour étincelait au soleil.

Hitler mangeait toujours aux alentours de 20 heures dans la salle à manger. Vers 19 heures, la Cheffe alignait les plats que je devais goûter ainsi que la nourriture pour ses invités. Ursula avait eu sa soirée de libre pour s'occuper d'une affaire de famille à Munich. Normalement, nous goûtions toutes les deux la nourriture. Les autres filles travaillaient au petit déjeuner ou au déjeuner, à moins qu'elles ne se trouvent dans l'autre quartier général. La Cheffe m'avait donné quelques leçons supplémentaires sur les poisons, notamment sur d'autres champignons et sur les sels. Je les étudiais autant que je pouvais, mais je n'étais pas convaincue de ma capacité à sauver le Führer de l'empoisonnement.

La cuisinière plaça le repas du Führer devant moi : une assiette d'œufs et de pommes de terre en dés battus ensemble, jaunes et moelleux ; une fine bouillie ; des tomates fraîches arrosées d'huile d'olive et de poivre ; une salade verte agrémentée de poivrons et de concombres ; une assiette de fruits frais saupoudrés de sucre. Les tomates, ainsi que les légumes de la salade et les fruits, avaient été cultivées dans les serres du Berghof.

J'examinai la nourriture en songeant qu'il s'agissait peut-être de mon dernier repas. Un sentiment de peur fusa jusque dans mon bras lorsque je soulevai la cuillère. Mon indécision était visible.

La voix de la Cheffe retentit dans mes oreilles.

— Réfléchissez à ce que vous faites ! Ne vous contentez pas de goûter la nourriture.

Je me demandai ce qu'elle voulait dire.

— Bien sûr. Je suis désolée.

Je levai l'assiette vers mon nez et reniflai. L'odeur qui flotta jusqu'à mes narines était complètement normale : le parfum chaud et réconfortant des œufs brouillés et des pommes de terre à la poêle.

— Allez-y, m'intima la Cheffe. (Elle m'invita à l'action d'un grand geste des mains.) Nous n'avons pas toute la nuit.

Les autres cuisiniers me regardèrent, comme si j'étais une démente. Ursula était habituée au métier de goûteuse, mais j'avais du mal à débarrasser mon esprit de la peur de rendre mon dernier souffle. La Cheffe ayant croisé les bras, je m'armai de courage et enfournai la nourriture.

Le plat était délicieux. Il n'y avait pas d'odeurs, pas de goûts inhabituels. Je me détendis un peu et je longeai la table, en prélevant des échantillons de nourriture. Les cuisiniers et autres commis retournèrent à leurs préparatifs, sans plus se soucier de moi. Je goûtai des asperges, du riz, des concombres, des tomates, un melon et un morceau de gâteau aux pommes, le dessert préféré d'Hitler. J'eus bientôt mangé assez pour me sentir rassasiée.

— Et maintenant ? demandai-je à la Cheffe.

— Maintenant, vous attendez.

Elle avait prononcé ces mots simplement et sans émotion, aussi cliniquement qu'un médecin sans cœur aurait annoncé à un patient qu'il ne lui restait que peu de temps à vivre.

Je pris place à la petite table en chêne, dans le coin, et je regardai les plats qu'on disposait sur leurs plateaux de service, en vue du repas du soir. Je me dis que n'importe lequel des cuisiniers ou des commis, lorsqu'ils apportaient et servaient la nourriture, pouvait administrer une dose de poison à Hitler. Cependant, seuls un cuisinier et quelques commis étaient autorisés à toucher la nourriture que j'avais goûtée. C'était une forme d'assurance vie. Si quelque chose arrivait au Führer, la plupart du personnel de cuisine serait dédouané : seuls ceux qui avaient la responsabilité de servir seraient suspectés.

Une fois les dernières assiettes emportées vers 20 heures, je fus autorisée à quitter les cuisines.

—Vous voyez, il n'y avait pas de quoi vous inquiéter, commenta la Cheffe.

Son attitude blasée m'inquiétait. Elle ne goûtait pas la nourriture comme moi, même si je l'avais vue plonger de temps en temps une cuillère dans les plats. Mon sort reposait entre mes propres mains : raison de plus pour être prudente lorsque je goûtais.

Je retournai dans ma chambre, me changeai, me coiffai et tentai de lire.

Karl frappa à ma porte vers 22 heures. Mon cœur palpita quelque peu quand je le découvris, avec ses cheveux soigneusement coiffés, son uniforme immaculé et repassé, ses bottes cirées. Il sourit et s'inclina légèrement.

Je fermai la porte et glissai mon bras gauche dans l'arc qu'il avait créé avec son coude droit. Nous nous dirigeâmes vers le Grand Hall, à savoir le grand salon dont j'avais entendu parler sans jamais y être entrée. Avant de l'atteindre, nous arrivâmes à une volée de marches qui descendaient.

—La conversation autour du dîner a été ennuyeuse, comme d'habitude, dit-il. Eva a parlé de ses chiens et Hitler de Blondi. Puis Bormann s'est mis à causer de ses enfants. (Il leva les yeux au ciel.) C'était fascinant. Je peux vous décrire le parcours scolaire de chacun et les projets qu'il a pour eux.

C'est tellement plus agréable quand Speer est là. Au moins, cet homme n'est pas un mufle.

—Où est le Führer ? demandai-je, fermement accrochée à Karl pendant que nous gravissions les marches en pierre.

—Il est dans le Hall avec ses généraux pour sa conférence militaire du soir. Heureusement, je n'en fais pas partie. La conférence va durer jusqu'à minuit, voire plus tard, quand nous serons peut-être appelés pour le thé. Il n'est pas rare qu'elle s'éternise jusqu'à 2 heures, parfois davantage. (Il posa un doigt sur ses lèvres comme pour me communiquer un secret.) C'est pourquoi Eva et lui se lèvent si tard le matin. Mais nous autres, on doit assurer nos obligations.

—J'ai de la chance de n'être que goûteuse.

Karl relâcha mon bras et s'arrêta dans l'escalier.

—Votre travail est important, peut-être l'un des plus importants du Reich. Vous vous tenez entre Hitler et la mort. Ne l'oubliez jamais.

Un frisson de malaise me parcourut alors que je réfléchissais à l'immensité de ma tâche. Étais-je vraiment la seule à me tenir entre Hitler et la mort ? Il y avait quatorze autres personnes dans une situation identique. Éprouvaient-elles la même chose que moi ? Ma tâche ne me conférait pas un grand sentiment d'importance. En fait, ces dernières semaines, j'avais préféré la considérer comme un simple travail. Savoir que le destin du Führer était lié au mien était trop lourd à supporter. Je préférai changer de sujet.

—Quel est le film projeté ?

—*Autant en emporte le vent.* Tout le monde est impatient de le voir. Eva a déclaré que c'était très romantique. Comme la plupart des films américains.

Il reprit mon bras et nous atteignîmes le bas des marches. Un long couloir percé de plusieurs portes de chaque côté s'étendait devant nous. Karl ouvrit la plus proche : des rires flottaient dans l'air. La pièce était remplie d'hommes en costume et de femmes vêtues de belles robes. Eva et ses amies étaient assises sur des chaises alignées au premier rang, de part et d'autre du projecteur, tandis que les autres invités avaient été placés derrière elles. Negus et Stasi, les chiens d'Eva, étaient blottis à ses pieds. Nous nous trouvions dans un petit stand de bowling, construit sous les salles principales du Berghof. Un écran avait été placé à l'extrémité des pistes. Deux jeunes hommes que je connaissais des cuisines prenaient les commandes, puis revenaient avec des plateaux surchargés de boissons.

Karl et moi étions assis vers le fond, dans des fauteuils à haut dossier pelucheux. Ils étaient un peu raides et je me demandai si nous n'allions pas finir par nous trouver incommodés, pendant tout un film. Lorsque le bowling fut plongé dans l'obscurité, Karl tendit le bras et toucha ma main. La chaleur se répandit dans mes doigts et dans mon bras. Le choc se propagea jusqu'à mon cœur, ce qui m'obligea à lutter pour reprendre mon souffle.

—Quelque chose ne va pas ? demanda-t-il.

—Non, murmurai-je. J'ai goûté pour la première fois, ce soir. C'est peut-être une réaction à la nourriture.

Karl pivota sur son siège et me prit les mains.

—Si vous êtes malade, j'irai chercher le médecin personnel du Führer.

Je me penchai en arrière.

—Je vous en prie, Karl, je vais bien. Profitons du film.

Il hocha la tête et se détendit quelque peu. Les lumières clignotèrent, la musique jaillit des haut-parleurs et nous reportâmes notre attention sur l'écran. Je m'assurai de garder sa main dans la mienne. Il serra mes doigts pendant que Scarlett taquinait les jumeaux Tarleton. J'eus la même réaction quand, plus tard dans le film, Scarlett embrassa Rhett Butler.

Vers 1 heure du matin, un appel téléphonique mit fin au film. Nous n'en étions qu'aux deux tiers, mais la projection était terminée pour la soirée. Ceux qui voulaient connaître la fin de l'histoire devraient attendre une autre occasion. Karl me raccompagna dans ma chambre, déposa un baiser sur ma main et disparut dans le couloir. Une fois au lit, je rêvai cette nuit-là que je faisais l'amour avec lui.

Au fil des jours, ma peur de goûter s'atténua. Un après-midi, j'appelai mes parents pour la première fois depuis mon arrivée au Berghof et leur expliquai que je travaillais avec Hitler. Le Reich les avait déjà informés de ma mission. Cependant, je ne leur racontai pas précisément en quoi consistaient mes attributions. Je devinai que mon père n'était pas content de mes nouvelles fonctions, car son silence trahissait ses pensées. Je savais aussi que quelqu'un, probablement un SS, écoutait notre conversation. Je soupçonnais mon père de s'en douter lui aussi.

Plus expansive, ma mère me pressa de parler de mon travail. Je lui répondis que j'étais au service du Führer et j'en restai là. Mieux valait ne pas leur donner d'autres informations. En raccrochant, je me rendis compte à quel point je vivais dans un monde de méfiance et de peur. Peut-être les réponses froides de mon père avaient-elles amplifié ce ressenti. Au Berghof, nous vivions dans un environnement de type monastique : isolés, insulaires, coupés des réalités de la guerre. Hitler et ses généraux portaient la charge psychologique des combats. Nous ne voyions ni n'entendions les colères légendaires, pas plus que nous ne faisions l'expérience des tensions qui semblaient s'infiltrer dans cette retraite montagnarde. Nous n'avions droit qu'à des rumeurs. Nous pouvions choisir de les croire ou non. Je n'aimais pas me sentir ainsi, car je voulais que le monde soit « normal ». Après mon échange téléphonique avec mes parents, je compris à quelle distance et à quelle vitesse je m'étais éloignée du quotidien. Je me demandai si tous les gens au service d'Hitler ressentaient la même chose. J'étais en train de me laisser séduire par le drame singulier dans lequel nous jouions. Nous étions tous des Marie-Antoinette suggérant au monde de manger de la brioche pendant que la terre était réduite en cendres autour de nous.

Après environ deux semaines, je réussis finalement à goûter un repas sans trembler. Ursula et les cuisiniers m'avaient taquinée, si peu charitablement en fait, que j'avais fini par me forcer à me détendre. Ils m'assurèrent qu'aucun poison ne pouvait passer entre leurs mains. En guise de plaisanterie, en cuisines, on me présentait souvent le repas comme étant sans doute mon « dernier ». En dépit de leurs assurances, je souffrais toujours d'une nervosité épisodique au creux de l'estomac.

Le capitaine Weber et moi parlions souvent quand nous nous croisions dans les couloirs et, parfois, nous avions des conversations tranquilles aux cuisines. La Cheffe pouvait faire autant de tapage qu'elle le souhaitait, c'était le droit de Karl de superviser les lieux comme il l'entendait. Un soir, il suggéra que nous allions à la salle de spectacle pour une soirée de danse improvisée. Sur l'insistance d'Ursula, j'acceptai, bien sûr.

Karl vint me chercher dans ma chambre et m'accompagna pour gravir la pente qui menait au Hall. L'air était froid, la nuit fraîche, pendant que nous marchions. Un petit parquet de danse avait été aménagé en repoussant les chaises le long des murs. Les lumières étaient tamisées, à peine suffisantes pour éclairer la pièce. Des disques, principalement des valses, crépitaient sur un vieux phonographe de table. La musique était diffusée à travers la pièce par un haut-parleur de couleur or, en forme de fleur. Deux autres couples dansaient. Faute de cavalière, quelques hommes dansaient ensemble, sans se toucher à part les mains. Ils nous lancèrent des regards envieux lorsque Karl m'attira contre lui et m'entraîna dans une valse. Nous nous coulâmes naturellement l'un contre l'autre.

La nuit fondit en étoiles et en chaleur. J'aimais être à côté de Karl et, à en juger par le sourire satisfait sur son visage, il appréciait lui aussi. Nous dansâmes pendant plusieurs heures, quasiment sans ouvrir la bouche. Si l'amour est une énergie, une force, elle passa entre nous cette nuit-là. Quand je quittai finalement ses bras, mon corps frissonnait.

Au moment de quitter le Hall, nous entendîmes un bruit de toux. Karl attrapa fermement ma main et me guida hors du bâtiment. Je jetai un coup d'œil en arrière. Le colonel sortait de l'ombre, cigarette à la main. Sa fumée flottait dans la lumière tamisée et son regard nous suivit pendant que nous nous éloignions.

— Depuis combien de temps nous observe-t-il ? demandai-je à Karl.

— Depuis le début de la soirée, répondit-il sans se retourner.

Un après-midi de la fin mai, j'accompagnai Karl et Ursula pour une excursion à la Teehaus, la maison de thé d'Hitler. C'était ma première visite. J'avais entrevu la bâtisse une fois, depuis la terrasse qui longeait les côtés nord et ouest du Berghof. L'esplanade n'avait alors pour tout occupant qu'un garde SS qui profitait du bon air, si bien que j'avais jeté un coup d'œil furtif à la tourelle ronde de la Teehaus, qui se dressait à travers les arbres en contrebas. Le SS m'ayant reconnue, il ne s'était pas opposé à ce que je partage la vue.

Les montagnes au nord étaient souvent brumeuses et voilées de nuages, mais le premier jour où je vis la Teehaus, le ciel était clair et bleu. En contemplant le paysage, je compris pourquoi Hitler s'était approprié cet endroit particulier. Il avait acheté le domaine – l'avait confisqué, selon certains – et avait entrepris des rénovations peu de temps après. La vue donnait à son propriétaire la supériorité psychologique de celui qui était tenté de croire qu'il était un dieu. Observer les magnifiques pics rocheux, c'était se sentir au sommet du monde, alors que ceux d'en bas n'étaient que des taches, de la terre sous ses pieds. Hitler était vraiment le maître de tout ce sur quoi il posait le regard.

Karl, Ursula et moi partîmes pour la Teehaus peu après 1 heure. Le ciel était également bleu au-dessus du Berghof ce jour-là, mais une bande de nuages élevés s'approchait du nord-est. Nous descendîmes l'allée, puis coupâmes sur un sentier qui traversait la forêt en passant par un chemin boisé. Dans un magnifique virage, des rambardes en rondins taillés empêchaient le promeneur de dégringoler dans le précipice de la vallée de Berchtesgaden. Un long banc avait été construit à cet endroit pour qu'Hitler puisse contempler la vue magnifique qui s'ouvrait vers le nord. Karl nous raconta qu'Eva et ses amis aimaient se servir des rambardes comme de barres de gymnastique, sur lesquelles ils se balançaient en tendant leurs jambes au-dessus du précipice, du moins pour les besoins des photos. Elle était toujours en train de poser et d'utiliser sa nouvelle caméra, expliqua-t-il. Hitler était souvent mal à l'aise lorsqu'elle filmait, mais il s'était résigné à son passe-temps.

La Teehaus, située à moins d'un kilomètre du Berghof, fut bientôt en vue. C'était une espèce de château miniature, planté sur une colline rocheuse. Le chemin se terminait par des marches en pierre menant à sa porte. Karl disposait d'une clé, car le personnel de cuisine était très souvent appelé à y servir.

—Je ne devrais vraiment pas faire ça, mais je veux que vous voyiez cet endroit, déclara-t-il. C'est tout à fait charmant. Hitler se détend ici et invite d'autres gens à se joindre à lui. Il descendra plus tard.

Karl ouvrit la porte afin qu'Ursula et moi puissions jeter un coup d'œil à l'intérieur. Une table ronde, décorée de fleurs et garnie d'une nappe en soie, de porcelaines étincelantes et d'une argenterie polie, trônait au centre de la pièce. Des fauteuils en peluche, décorés d'un motif floral abstrait à base de campanules tourbillonnantes, ajoutaient à l'atmosphère médiévale de la tourelle. Une cuisine et des bureaux se trouvaient derrière cette grande pièce circulaire. Nous entrâmes et Karl m'invita à m'asseoir dans l'un des fauteuils, ce que je fis. Je me retrouvai à me prélasser sur ses coussins moelleux.

—C'est là qu'il s'assied, m'apprit Karl.

Je me relevai d'un bond.

Ursula éclata de rire.

—Ouh, la peureuse ! me taquina-t-elle. Il n'est pas là.

—Pourquoi m'as-tu dit de m'asseoir là ? demandai-je à Karl, irritée de sa farce. Je ne veux pas avoir d'ennuis.

Je me sentais stupide.

—Tu n'en auras pas. Assieds-toi et profite de la vue.

Je repris mon siège et regardai par les fenêtres qui perçaient tout l'avant de la tour pendant qu'Ursula et lui chuchotaient dans l'embrasure de la porte.

—Qu'est-ce que vous complotez tous les deux ? demandai-je.

Karl se tourna vers moi, la mine sombre.

—Rien. Je parle de sa mère avec Ursula : elle a été malade, tu sais.

La nuit où Karl et moi étions allés voir *Autant en emporte le vent*, Ursula avait été appelée à Munich.

Je restai assise plusieurs minutes encore, tandis qu'ils poursuivaient leur conciliabule. Finalement, je me levai, j'examinai les autres tables et chaises, puis je vins me placer derrière eux. Ils interrompirent brusquement leur conversation quand je m'approchai trop près.

—Nous devrions rentrer, déclara Karl. Nous ne pouvons pas nous éterniser ici.

Alors que nous marchions, je me demandai quelle avait été la véritable raison de notre venue dans cet endroit. Notre visite à la Teehaus n'avait pas produit sur moi une impression agréable. Quelque chose me serrait l'estomac et je savais que mon malaise était lié à Karl et Ursula. Ils préparaient quelque chose.

5

Karl nous informa qu'en général, Hitler restait peu de temps au Berghof avant de partir pour un autre quartier général ou une autre cachette. Lorsque Hitler était en résidence, un drapeau nazi géant flottait au-dessus des lieux. Il s'avéra qu'il ne séjourna pas au Berghof pendant plus de deux semaines en mai. Je n'étais pas sûre de savoir où il se rendait ensuite, mais Karl, en douce, me confia que sa destination n'était autre que la Tanière du loup. Pour déjouer les tentatives d'assassinat, le Führer gardait ses plans de voyage secrets et changeait souvent de train ou d'avion au dernier moment ou bien se présentait en avance ou en retard à ses rendez-vous. Il utilisait cette tactique depuis des années et elle lui avait été bien utile, surtout depuis que la guerre avait éclaté.

Une rumeur circulait, selon laquelle Hitler organiserait une réception à la Teehaus pour le personnel de cuisine avant de partir pour son prochain voyage. Ce serait la première fois que j'aurais l'occasion de rencontrer le chef du Reich. Je demandai à Karl ce qu'il en était, il me confirma que c'était vrai.

Après le petit déjeuner du lendemain matin, tout le monde était en effervescence et attendait avec impatience le « thé » avec le Führer. Une pluie fine tombait, incapable pourtant d'entamer notre humeur joyeuse. La Cheffe voulait que je procède à l'inventaire des serres et que j'enregistre les denrées alimentaires, en plus de mes tâches de dégustation, si bien que je tardai à regagner ma chambre.

— Eva a demandé à tout le monde de venir en tenue traditionnelle bavaroise, m'annonça la Cheffe. Il y aura un costume sur votre lit.

— Pourquoi est-il si important de se déguiser ? lui demandai-je.

— Parce que Heinrich Hoffmann, le photographe personnel d'Hitler, est ici. Eva et lui ont pensé que ce serait une bonne opportunité de fixer l'esprit bienveillant du Führer sur la pellicule pendant qu'il divertit et remercie son personnel. (Elle gloussa.) Eva adore se déguiser. C'est ça, la véritable raison de notre travestissement à tous.

Ursula se trouvait déjà dans notre chambre lorsque j'y revins, déjà revêtue de sa tenue bavaroise. Je n'avais vraiment aucun goût pour les bas, jupons, robe à volants et manches bouffantes de ces habits. Ursula était assise sur son lit et reprisait son tablier. Elle se détourna rapidement de moi lorsque j'entrai.

— Tu ferais mieux de te préparer, me lança-t-elle en lançant un coup d'œil par-dessus son épaule.

Ses doigts tremblaient tant que l'aiguille lui glissa de la main.

— Tu vas bien ? demandai-je. Il y a un problème avec ton tablier ?

Elle secoua la tête.

— Je tremble parce que je n'ai pas mangé. Il faut que j'aille chercher quelque chose à grignoter aux cuisines.

Et elle se remit à sa couture, piquant en travers de la poche gauche du tablier.

— Il n'y a pas grand-chose à manger maintenant. Le personnel prépare le déjeuner, mais pas d'inquiétude pour ce qui est de se préparer. Je suis sûre qu'il sera plus de 16 heures quand nous serons appelées à la Teehaus. Nous avons largement le temps.

Ursula soupira.

— Oui, en effet.

Elle retourna à son ouvrage pendant que j'inspectais ma robe et ses accessoires.

—Je n'ai pas de tablier. Tu crois qu'il m'en faut un ?

Ses yeux se perdirent dans le vague.

—Je ne sais pas. Tu devrais demander à la Cheffe. Celui-ci, on me l'a donné à moi, spécialement.

Je m'allongeai sur mon lit avec un livre.

—Il fait si mauvais que c'est une journée parfaite pour lire.

Ursula rejeta tablier et aiguille sur son lit.

—Tu ne pourrais pas faire une promenade ou trouver quelque chose pour t'occuper ?

Je me redressai, choquée par la dureté de son ton.

—Qu'est-ce qu'il y a ? Je ne t'ai jamais vue aussi bouleversée. C'est ta mère ?

Elle enfouit son visage entre ses mains et se mit à sangloter. Je m'approchai, m'assis derrière elle et la berçai contre moi. Ses sanglots ne firent que redoubler.

—Oui, balbutia-t-elle entre deux halètements. Je n'ai plus de famille maintenant. Mes deux frères sont morts à la guerre. Mon père est déjà mort et ma mère est en train de mourir. Je me fiche de savoir si nous perdons cette guerre, j'ai déjà tout perdu. Mes frères étaient tout ce que j'avais.

Je l'obligeai à se retourner face à moi et essuyai ses larmes avec un mouchoir.

—Sois forte et ne te laisse pas submerger par les difficultés.

Ursula me repoussa.

—C'est facile à dire pour toi qui as encore ta famille. Attends qu'ils soient partis, tu verras comme c'est dur.

Elle s'effondra sur son lit. Attristée par son humeur, je me levai et regardai par la fenêtre. Les montagnes étaient perdues dans la brume argentée et le brouillard. Au cours des journées comme celle-ci, l'impression d'invincibilité que dégageait le Berghof ne tardait pas à se dissiper.

—Je te laisse tranquille, mais tu n'as qu'à demander si tu as besoin de mon aide.

Je m'emparai de mon livre de poésie sur l'étagère. Je savais qu'Hitler était encore en train d'avaler son petit déjeuner et qu'il recevrait ensuite son personnel militaire pendant quelques heures dans le Grand Hall. Je n'avais aucune idée de l'endroit où aller.

— Je reviendrai plus tard pour me préparer.

Ursula reprit son travail sur son tablier à carreaux. Quelques mouchetures de poudre blanche brillaient sur le tissu rouge. Je refermai la porte, sans trop réfléchir à ce que j'avais vu.

Je m'installai à une table, au coin de la terrasse. Il n'y avait personne d'autre à cause de la pluie froide. Le vent soufflait de fines gouttelettes sous le parasol, ce qui rendait ma lecture si inconfortable que j'abandonnai au bout de quelques minutes et me trouvai une chaise vacante dans un couloir. Eva y passait justement avec ses deux terriers écossais. Les chiens avaient beau être habitués aux invités du Berghof, ils insistèrent tout de même pour me renifler. Eva se tenait devant moi, l'air ennuyée et de mauvais poil. Elle portait une jupe cloche bleu foncé avec une veste boléro assortie. J'admirai le bracelet incrusté de diamants qui ornait son poignet gauche. Elle lâcha un petit rire désinvolte, sans pourtant manifester la moindre trace d'humour.

— Cadeau du Führer, lâcha-t-elle en faisant tinter le bracelet, avant de se pencher comme pour me chuchoter à l'oreille. Si vous promettez de ne le répéter à personne, je vais vous confier un secret.

J'étais stupéfaite de cette marque intimité alors qu'elle ne me connaissait qu'à peine. Je ne savais pas quoi en penser. Elle devait se sentir seule et avoir besoin d'un ami. La Cheffe et d'autres personnes dans la cuisine avaient fait des allusions concernant la personnalité d'Eva. Quelque peu volage, hautaine en cas de besoin, se croyant tout permis, mais également cajoleuse et amusante avec ses amis. N'ayant eu que très peu de contacts avec elle, je désirais me faire ma propre opinion.

—Comment vous appelez-vous ? demanda-t-elle.

—Magda Ritter.

Elle poursuivit la conversation, me demandant où j'étais née, m'interrogeant sur mes parents, ma scolarité et les circonstances de ma venue au Berghof.

Je répondis honnêtement à tout. Elle me serra la main, mais s'abstint de se nommer. De toute évidence, j'étais censée savoir qui elle était.

Elle me scruta de ses yeux bleus.

—Je vous ai vue dans la cuisine. Qu'y faites-vous ?

—Je suis goûteuse pour le Führer.

Elle m'offrit un sourire rayonnant, digne d'un membre bienveillant du clergé.

—Ah, un emploi merveilleux. Vous protégez la vie de l'homme le plus important du monde. Vous ne savez pas à quel point il dépend de son personnel pour le guider dans ces heures terribles.

Je souris de son ignorance aussi bien à mon sujet que concernant le métier de goûteuse. Aussi succulent que soit le repas, on se demandait toujours si ce serait le dernier.

—Je ne me serais jamais attendue à ce que le Führer sache qui nous sommes.

—Bien sûr que si. Ce sont les gens comme vous qui l'élèvent au-dessus de la mêlée. Si le Berghof était menacé, il serait le premier à se jeter sur l'ennemi. Il protégerait son personnel jusqu'à ce que tout danger ait été éliminé.

Je hochai la tête, sans parvenir à deviner où elle voulait en venir, mais il était clair qu'Eva tenait à le dépeindre comme un homme gentil et sympathique. La Cheffe m'avait raconté des histoires sur les interactions câlines du Führer avec Blondi, son chien, ses rapports affectueux avec les enfants de Speer et les invités d'Eva. Ses plus proches associés le pensaient incapable de faire du mal à une mouche. Eva s'agenouilla devant moi et caressa les terriers écossais qui s'étaient assis patiemment à ses pieds pendant notre conversation.

— Pourquoi lisez-vous ici ?

— Parce que ma cothurne n'est pas d'humeur à avoir de la compagnie.

Elle détourna son attention des chiens et posa une main sur la mienne.

— Je sais ce que vous ressentez. Le Führer m'ignore souvent, parfois pendant des jours, tant il est très occupé. Lorsqu'il part pour d'autres régions du Reich, je me réfugie dans ma petite maison à Munich. Ici aussi, la vie peut être solitaire et ennuyeuse.

Il m'était difficile de la plaindre, elle qui avait le monde à ses pieds, alors que d'autres souffraient, mais je sentais que, même si la richesse et le pouvoir étaient à sa portée, elle n'était pas heureuse. Son expression abattue vint s'ajouter à la mélancolie soudaine de son humeur.

— Eh bien, j'en ai trop dit et je dois me préparer pour la réception de cet après-midi, coupa-t-elle. Y serez-vous ? Si oui, j'espère que vous apprécierez la robe que je vous ai choisie.

— Oui, confirmai-je. C'est gentil de votre part de vous en charger. (J'examinai les vêtements qu'elle portait.) Vous êtes magnifique telle que vous êtes. Pourquoi voudriez-vous vous changer ?

Elle se leva, aussitôt imitée par ses chiens.

— C'est l'un des rares plaisirs à ma disposition. Les robes, le maquillage et les bijoux. Quand je suis belle, il est heureux.

Alors qu'elle s'éloignait, je lui lançai :

— Et quel était le secret que vous alliez me confier ?

Je regrettai mes paroles inconsidérées dès qu'elles eurent franchi mes lèvres. Eva se retourna, sa jupe tourbillonnant autour d'elle.

— Mais je vous l'ai déjà confié. À plus tard. (Elle fit encore quelques pas avant de se retourner de nouveau vers moi.) Pourquoi ne lisez-vous pas dans le solarium ? Il n'y a personne et vous ne devriez pas être dérangée. Si quelqu'un vous interroge, dites que je vous en ai donné la permission.

Je la suivis des yeux jusqu'à ce qu'elle disparaisse au bout du couloir, flanquée de ses chiens. La compagne de l'homme le plus puissant d'Europe se sentait seule, tel était son « secret ».

Je me dirigeai vers le solarium, agréable pour la lecture même si l'astre qui lui avait donné son nom était caché par les nuages. La pièce, située dans la partie originale de la vieille maison, était meublée de fauteuils de salon, d'une table et de quatre chaises à dossier à lattes plutôt inconfortables. Je m'assis dans l'un des fauteuils en peluche et passai la plupart de mon temps à regarder par la vaste baie vitrée plutôt que de me concentrer sur mon recueil de poèmes. Même si Eva avait affirmé que je pouvais m'y installer, je ne me sentais pas à ma place de ce côté-ci du Berghof, loin de mes quartiers.

Au milieu de l'après-midi, je retournai dans ma chambre. Ursula était partie. Ayant passé mon costume, je m'examinai dans le petit miroir fixé au mur. Je n'avais rien de glamour. En fait, je me sentais clownesque dans une tenue dont tout le monde se serait moqué en dehors d'une brasserie. Mais Eva en avait décidé ainsi et je me sentais obligée d'obtempérer. Mon costume ne comprenait pas de tablier. Karl téléphona dans ma chambre vers 15 heures et déclara qu'il était en route pour le Teehaus, où il me retrouverait vers 16 heures. Hitler était connu pour manquer ses rendez-vous. Nous nous attendions à ce qu'il faille attendre 17 heures avant qu'il ne se montre.

Plusieurs membres du personnel de cuisine me rejoignirent au moment de partir. Notre humeur était légère et joviale. Nous nous arrêtâmes même au belvédère mais, comme la vallée était obscurcie par les nuages, nous ne vîmes pas grand-chose.

Peu à peu, la Teehaus apparut dans la brume, comme dans un conte de fées. Des drapeaux nazis et des banderoles ornaient sa tourelle, et une bannière au-dessus de la porte proclamait : « Merci pour votre service ».

À l'intérieur, des bougies éclairaient la pièce et un joyeux feu de cheminée se chargeait de chasser l'humidité. La plupart des employés de la cuisine avaient été rassemblés à l'intérieur, installés autour de quelques petites tables. L'énorme table avec vue sur les montagnes était réservée à Hitler et à ses invités. Des crèmes bavaroises, des biscuits et du gâteau aux pommes, le dessert préféré du Führer, étaient disposés sur de la porcelaine fine. Des commis se tenaient prêts à servir ces délices à la foule. Des bouteilles de champagne de luxe étaient plantées dans des seaux à glace sur chaque table, à portée de main des invités.

Karl observait la foule depuis l'entrée de la cuisine. Ursula n'était nulle part en vue. Je me demandai comment nous pourrions tous nous entasser dans la Teehaus. Si l'endroit devenait trop bondé, me dis-je, je rejoindrais Karl dans la cuisine.

Franz Faber, le jeune officier avec lequel Ursula avait disparu la nuit où nous étions allées nous promener jusqu'à la caserne des SS, rejoignit Karl. Ils conversèrent pendant un certain temps, jusqu'à ce que Karl m'aperçoive. Il abandonna Franz pour, arborant un large sourire, me murmurer à l'oreille :

— Tu as l'air plutôt ridicule.

Je fronçai les sourcils, puis m'esclaffai.

— Je suis d'accord. Je serai contrariée si Eva et Hoffmann ne sont pas là avec leurs caméras. Tu as vu Ursula ? ajoutai-je en balayant la pièce du regard.

— Elle prépare le thé.

Je jetai un coup d'œil par les fenêtres de la tourelle. Aucun signe d'Hitler, d'Eva ou de leurs invités. Comme la pluie s'était calmée, Karl et moi sortîmes pour nous planter près des marches menant à l'entrée, volant ainsi quelques instants en tête-à-tête. Notre tranquillité fut interrompue par l'aboiement brusque et frénétique d'un chien, bientôt suivi de cris et du brouhaha d'une agitation générale.

Karl grimpa les marches au pas de course.

Je le suivis et jetai un coup d'œil à l'intérieur, tout en veillant à rester à l'écart. Karl, Franz et le colonel se tenaient près de l'entrée de la cuisine. Derrière eux, j'entrevis le visage pâle et bouleversé d'Ursula. Elle portait son costume et le tablier sur lequel elle avait travaillé. Le colonel agrippait un berger noir qui aboyait furieusement sur Ursula et cherchait à la mordre.

— Ce n'est pas possible ! criait Franz par-dessus le tumulte.

Le colonel l'écarta, confia le chien à Karl, puis tira Ursula de la cuisine dans la pièce circulaire. Elle tenait une théière en argent dans sa main droite.

Le colonel s'empara du récipient et lui ordonna de prendre une tasse sur l'une des petites tables. Elle obtempéra, les mains tremblantes.

Franz se précipita vers elle, tout en lançant au colonel :

— Je suis sûr que c'est une erreur. Jamais Fräulein Thalberg n'empoisonnerait le Führer.

— Taisez-vous, ordonna le colonel. Éloignez-vous d'elle.

Karl me dévisageait fixement, l'horreur peinte sur le visage. Mon cœur battait à tout rompre tandis que je m'appuyai contre le cadre de la porte. Le colonel, qui portait toujours le thé, attrapa brutalement Ursula par le bras et la tira vers le bas des marches de la Teehaus. Il lui ordonna de tendre la tasse, puis il y versa le liquide chaud et renifla la vapeur qui s'élevait dans l'air en volutes laiteuses.

— Buvez-moi ça, lui intima-t-il, les lèvres déformées par un sourire vicieux.

Franz restait figé dans l'embrasure de la porte. Karl, qui retenait toujours le chien s'égosillant, contemplait la scène avec incrédulité.

Ursula porta un regard absent sur le colonel. Levant la tasse jusqu'à ses lèvres, elle la but d'un trait.

Le colonel reprit le récipient et attendit.

Rien ne se produisit pendant quelques longues minutes, durant lesquelles Ursula garda les yeux rivés au sol. Puis, lentement, son corps convulsa. Ses yeux se révulsèrent et elle s'effondra sur le chemin. Franz voulut courir vers elle, mais Karl et un membre du personnel des cuisines le retinrent.

En bas du chemin, conversations et rires vibraient dans l'air. Hitler, une canne à la main, marchait en tête de son cortège. Il était accompagné d'Eva et de leurs invités, à moins de cinquante mètres de la Teehaus. Elle portait son appareil photo afin d'obtenir des clichés du Führer. À un moment donné, elle fila au-devant de lui pour le mitrailler de son objectif.

Incrédule, je regardai Ursula dont la peau et les lèvres bleuissaient, gisant inconsciente sur le sol. Le colonel n'esquissa pas un geste. La Cheffe m'avait parlé de la coloration du corps comme d'un des symptômes de l'empoisonnement au cyanure. Ce poison provoquait un état d'inconscience et une insuffisance respiratoire, dus à un manque d'oxygène. Les convulsions, les halètements se poursuivirent jusqu'à ce que la bouche d'Ursula s'ouvre. Sur un dernier souffle, son corps frémit, puis ses bras retombèrent, inertes, à ses côtés.

Karl ordonna au personnel de rester à l'intérieur, même si l'on pouvait voir tout l'incident depuis les fenêtres de la Teehaus.

Heinrich Hoffmann, le photographe grisonnant d'Hitler, se précipita et prit quelques photos du cadavre. Arrêtant le cortège, Hitler fit signe au colonel d'approcher. La théière et la tasse à la main, il se dirigea vers le Führer. Je ne pus entendre leur conversation mais, au bout de quelques minutes, Hitler se retourna et lança quelque chose au groupe. Sous nos regards médusés, ils battirent en retraite et disparurent dans la brume.

Le colonel versa le reste du contenu de la théière sur le sentier et s'adressa à Karl :

— Vous devriez mieux contrôler votre personnel, capitaine. Demandez à deux hommes d'emporter le corps chez le médecin pour autopsie. (Il se saisit de la laisse de son chien qui ne cessait de vouloir renifler le corps d'Ursula.) Faber et vous, soyez dans mes quartiers d'ici une heure. En attendant, assurez-vous que la Teehaus soit nettoyée. Personne ne doit manger ou boire quoi que ce soit. Ne conservez que les objets scellés. *Heil* Hitler, conclut-il après avoir tendu la théière et la tasse à Karl, puis levé le bras droit en signe de salut.

Au garde-à-vous, Karl et Franz le saluèrent à leur tour. Le colonel prit la direction du Berghof, tirant son chien derrière lui. Dès qu'il fut hors de vue, les yeux de Franz s'emplirent de larmes. Karl retint son ami pendant que deux SS emportaient le corps.

—Retourne dans ta chambre et restes-y, me dit-il quand je m'approchai. Aucun de nous ne sera épargné par le soupçon.

Cette pensée m'ébranla. Je jetai un dernier coup d'œil à l'intérieur de la Teehaus avec son mobilier magique. Je me souvins des contes de fées que ma mère me lisait lorsque j'étais enfant. C'étaient souvent des contes brutaux se terminant par la destruction ou la mort. Je commençai à voir la ressemblance entre le Reich et un conte de fées. La mort n'était jamais loin.

6

Je regagnai une chambre saccagée. Les affaires d'Ursula avaient été déplacées. Notre petite armoire était ouverte... Les livres et les papiers sur les étagères avaient été éparpillés. Frissonnante, je me libérai une place sur mon lit, m'y assis et pleurai.

Je versai des larmes sur moi-même autant que sur Ursula. La peur s'était insinuée en moi. N'y avait-il personne en qui je puisse avoir confiance ? Qu'en était-il du capitaine Weber ? Une pensée me fit tressaillir. De quoi Karl et Ursula avaient-ils parlé dans la Teehaus, le jour où nous l'avions visitée ? Se pouvait-il qu'il ait été au courant, pour le poison ? Cela n'avait aucun sens à mes yeux : comment Ursula avait-elle pu être aussi stupide ? Karl était-il son complice ? Ces questions lugubres m'angoissaient. En sacrifiant sa vie, Ursula avait mis la mienne en danger. Elle avait été folle de s'imaginer pouvoir réussir, mais je n'osais pas réfléchir plus avant à sa tentative !

Quelqu'un frappa à ma porte. J'essuyai mes larmes et tentai de me ressaisir. Je n'eus pas le temps de répondre que j'entendis la clé tourner dans la serrure. La porte s'ouvrit sur la Cheffe qui entra. Elle était au comble du désarroi, comme en témoignaient son visage déformé par la douleur et ses mains crispées. Elle avança d'un pas chancelant dans le petit espace entre les lits, plus agitée que je ne l'avais jamais vue.

— Vous étiez au courant ?

Elle ralentit le pas et se mit à déambuler devant la porte comme un tigre en cage.

—Bien sûr que non, répliquai-je avant de détourner le regard.

Comment pouvait-elle s'attendre à ce que je réponde par l'affirmative ?

—Regardez-moi ! Ne détournez jamais les yeux quand les SS ou la Gestapo vous interrogent. (Elle avait le visage empourpré.) Sinon, autant admettre d'emblée votre culpabilité. Si vous leur donnez le moindre indice que vous mentez, ils vous frapperont jusqu'à ce qu'ils aient obtenu ce qu'ils veulent entendre.

La dureté de ses paroles fit monter un sanglot dans ma gorge.

—Je ne sais pas comment cela a pu se produire. Qu'est-ce qui a poussé Ursula à faire une chose pareille ?

La Cheffe s'assit à côté de moi et sa voix s'adoucit.

—Je vous crois quand vous affirmez que vous ne saviez rien de son projet, mais vous devrez prouver votre innocence. Je sais qu'Ursula a souffert de la mort de ses frères, mais de là à entreprendre un acte aussi insensé ! Comment a-t-elle pu se montrer d'une telle cruauté ? En tentant d'empoisonner le Führer, elle a mis fin à sa vie et déshonoré sa famille. La Gestapo va tous nous interroger. (Elle se tordit les mains.) Quelle idiote !

Je la dévisageai, ne sachant quoi dire. J'avais protesté de mon innocence et pourtant je ne pouvais parler à personne de la poudre que j'avais vue sur le tablier d'Ursula. Cette simple évocation suffirait à m'incriminer.

—Le capitaine Weber a demandé une nouvelle goûteuse, mais elle ne sera pas là avant demain, annonça la Cheffe. Ce soir, vous devrez goûter toute la nourriture. Soyez aux cuisines à 19 heures.

Elle partit et je troquai mon costume contre mes vêtements de travail. Folle de rage, je jetai la robe bavaroise sur le lit, répugnée par l'événement qu'elle me rappelait. J'avais envie de la déchirer en lambeaux et de la jeter dans le couloir pour obliger Eva à se souvenir de son idée ridicule.

Mais bientôt, un autre coup à ma porte, fort et ferme, m'interrompit dans mon élan. J'eus le choc de découvrir le colonel sur mon seuil. Il passa devant moi, s'assit sur la chaise du bureau et m'observa d'un air soupçonneux. Je suivis le conseil de la Cheffe : je le regardai droit dans ses yeux pendant qu'il me questionnait.

À un moment donné, il me demanda :

—Avez-vous cessé d'introduire clandestinement du poison au Berghof ?

Je compris sa ruse : toute réponse, négative comme affirmative, m'aurait mise en cause.

—Je n'ai jamais apporté de poison au Berghof, pour elle ou pour qui que ce soit d'autre. Je n'avais aucune idée du projet d'Ursula.

Il me regarda fixement et m'interrogea sur l'endroit où elle aurait pu se procurer le poison. Je lui répondis que je n'en avais aucune idée, qu'il était absurde de me le demander.

Même s'il semblait satisfait de mes réponses, il entreprit de me questionner sur mes habitudes. Il voulait savoir qui je fréquentais au Berghof, ce que je pensais du Reich.

Mon ventre se serra lorsque je lui fournis mes réponses sur le Reich. Pour la première fois de ma vie, je mentais dans le but de sauver ma peau. Il n'y avait en moi que de la colère et de la douleur concernant la mort d'Ursula, Hitler et la guerre. Le colonel m'informa que, dorénavant, c'était à lui que je devrais directement rendre compte de tout comportement suspect. Les cuisines et le personnel seraient sous étroite surveillance. Il prit congé de moi, se leva et salua le Führer. Je n'avais pas d'autre choix que de l'imiter.

Ce soir-là, aux cuisines, deux gardes SS surveillèrent les moindres faits et gestes du personnel. Je ne les connaissais pas, car mes contacts avec la Leibstandarte s'étaient principalement limités à Karl et Franz. L'un des gardes, un homme à tête de rat et aux cheveux blonds graisseux, suivit ma dégustation. Mes nerfs étaient à vif. Ursula avait-elle répandu du cyanure dans la nourriture ainsi que dans le thé ? La porte des cuisines claqua et je laissai tomber une cuillerée d'un plat d'asperges destiné à Hitler. Le SS ne tarda pas à réagir. Pointant un index menaçant sur moi, il m'ordonna de prendre une autre bouchée. La Cheffe le fusilla du regard, mais sans effet. La tension était à son comble. Je réussis à tenir jusqu'au bout des dégustations, mais je tremblais à chaque bouchée, secouée par l'effroi.

Le lendemain matin, la Cheffe me donna une liste de légumes et me demanda de noter leur nombre dans les serres. Je rassemblai les livres d'inventaire et remontai la pente herbeuse jusqu'aux structures de verre et de métal qui scintillaient dans la brume argentée du matin. L'air frais constellait ma peau de rosée. La lumière du soleil produisait son effet magique et éthéré, peignant les montagnes environnantes dans des teintes de pastels très douces. On avait l'impression de marcher dans une aquarelle.

Les serres étaient des constructions à deux niveaux, toutes deux d'environ cent cinquante mètres de long. La plupart des aliments frais destinés à Hitler étaient cultivés ici. Il y avait aussi une « champignonnière ». La Cheffe m'avait dit que le Führer ne mangeait que rarement des champignons, mais d'autres devaient le faire en assez grande quantité pour justifier qu'on y consacre une zone de culture spéciale.

J'ouvris la porte de la serre inférieure où j'entrai. Même si la matinée était fraîche, la température dans la serre était élevée. J'ôtai ma veste que je suspendis sur un support métallique. Un patchwork de plantes s'étendait sur le sol, aussi loin que porte mon regard. Munie de mon livre et de mon stylo, je déambulai devant les parcelles carrées jusqu'à ce que je parvienne à une plante que j'identifiai sur ma liste : les concombres. Accroupie, je commençai à répertorier les plants tutorés, festonnés de leurs fleurs jaunes en forme d'étoile. La porte s'ouvrit derrière moi.

Karl se tenait dans l'entrée de la serre. La main droite en visière sur ses yeux pour se protéger de la lumière, il m'observait. Je lui adressai un petit signe de la main. Lâchant mon prénom, il s'approcha rapidement de moi. Nous étions seuls dans la serre.

Parvenu à ma hauteur, il s'immobilisa et fouilla la serre du regard.

—Fais attention à ce que tu dis, me murmura-t-il à l'oreille.

—Je n'ai que quelques minutes, dis-je. La Cheffe m'a assigné une tâche.

Je récupérai ma veste et laissai les livres d'inventaire sur le support. Nous empruntâmes la route pavée qui longeait les serres. Karl respira plus facilement quand nous atteignîmes un endroit sûr. En dessous de nous, le Berghof brillait au soleil.

—Comment ça s'est passé avec le colonel ? demanda Karl.

Je l'examinai, cherchant à deviner dans quelle intention il m'avait posé cette question. Devais-je lui faire confiance ? Il y avait quelque chose chez lui – une gentillesse, une volonté d'écoute – qui me donnait envie de me fier à lui, de me sentir assez à l'aise pour lui parler honnêtement.

—J'ai répondu à ses questions, déclarai-je en essayant de ne pas trop m'engager.

Il fouilla dans sa poche et en sortit un briquet en or qu'il tripota et retourna plusieurs fois dans sa paume.

—J'essaie toujours d'arrêter, mais au moins, ajouta-t-il en désignant le briquet, ça me donne quelque chose à faire. (Il gloussa, puis reprit :) Est-ce que tu as remarqué un comportement inhabituel chez Ursula avant d'aller au Teehaus ?

Je secouai la tête.

Le visage de Karl se crispa et son regard se fit sceptique. Passant un bras autour de mon épaule, il approcha son visage du mien.

— J'ai déclaré au colonel que tu ne savais rien de l'incident d'hier, malgré ce que tu as pu voir. (Mon cœur s'emballa.) Je t'ai protégée autant que je le pouvais, conclut-il.

— Pourquoi ?

Il s'éloigna et regarda le briquet dans sa main.

— Parce que… C'est difficile pour moi de l'admettre, mais depuis que tu es au Berghof, je suis incapable de penser à autre chose qu'à toi.

Il se détourna, comme s'il avait peur de ce que je pourrais répliquer. Je posai ma main sur son épaule.

— Je pense à toi, moi aussi.

Il se retourna, écarlate.

— Vraiment ? Je suis très heureux de l'entendre

J'éclatai de rire.

— Tu n'as pas besoin d'être aussi cérémonieux, Karl. C'est aussi nouveau pour moi que pour toi, à ce que je devine.

Je l'attirai à moi pour lui déposer un baiser sur la joue. Il regarda alentour. Tout en haut de la colline, un groupe d'officiers SS descendait des casernes. Karl prit mes mains dans les siennes.

— Merci, dit-il. On n'a pas beaucoup de temps. Je veux partager quelque chose avec toi, Magda. C'est important pour moi. Ce n'est qu'une partie de ce que j'ai à dire, car il y a beaucoup plus, en fait. Ça concerne la guerre. Tu veux savoir pourquoi c'est important pour moi ? (Je hochai la tête.) Alors je passerai dans ta chambre cette nuit, quand ce sera sûr. Ta confiance envers moi doit être aussi grande que celle que je te fais. (Il m'embrassa.) Retourne au travail. Je dois filer.

Il se dirigea d'un pas rapide vers le Berghof tandis que je regagnais la serre. Les officiers SS sourirent et hochèrent la tête en me dépassant.

Je m'agenouillai à côté des plants de concombres et repris mon décompte, sans pouvoir m'empêcher de me demander ce que Karl avait à me dire de si important. Cependant, le plus excitant pour moi était bien le frisson qui s'attardait après son baiser.

Un coup discret frappé à ma porte me réveilla à 2 heures du matin.

J'enfilai ma robe de chambre et entrouvris la porte de quelques centimètres. Karl se tenait dans le couloir faiblement éclairé, le visage terne dans la lumière grise. Ses yeux étaient bouffis, soulignés de cernes sombres. Il poussa la porte et se glissa à l'intérieur, par l'étroite ouverture. Ma chambre replongea dans l'obscurité. Je m'étais couchée en considérant qu'il ne viendrait plus.

—Allume une bougie, me demanda-t-il.

—Tu es certain que c'est sans danger ? insistai-je, consciente qu'il était périlleux pour un officier SS de se trouver dans ma chambre à cette heure. Je n'ai pas de bougie. Je vais aller en chercher une aux cuisines.

—Je t'en prie, mais sois prudente. Un garde est en faction devant l'entrée. Je lui ai raconté que des enquêtes supplémentaires concernant Ursula et sa tentative d'empoisonnement étaient menées sous le couvert de la nuit.

—À cette heure-ci ?

—J'ai prétendu que le plus grand secret devait être gardé à ce sujet.

J'enfilai mes pantoufles et sortis. Le Berghof était plongé dans l'obscurité. Heureusement, j'avais parcouru le couloir tant de fois que je savais où me diriger. Des bougies et des allumettes étaient rangées au-dessus d'un des éviers, gardées là en guise d'accessoires pour les dîners d'Hitler. J'ouvris l'armoire comme une voleuse, pris ce dont j'avais besoin, puis regagnai ma chambre à pas de loup. Le colonel se cachait-il sous une table pour pouvoir me surprendre dans mes pérégrinations nocturnes ? Heureusement, ni lui ni personne ne m'arrêta.

Je dénichai le cendrier d'Ursula, rencogné sous son lit, et j'y plaçai la bougie que j'allumai, donnant ainsi naissance à un petit cercle de lumière jaune et chaude. Karl était assis sur mon lit, la tête entre les mains. Il leva finalement les yeux, retira une enveloppe glissée dans sa veste d'uniforme et la plaça à côté de lui. Après quoi il me fit signe de m'asseoir sur le lit avec lui.

J'obéis, ce qui me valut un baiser donné avec une chaleur et une passion inattendues.

Loin de le repousser, je laissai ses lèvres dériver jusqu'à mon cou, où son souffle doux me fit frissonner. Finalement, bien malgré moi, je me ressaisis et mis un terme à son étreinte. Mes émotions exacerbées rendaient son affection trop inconfortable.

—De quoi s'agit-il ? demandai-je. Pourquoi nous mettre tous les deux en danger ?

Il me caressa le visage et répondit :

—Je t'ai dit, lorsque nous nous sommes rencontrés, que j'avais perçu quelque chose de différent en toi. Je crois toujours que c'est vrai.

Je scrutai son visage, incapable de savoir comment réagir. Il éloigna ses mains.

—Franz était désemparé cet après-midi. Il pouvait à peine répondre aux questions du colonel. Il lui a menti sur sa relation avec Ursula : il a affirmé qu'ils étaient seulement amis. Je sais qu'ils étaient plus que ça, c'est lui-même qui me l'a dit… tu sais comment sont les hommes, ils se vantent.

—Pourquoi me donnes-tu ces précisions ?

—Parce que tu penses par toi-même et que pas plus que moi tu ne veux voir souffrir le peuple allemand.

—Évidemment.

—Dis-moi : es-tu amoureuse d'Hitler ?

Je faillis éclater de rire tant la question était ridicule, et je m'empressai de répondre.

—Amoureuse ? Pas du tout.

—Crois-tu en lui et au rêve du Troisième Reich ? (Il marqua une pause, comme s'il était peiné par ses propres paroles.) Je suis attristé pour l'Allemagne.

Je repensai à mon père, car les mots de Karl ressemblaient exactement à des propos qu'il aurait pu tenir.

—Je n'admire pas le Führer, répliquai-je. Mon père affirme qu'il s'entoure de brutes qui font le sale boulot pendant qu'il profite de la vie. Ce genre d'hommes ne mérite aucun respect. Je suis d'accord avec cette idée.

Karl ramassa l'enveloppe qu'il avait posée sur le lit, l'ouvrit et en retira plusieurs photos.

—Elles sont difficiles à regarder, mais tu dois les voir. Hitler a tort à propos de la guerre et il ment sur la façon dont le Reich traite les Juifs et les prisonniers de guerre. Ces mensonges doivent cesser. (Il me tendit les clichés.) Ma vie est entre tes mains.

J'inclinai les photos vers la lumière de la bougie. La première série montrait des officiers SS tirant sur des hommes, des femmes et des enfants dénudés, perchés au sommet d'un ravin. On voyait même la fumée qui s'échappait de leurs fusils.

—Elles ont été prises où ? demandai-je, horrifiée par ce que ces photos montraient.

—Près du front de l'Est, répondit Karl en penchant la tête.

Il était déjà choquant que nos soldats tirent sur des hommes non armés, mais sur des femmes et des enfants ?

La deuxième série de photos était encore plus horrible et je blêmis à la vue des cadavres entrelacés dans la mort. Il y en avait tellement qu'on ne pouvait pas dire où un corps se terminait et où le suivant commençait. Les photos montraient des monticules de bagages, de chaussures et de lunettes côtoyant des montagnes de chair en décomposition. J'étais abasourdie. Sur le dernier cliché, un homme nu gisait mort sur une table d'opération devant une ouverture qui ressemblait à la porte d'un four. Un prisonnier – presque un cadavre lui-même – se tenait à ses côtés, sans doute pour s'assurer que le corps serait incinéré.

—Est-ce de la propagande menée par les Alliés ? m'enquis-je, incapable de croire à ce que j'avais sous les yeux.

Karl secoua la tête.

—Non, les photos sont réelles. Elles ont été prises par un officier SS à Auschwitz. Tu dois taire ce que tu as vu. (Il replaça les photos à l'intérieur de l'enveloppe et les glissa dans sa veste.) Il y a un réseau clandestin d'officiers qui pensent que le national-socialisme doit être arrêté, pour le bien de l'Allemagne. Nous sommes déterminés à faire en sorte que cela se produise.

Je refusais de l'entendre proférer ce discours : pas à cause de l'Allemagne, mais parce que j'étais égoïste. La vie de Karl était en danger. Tout être défiant Hitler était condamné.

—Seuls quelques hommes sont au courant ? Tu prends un risque énorme.

Karl opina.

—Un risque qui mérite qu'on meure pour lui.

Je tremblais, comme si un vent glacial me soufflait dessus, tant mon corps était traversé d'émotions contradictoires. D'un côté, je reconnaissais mon attirance croissante pour Karl dont j'admirais la force, le courage et la conviction. Ils n'étaient pas nombreux, les hommes qui placeraient leur vie entre les mains d'une femme ou lui demanderaient de se joindre à eux pour garder un secret aussi grand et aussi dangereux. Les photos qu'il m'avait montrées étaient déjà gravées dans ma mémoire. Quel genre de tyran pouvait ordonner ces tueries ? Toute l'Allemagne ne devrait-elle pas se soulever pour mettre fin à de telles atrocités ? Mais très peu de gens étaient au courant et puis, à quoi cela servirait-il de lancer une révolution ? Le Reich et ses puissants officiers écraseraient tout ce qui se trouverait sur leur chemin. Je revis ensuite à Ursula, morte sur le sol. Elle s'était sacrifiée pour ses frères. Comment pouvais-je les déshonorer, Karl et elle, en ne faisant aucun cas de ces photos ? Karl me dévisageait, attendant ma réponse. Finalement, je lui demandai :

—Que veux-tu que je fasse ?

—Mets ta force à notre service, répondit-il en me saisissant les mains. Ne me trahis pas. Même si je ne suis pas seul, on ne doit faire confiance qu'à très peu de gens. (Il retint son souffle et me caressa les cheveux.) C'est beaucoup te demander, mais peut-être qu'un jour tu me rendras l'amour que j'éprouve pour toi.

Je voulus m'écarter, car ses paroles m'avaient bouleversée. Le seul homme qui ait jamais dit m'aimer était mon père.

—Pourquoi devrais-je t'aimer alors que tu risques de mourir ? Il n'y a pas d'avenir dans la mort.

Il se leva de mon lit et baissa les yeux vers moi.

—Si Hitler continue à diriger ce pays, il n'y aura d'avenir pour personne. Je dois rentrer, ajouta-t-il. Réfléchis à ce que je t'ai dit.

Comme il se dirigeait déjà vers la porte, je saisis son bras.

—Savais-tu qu'Ursula prévoyait d'empoisonner le Führer ?

—Seulement par ses allusions, mais elle en parlait comme s'il s'agissait d'une blague. C'est ce que nous chuchotions à la Teehaus, le jour où nous sommes allés la visiter. Je l'ai avertie de ne pas être si imprudente, mais je ne me doutais qu'elle avait résolu de l'empoisonner sans l'aide de personne. Elle était très amère à propos de la mort de ses frères. J'essayais de la réconforter… en fait, de réprimer ce genre de propos sur Hitler. Empoisonner le thé était un acte stupide. Elle aurait tué tous ceux qui en buvaient à sa table. C'était une mission suicide. Si elle n'avait pas été identifiée comme l'auteur du crime, nous aurions tous pu être exécutés.

J'hésitai, puis j'admis :

—J'ai vu le poison sur son tablier, sans savoir de quoi il retournait. (J'eus un pincement au cœur.) J'aurais peut-être pu l'arrêter si j'avais su, mais est-ce que j'avais envie de savoir ? Que deviendraient mes parents si les SS pensaient que j'étais impliquée ? Je ne veux pas qu'ils meurent. Ils sont tout ce que j'ai au monde.

—Ursula aimait ses frères plus que sa propre vie. Elle est morte pour eux. La folie qui nous assaille exige des sacrifices sévères. C'est la vérité. Si tu décides de te joindre à moi, l'un de nous deux pourrait être tué. Tes parents risqueraient aussi d'être en danger. La Gestapo et les SS ont les moyens de rendre la mort assez désagréable. Personne ne veut devenir un héros, mais réfléchis à ce dont nous avons parlé.

Il se pencha, m'embrassa sur la joue, puis sortit discrètement. Je me glissai dans mon lit, hébétée, en proie aux émotions les plus contradictoires. Étais-je prête à risquer ma vie, et peut-être celle de mes parents, pour Karl ? Les images qu'il m'avait montrées défilaient devant mes yeux alors que les heures s'écoulaient. Le monde pouvait-il être sauvé de telles horreurs ? Je me tournais et me retournais sur mon matelas.

Après quelques heures de sommeil agité, je me réveillai. Mon point de vue avait changé. Le calme était redescendu sur moi. Ursula s'était sacrifiée pour l'amour de ses frères. Pourrais-je me sacrifier moi-même afin d'écourter la guerre ? Mon cœur me soufflait que Karl et son amour pour moi étaient sincères. Je tentai d'ignorer les sentiments qui se développaient en moi, mais quelque chose de plus puissant me poussait à continuer. Je devais faire confiance à mon intuition.

Je n'étais plus la Magda raisonnable qui était entrée dans la fonction publique dans le simple but de décrocher un emploi. Maintenant, j'étais Magda Ritter, une femme qui pouvait être une traîtresse, conspirer à la mort du Führer et – si je suivais mon cœur – aimer le capitaine Karl Weber.

La Tanière du loup
RASTENBURG

7

Hitler disparut au début du mois de juillet 1943. Les préparatifs commencèrent à la fin du mois de juin et il se volatilisa en trois jours, comme presque tout ce qui avait trait à sa personne. La gouvernante du Berghof et son mari y demeurèrent, tout comme les personnes chargées de tenir la résidence prête pour le cas où Hitler reviendrait. Martin Bormann resta quelques jours supplémentaires, mais son frère Albert partit, vraisemblablement avec le Führer. Speer fila à Berlin et l'on nous dit que Göring avait quitté sa maison, qui était située sur une hauteur au-dessus du Berghof.

Au milieu de la nuit, Karl glissa pour moi une enveloppe sous ma porte. Il m'y apprenait qu'il avait été appelé par le Führer à Rastenburg et à la Tanière du loup. Il n'avait pas voulu me réveiller. J'étais consternée qu'il ait pris ce risque, car nous aurions eu des problèmes si quelqu'un d'autre avait mis la main sur son message. Personne n'était censé savoir où Hitler se rendait. Après avoir lu le billet, je le brûlai dans le cendrier d'Ursula et je broyai les cendres dans la terre en marchant vers la serre. J'étais triste que Karl doive partir, mais je comprenais la nature de son travail.

La Cheffe avait peu commenté l'empoisonnement d'Ursula, mais je voyais qu'elle était bouleversée. Son tempérament normalement doux et joyeux était devenu d'une froideur morne en comparaison avec les jours précédents.

La tentative d'empoisonnement avait provoqué des ondes de choc à travers le Berghof. La Cheffe surveillait tout le monde d'un œil d'aigle et supervisait la préparation des repas de bout en bout, même si Hitler n'était plus là. Elle ne voulait voir aucune erreur et, par voie de conséquence, aucun soupçon peser sur elle.

Un jour, elle me sermonna sur la grande perte que représenterait l'assassinat du Führer.

—Il n'y aurait plus d'Allemagne, déclara-t-elle. Nous devons le soutenir jusqu'au bout. Au prix de tous les sacrifices.

Je me contentai de hocher la tête en repensant aux terribles photos que Karl m'avait montrées, une preuve que personne ne pouvait nier. Pourtant, selon Karl, seuls quelques officiers en avaient connaissance. Les distribuer au peuple allemand serait une folie. Je me demandais si la population croirait seulement qu'elles étaient réelles. La plupart, soumis à la propagande constante du Reich, penseraient qu'elles avaient été fabriquées par des Juifs ou des bolcheviques. Goebbels utiliserait une tactique pareille à son avantage, pour mettre le peuple en émoi. Des saletés de Juifs ou des porcs communistes avaient mis en scène ces photos pour fomenter la dissension, prêcherait-il du haut de sa tribune politique. Il était passé maître dans son art.

Au cours des premiers jours que je passai sans Karl, mes pensées furent la proie du doute et de l'appréhension : devais-je participer à une attaque contre Hitler ? Suivre Karl pouvait causer ma perte et, très probablement, celle de parents. Mon cœur aspirait à son amour, mais un regard attentif et rationnel sur notre situation faisait naître la peur et le doute. Je ne pouvais livrer mes parents à la Gestapo et à ses tactiques. Même oncle Willy et tante Reina risquaient d'être persécutés. Et si mon histoire d'amour avec Karl s'épanouissait pour devenir une relation à part entière ? Le moindre faux pas, le moindre informateur, la moindre erreur de jugement pourraient lui coûter la vie. Et si nous étions mariés et que je tombais enceinte ? Pourrais-je porter un enfant à travers les horreurs de la guerre, le mettre au monde dans un univers de criminels despotiques ? Ces conflits me déchiraient l'esprit jusqu'à ce que je sois épuisée de penser.

Un soir de début juillet, après une dégustation et un repas en demi-teinte, je me rendis sur la terrasse pour profiter de l'air. Un officier SS se tenait à l'autre extrémité pour jouir de la vue. Nous étions seuls et j'en étais heureuse, car je ne voulais pas de compagnie. Les chaises et les parasols étaient empilés dans un coin – la plupart des meubles avaient été rangés, maintenant qu'Hitler n'était plus là. Je m'assis sur la balustrade de pierre et je contemplai la vallée. Les longues ombres du soleil couchant découpaient des bandes violettes sur les montagnes. Les forêts vertes devenaient grises dans la lumière déclinante. L'air était agréable et charriait un parfum estival d'herbe et de fleurs des champs. J'étais absorbée par la beauté qui s'offrait à mes yeux lorsque quelqu'un me tapota sur l'épaule. Ce contact me fit sursauter et je me retournai : Eva Braun se tenait devant moi.

Elle portait une simple robe noire, sans toutefois se départir de son élégance, comme si elle venait de dîner avec le Führer. Il y avait une touche de rouge sur ses joues maquillées et ses cheveux semblaient sortir des mains de sa coiffeuse. Je repérai la légère tristesse qui habitait presque toujours ses yeux.

—Magda, c'est bien ça ? demanda-t-elle.

—Oui, répondis-je, surprise qu'elle se souvienne de moi.

—Vous ne lisez pas, ce soir. (Elle s'assit à côté de moi et scruta la vaste étendue.) C'est une belle soirée.

—Très belle, en effet.

Je détournai le regard, car je n'étais pas d'humeur à opérer des manœuvres délicates. Que me voulait-elle ?

—Nous semblons être dans le même état d'esprit, ce soir, constata-t-elle. Y a-t-il quelque chose que je puisse faire pour améliorer le vôtre ?

Je secouai la tête. Je ne pouvais confier à personne, et certainement pas à la confidente d'Hitler, les tourments que je traversais. J'inventai une excuse que je pensais susceptible de lui plaire.

—L'atmosphère enthousiaste que le Führer apporte au Berghof me manque. On s'ennuie ferme maintenant que tout le monde est parti.

Eva acquiesça.

—Je pars demain pour Munich afin d'être avec mes parents et mes amis. Les chiens m'accompagnent. Je ne pense pas que je verrai Adolf avant son retour dans… enfin, quand il reviendra. Il est tellement occupé.

Je savais qu'elle n'avait pas le droit de dire quand Hitler reviendrait. Ce serait commettre une indiscrétion aussi grave que quand Karl m'avait informée que le Führer était en route pour Rastenburg.

Un autre SS apparut sur la terrasse, précédé par les deux terriers écossais d'Eva. Elle ne lui adressa pas une parole quand il lui tendit leur laisse.

—Negus, Stasi, assis !

Les deux intrépides chiens noirs obéirent et s'assirent, les yeux rivés sur elle, laissant pendre leur langue rose. Le SS fit le salut militaire puis tourna les talons.

Eva sourit.

—Ils sont si cérémonieux. Enfin, je suppose que c'est la règle. Avez-vous un petit ami ? demanda-t-elle après une pause.

Je savais que tout ce que je dirais reviendrait aux oreilles d'Hitler. Si je lui donnais le nom de Karl, cette confidence pourrait faciliter nos retrouvailles. D'un autre côté, ce lien nous unirait pour le meilleur ou pour le pire. On m'avait dit qu'une des secrétaires privées d'Hitler avait épousé un officier SS parce que le Führer aimait les voir ensemble. Il avait joué le rôle d'entremetteur paternel et les deux avaient fini par capituler. J'espérais que ma réponse serait en mesure de faciliter les choses pour Karl et moi.

—Le capitaine Weber m'a emmenée voir votre projection d'*Autant en emporte le vent*. Puis nous nous sommes promenés et nous avons dansé ensemble.

Eva sourit.

—Oh, le capitaine Weber ! C'est un excellent officier et joli garçon, par-dessus le marché. Le Führer compte beaucoup sur lui. Il ferait un mari admiré et respecté.

Je luttai pour ne pas rougir.

—Nous n'avons aucun projet de mariage. Nous nous connaissons à peine.

Eva, qui caressait l'un des chiens, répliqua :

—Cela pourrait changer. Lorsque la guerre sera terminée, tous ceux qui ont servi seront honorés. Karl et vous aurez un foyer heureux et de nombreux enfants pour le Reich.

Je détournai le regard, désireuse de mettre un terme à cette conversation sur ma vie privée.

—N'est-ce pas horrible, ce qui s'est passé avec l'autre goûteuse ? demanda Eva.

Avisant son regard qui me tenait dans ses filets, je savais que je devais être prudente dans ma réponse. Je me souvins des conseils de la Cheffe sur la conduite à tenir en cas d'interrogatoire. Je soutins son regard et répliquai :

—Oui. Elle devait être folle pour commettre un tel acte. Je ne l'aurais jamais soupçonné.

—C'est pourquoi le Führer a des gens comme Karl et vous qui travaillent pour lui. Nous devons le protéger, sinon, tout est perdu.

Elle sourit, mais la panique transparaissait aussi dans l'éclat de ses yeux. Peut-être sentait-elle, ou savait-elle, que la guerre était mal engagée.

—Bon sang, même les jeunes femmes sont suspectes ! L'une d'elles a été capturée et jugée à Munich en février pour avoir distribué des tracts calomniant le Führer et le Parti. Un conseil, Magda : ne faites confiance à personne. Vous ne serez jamais trop prudente. Restez loyale… Mais pourquoi vous dis-je une chose pareille ? Je sais que vous le serez.

J'hésitai, puis je demandai :

—Qu'est-il arrivé à cette femme ?

—On lui a coupé la tête, répondit Eva avec un petit rire gêné. Adolf méprise ces vilaines affaires.

Sur quoi elle se détacha de la balustrade et tira sur les laisses des chiens.

—Je suppose que nous ne nous reverrons pas avant un certain temps, conclut-elle en me tendant la main.

Je hochai la tête et la lui serrai : sa paume était froide au toucher. Elle me souhaita bonne nuit, je l'imitai. Le SS était toujours dans son coin. Eva avait-elle dit la vérité à propos de la femme décapitée ? Je décidai d'interroger l'officier. Ma question était risquée, mais je me dis que j'obtiendrais une réponse si je prétendais chercher à me renseigner pour le compte d'Eva. Il l'avait certainement vue avec moi sur la terrasse.

Il m'accorda à peine un regard lorsque je m'approchai. Apparemment, c'était une sentinelle chargée de surveiller le domaine et le poste de garde SS en contrebas. Les épaules voûtées par l'ennui, il s'était assis sur la balustrade de pierre. Il n'y avait pas grand-chose à surveiller quand Hitler était absent. Même le ciel était exempt de menaces. Quelques avions alliés avaient survolé le pays récemment. Les sirènes annonçant un raid aérien avaient retenti, mais aucune bombe n'avait été larguée.

—Excusez-moi, l'interpellai-je. J'ai échangé quelques mots avec Fräulein Braun. Elle a entendu parler d'une femme qui a été arrêtée pour avoir distribué des tracts à Munich. Eva voulait que je me renseigne à son sujet.

J'avais utilisé son prénom afin de donner l'impression que nous étions amies.

Le policier me dévisagea bizarrement, comme s'il me jaugeait, mais il répondit à ma question pour se débarrasser de moi.

— Sophie... Sophie quelque chose. Elle a été jugée et condamnée pour trahison, tout comme son frère et quelques autres conspirateurs. Ils étaient membres d'une organisation clandestine. Je ne me rappelle pas son nom.

Il tourna les yeux vers la vallée, agacé par mon intrusion.

— Que leur est-il arrivé ?

Il fit volte-face. Ses yeux bleus flamboyaient.

— Ce qui leur est arrivé ? Ce qui devrait arriver à tous les traîtres : ils ont été guillotinés. Ça, je m'en souviens. Bon débarras.

Il dut saisir une lueur horrifiée dans mes yeux car il secoua la tête comme pour déplorer ma faiblesse. Sur quoi, il se détourna et se remit à fixer les montagnes obscures. Je quittai la terrasse après l'avoir remercié.

Ce soir-là, allongée dans mon lit, souffrant de l'absence de Karl, je m'interrogeai sur la jeune femme qui avait été exécutée pour avoir distribué des tracts hostiles aux nazis. Hitler n'admettait qu'une obéissance aveugle au Parti. Si Karl et moi osions sortir du rang, nous serions exécutés. Une pensée terrifiante me frappa alors : *Karl et moi avons déjà franchi cette ligne.*

* * *

Le lendemain matin au petit déjeuner, la Cheffe nous communiqua le message suivant : nous devions être à Rastenburg trois jours plus tard. L'ordre émanait directement d'Hitler. C'était un voyage de deux jours en train. Si j'étais heureuse à la perspective de revoir Karl, le fait que nous soyons convoquées, la Cheffe et moi, me surprenait quelque peu.

—Il apprécie ma cuisine, expliqua-t-elle en réponse à ma question. Vous intégrerez le groupe des goûteuses à la Tanière du loup.

—Nous partons tous ?

Elle haussa les épaules.

—Ce n'est pas à nous de remettre en question les ordres du Führer, dit-elle avant de s'approcher et de chuchoter : Je pense que cela a à voir avec le manque de personnel à Rastenburg et avec l'incident survenu ici avec Ursula. Le capitaine Weber et lui tiennent à se montrer prudents.

Je visualisai la nourriture alignée sur une table, chaque femme goûtant un seul plat. Si l'une d'entre elles mourait, une autre prendrait sa place, peut-être dans l'heure qui suivrait, comme sur une chaîne de montage mortelle. Chaque mort serait comptabilisée comme une victoire pour le Führer, un sacrifice pour le bien du Reich.

—Vous pourrez partir après le petit déjeuner, déclara la Cheffe qui me tendit un petit livre doré de quelques pages. (L'aigle du Reich était imprimé en noir sur la couverture.) Gardez ceci en permanence avec vous. Il certifie que vous travaillez pour le Führer.

Je l'ouvris : l'une des photos qui avaient été prises de moi à Berchtesgaden me dévisageait. Le livret indiquait que je devais « bénéficier de tous les privilèges spéciaux », en tant que membre du personnel d'Hitler. J'étais libre, sous ses ordres, de voyager en Allemagne ou sur n'importe quel territoire appartenant au Reich.

J'aspirais depuis un certain temps à retourner à Berlin, car je n'avais pas revu ma mère et mon père depuis des mois. Mon travail et ma relation naissante avec Karl avaient accaparé tout mon temps. Une journée de congé loin des exigences du Reich était un cadeau dont je devais profiter.

—J'aimerais rendre visite à mes parents, annonçai-je à la Cheffe.

—Tant que vous êtes à la Tanière du loup dans trois jours, vous pouvez aller où bon vous semble, sans informer personne de votre destination.

Après le petit déjeuner, je pris congé du personnel qui restait et préparai rapidement mes bagages. La chambre nue avait l'air désespérée et, pendant un instant, je revis Ursula allongée sur son lit, allumant une cigarette et soufflant la fumée par la fenêtre pour ne pas se faire pincer. Si j'admirais son courage, je trouvai à redire sur son organisation. Elle s'était attaquée à Hitler et avait échoué. Comme Karl l'avait souligné, les actions exécutées dans la précipitation, comme celle d'Ursula, se terminaient mal. Il fallait procéder avec prudence et une préparation minutieuse. Je chassai ces considérations. L'idée même de faire tomber Hitler me semblait impossible.

Une voiture SS me conduisit à la gare de Berchtesgaden. Je n'avais pas le temps de rendre visite à l'oncle Willy et à la tante Reina, je n'étais de toute façon pas d'humeur à discuter avec eux. Je ne voulais pas de questions sur Hitler, ni les entendre louer le service du Führer.

J'arrivai à Berlin tard dans la soirée. La ville me surprit par sa vitalité. Je m'étais habitué à la solitude tranquille des montagnes du Berghof. Les lumières, le bruit des voitures, les centaines d'odeurs – chacune convoquant un souvenir – me donnèrent une image étrangement nouvelle de Berlin. J'avais l'impression de découvrir la ville pour la première fois.

Je me dirigeai vers l'appartement de mes parents. Leur rue était calme, loin de l'agitation, et, à part le couvre-feu, la guerre semblait loin. Il n'y avait pas eu de bombardements alliés majeurs depuis l'anniversaire d'Hitler. Les arbres étaient couverts de feuilles et leurs branches projetaient des ombres noires sur les bâtiments environnants. Des éclats de lumière dessinaient le contour de quelques fenêtres. Parfois, des rideaux ondulaient sous la brise et un bloc de lumière provenant d'un appartement éclaboussait le trottoir, pour se dissoudre en un instant. Un phonographe jouait dans une maison, une mélodie mélancolique mais douce : la jolie voix d'une femme louant un soldat parti à la guerre pour le Reich. Le monde semblait paisible et sa sérénité m'emplissait d'un sentiment de calme qui m'avait fui pendant des mois. Je compris alors que mon travail avait eu de lourdes conséquences sur moi. J'en avais eu un premier indice en dégustant un repas dans le train. J'étais heureuse de n'avoir pas à goûter, de pouvoir simplement apprécier la nourriture sans devoir m'inquiéter d'être tuée d'une bouchée à l'autre.

Je sonnai chez mes parents et j'attendis. Je n'avais pas téléphoné car je voulais que ma visite soit une surprise. Il fallut quelques coups de sonnette supplémentaires pour que mon père vienne ouvrir la porte en robe de chambre. Le couloir était sombre. Ses yeux de myope se plissèrent, puis sa mine consternée se mua en un sourire dès l'instant où il me reconnut. Il me prit dans ses bras et me coupa presque le souffle à force de m'étreindre.

—Magda, Magda, balbutia-t-il, les yeux remplis de larmes. Mon Dieu, comme tu nous as manqué, à ta mère et à moi !

Il me libéra de son emprise et je restai sur le palier, mon sac à la main.

—Je peux entrer ?

—Bien sûr, que je suis bête ! répondit-il en reculant d'un pas.

Ma mère apparut à la porte de sa chambre, les yeux à moitié fermés par le sommeil. Elle se précipita vers moi sans dire un mot et m'enlaça aussi fort que mon père. Après que nous eûmes échangé baisers et câlins, je fus autorisée à entrer.

—Tu es définitivement de retour à la maison ? demanda prudemment mon père.

Le ton de sa question montrait clairement qu'il voulait toujours me voir quitter Berlin.

Je posai mon sac sur le sol, à côté du portemanteau.

—Seulement pour la nuit. Ensuite je dois prendre un train demain, vers midi, pour…

Je ne pouvais pas dire à mes parents où j'allais.

—Viens dans la cuisine, ordonna ma mère. Je veux tout savoir sur ce que tu fais. Il nous reste deux sachets de thé pour la semaine. Je vais nous préparer une théière. Je suis trop excitée pour dormir.

Mon père hocha la tête et nous nous rendîmes à la cuisine. Ma mère alluma une bougie, puis mon père et moi nous assîmes à la petite table en chêne pendant que ma mère préparait le thé. Elle s'affaira avec la bouilloire et l'eau, puis se tourna vers moi, les yeux écarquillés par la curiosité.

—Alors, comment est-il ?

Comme la plupart des Allemands, elle était fascinée par le Führer, un homme qu'elle n'avait jamais vu.

—Lisa, grommela mon père, tu n'es pas de la Gestapo. As-tu pensé que Magda n'avait peut-être pas le droit de parler de lui ?

L'enthousiasme de ma mère s'estompa dans une grimace.

—Non, maugréa-t-elle en retournant au thé.

—Je ne l'ai jamais rencontré, répondis-je. Je l'ai aperçu quelques fois au Berghof et une fois près de la Teehaus.

—Il a une maison de thé ? demanda ma mère, étonnée de l'existence d'une chose pareille.

—Il y prend un thé et une part de gâteau aux pommes l'après-midi, avec ses invités, expliquai-je, jugeant qu'une telle information ne recelait rien de préjudiciable. Cela ressemble à une tourelle de château construite en pleine forêt. J'ai même parlé à Eva Braun à plusieurs reprises.

Aucune étincelle ne s'alluma dans les yeux de mes parents, signe qu'ils ne voyaient pas de qui je parlais. Quelle bêtise d'avoir mentionné son nom ! Bien sûr qu'ils ignoraient de qui il s'agissait. Eva était un secret connu de quelques rares personnes. J'abandonnai le sujet.

Mon père s'installa dans son fauteuil.

—Qu'est-ce que tu fais, là-bas ?

Il avait posé sa question avec désinvolture, comme s'il s'attendait à m'entendre parler d'un emploi « normal », comme comptable.

Mon ventre se serra : je ne voulais pas les inquiéter inutilement en leur disant que j'étais goûteuse et que je risquais ma vie tous les jours. Vivant à Berlin, mes parents avaient assez de soucis sans cela. J'optai pour une vérité partielle.

—Je travaille aux cuisines. Je suis responsable des stocks de nourriture et des livraisons.

Ma mère regagna la table avec trois tasses en porcelaine. En attendant que l'eau boue, elle s'assit à côté de moi et me tint la main.

—Je suis fière de toi et très soulagée. C'est un excellent travail. N'est-ce pas, Hermann ?

Mon père hocha la tête, mais je voyais bien, à son froncement de sourcils, qu'il était loin d'être enthousiaste à l'idée que mon emploi soit lié au national-socialisme. Je posai des questions sur Frau Horst et nos voisins, afin de détourner la conversation de moi. Jusqu'à ce que nous allions nous coucher, nous parlâmes du travail de mes parents et de l'ambiance à Berlin.

Ma mère était en train de nettoyer la vaisselle du petit déjeuner quand je me levai, le lendemain matin. Mon père était assis dans la salle à manger, qui buvait une tasse de thé avant de partir au travail. Son regard était sombre, suggérant que la vie lui était devenue une corvée insupportable, une succession de journées à peine tolérables.

— J'étais sur le point de te réveiller, déclara-t-il. Pour te dire au revoir. Merci de n'avoir rien dit à ta mère, chuchota-t-il.

Mon cœur manqua un battement.

— Je ne vois pas de quoi tu parles.

— Bien sûr que si, répliqua-t-il d'un ton plat, dépourvu d'émotion. Oncle Willy a découvert ce que tu fais, grâce à ses relations avec les SS. Berchtesgaden est une petite ville. (Il serra sa tasse de thé entre ses mains.) Naturellement, Reina et lui sont ravis de ton poste. Ils ne pourraient pas être plus heureux. Je l'ai supplié de ne pas en parler à ta mère, car je ne veux pas qu'elle s'inquiète. (Il prit une gorgée de thé puis reposa sa tasse sur la table.) À leurs yeux, aucun sacrifice n'est trop grand pour le Führer.

Il plaqua les mains sur ses genoux et regarda vers la cuisine. Je chuchotai, de peur que ma mère n'entende :

— Je n'avais aucune idée du poste que l'on me confierait. C'est le travail qu'ils m'ont donné.

Cela me faisait du bien de partager ce secret avec mon père. Je comprenais maintenant pourquoi il avait pleuré en me voyant. Il soupira.

— Ta mère, qui pense que faire la vaisselle est encore important pendant que le monde brûle, croit que le Reich va gagner la guerre. Elle n'a aucune idée des rumeurs qui circulent. Je crains le pire pour nous tous, Magda. C'est comme si nous vivions dans un monde manufacturé qui se rétrécit de jour en jour. Je sens ses murs s'écrouler sur l'Allemagne, sur Berlin, sur nous.

Je tremblais, redoutant de le regarder dans les yeux.

— Quelles rumeurs as-tu entendues ?

— Que nous avons perdu de grandes batailles à l'Est, que le vent a tourné et que les victoires faciles d'Hitler dans les premières années sont terminées. Je n'aborderais jamais le sujet avec ta mère. Elle me jetterait hors de la maison, commenta-t-il en riant. On ne peut pas compter sur le *Volkischer Beobachter* pour un compte rendu fiable sur la guerre. Le journal du Parti n'est même pas digne de tapisser la cage du canari.

—Ne répète jamais à personne ce que tu m'as dit, lui déclarai-je fermement. Garde tes idées politiques pour toi et n'envenime pas la situation. Moi aussi, j'ai entendu des rumeurs et je sais des choses que je ne peux pas te dire. Crois-moi, il y a des gens qui veulent mettre fin à cette guerre pour le bien de l'Allemagne.

Il sourit. Pour la première fois depuis mon arrivée, une étincelle de vie s'alluma dans ses yeux. Peut-être lui avais-je donné le petit espoir que les choses pourraient aller vers le mieux.

—Je voudrais inhaler tes paroles, avoua-t-il. Il y a tellement peu de choses auxquelles je peux croire.

Il tendit le bras par-dessus la table et m'agrippa les mains. Dehors, le monde semblait ensoleillé et joyeux mais, comme tout le reste, ce temps agréable était illusoire, une manière de nous détourner de la vérité. Il serra mes doigts.

—S'il te plaît, sois prudente.

Je le lui promis, mais les craintes de mon père s'étaient insinuées en moi. Mon petit répit, loin d'Hitler et du Berghof, ressemblait à un trompe-l'œil. Nous étions piégés dans le monde imaginaire dont le Reich faisait la propagande alors qu'autour de nous, des batailles faisaient rage, des troupes étaient massacrées et des innocents abattus. Notre sentiment de bien-être et de sécurité s'amenuisait et seul un imbécile pouvait croire que notre mode de vie avait la moindre chance de perdurer. Cependant, il y avait encore beaucoup d'imbéciles à convaincre. Le Reich faisait bien son travail. Soumis à sa rhétorique enflammée, les gens continuaient à croire en

Hitler : se battre pour l'Allemagne jusqu'à la fin, jusqu'à ce que les derniers hommes, femmes et enfants soient morts pour le Reich. Je ne pouvais pas me tenir trop longtemps à cette pensée, sans quoi le monde risquait de s'effondrer autour de moi.

Mon père nous embrassa, ma mère et moi, et quitta l'appartement. Nous nous assîmes toutes les deux pour prendre notre petit déjeuner. Comme mon père l'avait prédit, nous parlâmes de ces choses de la vie qui lui permettaient de passer la journée : nourriture, lessive, ménage, jardinage. En temps normal, il s'agissait de sujets inoffensifs mais agréables. Cependant, nos journées étaient loin d'être normales. Les conversations sur la nourriture et le rationnement prenaient une importance monumentale.

Ce fut écrasée par le sentiment – communiqué par mon père – de l'effondrement imminent de l'Allemagne que je pris congé de ma mère en début d'après-midi et que je montai à bord du train qui allait me conduire à la Tanière du loup, en Prusse-Orientale. Elle aussi versa quelques larmes lors de mon départ. Je lui promis de revenir dès que je le pourrais, mais je n'avais aucune idée de ce qui m'attendait. En montant dans le train, je me demandai si je reverrais un jour mes parents.

8

Je quittai Berlin vers 17 heures à destination de Rastenburg. Le chef de train m'attribua un wagon-lit lorsqu'il avisa mes papiers d'identité estampillés « au service du Führer ». Le voyage de nuit se déroula sans incident, à l'exception d'un long arrêt au milieu de la Pologne, quand le train fut immobilisé par la menace d'un bombardement allié. Le contrôleur frappa à toutes les portes pour expliquer la situation. Je soulevai le rideau occultant de ma voiture, en me demandant comment un bombardier pouvait viser le train par une nuit sans lune. Des forêts noires nous entouraient ; nous ne roulions plus dans les plaines fertiles de l'est de l'Allemagne. Je dormis d'un sommeil agité, gardant un œil ouvert pendant le reste de la nuit, même si le train était dissimulé par la forêt.

Nous arrivâmes vers 9 heures le lendemain matin. C'était une gare plutôt désolée, entourée d'arbres, qui avait peu à offrir en matière de paysage ou de faste. Empoignant ma valise, je descendis sur le quai. Deux autres jeunes femmes se tenaient à proximité, l'air aussi perdues que moi. Toutes deux avaient des cheveux blond foncé, mais l'une était plus grande que l'autre et semblait contrôler sa petite compagne. Elle tordait son cou de cygne, comme si elle cherchait quelque chose. J'eus à peine le temps de poser mon sac sur le sol qu'un officier SS corpulent s'avança à grands pas vers moi, sinistre et calme.

— Fräulein Ritter, lâcha-t-il d'un ton autoritaire. (J'étais surprise qu'il sache qui j'étais.) Le personnel de cuisine vous attend. Vous prendrez le train de l'estafette jusqu'à la Tanière du loup.

Sur quoi il me planta là pour aller s'adresser aux deux jeunes femmes sur le quai. Il nous orienta vers un autre train, sur une autre voie, lequel train s'enfonça dans la forêt, après quelques minutes d'attente. Je me présentai aux femmes assises en face de moi, puisque dans ce train, les bancs étaient disposés le long des parois du wagon. La femme la plus grande s'appelait Minna, et la plus petite, Else. C'étaient de nouvelles goûteuses arrivées de Berlin, qui avaient été choisies par les SS pour travailler avec la Cheffe, après approbation d'Hitler.

Minna s'installa sur le siège de brocart avec un air d'autorité et lissa sa jupe du plat de la main. Ses lèvres brillaient sous un rouge à lèvres rouge vif et ses sourcils formaient des lignes sombres et sévères nettement dessinées, bien plus marquées que ne les voudraient la plupart des femmes. Sa bouche charnue dégageait une impression de cruauté. Je devinai qu'elle allait me poser problème, cette femme cramponnée à chaque mot débité par le Reich et plus que prête à mourir au service du Führer. D'un autre côté, Else était jolie, avec des yeux ronds, une petite bouche et un comportement timide. Qu'elle en soit consciente ou non, elle considérait Minna comme son guide. Else, compris-je, suivrait quiconque prendrait les décisions à sa place, autrement dit, c'était une candidate parfaite pour le poste de goûteuse. Si la Gestapo lui demandait d'avaler du poison, elle le ferait sûrement.

— Comment est-il ? demanda Minna avec un regard sournois, plein de supériorité.

Je n'allais pas la dorloter.

— On m'a posé cette question plusieurs fois. Tu auras de la chance si tu arrives à l'apercevoir, sans même parler d'échanger quelques mots avec lui.

Minna me lança un regard noir.

— Je vais lui parler. En fait, je suis certaine que je finirai par très bien le connaître.

Elle croisa les jambes. Elle n'avait aucune idée de la relation qui unissait Eva Braun et Hitler. J'eus envie de rire, mais j'avais l'impression que ce serait trop en révéler. Au lieu de quoi, je m'assis et essayai d'apprécier le paysage forestier qui défilait en taches vert foncé où se succédaient pins, bouleaux et chênes.

— As-tu peur quand tu goûtes ? me demanda Else.

Même si je n'occupais ce poste que depuis quelques mois, je pouvais au moins faire valoir mon ancienneté.

— C'est un métier dangereux. J'étais nerveuse au début. On ne sait jamais quel repas sera le dernier.

Else déglutit et me regarda fixement. Minna s'esclaffa avant de sourire avec hauteur.

— Ne sois pas bête, Else, gronda-t-elle. Tu n'auras jamais à t'inquiéter. À partir de maintenant, tu vas mener une vie enchanteresse. Tu bénéficieras des meilleures chambres, tu seras en sécurité et à l'abri du danger. Tu mangeras les meilleurs repas, sans crainte d'être empoisonnée, car qui oserait lever la main sur le chef du Troisième Reich ? Tu te délecteras de la compagnie du Führer lui-même. Quelle femme pourrait demander plus ? Nous vivrons comme des reines pendant que le reste de l'Allemagne défendra la patrie. Si la Wehrmacht tombe, nous serons protégés par le Führer. Que le peuple allemand mange des brioches, comme dirait Marie-Antoinette.

Else, qui avait peur de contredire Minna, fixait sa compagne avec des yeux de chiot apeuré. Des braises couvaient en moi tant je brûlais de faire entendre raison à cette vantarde. Mais je ne pouvais en aucun cas trahir mes sentiments. J'avais des soucis plus importants – Karl, mes parents, le spectre persistant de la mort – que ceux d'une fanfaronne consumée par l'orgueil et la stupidité.

Notre voyage se termina bientôt dans une petite gare au milieu des bois. Le SS corpulent qui nous avait conduites jusqu'au train apparut à la portière et nous ordonna de descendre. Je mis le pied sur le quai. Je savais que nous étions arrivées au quartier général du Führer, pourtant aucun bâtiment n'était en vue. Un autre train stationnait sur une voie de garage à proximité. La gare était entourée d'un fourré d'arbres et de buissons. Les insectes bourdonnaient dans l'air moite autour de nos têtes. L'officier nous conduisit sur un chemin boisé où de petits bunkers et des cabanes, dissimulés par le camouflage, apparurent bientôt parmi la végétation. En quelques minutes, nous atteignîmes un poste de contrôle où un jeune garde demanda un mot de passe au SS. Il étudia ensuite nos papiers d'identité, nous demanda de déposer nos sacs et de pivoter sur nous-mêmes. Nous obéîmes et il parut satisfait. Je supposai qu'il était en quête de renflements dans nos vêtements, susceptibles de dissimuler une arme. Il fouilla nos sacs à main et de voyage. Enfin convaincu que nous ne transportions pas d'armes, il nous remit un petit passeport pour la Tanière du loup et nous ordonna de le conserver en permanence sur nous. Puis nous franchîmes le portail d'une clôture électrifiée.

Nous continuâmes à travers bois sur les traces du SS, jusqu'à ce que nous arrivions à une section où les bunkers étaient plus visibles. Ces structures basses et fortifiées s'étendaient des deux côtés dans la forêt, aussi loin que portait mon regard. Des filets de camouflage étaient suspendus au-dessus de tout, afin de nous protéger contre les attaques aériennes. Le camp abritait également quelques bâtiments en bois et en béton qui ressemblaient à des salles de réunion avec des fenêtres.

Nous arrivâmes enfin à un bâtiment déplaisant. Sa façade était percée de petites fenêtres et d'une lourde porte en fer. Aussi peu accueillant que l'extérieur puisse paraître, l'intérieur évoquait l'enfer. Mes poumons aspirèrent l'air chaud et moite de cet espace exigu. J'avais l'impression de respirer à travers une serviette humide.

L'officier nous guida vers un étroit couloir qui me rappelait les photos que j'avais vues de l'intérieur des bateaux à vapeur. Il ouvrit une deuxième enceinte et une série de portes en bois plus petites apparurent devant nous des deux côtés. La dernière chambre sur la droite était la nôtre. Il appuya sur un interrupteur. Une seule ampoule recouverte d'un abat-jour métallique vert projetait une tache de lumière triangulaire sur le sol. Quatre lits, deux de chaque côté de la pièce, étaient placés contre les murs. Un casier flanquait chaque lit. Ce logement donnait à ma chambre du Berghof des allures de palais. La pièce ici contenait à peine assez d'espace pour les lits, sans parler de quatre femmes. Il n'y avait pas de fenêtres. Je pris une profonde inspiration afin de lutter contre la claustrophobie maladive qui m'assaillait de toutes parts.

—Ce sont nos quartiers ? demanda Minna au SS avec un dégoût évident.

Une fois de plus, j'eus envie de rire, car la première de ses illusions venait d'être brisée. Nos conditions de vie dans le bunker étaient loin de correspondre aux « meilleures chambres » dont Minna avait parlé à Else.

L'officier lui lança un regard noir.

—Vous avez de la chance d'être ici. Si vous conservez deux sous de bon sens, évitez de vous plaindre.

Sur cette réprimande, il s'en fut. J'inspectai la chambre. À l'exception des lits – quatre lits de camp de petite taille recouverts de couvertures grises – et des casiers, la pièce était vide. L'un des lits, déjà pris, était impeccablement fait. Un sac en cuir était glissé dessous.

Une bouche d'aération située au plafond de la pièce soufflait de l'air en rafales. Cette agaçante mécanique nous maintenait en vie sous d'épaisses couches de béton et de terre.

Else jeta son sac sur un lit et se mit à pleurer.

—Tais-toi, la gronda Minna. Les larmes ne te serviront à rien.

—Je ne pourrai pas vivre ici, gémit Else. Personne ne nous a prévenues que son quartier général serait comme ça. Je m'attendais à ce qu'il ressemble à la Chancellerie du Reich.

Elle s'effondra sur son lit. À Berlin, la Chancellerie était vaste et opulente, ornée des meubles, des tableaux et des tapis les plus raffinés. Des jardins en plein air entouraient les bâtiments. Ici, nous étions réduites à une existence d'animaux souterrains.

Je pris le lit le plus proche de la porte et glissai mon sac dessous. Même moi, j'étais consternée par les conditions dans lesquelles on nous forçait à vivre.

—Je suis sûre que nous allons passer beaucoup de temps en dehors de cette pièce… pour notre propre bien. (Je me sentais enhardie par mon ancienneté.) Je vais me promener un peu. Personne ne nous a ordonné de rester à l'intérieur.

Else me regarda comme si je l'abandonnais. Elle se pencha de son lit de camp.

—Puis-je aller avec toi ? Je m'en moque s'il y a des insectes. J'ai la nausée.

Je ne voulais pas qu'elle me colle aux basques, car j'espérais rencontrer Karl, mais la porte s'ouvrit et mon plan tomba à l'eau. Une jeune femme blafarde, qui avait l'air d'avoir passé trop de temps dans le bunker, entra. Elle avait un nez fin, de grands yeux et se serait sans doute avérée jolie si la lumière crue n'avait souligné son air fatigué et son teint délavé. On voyait que ses cheveux avaient été éclaircis artificiellement.

—Je m'appelle Dora, déclara-t-elle en me tendant la main parce que j'étais la plus proche d'elle.

Je me présentai pendant que Minna jaugeait Dora à sa manière d'oiseau. Else sourit et essuya ses larmes, heureuse de voir une autre femme en qui elle pourrait trouver une amie.

—Qui êtes-vous ? demanda Minna en s'asseyant comme une reine sur le lit restant.

Dora parut suspicieuse. Elle avait la même réaction que moi face à Minna.

—Dora Schiffer, goûteuse en chef à la Tanière du loup. (Elle observa Minna et Else.) Vous devez être les nouvelles. Vous allez venir avec moi pour être présentées à la cuisinière et au reste du personnel. Magda, vous serez en cuisine à 19 heures pour goûter. Vous pouvez employer le reste de la journée à votre guise.

Minna se renfrogna.

—Nous recevons nos ordres de vous ?

—Oui, répondit Dora en croisant les bras

—Nous verrons bien, murmura Minna.

—Il n'y a rien à voir, répliqua Dora. Je vous surclasse sur tous les points. Vous êtes sous ma responsabilité. C'est ma chambre et c'est à moi de m'assurer que vous faites votre devoir.

Elle fouilla dans une poche de sa robe et en sortit un livret semblable à celui qu'on nous avait remis au portail. Elle le fit circuler dans la pièce. Dora était membre des SS. Les inscriptions dans son livret montraient qu'elle avait été affectée à un endroit que je ne connaissais pas : Treblinka.

—Avons-nous le temps de nous rafraîchir ? demanda Minna.

—Faites vite, répondit Dora. La salle de bains est au bout du couloir.

Dès que Minna et Else eurent quitté la pièce, Dora se planta dans l'embrasure de la porte et me dévisagea.

—J'ai donc au moins une fauteuse de troubles à gérer. Profitez de la journée, mais veillez à ne pas vous aventurer au-delà des clôtures. Il y a trois périmètres autour des quartiers généraux. Des gardes avec des chiens sont postés tous les trente mètres. Ils vous demanderont vos papiers. (Elle passa un doigt sur sa lèvre.) Des mines terrestres sont disposées tout autour de la Tanière du loup. Faites attention. Une erreur stupide pourrait vous coûter la vie. (Elle m'examina comme si elle m'interrogeait et je la fixai en retour.) *Heil* Hitler.

Sur quoi, elle referma la porte et me laissa seule.

Je laissai à mes compagnes tout le temps nécessaire pour trouver quitter le bâtiment. Apparemment, cette résidence était réservée aux femmes. Je repérai une salle de bains avec des cabines de douche non loin de notre chambre, ainsi qu'un bureau et une petite bibliothèque, construits tout près de l'entrée. Cette dernière pièce avait des fenêtres qui donnaient sur le territoire du quartier général. La vue était limitée à la forêt, mais les fenêtres, protégées par une moustiquaire, étaient ouvertes. Aucune brise ne passait à travers la résille.

Je m'assis sur l'un des fauteuils rembourrés de la bibliothèque et je réfléchis à mon sort. De la sueur commençait à perler sur mon visage et mes bras dans la chaleur de cette fin de matinée, même si le soleil était atténué par le grillage et le feuillage des arbres. On aurait dit qu'un voile vert avait été jeté sur le quartier général. Seul le bourdonnement des moustiques et des mouches qui pressaient leurs corps noirs contre la moustiquaire parvenait à mes oreilles. N'empêche, j'imaginais que dormir ici serait plus agréable que dans l'exiguïté de ma chambre.

Je me levai de ma chaise et examinai les livres sur les étagères. Pour la plupart, il s'agissait d'ouvrages d'histoire et de mythologie allemandes ; d'autres portaient sur des sujets scientifiques. Appartenaient-ils à Hitler ou avaient-ils été placés là par quelqu'un d'autre ? Un titre en particulier attira mon attention : *L'Origine des espèces* de Charles Darwin. De vagues souvenirs de ma scolarité ressurgirent dans mon esprit. Incapable de me souvenir vraiment du sujet du livre, je l'ouvris et observai la page de garde. Tamponnée d'une aigle nazie à l'encre noire, elle comprenait l'inscription : « Offert aux femmes de la Tanière du loup par le Führer ». Hitler avait signé de son nom sous l'inscription. Je reposai le livre sur l'étagère et quittai la pièce.

Je parcourus d'un pas rapide le chemin qui me conduisait à l'extérieur de mes quartiers, en écrasant les mouches qui bourdonnaient autour de moi. On ne pouvait guère profiter de la journée dehors avec de tels parasites. Elles se posaient sur mes bras, mon visage, n'importe quelle parcelle de peau exposée, au point que j'en étais presque recouverte. L'odeur humide des bois embaumait l'air. Alors que je me tenais là, incapable de savoir dans quelle direction m'engager, je compris pourquoi Hitler avait choisi cet endroit particulier pour son quartier général de l'Est. Contrairement à la majesté spectaculaire du Berghof, la Tanière du loup était un marécage dans un pays abandonné. Aucun ennemi du Reich ne pouvait l'atteindre, sauf au prix de combats acharnés en terrain inhospitalier et à condition de localiser son emplacement.

Il était presque 11 heures et mon estomac grondait. J'avais pris deux petits repas dans le train, mais cela faisait plusieurs heures que je n'avais ni mangé ni bu. Je marchai vers l'est et contournai la clôture qui entourait notre territoire dans les bois : il s'agissait du périmètre intérieur dont avait parlé Dora. Les membres du RSD, le Service de sécurité du Reich, étaient postés à des points de contrôle tout autour de la clôture. De nombreux gradés SS déambulaient sur le chemin, mais je ne remarquai aucune femme parmi eux. Je m'arrêtai à un poste de contrôle pour demander au garde la direction du mess. Il voulut voir mes papiers. Une fois qu'il se fut assuré de mon appartenance au camp, il m'indiqua comment trouver la salle de restauration, à plusieurs centaines de mètres de l'endroit où je me trouvais. Je passai devant différents bâtiments avant de l'atteindre. Le mess était une construction de béton et de pierre, au ras du sol, mais tout de même pas un bunker. Doté de fenêtres, son intérieur était plus agréable que mes quartiers. De longues tables et des chaises étaient alignées en trois rangées bien droites. Les grandes cuisines à l'arrière grouillaient d'activité. Un officier d'ordonnance ouvrit une double porte et me donna un aperçu sur les cuisinières étincelantes et les autres appareils qu'elles abritaient. Minna et Else n'étaient pas là, mais je reconnus un homme, un cuisinier du Berghof.

Des fruits et des flocons d'avoine étant posés sur la table de service de l'entrée, je me servis et les garnis de lait et de miel. À l'instar de ceux qui peuplaient la résidence de montagne d'Hitler, les hommes et les femmes de la Tanière du loup étaient bien nourris.

Je m'assis seule à l'une des longues tables, car le petit déjeuner était terminé depuis longtemps pour la plupart des employés. J'étais en train de savourer ma nourriture quand quelqu'un me tapota l'épaule. C'était Karl.

Je voulus sauter de mon siège pour l'embrasser, mais il laissa sa main fermement appuyée sur mon épaule.

—Ne souris pas et ne montre pas que tu es amie avec moi, lâcha-t-il d'une voix crispée et contrôlée.

J'avalai une autre bouchée de flocons d'avoine, sans cesser de regarder devant moi tandis qu'il se tenait dans mon dos.

—C'est un plaisir de vous revoir aussi, capitaine Weber.

—S'il te plaît, Magda, ne plaisante pas. La situation est plus dangereuse que tu ne peux l'imaginer. Retrouve-moi à 22 heures près du cinéma et je t'expliquerai.

—Dora Schiffer nous suit à la trace. Elle semble être une adepte de la discipline la plus stricte.

Après un bref silence, Karl soupira.

—Vous vous êtes donc rencontrées, lâcha-t-il. Dis-lui que tu vas voir le film et que tu reviendras dès qu'il sera terminé.

J'acquiesçai et tournai la tête pour l'apercevoir alors qu'il franchissait la porte. J'achevai mon petit déjeuner, reposai ma vaisselle sur la desserte et quittai le réfectoire. De retour dans mes quartiers, je ne pus me forcer à entrer dans ma chambre. J'allai donc m'installer dans la bibliothèque vide, où je repensai aux paroles de mon père qui disait que l'Allemagne rétrécissait à cause des actions d'Hitler. C'était vrai. Je m'y sentais de plus en plus emprisonnée, même si je travaillais pour l'homme le plus puissant d'Europe. Je m'inquiétais aussi pour Karl. La mélancolie m'enveloppa comme un immense nuage noir. Je remuai sur ma chaise afin de pouvoir examiner le titre des livres sur les étagères jusqu'à ce que je m'endorme d'un sommeil agité. Lorsque je me réveillai, Dora Schiffer se tenait dans l'embrasure de la porte, qui me souriait.

— Je souhaite m'entretenir avec vous de l'empoisonnement d'Ursula Thalberg, dit-elle.

Je sentis ma gorge se nouer.

Dora s'y connaissait bien en techniques d'interrogatoire. Comme la femme de Berchtesgaden qui travaillait pour le Reichsbund, elle me posa toutes les questions figurant sur une liste établie par le Reich, ainsi que quelques-unes de sa propre initiative. J'avais déjà répondu à la plupart d'entre elles, mais pas à toutes. Elle était particulièrement curieuse des relations que j'entretenais avec le personnel présent à la Tanière du loup. Je lui dis la vérité, mais sans enjoliver mes réponses : je connaissais la Cheffe et le capitaine Weber de par mon travail au Berghof, ainsi que les nombreux employés de cuisine qui avaient été transférés ici pour servir le Führer. Dora me posa des questions sur Ursula : c'était la deuxième fois qu'on m'interrogeait longuement sur mon ancienne cothurne et sa tentative d'empoisonnement. Elle conclut son interrogatoire en me conseillant de me méfier de Minna. Cette nouvelle goûteuse, me dit-elle, allait chercher à gravir les échelons du Reich en trouvant grâce aux yeux Hitler. Dora en était certaine. Au moindre faux pas, Minna se retrouverait sans emploi et de retour à Berlin. Après avoir écouté Dora, je me dis que Minna pourrait connaître un sort bien pire que le chômage. Avant de partir, Dora me réitéra son ordre d'être à la cuisine, celle où je m'étais rendue plus tôt dans la journée, avant 19 heures.

Après qu'elle m'eut congédiée, je retournai dans ma chambre, rangeai mes affaires, me douchai et enfilai des vêtements propres. Comme Minna et Else avaient disparu, je me demandai si la Cheffe leur avait déjà donné ses premiers cours sur les poisons.

Quand j'arrivai aux cuisines, je trouvai les deux femmes assises contre le mur, toujours vêtues des vêtements qu'elles portaient dans le train. Elles avaient l'air épuisées par leur journée passée avec un cuisinier prénommé Otto, que j'avais vu au Berghof. Hitler, qui aimait la façon dont Otto préparait les œufs, l'avait arraché au sanatorium où il travaillait. Je demandai des nouvelles de la Cheffe, on me répondit qu'elle ne se sentait pas bien et ne travaillerait pas ce soir-là.

Minna et Else n'ouvrirent pas la bouche, se contentant de me regarder fixement, tandis qu'Otto préparait les plats à servir à Hitler. Les fruits et légumes de juillet étaient au menu. La plupart d'entre eux avaient été expédiés des serres du Berghof. Un plat d'œufs et de pommes de terre fumants trônait au centre de la table. Otto me fit signe de commencer. Je sentis d'abord la nourriture, puis je la goûtai. Je mangeai des concombres et des tomates frais, des haricots verts et des pommes de terre bouillies avec du persil avant d'arriver au plat d'œufs. Un champignon était posé à côté. Je n'étais pas sûre qu'il soit toxique, mais je ne voulais pas que mon manque de mémoire ou de courage ralentisse mon travail. Je pris donc une grande cuillerée de l'omelette, que je humai. Une odeur alléchante et crémeuse m'emplit les narines : je décidai que je pouvais manger le plat sans danger. Il avait un goût délicieux, chaud, beurré et roboratif.

Je continuai en goûtant les fraises, le gâteau aux pommes et un gâteau glacé que je n'avais jamais mangé auparavant. Une fois que j'eus terminé, Otto emporta les plats, tout en laissant le champignon sur la table. Comme après la plupart des dégustations, j'avais l'estomac plein. Je m'assis à côté d'Else, qui me saisit aussitôt la main. Je me retournai pour la regarder. Ses yeux en forme de perles scintillaient de peur.

—Le plat d'œufs contenait des champignons vénéneux, chuchota-t-elle.

J'avais envie de rire. Ce serait ridicule qu'un cuisinier empoisonne une goûteuse.

—Il ne ferait pas ça.

—Bien sûr que si, répliqua Minna en me reluquant d'un air suffisant.

Quelques instants plus tard, Dora Schiffer appuya sa fine silhouette contre la porte de la cuisine. Elle agita ses longs bras à l'intention de Minna et Else, qui se levèrent pour la suivre. Dora revint peu après et me demanda :

— Comment vous sentez-vous ? Vous avez l'air un peu pâle.

Elle me dominait telle une grande tige de haricot.

— Bien, répondis-je, commençant à me demander si je n'avais pas eu tort.

— Restez assise, pour vous en assurer.

Je regardai le personnel transférer plusieurs des plats que j'avais dégustés sur des plateaux de service, puis les emporter pour le dîner qu'Hitler prenait à 20 heures. Bientôt, de la sueur se mit à perler sur mon front et mon cœur à battre à tout rompre. Submergée par la nausée, je m'agrippai à ma chaise.

Dora le remarqua et s'approcha de moi.

— Il y a un problème, balbutiai-je.

J'attrapai la table, mais glissai de la chaise sur mes genoux.

Dora frappa dans ses mains et Otto accourut de la cuisine. Il se pencha sur moi.

— Vous vous sentez mal ? demanda-t-il.

— Qu'est-ce que vous m'avez fait ? gémis-je, pliée en deux sous l'effet de la douleur.

— Je pense que vous avez retenu la leçon, constata Otto. Vous ne devez rien considérer comme acquis.

La tête me tournait traîtreusement et je vomis sur le sol, incapable de contrôler mon estomac. Le visage rond d'Otto me fixait. Il semblait intéressé par ma réaction au poison, bien davantage que par l'aide qu'il pourrait me fournir. Je m'effondrai et le monde devint noir.

9

Un homme se tenait à mon chevet lorsque je me réveillai à l'infirmerie du quartier général. La pièce flamboyait sous les ampoules des plafonniers. Combien de temps étais-je restée inconsciente ? J'avais mal au ventre et ma gorge desséchée aspirait à un verre d'eau. Je clignai des yeux, ce qui fit apparaître la forme floue de Karl. Il m'adressa un sourire piteux avant de s'asseoir sur une chaise à côté du lit.

— Quelle heure est-il ?

Ma voix était à peine plus forte qu'un murmure.

— Presque midi, répondit Karl, en me tendant un verre bien rempli. Bois, ça te fera du bien. Tu as vomi tout ce que tu avais dans le corps. Ils ont aussi utilisé une pompe à estomac. Je suis venu dès que j'ai su. J'ai passé toute la nuit ici. (Il frappa du poing contre sa cuisse.) Je devrais tuer ce voyou pour ce qu'il t'a fait.

Je bus une gorgée d'eau. Le liquide frais m'apaisa la gorge.

— Il t'a délibérément empoisonnée, renchérit-il. Otto a glissé des champignons vénéneux dans le plat, pas de ceux qui peuvent tuer, seulement rendre malade. C'était un jeu pour lui et il t'avait donné un indice avec le champignon posé à côté du plat. La Cheffe était furieuse quand elle l'a découvert. Elle est allée directement trouver le Führer qui ne s'est guère montré compatissant. Il a sorti à la Cheffe qu'il comprenait la douleur que tu devais éprouver, mais que de telles actions servaient le Reich et la protection de son chef. Il a ajouté que des tests de ce genre étaient un outil d'entraînement précieux. Ils apprenaient aux autres goûteuses à ne pas se relâcher.

D'une certaine manière, Hitler avait raison, même si je détestais l'admettre.

—Ai-je perdu mon travail ?

Je tentai de relever la tête, mais la pièce tournait.

—Non. Tu fais toujours partie du personnel, mais tu seras chargée des stocks pendant quelques semaines, jusqu'à ton rétablissement. Ce salaud de cuisinier, c'est un bagarreur de rue comme les autres. Ils n'ont aucune morale, aucun scrupule à tuer leurs propres concitoyens. Ils vont tout détruire.

La voix de Karl s'élevait à mesure qu'il parlait. J'eus assez de bon sens pour poser un doigt sur mes lèvres. Ce qu'il disait était dangereux, même si nous semblions être seuls.

Il serra ma main de ses doigts chauds contre les miens. J'avais envie de l'embrasser.

—Je dois partir. Je suis heureux que tu ailles mieux. (Il me détailla de la tête aux pieds.) Il faut qu'on parle, mais il est préférable d'attendre que tu sois plus forte.

Je lui caressai la main et il me dit au revoir. Je ne le revis plus pendant plusieurs jours, jusqu'à ce que je sorte de l'hôpital et que je retourne aux cuisines.

Les jours suivants, Karl me fit clairement comprendre qu'il ne voulait pas me parler. Il se contentait de hocher la tête quand nous nous croisions au mess. Si j'entamais une conversation, il me coupait sèchement d'un :

—Je ne peux pas parler maintenant, Fräulein Ritter.

J'avais de la chance s'il me souriait. Je pensais qu'un plan, une opération secrète, devait être en préparation et cette perspective m'effrayait. Karl prenait ses distances. Nos relations avaient été beaucoup plus affectueuses au Berghof.

Else et Minna limitaient aussi leurs contacts avec moi, notamment parce que je leur avais fait défaut lors de leur première soirée au mess. Else détestait son emploi de goûteuse, mais elle était toujours sous la coupe de Minna. Elle s'approchait de moi, comme si elle désirait me parler, puis se retirait par prudence. J'évitais Otto. Puisque le Führer soutenait son mauvais tour, il ne servait à rien de l'affronter.

Plusieurs semaines passèrent et Hitler fut appelé à Berlin pour quelques jours. La Cheffe et trois des autres goûteuses que je ne connaissais que vaguement l'accompagnèrent. Minna et Else restèrent à la Tanière du loup. Comme j'étais maintenant chargée de tenir les stocks alimentaires et d'aider en cuisine, plutôt que de goûter, mes soirées étaient libres.

Un après-midi, Karl m'arrêta sur le chemin du réfectoire et m'invita à le retrouver le soir même à 22 heures, devant le cinéma, selon un plan similaire à celui qu'il avait proposé la nuit où j'étais tombée malade. J'annonçai à Dora que j'allais voir un film et que j'irais peut-être me promener après. Je me doutais qu'elle n'y trouverait rien à redire, car nous avions tous envie de passer du temps loin de nos quartiers exigus.

La soirée était fraîche, mais humide. Des nuages bas planaient au-dessus de la Tanière du loup. De temps en temps, la pluie battait contre mes épaules. Il y avait peu de lumière pour me guider, mais j'étais ici depuis assez longtemps pour connaître mon chemin. Des sons assourdis d'instruments à cordes et de voix théâtrales émanaient du cinéma. Le film était en cours.

Je tournai au coin nord du bâtiment et j'aperçus une silhouette sous un bouquet d'arbres. La lueur orangée d'une cigarette étincela brièvement. Mes nerfs se tendirent. Karl avait arrêté de fumer. En me rapprochant, je le hélai par son nom. Une silhouette sombre me fit signe.

— C'est toi ? demandai-je.

Comme l'homme ne répondait rien, je songeai à m'enfuir.

Je répétai ma question. Il resta silencieux quelques secondes, puis écrasa sa cigarette.

J'étais sur le point de rebrousser chemin quand il murmura mon prénom. C'était Franz, le petit ami d'Ursula, officier SS tout comme Karl.

—C'est bon de te revoir, Magda.

Il me tendit sa main, que je saisis.

—Je ne savais pas que tu étais ici.

—Je suis arrivé il y a quelques jours et seulement pour quelques semaines. Ensuite, je pars pour le front de l'Est, où je commanderai une Panzerdivision. Certains généraux ont accepté de parler à ceux d'entre nous qui sont sur le point de donner leur vie pour le Reich.

Il gloussa. Je scrutai les arbres noirs, à la recherche de Karl. Rien.

—Il arrive, lâcha Franz, apaisant ma peur. Il a été retardé quelques minutes par des ordres de Berlin.

Je ne comprenais pas pourquoi Franz avait été convié à notre entrevue, à Karl et à moi, mais je n'osais pas poser la question.

Franz s'appuya contre un arbre et fouilla dans sa veste, en quête d'une autre cigarette.

—Ce n'est pas dangereux de les allumer la nuit ? demandai-je. Les bombardiers peuvent voir la flamme.

Franz éclata de rire.

—Je doute que les Alliés puissent distinguer quoi que ce soit à travers tous ces filets. De toute façon, on s'en fout. Hitler n'est pas là et je me fiche complètement de ce qui se passe. En ce qui me concerne, cet endroit pourrait être réduit en cendres par les bombes. Et puis, la fumée éloigne les insectes.

L'amertume de sa voix trahissait sa douleur. Je soupçonnais qu'une grande partie de celle-ci était liée à la mort d'Ursula.

Ma curiosité fut la plus forte.

—Qu'est-ce qui se passe ? Pourquoi Karl n'est pas là ?

Franz alluma sa cigarette, prit une grande bouffée avant de recracher la fumée. L'odeur du tabac brûlé flottait dans l'air humide.

—Karl te dira ce qu'il peut, répondit-il en se penchant vers moi pour murmurer : Il ne reste plus beaucoup de temps pour sauver l'Allemagne. Je ne vais pas m'attarder à la Tanière du loup et Karl non plus, si notre plan fonctionne. Pour ton bien, ne t'attache pas trop à l'un d'entre nous, Magda. Nous savons ce qui doit être fait et nous pourrions ne pas en ressortir vivants. (Ses mots me frappaient comme des balles.) Mon monde s'est effondré quand Ursula est morte. C'était une femme merveilleuse qui aimait sa famille plus que la vie. Elle s'est sacrifiée pour sauver l'Allemagne. Hitler et les autres peuvent aller en enfer. Ursula et moi devions nous marier.

—Je suis désolée, bredouillai-je, ébranlée par son aveu. Je ne savais pas. Ursula ne m'en a jamais parlé.

—Nous avions gardé nos projets secrets parce que… la vie… (Sa voix se brisa.) La vie est si incertaine, si dure qu'elle ne vaut pas la peine d'être vécue. (Il gémit.) Chaque jour, je me demande pourquoi je dois endurer cette torture. Je suppose que je le fais pour Ursula.

—Comment…

—S'il te plaît, Magda, moins tu en sais, mieux c'est. Ne force pas Karl à te le révéler.

Un frisson m'envahit. J'étais sur le point de répliquer quand il reprit :

—Chut. Quelqu'un arrive.

Je me retournai. Une autre silhouette s'approchait de nous dans la pénombre. L'homme, vêtu d'un uniforme sombre, marchait rapidement, frôlant les arbres. C'était Karl. Il posa la main sur mon épaule et s'adressa à Franz.

—Tout est prêt. Quand le moment sera venu, j'agirai.

—De quoi parlez-vous ? demandai-je. Vous me faites peur.

Karl m'ignora.

—Je serai là, déclara Franz. Nous sommes frères.

Il serra la main de Karl et le salua en portant une main à son front. Franz attrapa mes mains et m'embrassa sur la joue.

—Au revoir, Magda. Il est peu probable que nous nous revoyions un jour. Porte-toi bien et sois heureuse.

Ayant écrasé sa cigarette sous son pied, il s'éloigna. Tremblant, Karl s'effondra contre l'arbre.

Je le suppliai de me dire ce qui n'allait pas. Pendant un long moment, il refusa de parler. Ses mains dans les miennes, j'écoutais les mouvements de sa respiration, non sans m'assurer que personne n'était à proximité. Nous étions à peine visibles dans la faible lumière. Alors je l'attirai à moi. Sa tête près de la mienne, il laissa couler ses larmes sur ma joue.

—Karl, s'il te plaît, parle-moi.

À l'instant où il effleura ma gorge de ses lèvres, une décharge électrique me parcourut le corps.

—Embrasse-moi, murmura-t-il.

Je me pressai contre lui et nos lèvres se rencontrèrent, véhicule de notre passion. Je me servis de mes mains dans le bas de son dos pour l'attirer contre moi. Lui me serra en retour et me couvrit de baisers. Avant de s'écarter brusquement.

—Non, non, c'est mal, marmonna-t-il en s'appuyant contre l'arbre. Nous n'aurons pas le temps, nous deux. C'est terminé.

—Pourquoi ? insistai-je, submergée par la tristesse. Vous allez mourir ?

—Peut-être. (Il m'embrassa, ouvrit sa veste, puis quelques boutons de sa chemise, et guida ma main vers son cœur.) Tu le sens battre ?

Ce cœur martelait avec force et puissance sous mes doigts. J'aurais voulu trouver un endroit isolé dans la forêt et faire l'amour jusqu'à ce que nous soyons épuisés par l'extase. Je laissai mes doigts s'attarder sur sa peau.

Il referma sa main sur la mienne, afin de m'empêcher de poursuivre l'exploration de son corps, et m'embrassa à nouveau.

—Je veux te faire l'amour, mais plus que ça, je tiens à ce que tu m'aimes. Pour l'éternité. Si seulement je pouvais prédire l'avenir.

—Personne ne le peut. (Je me blottis contre lui.) Plus maintenant. (Ses mots avaient attisé ma passion.) Je veux faire l'amour avec toi, moi aussi. L'éternité n'a pas d'importance.

—Mais si tu tombais enceinte ? chuchota-t-il, son visage tout près du mien. Comment pourrions-nous faire naître un enfant dans ce monde-ci ? Ce ne serait pas juste. Je t'ai demandé de venir ce soir parce que je veux que tu saches pourquoi il est impossible pour nous d'être ensemble. (Je tremblais contre lui.) Mais tu dois rester forte quoi qu'il arrive, poursuivit-il d'un ton différent, aussi solennel que l'obscurité qui nous entourait. Dans quelques jours, il y aura une démonstration militaire au Berghof. Franz et moi y serons avec Hitler. Le cours de l'histoire doit être changé.

J'appuyai la tête contre sa poitrine.

—Dis-moi que ce n'est pas possible, maintenant que nous avons découvert l'amour et une chance de bonheur.

—Tu te trompes, Magda. Il n'y aura pas de bonheur tant que ce mal ne sera pas éradiqué.

—Alors laisse quelqu'un d'autre s'en charger. Laisse Franz s'en occuper… ou moi.

Aussi affreux que soient mes mots, j'étais sincère.

Il soupira.

—Ne sois pas stupide. Tes parents sont encore en vie. Les miens sont morts. Hitler ne peut plus faire de mal à ceux que j'aime… sauf à toi.

La déclaration d'amour de Karl me réchauffa le cœur, mais ma joie fut de courte durée. Des sons me parvinrent du cinéma, à travers la brume de mes sentiments : des voix discrètes, le raclement des chaises. Les portes s'ouvrirent et les gens s'engagèrent sur le chemin d'un pas traînant.

—Il faut qu'on rentre, constata Karl. Vas-y en premier.

—Je t'aime.

Les mots étaient sortis de ma bouche avant que je ne m'en avise. Ils étaient puissants et naturels. J'avais souvent pensé à l'amour, mais je n'avais jamais prononcé ces mots à haute voix devant Karl. Maintenant, j'aimais un homme qui complotait pour tuer Hitler.

Je m'éloignai, non sans me retourner brièvement. Karl hocha la tête, m'encourageant à continuer. Je me fondis dans la foule qui quittait le cinéma. En me dirigeant vers mes quartiers, j'entrevis Minna, de l'autre côté du bâtiment, dans le coin opposé à celui où Karl et moi avions discuté. Nous avait-elle espionnés ? Avait-elle entendu notre conversation ? Elle m'adressa un petit signe de la main en me voyant, alluma une cigarette et s'adossa au mur du cinéma. Je continuai comme si je ne l'avais pas vue.

Je préférai prendre un fauteuil de la bibliothèque plutôt que d'aller me coucher. Minna passa devant moi, sans un mot, environ une demi-heure plus tard. Je me réveillai le lendemain matin vers 6 heures. Une fois douchée, j'allai dans ma chambre pour changer de vêtements. Allumant la lampe, je constatai que, si Dora et Else étaient parties, Minna était étendue sur son lit de camp. Elle remonta le drap sur ses seins. L'irritante bouche d'aération sifflait au-dessus de nos têtes. La pièce humide sentait le parfum de lavande ranci de Minna.

—Comment s'est passée ta soirée ? demanda-t-elle paresseusement.

Je n'avais aucune envie de répondre à sa question.

—Où sont Else et Dora ?

Elle bâilla.

—Else travaille au petit déjeuner et Dora est partie surveiller les autres filles. Le film t'a plu ?

Je la dévisageai.

—Comment tu es au courant ? Tu as demandé à Dora où j'allais ? (Minna ne répondit rien.) Finalement, je n'y suis pas allée, ajoutai-je, me doutant qu'elle m'avait vue à la sortie du cinéma.

—Tu n'as pas raté grand-chose. C'était un film muet ennuyeux sur la Première Guerre mondiale.

Laissant tomber ma serviette, je pris mes sous-vêtements. Je sentis ses yeux parcourir mon corps nu.

—Tu as des piqûres d'insectes sur les jambes. Avant de sortir, tu devrais te frictionner à l'alcool, comme moi. Ça éloigne les insectes.

—Merci. Je m'en souviendrai.

Elle roula sur le côté pendant que je m'habillai. J'utilisai un petit miroir pour inspecter mon visage, mais sa surface refléta aussi le visage sournois de Minna :

—Il y a ici un capitaine SS très intéressant du nom de Karl Weber.

Je me coiffai pour tenter de masquer mon irritation.

—Et ?

—Tu le connais, n'est-ce pas ?

—Nous nous sommes rencontrés au Berghof. Je l'ai vu plusieurs fois. Nous sommes allés voir un film ensemble.

—Je crois que vous avez plus que des films en commun.

Je me retournai, le miroir serré dans la main.

—Où veux-tu en venir ?

—Dora aimerait en savoir davantage sur ta liaison avec le capitaine Weber. Qu'est-ce que vous manigancez tous les deux ?

Je sortis une robe et des chaussures de mon casier.

—Ça ne te regarde pas.

—Ça me regarde beaucoup si ça implique le Reich.

—Tu t'imagines des choses. Je dois me mettre au travail.

Elle s'assit sur le lit de camp, le drap sur elle.

—C'est drôle, hier soir, j'ai entendu parler de l'éradication du mal. Tu as affirmé que tu serais prête à mourir.

Mon sang se glaça. Je m'assis sur le lit. Minna me regardait fixement, pleine de suffisance sous sa couverture légère. Je tentai de calmer mon cœur qui battait la chamade. Et si elle était un agent de la Gestapo ? Qu'avait-elle vraiment entendu ? J'espérais que sa vanité l'emportait sur son intelligence.

—Tu as dû mal comprendre. C'était peut-être des dialogues du film, répliquai-je avant de pointer le doigt sur elle. Et de quel droit nous as-tu espionnés ?

Elle secoua la tête et ses yeux se fixèrent sur moi comme ceux d'un oiseau de proie.

—Je ne vous espionnais pas. Ne crois pas que tu vas t'en sortir en me menaçant. (Elle admira ses ongles, puis sourit d'un air boudeur.) Je faisais une promenade. J'ai surpris une conversation, c'est tout.

—Nous parlions des Alliés. Le capitaine Weber est certain qu'il sera bientôt expédié sur le front occidental. Ce qui ne me réjouit pas, commentai-je en posant le miroir à côté de moi sur le lit.

Minna inclina son long cou vers moi.

—Tu devrais parler à Dora de ton inquiétude pour ton capitaine. Elle pourrait demander au Führer de lui accorder une faveur spéciale. Ou mieux encore, je vais peut-être parler à Dora de vos rendez-vous galants. Je suis sûre qu'elle sera intéressée.

Je me glissai dans ma robe.

—Ne prends pas cette peine. Aucune faveur ne sera nécessaire.

—Ne sois pas bête, protesta Minna. Nous devons tous nous serrer les coudes.

J'avais envie de lui tordre le cou, mais je devais rester calme. Je me chaussai, pris congé et filai vers le mess des officiers. En chemin, une nausée, née de l'angoisse, me serra le ventre. Il fallait que je parle à Karl. Minna en savait beaucoup plus qu'elle ne le devait et c'était dangereux. Nous devions décider de la conduite à tenir.

Il n'était pas dans le couloir. Je me rendis à la cuisine, où j'annonçai à la Cheffe que l'air fétide du dortoir me rendait malade. Une promenade pourrait m'aider à chasser mes idées noires. Elle accepta et déclara que je pouvais venir travailler plus tard. Avait-elle vu le capitaine Weber ? lui demandai-je en passant. Elle me répondit qu'il avait été appelé pour une conférence sur la situation à 11 heures. Autrement dit, il se trouvait dans un bâtiment proche du bunker d'Hitler, une zone où je n'étais jamais allée. Il était 10 heures passées de quelques minutes.

Je marchai vers l'ouest, passant devant mes quartiers, jusqu'à une route qui tournait vers le nord. Je n'eus pas beaucoup à marcher pour voir un poste de garde apparaître devant moi. L'homme en faction était plus âgé que la plupart de ses congénères et il m'observa comme un professeur face à une nouvelle élève plutôt que comme une menace évidente. Un berger allemand noir et blanc était assis à côté de lui. Les yeux bruns du chien suivaient chacun de mes mouvements. Le garde me demanda mes papiers, que je lui présentai, puis il m'interrogea sur mes activités dans ce secteur. Je lui servis un mensonge sur la livraison d'un message de la Cheffe au capitaine Weber – une histoire plausible puisque Karl était lié avec le personnel de cuisine. Sans rien ajouter, il me laissa poursuivre mon chemin.

Les arbres formaient des bosquets très denses à cet endroit et il était difficile de voir à plus de quelques mètres à gauche ou à droite du chemin. Je me rendais bien compte que j'étais seule. Le sentier s'incurva et un imposant bunker en béton apparut. Mon intuition me souffla que c'était celui d'Hitler. Une lampe unique était suspendue au-dessus d'une petite porte.

À mesure que je marchais, d'autres bâtiments bas apparurent dans la lumière verte de la forêt, comme des navires émergeant d'un brouillard. Je m'arrêtai, perplexe quant à la direction à prendre. Je devais donner l'impression de n'être pas à ma place, perdue, car une voix sonore m'interpella bientôt.

—Êtes-vous égarée, mon enfant ?

Je sursautai, le souffle coupé.

Le Führer glissa comme une apparition hors de la forêt. Il était vêtu d'un pantalon sombre et d'une veste à double boutonnage de couleur fauve. Son revers gauche était orné d'une unique médaille. Je n'avais aucune idée de ce qu'elle signifiait. Il portait également une casquette militaire ceinte d'un bandeau rouge. Blondi, son berger allemand, trottinait devant lui, la langue pendante sur le côté de sa mâchoire.

Mon visage dut trahir ma surprise. Ses yeux emprisonnèrent les miens : un puissant pouvoir hypnotique émanait de son regard intense. Il m'étudia, scrutant ma sidération, le temps de décider s'il voulait s'embêter à faire les frais d'une conversation avec moi. Finalement, il me demanda mon nom, à quoi je répondis.

Il se rapprocha.

—Que faites-vous dans la vie ?

Je grimaçai non sans effectuer le salut nazi.

—Je suis goûteuse et je tiens les comptes dans vos cuisines.

Ignorant ma performance obséquieuse, il ordonna à Blondi de s'asseoir.

—Vous me protégez des poisons qui convergent vers moi. Récemment, il y a eu un incident malheureux au Berghof. Étiez-vous là ?

—Oui.

Il s'approcha, avec une légère inclination, et me tendit la main. Blondi s'assit docilement, mais je voyais qu'elle désirait renifler mes jambes. Une lueur apparut dans les yeux d'Hitler.

—Êtes-vous la goûteuse qui a été empoisonnée par Otto ?

Je me raidis.

—Oui, c'est moi. Son petit test m'a rendue malade pendant des jours. La Cheffe a été très contrariée par toute cette affaire et le temps que j'ai manqué au travail.

—Je lui ordonnerai de ne plus jamais recommencer.

Quelques rayons de lumière maladifs tombaient sur le visage d'Hitler lorsque la brise déplaçait les branches au-dessus de lui. La Cheffe m'avait dit qu'Hitler n'aimait pas le soleil. Il reflua dans l'ombre.

—D'où venez-vous ?

—De Berlin, mon Führer.

Sa question et ma réponse ouvrirent un torrent de commentaires sur la ville. Il parla de ses projets pour la capitale, qui devaient être réalisés par Albert Speer ; puis, écartant Berlin, il m'avoua combien il préférait Munich et l'Obersalzberg à la ville.

Je regardai ma montre. Il était près de 10 h 30. Remarquant mon inquiétude, Hitler déclara :

—Blondi ne me pardonnera jamais si je ne finis pas sa promenade. Pourquoi vous trouvez-vous dans ces parages ?

Je répétai mon mensonge.

—J'ai un message de la Cheffe pour le capitaine Weber.

—Oh, Weber. Il devrait être dans la salle de conférences avec les autres officiers. Vous le trouverez à la baraque des invités.

Il désigna le bâtiment bas avec des fenêtres que j'avais aperçu dans la pénombre.

—Merci, mon Führer, déclarai-je en le saluant à nouveau.

—Weber et vous devriez vous joindre à moi pour le thé, un jour.

Et il tira sur la laisse de Blondi tout en se dirigeant vers le grand bunker que je croyais être le sien.

Mon pouls s'accéléra. M'étant écartée du chemin, je me dirigeai vers la salle de conférences. Une pensée étrange me frappa alors que je m'approchais d'un groupe d'officiers attroupés à quelques mètres de la porte. Hitler avait semblé très normal, une espèce de grand-père. Pouvait-il s'agir de l'homme qui avait ordonné le massacre de milliers d'hommes, de femmes et d'enfants innocents à l'Est, comme l'avaient montré les photos de Karl ? Hitler ne semblait pas être le démon que j'imaginais. Je chassai cette idée. Karl devait avoir raison. Je lui avais donné ma confiance et mon cœur.

Je m'approchais des hommes quand un deuxième SS accompagné d'un chien m'arrêta. Je lui présentai de nouveau mes papiers tout en lui expliquant ce que je faisais. Plutôt que de me laisser poursuivre mon chemin, ce garde se dirigea vers les officiers et demanda le capitaine Weber. L'un des hommes entra dans la baraque pour revenir, quelques minutes plus tard, accompagné de Karl. Celui-ci le remercia et se dirigea vers moi. Il ne manifesta aucun signe d'inquiétude jusqu'à ce qu'il s'arrête devant moi.

—Que fais-tu ici ? demanda-t-il dans un murmure enflammé. Tu as perdu la tête ? Pourquoi prendre un risque pareil ?

Je le dépassai pour mieux voir les autres : aucun d'entre eux ne semblait intéressé par notre conversation.

—Minna, l'une des goûteuses avec qui je travaille, nous a entendus hier soir. Elle a menacé de tout répéter à Dora Schiffer. À dire vrai, je pense qu'elle le fera. Et dans ce cas, nous sommes fichus.

Karl blêmit et il serra les poings. Au bout de quelques instants, il recouvra son calme.

—Qu'a-t-elle entendu ?

—Trop. J'ai dit à Minna que nous parlions des Alliés, mais je ne pense pas qu'elle m'ait cru.

Ses paupières battirent sur une pensée nerveuse tandis qu'il se mettait à arpenter les lieux, décrivant un petit cercle autour de moi.

—Mon Dieu, que faire ? Bon sang ! Tout le monde sait tout sur tout le monde dans le Reich.

—Je t'en prie, Karl. Les autres vont se douter de quelque chose. Je sais exactement ce qu'il faut faire. (Il s'arrêta et me fit face, la mâchoire serrée et les yeux aussi immobiles que des pierres.) Donne-moi jusqu'à 13 heures et le problème sera résolu.

Il secoua la tête.

—Ne fais surtout rien d'irréfléchi. Promets-le-moi.

—Je viens de rencontrer le Führer.

Le visage de Karl se détendit.

—C'est le genre d'ennuis que je veux éviter. Qu'est-ce qu'il t'a dit ?

—Il voulait savoir qui j'étais et ce que je fabriquais ici, une conversation agréable en somme. Et il sait pour nous… quelqu'un a dû lui dire, peut-être Eva ou la Cheffe.

—Promets-moi que tu ne… Nous parlons depuis trop longtemps. Ne te mets pas en danger.

Il se tourna vers les officiers. Mais je savais que rien de ce qu'il pourrait objecter ne me ferait renoncer à mon projet.

Après avoir été une nouvelle fois arrêtée par les SS, je retournai finalement au mess et aux cuisines. Else était penchée sur l'une des tables de préparation. Elle avait goûté les mets du petit déjeuner. Les autres goûteuses s'occupaient maintenant du déjeuner qui serait servi au Führer et à ses invités en milieu d'après-midi.

Else et moi n'avions pas beaucoup parlé depuis que j'avais été relevée de mes fonctions de goûteuse, mais je devinais qu'elle détestait toujours ce poste et qu'elle était malheureuse sous l'aile étouffante de Minna. Je la saluai.

Else m'accueillit d'un sourire éclatant.

—J'espérais pouvoir te parler.

—Vraiment ? Pourquoi ?

—Je veux quitter ce boulot, peut-être me charger de tâches administratives, comme toi. (Elle s'étreignit la gorge.) Je ne supporte pas la pression de ne pas savoir si je vais…

Je terminai sa pensée pour elle.

—Être empoisonnée ? Mourir ? (Elle hocha la tête.) Tu as entendu Minna. Les chances d'être empoisonnée sont faibles. Maintenant que tu as suivi les cours et effectué le travail, tu dois te sentir plus rassurée.

—Oui, mais pas autant que Minna et toi. Je ne sais même pas pourquoi ils me font goûter le matin. Le Führer ne prend qu'un verre de lait et une pomme. Il est obsédé par les pommes. La pomme ceci, la pomme cela.

—Où est Minna ? Est-ce qu'elle goûte le déjeuner aujourd'hui ?

Le sourire d'Else s'aigrit tandis qu'elle cherchait du regard notre compagne dans la pièce.

—Oui, elle devrait bientôt arriver.

—Tu as vu Dora ? J'ai une question à lui poser.

Else désigna la cuisine.

—Elle est restée toute la matinée avec la Cheffe, à compulser des registres.

—Ce qui me fait penser que je dois me mettre au travail.

—Magda, me rappela Else alors que je me dirigeai vers le petit bureau qui était le mien. Merci d'avoir été si gentille. Je suis désolée qu'Otto t'ait empoisonnée.

—Merci. L'expérience m'a rendue plus forte.

En mon for intérieur, je me sentais comme une idiote frissonnante. L'empoisonnement m'avait en effet rendue plus forte, il avait renforcé ma résolution de me battre contre un Reich sans foi ni loi. Mais je devais gagner une autre bataille sans me trahir. C'était un risque à courir.

Je savais où les poisons étaient conservés, sous clé dans le bureau de la Cheffe. Je me rendis donc à mon poste, où je parcourus quelques livres pour avoir l'air de travailler. Un coup d'œil aux cuisines m'indiqua que la Cheffe, Dora et Otto s'y trouvaient : Otto préparait de la nourriture sur l'un des fourneaux pendant que la Cheffe et Dora discutaient. Le cuisinier m'avisa et me sourit. Je ne lui avais pas reparlé depuis son vilain « tour ». La Cheffe et Dora semblaient absorbées, mais je les interrompis quand même pour demander à la Cheffe les clés de son bureau, sous prétexte de trouver un livre d'inventaire dont j'avais besoin. Elle me les tendit, accrochées à un gros anneau métallique, puis retourna à sa conversation. Dora me jeta à peine un regard. Je leur demandai avec désinvolture si l'une d'elles avait vu Minna. Elles secouèrent la tête, ce qui était la réponse que je voulais.

J'ouvris la porte du fameux bureau. La pièce était remplie de livres de cuisine, de matériel de cuisine et de journaux, un peu comme son équivalent au Berghof. Une armoire à pharmacie sur le mur du fond brillait dans la lumière. Une tête de mort noire me fixait à travers le verre dépoli. Je trouvai la clé du cadenas, que je déverrouillai. Tous les poisons que j'avais étudiés dans mes cours au Berghof, et d'autres encore, se trouvaient à l'intérieur. Je ne savais pas lequel prendre. Trop lents à agir, le chlorure de mercure et l'arsenic auraient nécessité une plus grande quantité que celle contenue dans l'armoire. Mon seul choix semblait être le cyanure, soit en granules, soit en capsule. J'optai pour la capsule. J'avais vu son effet sur Ursula : rapide et presque indolore. L'astuce serait de la briser et de mélanger le liquide avec la nourriture. Je connaissais les conséquences si j'étais prise. Je serais exécutée. De toute façon, le piège avait été posé par Minna. Si je n'agissais pas et la laissais vivre, elle nous dénoncerait, Karl et moi, à la Gestapo. Si je la tuais, je devenais une meurtrière. Cette pensée, aussi odieuse fût-elle, me remplissait d'une peur insidieuse. Mais que pouvais-je faire ? C'était Minna ou nous.

Je laissai tomber la capsule dans ma poche, sécurisai l'armoire et trouvai un registre d'inventaire à emporter. Else, l'air mélancolique, était toujours assise à la table, attendant Minna. Otto apportait les plats du déjeuner. Je rendis les clés de la Cheffe en m'assurant qu'elle avait repéré le livre entre mes mains, puis je retournai voir Else. Après examen des plats étalés sur la table, je choisis la cocotte de pommes de terre. Il y avait assez de liquide coulant sur le plat pour que le cyanure ne soit pas remarqué.

Else soupira.

—J'aimerais que Minna arrive. Je n'ai pas envie de goûter au déjeuner par-dessus le marché.

—Elle sera bientôt là.

Je heurtai l'une des cuillères que je fis tomber de la table, l'envoyant glisser sur le sol. Else se leva pour la récupérer. Je ne disposais que de quelques secondes.

— Je suis désolée, balbutiai-je en me retournant vivement.

Personne aux cuisines ne me regardait et, par chance, aucun officier SS ne se trouvait dans la pièce. Je brisai la capsule contre le rebord du bol. Le poison se répandit sur le côté, dans le plat de pommes de terre. Je remis les deux moitiés de la capsule dans ma poche. Else revint, la cuillère dans la main. Comme une légère odeur d'amande amère flottait au-dessus du plat, je me détournai rapidement puis, m'étant excusée à nouveau, je lui demandai si elle pouvait remettre le livre d'inventaire sur le bureau d'angle. Pendant qu'elle s'éloignait, je remuai le plat, le cœur battant à tout rompre. Le cyanure s'était assimilé à la nourriture et son arôme estompé. Je couvris la cuillère sale de ma main et pris quelques grandes inspirations pour me calmer.

La Cheffe convoqua Else aux cuisines, pour la renvoyer tout aussi rapidement.

— Je dois goûter le déjeuner avec d'autres goûteuses, m'apprit-elle en fronçant les sourcils. Minna ne s'est pas montrée. Ils sont à sa recherche. Et je ne peux déjà plus rien avaler.

Elle se tapota le ventre. La panique m'envahit.

— Cette cuillère est sale. Je vais t'en chercher une propre.

Je me dirigeai vers un évier vide où je lavai l'ustensile. Je le laissai au fond de l'évier et me séchai les mains avec une serviette en coton. Me détournant des autres commis de cuisine présents dans la pièce, j'essuyai toute trace de mes empreintes digitales sur les fragments de capsule et j'enroulai la serviette autour d'eux. Quelques épluchures de pommes de terre gisaient à proximité. Je les ramassai avec le chiffon. Il y avait une poubelle près d'Otto. Je dépliai la serviette sur la poubelle où je laissai tomber les épluchures et la capsule.

J'avais la gorge nouée. Où était Minna ? Si elle ne se présentait pas à son poste, comment pouvais-je sauver Else ? Je ne voulais pas qu'elle soit empoisonnée.

Else me réprimanda quand je passai devant elle pour gagner mon poste de travail.

—Tu as oublié la cuillère.

Je m'esclaffai sans conviction, mais il était trop tard pour en trouver une autre. Dora avait quitté le mess. Otto et la Cheffe se tenaient en face d'Else pour observer la dégustation. La Cheffe ordonna à Else de commencer.

—Laissez-moi faire, lançai-je de l'autre côté de la pièce. Else a été de service toute la matinée et je suis prête à reprendre mon service auprès du Führer. Mon absence n'a que trop duré.

Otto ricana.

—Tu es vraiment courageuse, après la leçon que je t'ai donnée.

La Cheffe et Else objectèrent, mais Otto me fit signe d'approcher. Je m'emparai d'une fourchette et commençai par les salades et les plats de légumes et de fruits à l'extrémité droite de la table, sachant qu'une cocotte pleine de poison m'attendait au centre. Mon estomac se retournait à mesure que je goûtais aux plats. Je humai chacun avec soin avant de le goûter et j'effectuai des commentaires sur l'excellence de chacun. En fait, je ne sentais rien, sauf la sécheresse de ma bouche.

Quand j'arrivai au plat de pommes de terre, je me saisis du bol que je soulevai lentement et dont je reniflai le contenu. Mon nez tressaillit et je le humai quelques fois de plus.

Le regard d'Otto se fit méfiant.

—Il y a un problème ?

—Ce plat est-il destiné au Führer ? demandai-je.

—Bien sûr. C'est une de mes spécialités et l'une des préférées du Führer.

—Vos plats spéciaux contiennent-ils toujours du poison ? Je sens une odeur de cyanure.

Otto se précipita vers la table.

—Impossible ! Je l'ai préparé moi-même. Et je ne l'ai pas empoisonné pour tester le goûteur. Pas aujourd'hui !

—De quoi s'agit-il ? demanda la Cheffe. Vous avez encore cherché à vous moquer de nous ?

Je reposai le plat sur la table.

—Ce n'est pas une blague. Il y a du poison dans cette cocotte.

—Else, le sentez-vous ? demanda la Cheffe.

Else hésita, les yeux brillant de peur. Je l'encourageai à s'exécuter. Elle se pencha et renifla le plat.

—Je ne peux pas dire. Ça sent mauvais. Il y a quelque chose qui ne va pas.

La Cheffe appela immédiatement un garde SS. Un contingent se précipita dans la cuisine.

—Testez ce plat pour voir s'il contient du poison et fouillez la cuisine. Nous allons faire la lumière sur cette affaire. En attendant, Magda, goûte les autres plats. Else, je vais t'apporter un autre échantillon de la cocotte. Goûte-le.

Nous suivîmes les instructions de la Cheffe. Je savais qu'Else était en sécurité. Les SS fouillaient les tiroirs, les ustensiles, les corbeilles à papier. Ce n'était qu'une question de temps avant qu'ils ne trouvent la capsule brisée dans la poubelle. Cherchant à cacher ma nervosité, je jetai un coup d'œil sur eux pendant qu'ils travaillaient.

Alors que nous les regardions – car nous avions reçu l'ordre de ne pas quitter le réfectoire –, Else se pencha vers moi et me glissa :

—Mon Dieu, Magda, j'aurais pu être empoisonnée. Otto aurait pu me tuer avec un de ses tours. Je dois quitter ce travail, conclut-elle, le visage livide.

Je lui tapotai l'épaule.

—Calme-toi. Je tiens du Führer qu'Otto ne fera plus de « tests ».

Dora, austère et secouée, apparut sur le seuil de la porte. Elle y demeura silencieuse un moment puis annonça :

—Minna est morte… étranglée avec l'un de ses propres bas.

Else poussa un petit cri. J'étais choquée, moi aussi, mais j'avais un fort soupçon concernant l'identité de son meurtrier. Karl. Qui d'autre sinon ? Je sentis mon corps s'engourdir. Karl, un meurtrier ? Je ne savais plus quoi penser. Il nous avait sauvés, mais nous avait-il aussi condamnés à un sort pire encore ?

Les SS découvrirent la capsule dans la poubelle près du poste d'Otto. Son visage empâté devint cramoisi et il nia avec véhémence devant le colonel. Else et moi fûmes également interrogées par l'officier. Il m'examina plus sévèrement, le regard soupçonneux, mais ma camarade et la Cheffe se portèrent garantes de mon intégrité et de ma loyauté envers le Reich.

—Pourquoi se serait-elle empoisonnée ? lui objectèrent-elles. Elle l'a déjà été une fois dans son service.

Après plus de deux heures, Else et moi fûmes libérées. Le colonel emmena Otto pour un autre interrogatoire. J'étais sûre qu'Hitler le gracierait et qu'il serait libre à l'heure de son dîner. La Cheffe m'ordonna d'être présente pour une dégustation en soirée. J'étais inquiète : si Otto était libéré, il pourrait vraiment essayer de me régler mon sort.

La dégustation du dîner se déroula cependant sans incident. La Cheffe m'annonça avec satisfaction qu'Otto n'était plus au service du Führer et qu'il avait été envoyé dans une caserne sur le front de l'Est.

Karl m'attendait à l'extérieur du mess quand je terminai vers 22 heures. Il n'y avait personne alentour. Il m'attrapa par le bras et m'entraîna dans la forêt.

—C'était très, très stupide, marmonna-t-il. Je sais ce que tu as fait. Qui d'autre, sinon ?

Je me dégageai de son emprise.

—Ce que j'ai fait ? C'est toi qui as tué Minna. Les SS vont être en alerte maintenant.

—Ils sont toujours en état d'alerte au quartier général, ricana-t-il avant de se pencher plus près de moi. Je n'ai pas tué Minna, mais je suis presque sûr de savoir qui s'en est chargé.

Karl se retourna et scruta les bois sombres. Rien ne bougea pendant que j'attendais sa réponse.

—Franz, lâcha-t-il d'un ton brusque. Lui aussi l'a vue derrière le cinéma quand nous sommes partis. Je lui ai raconté ce que Minna t'avait dit. Franz pensait qu'elle était dangereuse et qu'il fallait… l'éliminer.

Même si je détestais cette pensée, j'étais contente que Minna soit morte. Elle en avait trop entendu et je savais qu'elle aurait utilisé n'importe quel moyen pour s'attirer les faveurs d'Hitler. Elle n'était plus une menace. J'étais également soulagée que Karl ne se soit pas rendu coupable de son meurtre. Cependant, la guerre faisait déjà sentir ses conséquences sur moi. Comment pouvais-je être heureuse qu'une femme ait été tuée et que nous soyons au moins partiellement coupables de son meurtre ? Mon âme semblait flétrie et j'étais dégoûtée par ma propre inhumanité. Je n'étais pas préparée à faire face à de tels sentiments.

La gravité de notre situation me frappa comme un coup de marteau. D'abord Ursula et maintenant Minna. Deux femmes étaient mortes à cause de complots visant à renverser Hitler. D'autres allaient certainement suivre. Un sentiment de vide s'installa en moi tandis que je contemplais notre avenir incertain.

—Tu crois que quelqu'un soupçonne Franz ?

—Ces satanés SS sont si préoccupés par la survie du Führer qu'ils n'accordent pas grande importance à la mort de Minna. (Une fois de plus, il regarda par-dessus son épaule le chemin plongé dans l'obscurité.) Mais s'ils soupçonnaient Minna d'avoir tenté d'empoisonner le Führer ? Ils penseront peut-être que c'est pour cela qu'elle a été tuée. Ta petite astuce pourrait en fait nous aider. (Karl secoua la tête, incrédule.) Non, non, c'est trop fou. Magda, tu ne dois plus jamais tenter quelque chose de ce genre sans avoir un plan en place. Tant de paramètres auraient pu clocher. En ce moment, avec le meurtre de Minna et la tentative d'empoisonnement, le colonel va voir rouge. Elle est peut-être du menu fretin, à leurs yeux, n'empêche que la situation reste dangereuse. J'espère seulement qu'il prendra un jour ou deux pour enquêter et qu'il classera l'affaire comme non résolue. Otto est dans un sacré pétrin, lui aussi, grâce à toi.

Je fus saisie d'un violent tremblement et mon dos alla racler l'écorce rugueuse d'un arbre. Le visage du colonel, avec sa mâchoire carrée, apparut dans mon esprit, les dents serrées par la colère.

Karl me prit dans ses bras et la chaleur de son cou passa sur mon visage. Je voulais qu'il me fasse l'amour, pour apaiser ma peur, mais quelle importance ? Nous étions condamnés, si ce n'était par nos actions, du moins par les événements incontrôlables de la guerre. Il m'embrassa.

—Laisse-moi prendre les risques à partir de maintenant. Ne deviens pas une martyre. (Il m'embrassa à nouveau et s'éloigna.) Nous devons partir d'ici avant de faire tous les deux quelque chose que nous pourrions regretter plus tard. Vas-y la première. Si quelqu'un t'arrête, explique-lui que tu es sortie prendre l'air.

Je tendis le bras pour serrer Karl contre moi, refusant de le lâcher. Sa peau était humide et chaude, notre étreinte ajoutait à la chaleur de la nuit. Nous restâmes ainsi l'un contre l'autre pendant quelques minutes avant qu'il ne m'écarte doucement.

—Va maintenant. Le jour J, c'est demain. Évite le champ à l'est de la Tanière du loup. Il est dangereux de marcher près du périmètre extérieur à cause des mines. Comporte-toi comme n'importe quel autre jour.

Il m'embrassa longuement.

Je m'éloignai sans me retourner et me retrouvai bientôt sur le chemin de mes quartiers. Je marchais lentement, comme dans un rêve, alors même que les moustiques grouillaient autour de moi. Comment pouvais-je traiter ce jour comme n'importe quel autre ? Je pressai mon ventre noué par la peur et pris une profonde inspiration dans l'espoir de me calmer. Je devais faire bonne figure pour Karl.

Lorsque j'arrivai au dortoir, le lit et le casier de Minna avaient été vidés. Else, les yeux rouges, était assise sur son lit. Elle réagit à mon salut en éclatant en sanglots.

— Je vais me tuer, gémit-elle entre deux hoquets. Je ne peux pas continuer. Je suis restée ici toute la soirée, paralysée par la trouille, j'ai peur que quelqu'un m'assassine.

Je m'assis en face d'elle et lui offris le peu de réconfort à ma disposition.

— C'est vraiment horrible. Nous vivons une époque terrible. Peut-être que ton travail ici est terminé. Une autre fille sera bientôt là et tu pourras passer à autre chose.

Je voulus lui remonter le moral en ajoutant que le meurtrier de Minna serait arrêté et que justice serait rendue mais, en vérité, je ne désirais surtout pas que cela arrive.

Trop bouleversée pour parler davantage, je me déshabillai et me glissai sous le drap de mon lit de camp. La ventilation ronronnait pendant que les murs oppressants du bunker se refermaient sur moi. Dora arriva après le milieu de la nuit. Else reniflait dans son lit. Je me tournai et me retournai, bien éveillée, en pensant que la journée du lendemain pourrait bien être la dernière de Karl sur terre.

10

Dora se leva tôt et revêtit son uniforme SS complet. Les cheveux plaqués en arrière, elle portait une casquette réglementaire. Préoccupée par sa jupe et ses chaussures, elle ne cessait de déambuler entre les toilettes et nos quartiers. Je ne voyais pas pourquoi elle se souciait tant de son apparence, à moins qu'il ne se passe quelque chose d'important. Else n'avait pas l'énergie de Dora. Elle se contenta d'un maigre sourire en s'habillant pour le petit déjeuner. Je tentai de lui assurer que les autres goûteuses seraient là et qu'une nouvelle fille nous rejoindrait bientôt.

Je n'étais pas en service, mais je n'avais aucune envie de faire la grasse matinée dans nos locaux exigus. Une idée me vint à l'esprit pour m'occuper pendant la matinée : offrir mes services de comptable à la Cheffe au mess des officiers. Elle avait toujours besoin d'un coup de main pour l'inventaire. Au moins ce travail me ferait-il oublier Karl. La crainte m'accompagnait en permanence depuis qu'il m'avait dit que ce jour serait le bon. Je voulais le supplier de renoncer à cette mission mortelle, mais je savais que je serais impuissante à le faire changer d'avis. Le chagrin et la peur menaçaient de me submerger. Je repoussai ces effrayantes pensées en commençant ma journée, mais elles demeuraient tapies là, sans me laisser de répit.

Je me douchai, m'habillai et me rendis dans le hall. C'était une journée d'août, ensoleillée et chaude avec une petite brise qui me communiquait son excitation. Je ne la voyais pas, mais elle rampait sur ma peau quand je marchais. L'air crépitait de tension.

Quand j'arrivai, je fus surprise par le nombre d'officiers SS, notamment des généraux, et d'autres membres importants du personnel, attroupés à l'intérieur. L'un d'eux en particulier sortait du lot. C'était un homme imposant, à la bedaine proéminente. Il avait l'air d'un roi devant sa cour. Les photos que j'avais eu l'occasion de voir me permirent de comprendre qu'il s'agissait de Hermann Göring, le Reichsmarschall. Il souriait et bombait le torse chaque fois qu'il parlait, d'une jovialité que je n'avais encore jamais vue chez aucun membre du Parti. Albert Speer, le ministre de l'Armement, était là aussi, l'air sombre, mais élégant, dans sa veste de campagne et ses bottes noires qui lui montaient aux genoux. Je le reconnus pour l'avoir entraperçu quelques fois au Berghof. Il n'arrêtait pas de plaquer ses cheveux en arrière avec sa main. Quoique absent, Hitler ne devait pas être loin de la salle. Les frères Bormann se tenaient à l'écart, comme à leur habitude, échangeant des regards d'un bout à l'autre de la pièce. L'attention de certains des officiers était dirigée sur un homme plus âgé, vêtu d'un élégant costume d'homme d'affaires.

Je me dirigeai vers la cuisine avec l'intention de demander à la Cheffe si je pouvais l'aider, mais elle agitait les bras et aboyait des ordres à qui voulait l'entendre. Apparemment, cette foule trop empressée l'avait mise dans tous ses états. Une odeur de pommes cuites s'échappait des fours. Else et trois autres filles d'un autre dortoir étaient assises sur des tabourets, près de la table de dégustation. Je supposai qu'elles avaient terminé leur travail et qu'elles attendaient d'autres commandes. Dora orchestrait toute la scène comme un chef d'orchestre.

Je retournai dans le hall. Karl, en uniforme, se tenait près de Speer. Pendant qu'ils devisaient, Karl leva les yeux vers moi. Nous échangeâmes un rapide regard. Le signal qui passa entre nous, ce fut une injonction à nous éviter mutuellement. Je pris place à une table vide près de la cuisine.

Peu de temps après, un officier de haut rang, comme l'indiquaient toutes les médailles épinglées sur sa veste, entra et effectua le salut nazi. Chacun se mit au garde-à-vous. L'officier désigna les petites fenêtres sur le devant de la salle. Hitler, vêtu de sa veste de campagne à double boutonnage, d'un pantalon sombre et d'une casquette, attendait sur le chemin, les mains derrière le dos.

—Messieurs, par ici pour la démonstration, déclara l'officier.

L'homme âgé en costume d'homme d'affaires ouvrit la voie. La foule se déversa par la porte, telle une meute à la chasse, et se dirigea vers l'est. Karl fut l'un des derniers à passer la porte. Il s'empara d'un sac à dos posé près de ses pieds, que je n'avais pas remarqué quand j'étais entrée dans le hall. Il s'arrêta brièvement près de la porte, se retourna et sourit. Son sourire, plein d'une tristesse mélancolique, me donna des frissons. C'était comme regarder un crâne, la mort elle-même qui me dévisagerait.

Lorsque le cortège de fonctionnaires et d'officiers se fut dispersé, je me levai de table et je les suivis sur le chemin. Ils disparurent dans l'épaisseur de la verte forêt. Bientôt, elle m'engloutirait à mon tour, mais je savais où ils se rendaient. Leurs voix portaient dans l'air.

Le chemin continuait sur plusieurs mètres avant de se terminer et de devenir un sentier. Devant les hommes, je vis une barrière que je ne pourrais pas franchir. Deux gardes SS se tenaient près d'un portail. Je bifurquai sur un plus petit sentier qui menait dans les bois. Le sol boueux faisait un effet de ventouse sous mes chaussures et les insectes s'envolaient de leurs cachettes humides. Karl m'ayant mise en garde contre les mines antipersonnel, je suivis donc l'étroite piste déjà creusée dans la terre.

Pendant ma traversée des taillis, j'entrevis la clairière qui s'ouvrait au-delà du portail. Hitler et sa suite se tenaient en cercle autour d'une grande machine noire : un char d'assaut, d'après ce que je pus voir. Une branche craqua derrière moi. Je sursautai.

—Que faites-vous ici, Fräulein ?

Je me retournai pour me retrouver devant un officier dont l'œil gauche était masqué par un bandeau noir. Les épaules voûtées en raison d'une blessure, il se tenait à côté de moi, en s'appuyant fermement sur une canne. C'était un bel homme en dépit de ses mutilations.

Mon esprit se vida en un éclair puis, après avoir repris mes esprits, je lâchai :

—J'apporte un message. Je n'étais pas sûre de la direction à prendre.

Mon excuse sonnait aussi faux que mes paroles.

—Un message ? Pour qui ?

Il sourit, mais son expression tenait plus du rictus que d'une manifestation de gentillesse. Il frappa le sol de la pointe de sa canne.

Afin de ne pas établir de lien entre Karl et moi, je répondis :

—Pour le Führer, lâchai-je avant de regretter aussitôt ma stupidité hâtive.

—Alors je vais lui transmettre votre message, déclara-t-il.

—C'est confidentiel, répliquai-je en secouant la tête

—Je suis le colonel von Stauffenberg. Je vous ai vue vous écarter du chemin. Vous devez être très mauvaise pour suivre les gens, ou très intéressée par des choses qui ne vous regardent pas. Transmettez-moi le message.

C'était un homme différent du colonel qui m'avait causé tant de tourments au Berghof. Pourtant, j'avais la gorge nouée. Je m'étais piégée moi-même et je ne voyais pas de moyen facile de m'en sortir.

—Dites au Führer, je vous prie, qu'il aura la plus délicieuse des tartes aux pommes ce soir. Magda, sa goûteuse, y veillera.

Von Stauffenberg gloussa.

—Ah oui, je vois, il est vraiment confidentiel, votre message. Bien sûr, « tarte aux pommes » est le nom de code pour le dernier plan d'invasion du Reich.

Je le dépassai, mais le colonel m'arrêta dans mon élan en appuyant sa canne contre un arbre.

—Je ne sais pas ce que vous faites ici, mais je ne vais pas vous dénoncer. (Il pinça les lèvres et me scruta d'un regard de faucon louchant sur un appétissant rongeur.) Vous savez que l'extérieur du périmètre de la Tanière du loup est truffé de mines terrestres ? Vous pourriez sauter dessus d'un seul pas fatal. Nombre d'animaux malchanceux ont fini leur vie ici.

—Merci pour vos conseils, marmonnai-je. Je dois retourner à la cuisine.

Il leva sa canne et demanda :

—Quel est votre nom ?

—Magda Ritter.

—Je me souviendrai de vous, Fräulein Ritter. Vous pouvez en être sûre.

Il me suivit jusqu'au chemin. Je tournai vers l'ouest, pour retourner sur mes pas, tandis que le colonel continuait vers le champ. Je regardai en arrière avant que les arbres ne me bloquent la vue. Hitler et l'homme en costume d'homme d'affaires se tenaient debout sur le char. Göring et les autres étaient agglutinés autour, comme des agneaux en adoration. Von Stauffenberg s'approcha d'eux. *Comme c'est malheureux*, songeai-je, *qu'un officier de haut rang se fasse un devoir de se souvenir de mon nom.*

Toute la journée, j'eus les nerfs à vif. Je n'arrivais pas à rester tranquille dans l'attente du chaos qui régnerait dans la Tanière du loup ou de l'horrible nouvelle de la mort de Karl. Tous mes efforts pour me vider l'esprit échouèrent. Je faisais les cent pas dans la bibliothèque, choisissant des livres à lire, que je finissais immanquablement par jeter sur la table. Au fil des heures, je me convainquis que le pire était passé et je me préparai à ma dégustation. Pendant le travail, je tentai de faire bonne figure, mais la Cheffe et les autres goûteuses ne furent guère convaincues par mes manifestations d'amabilité. La Cheffe, en particulier, me connaissait assez bien pour savoir que quelque chose clochait. Elle me demanda plusieurs fois si j'étais malade. Pourtant, au fil des heures, ma peur s'atténua. Si quelque chose d'horrible s'était produit, la nouvelle se serait sûrement répandue dans la Tanière du loup.

Plus tard ce soir-là, après des heures passées dans l'ignorance, je fus accostée par Karl sur le chemin du retour, qui me glissa une enveloppe dans la main. Je faillis m'effondrer de soulagement.

—Lis le message et brûle-le, chuchota-t-il. Veille à disperser les cendres. J'ai écrit cette lettre parce que c'est dangereux qu'on nous voie ensemble.

Il s'éloigna rapidement.

Je pliai l'enveloppe et la glissai dans ma poche. Comme une lecture dans ma chambre s'avérait risquée, je me réfugiai une fois de plus dans la bibliothèque de notre dortoir.

Ainsi que je le pensais, l'endroit était désert. J'allumai une petite lampe, pris un livre d'histoire allemande sur l'étagère et m'installai dans le fauteuil rembourré. J'étais loin de tout le monde, Dieu merci. Sortant la lettre, je la pliai en deux et l'insérai au milieu du livre. Puis, feignant de lire le récit historique, je me concentrai sur les mots de Karl :

Très chère Magda,

Je rechigne à me trouver près de toi. Même en te remettant cette lettre, je prends un grand risque. Tu tiens ma vie entre tes mains. En fait, plus que ma vie, c'est le destin de l'Allemagne qui se trouve dans cette lettre. Je suis sûr que tu en détruiras toute trace et que je saurai ainsi où va ton cœur. Sinon, je serai exécuté pour trahison.

Dans tous les cas, tu vois que je suis prêt à mourir pour ce en quoi je crois.
Cet après-midi, j'ai porté un sac à dos chargé d'une bombe. L'explosion devait viser Hitler, Göring, Porsche et les autres. Toutefois, le plan a été interrompu par von Stauffenberg, qui ne devait pas être là aujourd'hui. Je ne peux t'en dire plus, mais lui et moi faisons partie d'un mouvement visant à débarrasser notre pays du mal qui le détruit. Heureusement que je n'avais pas encore armé la bombe et que j'ai pu m'en débarrasser après la démonstration.
Tu pourrais me demander pourquoi nous ne tirons pas sur le Führer, histoire d'en finir. Crois-moi, nous en avons discuté à maintes reprises. Von Stauffenberg et les autres sont convaincus que toute tentative de faire tomber le Reich doit emporter autant de ses dirigeants que possible, et pas seulement Hitler. Ne tuer que lui pourrait conduire à des circonstances pires que celles qui existent déjà. Ce n'est pas une décision prise à la légère.
Je suis en vie ce soir parce que von Stauffenberg a décidé d'effectuer un voyage inopiné dans la Tanière du loup. Je n'avais pas l'intention de tuer un camarade. Il est convaincu que les Britanniques ont bâti des plans, eux aussi, et qu'ils attendent le bon moment. Je doute que le poison en fasse partie, mais sois prudente, ma chérie. Je veux que tu vives, que je reste en vie ou non. Nous n'aurons pas d'avenir tant que nous ne pourrons pas le rendre sûr pour nos enfants.
Détruis cette lettre et confirme ma foi en toi. De nombreuses vies en plus de la nôtre sont en jeu. Nous nous reverrons bientôt.
Avec tout mon amour,
Karl

Les mains tremblantes, je glissai à nouveau la lettre dans l'enveloppe. Des enfants ? Un espoir pour l'avenir ? Je m'émerveillai de sa foi en moi. Si von Stauffenberg ne s'était pas montré dans l'après-midi, le monde aurait été débarrassé d'un tyran et de nombre de ses officiers… et l'homme qui m'avait avoué son amour serait mort.

Je fouillai la bibliothèque en quête d'un briquet ou d'allumettes, mais je ne trouvai rien. En sortant, je vis passer une fille qui vivait dans les quartiers en face du mien. Je lui demandai si elle fumait, à quoi elle opina. Je lui demandai également si je pouvais emprunter son briquet. Elle le tira de sa poche et nous échangeâmes quelques mots, puis elle me pria de le lui rendre le lendemain matin, car elle allait se coucher.

Dès qu'elle se fut éloignée, je courus vers les bois derrière le dortoir, un endroit dénué de mines. Les mots de la note de Karl fusaient dans ma tête. C'était un héros, un homme à respecter et à aimer. Bien qu'aucune étoile ne soit visible à travers les arbres, mes yeux en étaient remplis. Une étrange excitation m'envahit et je marchai d'un bon pas, sans me soucier des moustiques qui tourbillonnaient autour de ma tête. Puis l'obscurité se referma sur moi. Comment pouvais-je tomber amoureuse d'un homme qui voulait mourir ? Il désirait que je vive, mais comment pourrais-je continuer sans lui, brisée par sa mort ? Le désespoir et l'euphorie luttaient pour avoir le dessus sur moi. Je m'arrêtai en frissonnant près d'un affleurement rocheux, pétrifiée, et je tendis l'oreille. Les insectes de la nuit bourdonnaient dans mes oreilles. J'ouvris le clapet du briquet. L'odeur âcre du naphte me monta aux narines. J'effleurai la molette avec mon pouce, ce qui fit étinceler le silex et une flamme jaune fendit l'obscurité. Tenant le billet à deux doigts, j'en enflammai le bord inférieur. Le papier s'enroula pour former une vague brune puis se consuma si vite que je le laissai tomber sur le rocher. La lettre ne fut bientôt plus que des éclats de poussière grise. Je m'emparai des cendres que je déposai sur la terre boueuse pour les écraser jusqu'à ce qu'elles aient disparu. Personne ne les trouverait, j'en étais certaine.

Après quoi, je me faufilai hors de la forêt, non sans m'assurer que personne ne m'avait vue. De retour au dortoir, je me lavai les mains, puis je retournai à la bibliothèque où je regardai les volumes reliés, si soigneusement empilés dans les caisses. Impossible de me forcer à lire. Ni l'éducation ni le divertissement ne pouvaient satisfaire mon cœur alors que j'étais recroquevillée dans mon fauteuil préféré. Lentement, l'excitation provoquée par l'aveu de Karl s'échappa de mon corps et je pleurai le caractère incertain de notre avenir, lequel risquait fort d'inclure la mort.

Une pensée me consumait : *Notre destin est scellé.*

Hitler aimait emmener Blondi se promener le matin. Parfois, c'était son valet qui se chargeait de la chienne mais, généralement, elle accompagnait le Führer dans la zone boisée près de son bunker.

Comme un cancer envahissant mon cerveau, je commençai à réfléchir à des façons de le tuer, en spéculant sur ses promenades avec Blondi ou sur la manière dont sa mort pourrait se produire au cours d'un repas. Ces pensées folles étaient centrées sur le fait que je devais sauver Karl. Je voulais mourir à sa place.

Puis mon esprit se calmait et je me convainquais que j'étais une imbécile. Comment faire tomber le chef du Reich ? Je ne pouvais pas l'empoisonner sans empoisonner d'autres personnes qui pourraient être innocentes. Et si j'étais capturée ? Je serais tuée, mes parents probablement arrêtés. Je n'avais pas de pistolet pour le tuer et quel serait le résultat si je le faisais ? Karl avait raison. Avec Göring, Goebbels, Bormann ou Himmler à la tête de l'État, l'Allemagne risquait de se retrouver entre des mains encore pires. J'étais devenue une folle, hantée de pensées meurtrières qui lui faisaient bourdonner le cerveau. Je me dis que ma tête allait éclater.

Vers la fin de l'été, Hitler nous invita, Karl et moi, à prendre le thé un soir. Quand j'avais rencontré Hitler pour la première fois, alors qu'il promenait Blondi, il avait fait cette suggestion. L'invitation me fut transmise par la Cheffe, un soir après la dégustation. Impossible de passer outre. On ne refusait pas un thé avec le Führer, mais je ne pouvais m'empêcher de redouter ce qui allait se passer.

Franz m'attendait quand je sortis du dortoir un matin. Je ne l'avais pas revu depuis la nuit dans les bois, où il m'avait annoncé qu'il serait envoyé sur le front de l'Est. Je le saluai et il m'emboîta le pas en sortant une cigarette qu'il tapota sur son étui d'or. La lumière du soleil transperçait la voûte feuillue au-dessus de nos têtes. Louchant vers moi, il alluma sa cigarette et lâcha :

—J'ai appris que vous aviez été invités à prendre le thé avec le Führer.

—Oui.

Bien qu'heureuse de voir Franz, j'étais mal à l'aise en même temps. Il semblait flotter autour de lui comme un danger dont il n'aurait pas été conscient et une rencontre comme celle-ci renforçait ce sentiment.

—Je croyais que tu avais été envoyé au front.

Franz gloussa.

—On m'a rappelé, pour que je puisse informer Hitler de l'état de notre machine de guerre. Elle est dans un triste état. Nous perdons du terrain et le moral est au plus bas. Dans certaines troupes, les soldats commencent à se demander pourquoi ils se battent, mais ils sont encore trop nombreux à croire à la propagande dont les abreuvent leurs officiers.

Je scrutai son visage, désormais amaigri et strié de rides.

—Pourquoi es-tu là ? As-tu un message pour moi ?

Il m'attrapa le bras et me força à m'arrêter.

—J'ai fait ce qui devait être fait à Minna. Vous devez en être heureux. Je vous ai sauvé la vie à tous les deux.

—Nous devrions continuer à marcher.

Je poursuivis ma route. Nous dépassâmes le mess et nous dirigeâmes vers le champ où Karl avait eu l'intention de faire exploser sa bombe.

—Bien sûr que je te suis reconnaissante, murmurai-je. Minna était une idiote. Mais notre position est trop précaire et je veux…

Une boule se forma dans ma gorge.

Franz me posa une main sur le bras. Un groupe d'officiers passa devant nous, mais aucun ne nous accorda plus qu'un salut et un regard.

—Tu aimes Karl, n'est-ce pas ? demanda Franz.

Je hochai la tête.

—Alors tu seras heureuse d'apprendre que sa position au sein du groupe a été revue. Von Stauffenberg sait ce que tu as fait dans la cuisine, comment tu as tenté d'empoisonner Minna au péril de ta vie. Les autres, lui et moi-même, nous t'en sommes reconnaissants. En fait, je pense que ton petit numéro a complètement embrouillé les SS, puisque c'est Otto qui a été accusé.

Comme il n'y avait plus personne alentour, nous nous immobilisâmes.

—Karl a eu sa chance et, heureusement pour vous deux, von Stauffenberg s'est mis en travers de son chemin, poursuivit Franz. Le moment n'était pas le bon. Dans ces entreprises-là, on ne sait jamais ce qui va arriver. (Il tira une bouffée sur sa cigarette.) Karl a été mis à la « retraite », pour ainsi dire. Il doit se concentrer sur l'étude du terrain, ici, à la Tanière du loup et au Berghof. Von Stauffenberg prend le contrôle à tous les niveaux. C'est ce qu'on m'a envoyé te dire.

Le soulagement m'envahit, mais il ne tarda pas à s'estomper lorsque je reconsidérai notre situation. J'étais assaillie par bien trop de craintes. Je remerciai Franz. Nous nous serrâmes la main, puis il fit demi-tour et repartit par où nous étions venus. Alors qu'il disparaissait de ma vue, je constatai à quel point il avait vieilli au cours des quelques mois où je l'avais connu.

Ses cheveux blonds semblaient plus foncés ; son sourire large et lumineux s'était rétréci ; son visage ridé montrait le stress de la bataille. Une chose était certaine : von Stauffenberg allait désormais figurer en bonne place dans la vie, ou la mort, d'Adolf Hitler.

Karl et moi n'eûmes pas eu l'occasion de nous entretenir avant de nous retrouver chez Hitler pour le thé. Je me dirigeai vers le bunker, après en avoir terminé avec la dégustation de la soirée et m'être rafraîchie un peu. Un garde SS en patrouille m'arrêta et me demanda mes papiers. Quand je lui rétorquai que je prenais le thé avec le Führer, il m'accompagna. Je savais qu'il ne procédait ainsi que pour vérifier mon histoire. Karl se tenait près de la porte quand nous arrivâmes vers 22 heures. Le garde repartit après que Karl eut parlé avec lui.

Le bunker du Führer était plus impressionnant de nuit que de jour. Il était posé comme un monolithe noir sur la terre détrempée et, même s'il n'était pas aussi grand que certains autres bâtiments sur le terrain, il s'élevait comme un temple maya abandonné, dissimulé par la forêt qui l'entourait. Une seule lumière vive brillait au-dessus de sa porte de fer. Karl me salua formellement et s'entretint ensuite avec les hommes armés à l'entrée. Ils nous escortèrent à travers une étroite ouverture dans un grand couloir percé de portes où nous fûmes accueillis par un valet. Je le reconnus pour l'avoir vu au Berghof, où il était également au service d'Hitler. Grand, le menton large et les lèvres fines, il était solidement SS : droit, strict, formel, un vrai mâle, mais obséquieux envers le Führer. Il nous conduisit plus loin dans le couloir jusqu'à un salon de thé exigu, meublé d'une table ronde pouvant accueillir confortablement six personnes. Plusieurs paysages peints ornaient les murs. Deux lampes rustiques, disposées dans les coins, diffusaient une lumière chaude à travers leur abat-jour en soie beige. On ne pouvait cependant pas se défaire du sentiment d'être dans un bunker, aussi hospitalière que soit l'atmosphère. Des ventilateurs vrombissaient au-dessus de nos têtes. J'avais la sensation que les murs se refermaient sur moi. Nous ne nous parlions qu'à peine, faute de savoir si nos conversations étaient écoutées.

J'avais choisi une robe noire toute simple, des chaussures noires et deux petites boucles d'oreilles en or pour la soirée. Pas question d'être une autre Eva Braun élégamment habillée pour Hitler.

Karl pianotait sur la table.

—Calme-toi, lui dis-je. Tu n'as aucune raison d'être nerveux.

Il plaqua sa casquette sur ses genoux.

—Pourquoi nous a-t-il invités ? Pourquoi ce soir ?

Je posai une main sur la sienne et il se détendit à mon contact. Oui, pourquoi Hitler nous avait-il invités ? Avait-il des informations sur les officiers qui complotaient contre lui ? Quelqu'un avait-il divulgué nos secrets ? Savait-il que j'avais essayé d'empoisonner Minna, ou que Franz l'avait tuée ? Peut-être voulait-il nous interroger sur sa mort. Ces spéculations inutiles ne faisaient qu'alimenter mon anxiété.

La porte s'ouvrit sur un petit coup rapide et le valet apparut, suivi de près par un autre homme. Le valet que je reconnaissais du Berghof tenait un bouquet de roses rouges à longues tiges, qu'il me présenta.

—De la part du Führer, déclara-t-il. Il sera bientôt là.

Il ordonna ensuite à l'autre homme de faire entrer un chariot chargé de café, de thé, d'assiettes de biscuits et de tranches de gâteau aux pommes. Je ris en moi-même car j'avais déjà goûté toute cette nourriture un peu plus tôt. Les valets nous quittèrent et, peu de temps après, la porte s'ouvrit à nouveau.

Hitler apparut, Blondi à ses côtés. Les mains de Karl se crispèrent sur sa casquette, mais nous nous levâmes aussitôt pour faire le salut nazi. D'un signe de la main, Hitler nous enjoignit de nous asseoir. À l'instar de Blondi, nous obéîmes.

Hitler paraissait plus détendu que je ne l'avais jamais vu. D'ordinaire blêmes en raison de son aversion pour la lumière du soleil, ses joues étaient légèrement colorées. Son valet tira la chaise voisine de la mienne et le Führer s'y assit. Pendant un moment, il demeura sans rien dire, se contentant de nous fixer de ses yeux bleus fascinants. On pouvait sentir le feu qui brûlait en dessous. Les yeux de Raspoutine devaient exercer la même emprise sur ses disciples.

Une fois encore, je me sentis submergée par la présence d'Hitler, comme si une force puissante émanait de lui. De quoi s'agissait-il ? De la simple force de sa volonté ? Je voyais combien il me serait facile, à l'instar du reste de la nation, de me laisser emporter par le flot incessant de sa propagande à la radio et dans les films. Quel pouvoir il exerçait sur le peuple allemand !

Un médaillon circulaire était épinglé sur sa veste noire. Il se composait d'une couronne d'or dont le pourtour extérieur était bordé d'une bande blanche et l'intérieur d'une bande rouge, surmontée du sigle NSDAP, le tout entourant une croix gammée noire sur fond blanc.

Karl et moi n'osions parler tant qu'il ne s'était pas adressé à nous.

—Je suis heureux de vous voir, déclara-t-il, entamant la conversation.

Il avait parlé de cette voix de baryton profonde que j'avais entendue si souvent lorsqu'il s'adressait au Reich. Sa façon de parler avait sa propre cadence, un rythme en soi hypnotique.

—J'espère que nous pourrons profiter de la soirée : je chéris tout le temps libre dont je dispose, car je suis toujours empêché de profiter de moments comme ceux-ci par quelque sale affaire, à moins que je n'ordonne à mon adjudant de ne pas me déranger.

Il fit signe à son valet de servir le thé.

Blondi se blottit aux pieds de son maître et me regarda de ses yeux bruns pleins de douceur.

—Mon Führer, déclara Karl, nous sommes ravis que vous nous ayez invités à prendre le thé, mais votre invitation nous laisse un peu perplexes, Fräulein Ritter et moi. En quoi pouvons-nous vous être utiles ?

Hitler leva la main.

—C'est noble de votre part, Weber, mais vous devez laisser vos inquiétudes en dehors de la pièce. (Il posa les deux mains sur la table, se pencha en avant et nous étudia.) Je ne veux pas qu'on parle de guerre, de batailles ou de stratégie, ce soir. Dans le salon de thé, nous parlons art, architecture et musique. Nous célébrons la culture et l'histoire allemandes et, ce soir, nous sommes ici pour célébrer l'amour.

—Mon Führer ? fit Karl, autant pris au dépourvu que moi.

Le valet me servit du thé, puis s'empara de mes belles roses rouges pour les placer dans un vase en cristal au centre de la table afin que nous puissions tous en profiter. Leur doux parfum emplit rapidement la pièce, un changement bienvenu par rapport à l'odeur de moisi et d'humidité qui imprégnait la plupart des bunkers.

Hitler sourit et leva sa tasse.

—Je dois remercier la goûteuse qui a souffert des mains d'Otto. (Il marqua une pause, mettant mes nerfs à vif.) Mais nous avons d'autres points à discuter.

La jambe de Karl frôla la mienne et je sentis la tension qui habitait son corps. Hitler prit une gorgée de thé et me tapota la main.

—J'essaie de saluer tout le monde, de dire bonjour, d'avoir un mot gentil pour tous ceux qui servent le Reich, mais je suis un homme occupé. Je n'ai pas beaucoup de temps. Vous devriez transmettre mes remerciements à tous ceux qui travaillent aux cuisines. Plusieurs jeunes femmes ont commencé récemment. J'ai promis à Dora de les rencontrer.

Dans ses yeux s'alluma une étincelle de ce que j'appellerais de la « bonne volonté ». Je ne doutais pas qu'il viendrait saluer les nouvelles employées du mess. Pour l'instant, il était l'image même du père bienveillant qui voulait que ses « enfants » soient heureux, qu'ils réussissent dans un monde dirigé par lui. Son humeur laissait croire que personne parmi son personnel ne songerait jamais à lui faire du mal. Cette attitude de bienveillance était plus qu'une posture. Hitler était sincère, mais je savais aussi que tout crime contre le Reich serait puni de la manière la plus sévère qui soit.

—La Cheffe m'a dit que vous passiez beaucoup de temps ensemble, poursuivit-il.

Le sang me monta au visage et je rougis, plus par un effet de mon anxiété que par gêne. C'était donc la Cheffe qui avait révélé notre relation.

—Magda et moi sommes devenus amis, intervint Karl.

J'étais abasourdie de la facilité avec laquelle il l'admettait.

—Nous avons notre travail à faire, répliquai-je, essayant de mettre un peu de distance entre Karl et moi. Le destin nous a réunis parce qu'il se trouve que nous travaillons tous les deux dans le même secteur.

—Oui, mais votre rapprochement a été noté, insista Hitler. Par conséquent, je souhaite vous donner ma bénédiction.

Karl devint livide et je poussai un petit cri.

—Mon Führer, ce n'est pas nécessaire, protestai-je.

Il agita les mains en signe de dénégation.

—Bien sûr que c'est nécessaire. J'ai accordé tant de fois ma bénédiction que c'est comme un second travail : mes secrétaires, mon personnel, tous en ont bénéficié. J'encourage mes officiers à trouver des jeunes femmes de qualité. (Il prit une nouvelle gorgée de thé et grignota une tranche de gâteau aux pommes.) Mangez, vous n'avez pas touché aux délicieux desserts préparés spécialement pour vous.

—Mon Führer, déclarai-je, je les ai goûtés ce soir.

Il sourit d'un air faussement surpris, puis se mit à rire.

—Dans ce cas, vous pouvez les déguster en sachant qu'ils ne sont pas empoisonnés… Il restait un problème, mais je l'ai résolu, ajouta-t-il après une pause.

Karl et moi échangeâmes un regard.

—Vous n'êtes pas membre du Parti, Fräulein Ritter, expliqua Hitler. Alors je vous y ai inscrite.

Il sortit une boîte de sa veste et me la tendit. Ôtant le couvercle, écartant le papier à l'intérieur, je découvris un médaillon semblable à celui qu'il portait.

—Le numéro qui y figure indique votre place parmi les membres du Parti. La mienne est la première, précisa-t-il en désignant l'insigne sur sa veste.

Merci.

Incapable de décider si je devais mettre le médaillon, je refermai la boîte et la posai sur la table.

Hitler fit ensuite dévier la conversation sur la Bavière et les Alpes, s'extasiant sur la mythologie entourant l'Obersalzberg. Karl et moi restâmes assis, décontenancés, pendant le restant de la soirée tandis qu'Hitler parlait de Speer et de ses plans pour la capitale ainsi que de l'état de l'art et du cinéma allemands. Il nous invita même à venir écouter un enregistrement de Wagner dans son bureau. Il était minuit passé lorsque nous fûmes congédiés.

Nous demeurâmes un moment devant la porte du bunker, sans savoir quoi dire. Un froid d'automne précoce s'était insinué dans l'air et la température plus fraîche était agréable sur ma peau. Maintenant que nous étions « bénis », nous n'avions plus besoin de faire semblant. Je tenais fermement la main de Karl pendant que nous marchions sur le chemin. Je m'émerveillais silencieusement d'avoir pris le thé avec le chef du Troisième Reich. Je comprenais désormais, en présence d'Hitler, à quel point il pouvait être persuasif et énergique. Pas étonnant que le peuple allemand le suive comme un troupeau de moutons. Mon père m'avait parlé d'un film intitulé *Le Triomphe de la volonté*, dont le seul but, d'après lui, était de glorifier le Parti. Je ne l'avais jamais vu, mais je saisissais comment une présence aussi puissante pouvait être transférée à l'écran et quel impact elle était susceptible d'avoir.

Nous fîmes halte dans une clairière sur le chemin entre le bunker et mes quartiers. Karl m'entoura de ses bras et me serra contre lui. Je me sentais au chaud et en sécurité contre lui quand il m'embrassa. J'effleurai son cou de mes lèvres, ce qui le fit soupirer.

— Tu aurais imaginé que le Führer ait le temps de s'occuper de tels détails ? lâcha Karl entre deux baisers.

Je voulus parler, mais il posa les doigts contre mes lèvres et désigna la boîte que je tenais. Au bout de quelques instants, je compris ce qu'il voulait me faire comprendre. Le médaillon. Karl le désigna, puis son oreille, suggérant que l'insigne pouvait être un objet pour nous espionner. L'idée ne m'avait pas traversé l'esprit.

— C'est une belle broche, commenta-t-il. Tu devrais être très fière que le Führer s'intéresse autant à nous.

— Je te laisserai la regarder demain, répliquai-je. Pour l'instant, savourons cette soirée.

Je me pressai contre lui, multipliant mes baisers.

Il m'interrompit et me souleva le menton, jusqu'à ce que mes yeux regardent droit dans les siens.

— On devrait peut-être se marier, suggéra-t-il.

Mon souffle se coinça dans ma gorge.

— Se marier ?

Dans un autre monde, j'aurais sauté sur l'occasion, mais notre avenir était trop incertain. Je me détournai de lui, pour lui épargner ma déception.

— On devrait reparler de ça demain. (Faire des plans semblait si absurde que j'avais presque envie de rire.) Après tout, maintenant que notre secret est éventé, il n'y a plus aucune raison de précipiter les choses.

— Il voudra qu'on se marie bientôt, insista Karl. Il nous adorera comme un vieux grand-père plein de bonté. Laisse-moi te raccompagner, ajouta-t-il en touchant mon épaule. Je dois me lever tôt demain. On a des tas de réflexions à mener.

Nous quittâmes la clairière et fûmes bientôt devant ma porte. Karl m'embrassa une fois de plus et nous prîmes congé l'un de l'autre. Les innombrables pensées qui m'assaillaient concernant l'incertitude de notre avenir m'avaient ôté toute envie d'aller dormir. Je ne travaillais pas le matin, il n'y avait donc aucune raison pour que je me lève tôt. Une fois de plus, je m'installai dans la bibliothèque pour y attendre le sommeil. Sortant le médaillon de mon sac, je le retournai entre mes mains. Rien n'y semblait suspect, pourtant Karl devrait l'examiner afin de s'assurer qu'il était sûr. En attendant, je le porterais, en taisant toute pensée négative sur Hitler ou le Reich. Je ne devais même pas me parler à moi-même. Comment pourrais-je taire ce que je ressentais ? Plus isolée que jamais, je n'étais pas d'humeur à devenir une jeune mariée.

11

Karl et moi nous fiançâmes à l'automne 1943. Hitler avait continué à faire pression pour que nous nous mariions, pas directement, mais par l'intermédiaire de la Cheffe et d'autres officiers SS. Ses actes n'avaient rien de surprenant, car il avait procédé de même pour l'une de ses secrétaires personnelles plus tôt dans l'année. Karl et moi avions continué à chercher des excuses, invoquant notamment le « danger » de ma position, mais nous savions que nous devions bientôt nous marier : le temps nous manquait. En réponse à notre retard, le Führer m'ordonna de quitter mes fonctions de goûteuse, mais les arguments de la Cheffe furent suffisamment convaincants pour que je sois autorisée à rester en cuisine comme comptable et comme goûteuse de secours si nécessaire. Malgré son impatience à nous voir mariés, Hitler accepta de revoir ses exigences, parce que la Cheffe avait confiance en mes aptitudes de goûteuse.

Peu après notre thé avec le Führer, Karl examina le médaillon qu'il pensait susceptible de contenir un microphone miniature, mais ce n'était qu'un insigne, rien de plus. À partir de ce moment-là, je le portai tous les jours quand je sortais, même si je détestais le Parti et ce qu'il représentait.

Au cours de l'automne, notre existence à la Tanière du loup devint routinière. Je me fatiguai de la « fièvre du bunker », la prison oppressante de nos quartiers exigus, qui, maintenant que le temps ne cessait de fraîchir, devenait encore plus insupportable. Quand je n'étais pas avec Karl, Else et moi effectuions de longues promenades. Nous avions besoin de sortir et de prendre l'air, même par temps humide et pluvieux. À la mi-octobre, les nuages se mirent à cracher de la neige et les bunkers parurent se transformer en blocs de glace. Je m'enveloppais dans des pulls et des manteaux et j'enfilais des gants pour me tenir chaud.

Je demeurais à l'écart de Dora et des autres goûteuses, car je ne voulais pas répondre aux questions sur ma vie personnelle. Hitler continuait ses voyages occasionnels qui l'emmenaient loin de la Tanière du loup avant de l'y ramener. Karl et moi ne savions jamais où il se rendait avant qu'il ne regagne sain et sauf son quartier général. Nous entendions alors un récit détaillé de la saga en général sans intérêt de ses voyages, dans la bouche de ceux qui l'avaient accompagné. La nouvelle se répandit au quartier général selon laquelle nous passerions Noël au Berghof. On pouvait rarement se fier à de telles rumeurs. Le bruit courait que les vacances seraient très probablement désagréables, contrairement à celles des années précédentes. La Cheffe prévoyait que la nourriture et les réjouissances seraient rares. Elle pensait qu'une partie du manque d'entrain viendrait d'Hitler lui-même, car des festivités excessives seraient du gaspillage et une marque d'arrogance, pendant que l'Allemagne subissait les souffrances qu'il avait attirées sur elle. Les rares fois où Karl et moi pouvions être seuls sans que quelqu'un ne rôde autour de nous, nous discutions de projets pour assassiner Hitler, mais à mots couverts. Notre langage était codé : toute allusion directe à une conspiration était trop dangereuse pour être exprimée, même en passant. Je demandai un jour à Karl pourquoi « notre objectif » ne pouvait être atteint plus tôt.

— Patience, se contenta-t-il de me répondre.

Et chaque fois que j'abordais le sujet, il me marmonnait le même mot.

À la mi-novembre, j'étais dans le bureau de la Cheffe, en train de revoir la liste des aliments, quand l'un des commis vint me dire qu'on me demandait au téléphone. C'était ma mère. Mon père, gravement malade, avait été hospitalisé à Berlin. Elle me demandait si je pouvais venir à la maison pendant quelques jours pour l'aider à s'occuper de lui. J'acceptai et demandai aussitôt un congé. Je fis quelques bagages, laissant la plupart de mes affaires à la Tanière du loup. Le lendemain matin, je prenais un train pour la capitale.

Ma mère m'accueillit à la gare par une belle journée de novembre. Nous prîmes un taxi afin de nous rendre directement à l'hôpital, où les couloirs empestaient l'antiseptique et les odeurs corporelles des malades et des infirmes. Plus tard, j'appris à identifier ces odeurs sous le nom de « la mort ». L'hôpital puait, des ravages de la grippe aux horribles blessures des soldats qui avaient eu la chance de se retrouver à Berlin. Bien qu'il ne s'agisse pas d'un hôpital militaire, de nombreuses chambres étaient occupées par des soldats. Quelques-uns, enveloppés de la tête aux pieds dans des bandages, respiraient grâce à des tubes insérés dans les petites fentes entre leurs pansements. Ma mère m'avait prévenue que mon père avait la grippe et que nous devions porter des blouses et des masques pour lui rendre visite. Ayant passé plusieurs jours auprès de lui, elle avait besoin de repos. Le personnel lui avait déconseillé de rester trop longtemps dans la chambre, car ses visites prolongées augmentaient son exposition à la maladie.

Une infirmière nous rejoignit près de l'aile où séjournait mon père. Ma mère et moi revêtîmes notre équipement médical et suivîmes le couloir jusqu'à sa chambre. Au début, je ne vis pas mon père, car il occupait un lit près d'une fenêtre qui donnait sur une cour. Une lumière grise et fraîche tombait à travers les stores. Le rideau occultant avait été soulevé. Les branches nues formaient un réseau complexe de lignes sombres contre la surface blanchie à la chaux du mur opposé. Nous passâmes devant le lit d'un homme âgé dont le teint était aussi gris que la lumière qui entrait dans la pièce. Remarquant que mon père dormait, je fis signe à ma mère de ne pas le déranger. Nous nous retirâmes dans le couloir. Comme j'étais relativement reposée de mon voyage, je lui proposai de rentrer à la maison : je la rejoindrais plus tard dans la soirée et elle pourrait revenir le lendemain matin.

Dès que je me fus installée sur une chaise près de la fenêtre, je ne tardai pas à m'assoupir dans cette pièce silencieuse. Ce fut la toux de mon père qui me réveilla. Son visage était rougi par la fièvre.

—Soit j'ai des hallucinations, soit ma fille est ici, lâcha-t-il dans un murmure rauque, en retirant son masque.

—C'est bien moi, papa. (Je me levai de ma chaise, pour me planter côté de lui et lui désigner le masque.) Tu devrais le remettre.

—On ne peut pas faire confiance à ta mère, maugréa-t-il. Je lui avais dit de ne pas t'envoyer chercher.

—Elle a besoin de repos après s'être occupée de toi.

Je posai ma main gantée sur son bras.

—Comment vas-tu, ma fille ? Je suis content que tu sois là.

Ses cheveux étaient devenus presque gris depuis la dernière fois que je l'avais vu, plusieurs mois auparavant. Les lignes de son visage s'étaient creusées, pour former des rides sombres.

—Je vais bien. Nous pourrons parler plus tard. Je suis ici pour au moins trois jours. Tu devrais être sorti d'ici là.

Il soupira.

—J'espère que tu as raison, parce que je ne peux pas me permettre d'être malade. Les Reichsmark sont difficiles à trouver de nos jours. J'en connais beaucoup qui voudraient prendre ma place à l'usine.

Il tira sur le masque et le remit sans ménagement. La douleur déforma son visage jusqu'à ce que les spasmes de la toux s'apaisent. Une infirmière apparut à la porte. Elle lui fit une piqûre et mon père sombra dans un profond sommeil.

Quittant le service, j'errai jusqu'à ce que je trouve le réfectoire. Je n'avais pris qu'un petit déjeuner léger dans le train. Quand je regagnai la chambre, une heure plus tard, mon père était réveillé et prenait son dîner. Il mangeait du bout des dents des pommes de terre bouillies et un petit morceau de viande nappé d'une sauce brune sans consistance. Les repas servis aux malades n'avaient rien à voir avec ceux du Führer et de son personnel. Je me sentis honteuse de ma bonne fortune.

Mon père me regarda et sourit. Je lui rendis son sourire sous mon masque, non sans me demander ce que je devais lui dire. Impossible de lui parler de mon travail, vu le caractère sensible de mes activités, mais devais-je lui apprendre que j'étais fiancée ? J'avais peur qu'il ne désapprouve ma relation avec Karl. Ma mère, qui arriva sur ces entrefaites, mit fin à toute possibilité de conversation prolongée. Je promis de lui rendre visite le lendemain. Ma mère et moi restâmes jusqu'à 22 heures.

—Je suis fiancée, déclarai-je à ma mère en arrivant à la maison, persuadée qu'elle serait contente. Je suis membre du Parti et fiancée à un capitaine SS. Il s'appelle Karl Weber. Il te plairait.

Ma mère ne manifesta que peu d'émotion. Elle était assise en face de moi, à la table de la cuisine, les mains sur les genoux, les yeux fixés sur la nappe en coton. L'odeur boisée du thé s'élevait de nos deux tasses. Nous partagions le même sachet.

—Il ne m'en reste plus que cinq. Tu sais combien coûte un sachet de thé, de nos jours ? J'en garde quelques-uns pour ton père, quand il rentrera.

Elle plaqua les mains sur ses yeux et éclata en sanglots.

—Maman ?

Je n'étais pas habituée à la voir aussi à vif. Je me levai aussitôt de table et vins me placer derrière elle, les mains sur ses épaules.

—Il y a pénurie de tout. (Ce n'était qu'une demi-vérité : les produits manquaient en Allemagne, mais pas au quartier général d'Hitler.) Je peux t'envoyer de l'argent si papa et toi en avez besoin.

Elle sanglotait, tremblant sur son siège, puis elle découvrit ses yeux et fixa le mur.

—Ce n'est pas une question d'argent. Le bonheur s'est enfui de Berlin. Des bombardements ont eu lieu, il y a quelques nuits. Qu'allons-nous faire ? Je commence à croire, comme ton père, que le Führer est un fou qui nous conduit à la destruction. (Elle s'essuya les yeux du revers de la main.) Je suis heureuse pour toi, Magda. Au moins, tu es en sécurité avec le Führer. Tu seras protégée.

Comme je ne voulais surtout pas la bouleverser davantage, je me gardai d'exprimer mes sentiments. Bientôt, je le craignais, nous ne serions pas plus en sécurité au Berghof ou à la Tanière du loup qu'à Berlin.

—Je déteste l'admettre, mais je t'ai enviée. Ce n'est pas bien, de la part d'une mère, d'envier sa fille. Où que tu sois, tu es protégée. Tu manges des plats délicieux, tu ne t'inquiètes jamais d'avoir faim. Tu n'as pas peur que des bombes tombent du ciel ou que la Gestapo t'emmène au milieu de la nuit.

Je retournai à mon siège et bus une gorgée du thé insipide dans ma tasse. Tout ce que ma mère disait était vrai, mais c'était aussi un mensonge. Je redoutais l'empoisonnement tout autant que les bombes qui détruisaient tout. Et la Gestapo pouvait facilement nous emmener, Karl ou moi, pendant la nuit.

—Peut-être que papa et toi devriez vivre avec oncle Willy et tante Reina. C'est sans doute plus sûr à Berchtesgaden.

Ma mère secoua la tête.

—Ton père ne sera jamais d'accord. Il ne se conformera jamais à la ligne du Parti comme son frère et puis, pas question de nous présenter comme des paysans sur le pas de leur porte. Reina est la reine de cette maison. L'atmosphère serait étouffante.

Je hochai la tête, sachant qu'il y avait beaucoup de vrai dans son argument.

—Dois-je annoncer mes fiançailles à papa ?

—Laisse-le d'abord se remettre sur pied. Je ne sais pas comment il prendra la nouvelle.

Ma mère était avisée. Je brûlais de parler à mes parents de ma relation avec Karl et de ce qu'il comptait faire pour l'Allemagne, mais c'était impossible. Nous finîmes notre thé et parlâmes du quartier. Un peu après minuit, je soulevai le rideau occultant qui obstruait la fenêtre de la cuisine. Le monde me parut étrangement silencieux et je crus entendre le grondement des bombardiers au-dessus de ma tête.

Ma mère et moi étions assises dans la cuisine, le lendemain soir, lorsque les sirènes annonçant un raid aérien se mirent à hurler. Après nous être relayées à l'hôpital pendant la journée, nous étions affalées sur nos chaises, épuisées.

Maman fixa le plafond du regard, comme si elle priait, puis elle me dévisagea, les yeux écarquillés d'effroi. Une explosion fit trembler le plafond, la lampe de la cuisine oscilla comme si elle dansait sur un rythme désynchronisé. De la poussière de plâtre blanc tomba en pluie fine d'une fissure et alla se déposer sur le sol.

—J'espère que ce n'est rien, lâcha ma mère.

J'étais moins optimiste. L'air scintillait d'électricité et les bombardiers bourdonnaient au-dessus de nos têtes.

—On devrait aller à la cave, dis-je, paniquée.

Je me levai de table, prête à attraper les quelques affaires que je pourrais traîner en bas. Une autre explosion retentit, plus proche que la précédente. Les murs et les meubles tremblèrent. L'intensité augmentait de seconde en seconde et, bientôt, l'immeuble commença à osciller comme s'il était secoué par un tremblement de terre. Des tourbillons de feu torrides fendirent la nuit tandis que les traces blanches des tirs grondaient vers le ciel, lancées par les canons de la défense antiaérienne allemande.

—Dépêche-toi, le temps presse, criai-je par-dessus les explosions qui nous martelaient les oreilles.

Les bombes s'abattaient autour de nous.

Plus je considérais l'apocalypse assourdissante devant notre fenêtre, moins j'étais convaincue que nous devions descendre à la cave. Attrapant mes papiers d'identité, je les fixai à ma ceinture, puis je pris ma mère par le bras et l'entraînai dans l'escalier, jusqu'à la porte d'entrée. Alors que nous nous tenions à l'abri derrière, une gigantesque boule de feu orange jaillit dans la rue. Le caniveau, encombré de feuilles mortes, prit feu ; des arbres s'enflammèrent. Nous avions été sauvées par la façade de pierre de notre immeuble.

Ouvrant la porte, je m'engageai sur les marches du perron, tout en veillant à ce que ma mère me suive. Quand nous eûmes atteint le trottoir, je tournai les yeux vers l'est et poussai un cri : aussi loin que porte mon regard, Berlin brûlait. À l'ouest, plusieurs pâtés de maisons étaient en feu et un maelström de vent et de flammes tourbillonnait dans le ciel. Je ne savais pas quoi faire, ni de quel côté me mettre à l'abri.

Ma mère m'empêcha d'avancer davantage. Cramponnée à mon bras, elle cria :

—Frau Horst. Elle va mourir brûlée !

Dans ma panique, j'avais oublié la vieille dame qui vivait à l'étage.

—Reste ici. Je vais la chercher.

Une bombe siffla et explosa à moins d'un pâté de maisons. Les immeubles frémirent sur leurs fondations, puis s'immobilisèrent dans un grincement. Des monticules de terre et de débris tombaient autour de nous. Je gravis notre escalier à toute allure, jusqu'au dernier étage. Je ne reçus aucune réponse au coup que je frappai à la porte. Une autre bombe tomba tout près, faisant jaillir des rayons de lumière orange dans la cage d'escalier. Je martelai du poing le bois de la porte, puis, dans un silence surnaturel, j'entendis une voix affaiblie :

—Allez-vous-en.

J'actionnai la poignée, mais la porte était verrouillée. J'appelai Frau Horst une nouvelle fois.

Pas de réponse.

L'air se brisa comme du verre autour de moi dans une secousse qui me fit tomber sur le palier. Le plafond s'incurva en flammes rouges et jaunes comme un morceau de papier qu'on tiendrait près de la flamme d'une bougie. Des braises brûlantes atterrirent sur ma peau et ma robe. Je balayai leurs cuisantes piqûres de mes bras et de ma tête avant de m'enfuir par l'escalier. Je n'avais pas le choix. Dehors, des vagues de feu tremblaient dans le ciel. J'appelai ma mère qui demeurait introuvable. Une de ses chaussures gisait à côté du trottoir. Je criai jusqu'à ce que ma voix se brise, mais je ne parvins pas à la trouver. Alors je m'enfuis vers l'ouest : il y faisait plus frais et l'air était moins enfumé. Un coup d'œil en arrière m'apprit que mon immeuble venait d'être dévoré par la tempête de feu. Je courus jusqu'à ce que je sois loin, puis je m'assis sur le perron d'un immeuble inconnu et je sanglotai. Le bombardement semblait ne vouloir jamais se terminer. J'attendis sur les marches jusqu'à ce qu'il prenne fin. Le feu, la fumée et les cendres des pâtés de maisons voisins s'élevaient dans les airs. Les flammes crépitaient tandis qu'une chaleur infernale balayait la ville. Le bruit du brasier était ponctué de cris et du fracas des immeubles qui s'écroulaient.

Je ne me rappelle pas combien de temps je restai assise là. Les gens avançaient d'un pas titubant, avec des pans de chair brûlée qui se détachaient de leurs os. Hommes et femmes gémissaient tandis que les enfants criaient de douleur ou réclamaient leurs parents. Je ne pouvais rien faire pour eux. J'imaginais mon père dans son hôpital rempli de mourants et de blessés, tandis que le Führer, sirotant un thé, était assis loin de là, derrière les murs de son bunker protégé des bombes.

Même l'aube ne put apaiser ma rage. Après que quelqu'un m'eut donné un verre d'eau, je quittai l'immeuble où je m'étais réfugiée. Faute d'une idée précise de l'endroit où aller, j'errai pendant de nombreuses heures avant de parvenir à l'hôpital où mon père était soigné. Heureusement, le bâtiment n'avait été que légèrement endommagé par le bombardement. Le moral du personnel semblait aussi démoli que la ville. Les infirmières avaient renoncé à protéger les visiteurs contre la grippe. Des rangées de lits encombraient les couloirs. Les patients avaient été transportés là pour être protégés des bris de verre.

Mon père se trouvait près de sa chambre, son lit adossé à un mur. Ses yeux se remplirent d'effroi quand il me vit. Je m'examinai dans un miroir. Mon visage était couvert de cendres, mes cheveux collés à ma peau, mes vêtements troués par les braises.

Je m'effondrai contre lui et pleurai jusqu'à ce que je ne puisse plus verser de larmes.

—Les bombes, marmonnai-je, incapable d'en dire davantage.

Mon père sut ce qui s'était passé sans rien demander. Il me tapota la main, mais son visage, vide, avait viré au gris. Il ne versa pas une larme, cependant la colère et le chagrin bouillonnaient en lui.

Le signal de fin d'alerte retentit et les infirmières ramenèrent les patients dans leurs chambres. Je dormis sur la chaise près de la fenêtre pendant une bonne partie de l'après-midi. Mon père et moi ne parlâmes que brièvement. Je lui annonçai que je devais retourner à mon travail, sans mentionner ni Karl ni l'endroit où je vivais : ce n'était pas le moment de faire des révélations ou de parler promesse de bonheur. En l'absence de maison où retourner, je suppliai l'infirmière de me laisser passer la nuit à l'hôpital, pour pouvoir repartir en train le lendemain. Mes bagages et mon argent avaient été détruits, mais j'avais mes papiers d'identité avec moi. Comme je servais le Führer, j'étais certaine que je n'aurais aucun problème pour me rendre à Rastenburg.

Cette nuit-là, alors que j'étais assise à l'hôpital avec mon père, une deuxième série de bombes s'abattit sur la ville. Cette fois, elles me semblèrent plus lointaines. Pourtant, secoué par les explosions, l'hôpital trembla : quelques fenêtres furent brisées et de longues fissures s'ouvrirent dans les murs. Mon père sortit dans le couloir muni de son masque et je me blottis contre lui. Les heures passèrent pendant que nous survivions à l'attaque. Je lui tins la main la majeure partie de la nuit.

Le lendemain matin, je lui annonçai que je partais.

—Où vas-tu loger ? lui demandai-je. Notre immeuble a été détruit.

—Je trouverai un endroit, répliqua-t-il. Ou peut-être que j'irai vivre chez mon frère.

Je n'étais pas convaincue qu'il puisse trouver un appartement à Berlin, encore moins dans notre quartier, et j'étais certaine que cohabiter avec Willy et Reina le rendrait malheureux.

—Laisse-moi voir ce que je peux faire, suggérai-je, espérant obtenir l'aide d'Hitler.

Son visage s'empourpra, sous l'effet de la rage.

—Jamais ! Pas question que je quémande une faveur à cet… homme !

Je lui pris les mains.

—Tu ne comprends pas. Je peux te faciliter la vie.

Il me retira ses mains d'un coup sec.

—Si tu le fais, tu ne seras plus ma fille. Je vais reprendre mon travail et me trouver un logement par moi-même.

—D'accord, papa, soupirai-je. Comme tu veux. Je suis de ton côté, chuchotai-je. S'il te plaît, crois-moi.

Je lui avais repris les mains et, penchée près de son visage car je n'avais plus peur d'attraper la grippe, je l'embrassai sur le front.

Ses yeux brillèrent dans leurs orbites sombres et il sembla comprendre.

—Fais ce que tu dois faire pour survivre. Je sais que tu agiras bien.

Au sortir de l'hôpital, je parcourus un bout de chemin sur une charrette à cheval, dont je descendis près de mon ancien quartier. Je traversai les pierres et le mortier en miettes, sautai par-dessus les poutres brûlées qui étaient tombées dans la rue, dont certaines fumaient encore après l'incendie. Les gens balayaient, empilaient les restes de leurs immeubles près des trottoirs. Quelques familles s'étaient réinstallées dans des bâtiments incendiés, faute d'endroit où aller. Les visages étaient blafards, fatigués par la guerre, les yeux vides, les sourires disparus. Les Berlinois avaient appris les malheurs que pouvaient leur infliger les Alliés. En cet instant, j'étais aussi seule et abandonnée qu'eux. Je ne pouvais rien faire d'autre que de tituber parmi mes concitoyens.

La chaussure de ma mère était toujours là où je l'avais vue deux nuits auparavant. Je la ramassai et la retournai entre mes mains. Il n'y avait pas de taches de sang, pas de restes de chair. Je demandai à quelques voisins s'ils l'avaient vue, mais ne reçus que des réponses négatives. Elle avait dû périr dans une tempête de feu, pourtant je refusais de le croire. Espérer qu'elle ait cherché un abri ou se soit réfugiée chez un ami aurait été vain. Il y avait une chance infime qu'elle se trouve dans un autre hôpital que mon père, mais il me faudrait des jours de recherche pour la localiser.

Il ne restait que la structure calcinée de notre maison. Le toit avait été réduit en cendres, les étages restants s'étaient effondrés les uns sur les autres. Une fumée grise et fuligineuse montait du sous-sol en volutes étroites. Le bâtiment entier – des tonnes de débris – s'était affaissé sur lui-même. Je m'aventurai aussi loin que possible sur la charpente en ruine et j'appelai ma mère. Aucune réponse. Ma voix se brisa pendant que je l'appelais sans relâche. Seuls le crépitement et le sifflement du feu persistant montaient du sous-sol. Au fond de mon cœur, je savais que Frau Horst et elle étaient mortes.

Je pris congé des quelques personnes qui erraient comme des fantômes dans le quartier. La plupart se comportaient en automates choqués. Cependant, chez certains, je décelai un fanatisme ardent, avide de vengeance : la destruction, les morts, les attaques des Alliés seraient vengées. Toutefois, chassés de chez eux par les bombes, ils ne pouvaient pas entreprendre grand-chose. Une telle vengeance était un vœu pieux, aussi improbable que celui d'arrêter la chute des bombes.

Je m'empressai de quitter mon quartier. Mon estomac se nouait à chaque pas pendant que je pensais à ma mère, probablement morte, et à mon père, qui n'avait plus de foyer où rentrer. J'arrêtai des gens que je reconnaissais et leur demandai de chercher ma mère. Faute de pouvoir leur révéler où je travaillais, je les priai de contacter le Reichsbund à Berlin s'ils avaient des nouvelles.

Finalement, je parvins à la gare. Je devais avoir l'air effrayée dans ma robe en lambeaux. Mais nous avions tous subi le même sort et personne ne fit la moindre remarque sur mon apparence. L'horreur et le dénuement avaient trouvé refuge à Berlin. Je déclarai au SS qu'il était impératif de me faire retourner auprès du Führer. Comme je m'en étais doutée, on m'autorisa à monter dans le train dès l'instant où je montrai mes papiers. Le contrôleur me prêta une couverture pour me tenir chaud. Le train et les rails n'avaient pas été endommagés par les bombes.

Alors que le train roulait vers l'est en direction de la Tanière du loup, j'eus tout le temps de réfléchir à ce qui devait être fait. Karl et moi avions la responsabilité d'agir et cette envie brûlait plus fort en moi que jamais auparavant. J'étais certaine que d'autres membres du Parti étaient du même avis.

12

Le lendemain après-midi, j'arrivai à Rastenburg dans un froid glacial. La journée paraissait hivernale, avec un soleil bas sur l'horizon méridional. Des rayons rose-rouge striaient les nuages et l'odeur glaciale de la neige flottait dans l'air, mais ce parfum vivifiant était entaché par l'odeur de pourriture qui montait du marécage fétide. L'humidité omniprésente se répandait dans tout le quartier général. Je trouvai Dora au dortoir et lui racontai mon histoire. Elle me promit de dénicher des vêtements pour remplacer ceux qui avaient été détruits à Berlin. J'avais laissé quelques affaires à la Tanière du loup, mais ces vêtements étaient désormais en nombre insuffisant. Je me collai à un radiateur en l'attendant. Quelques femmes s'étaient recroquevillées dans leur lit, sous des couches de couvertures. Dora revint avec quatre robes et un manteau d'hiver. Je me douchai, appliquai un peu de maquillage et me mis en quête de Karl.

Je l'aperçus en train de franchir le portail de garde dans le deuxième périmètre. Il portait son uniforme de terrain gris. Les yeux rivés au sol, il ne me remarqua pas tant que je ne l'eus pas appelé par son nom. Alors, levant le regard, il se mit à courir, me prit dans ses bras et m'embrassa.

Je m'effondrai en larmes tandis qu'il pressait ma tête contre sa poitrine et caressait mes cheveux.

—J'étais mort d'inquiétude, souffla-t-il. Je n'avais aucune idée si ta famille ou toi étiez encore en vie. Je savais que votre quartier avait été bombardé, parce que les généraux de Göring nous en ont informés lors des conférences de situation avec Hitler. Lequel est furieux de ce qui se passe à Berlin et en fait porter toute la responsabilité à l'armée de l'air. Göring a de gros problèmes.

—Karl, balbutiai-je en sanglotant, ma mère est morte.

Il me serra plus fort.

—Je suis désolé, Magda. Cette guerre est affreusement cruelle. (Il posa un doigt sur mes lèvres.) Pleure, mais sois forte. C'est le seul moyen pour nous de survivre.

Je m'écartai de lui : mon incapacité à contrôler les circonstances dans lesquelles nous vivions attisait ma rage.

—Je me fiche de qui est au courant, criai-je. D'Hitler aussi. Ma mère est morte et mon père n'a plus de maison. À Berlin, des milliers de gens sont morts et des centaines de milliers d'autres se retrouvent sans abri. J'ai vu les destructions de mes propres yeux. Pour quoi ? Son Reich ?

Karl m'entraîna loin du chemin, derrière un petit bosquet d'arbres dénudés. Nous nous dissimulâmes derrière leurs troncs.

—S'il te plaît, Magda, réfléchis avant de parler. L'opération est en place. Je ne sais pas quand elle aura lieu, mais tu dois être patiente. Quand elle sera terminée, l'Allemagne sera à nouveau une nation libre.

Je reculai d'un pas, prête à combattre tout ce qui empêcherait ma fureur de se déployer, y compris Karl.

—Je le tuerais maintenant, si je pouvais.

—Pense à ton père… Pense aux innocents qui mourraient parce que tu as tué le Führer. C'est une opération délicate qui doit être planifiée. Il faut que la Wehrmacht marche avec nous, que ses officiers nous soutiennent, sinon nous sommes perdus. S'il te plaît, comprends bien que c'est très compliqué… Si un seul homme nous trahit… (Ses yeux se troublèrent et leurs commissures rosirent sous l'effet des larmes.) Et qu'est-ce que je ferais sans toi ? Comment je pourrais continuer ? Je t'en prie, ne commets rien d'irréfléchi. Je ne supporterais pas de te perdre, comme Franz a perdu Ursula.

Ses paroles me calmèrent assez pour que je considère le sens de ce qu'il me disait. Il m'embrassa à nouveau et je fondis à son contact.

—Viens dans ma chambre à 22 heures.

—Et les autres hommes de ta chambrée ?

—J'aurai la chambre pour moi, ce soir. Tu aimerais être seule avec moi ? ajouta-t-il en passant doucement les doigts sur ma joue.

Je hochai la tête et nous nous embrassâmes de nouveau. De gros flocons de neige commencèrent à tomber à travers les arbres, pour se poser doucement sur nos épaules.

—Il fait froid, marmonna Karl. Je ne veux pas que tu attrapes la mort. Nous devrions rentrer.

Nous marchâmes main dans la main jusqu'à mon dortoir, puis nous nous séparâmes.

—À ce soir, lança-t-il.

Je ne risquais pas d'oublier. En l'embrassant, je me demandai s'il était bien avisé d'aller dans sa chambre. J'eus à peine le temps de me poser la question que mon cœur y avait répondu. *Oui.* Je voulais faire l'amour avec Karl. Le temps pressait et je n'étais pas sûre du bonheur que l'avenir nous réservait à tous les deux. Ma mère était morte. Mon père, pensais-je, serait fier de ma décision de combattre Hitler. Mon amour pour Karl méritait d'être pleinement vécu. Je ne pouvais plus refuser les quelques moments de joie à notre portée. Au diable les conséquences. En retournant dans ma chambre, je savais que mon amour pour le capitaine Karl Weber serait bientôt consommé.

Je le retrouvai sur le chemin de ses quartiers à 22 heures. Nous eûmes beau essayer d'éviter les autres officiers, nous en croisâmes quelques-uns dehors. Ils me coulaient un regard en coin, puis détournaient les yeux. Le corps des officiers était une organisation très soudée. Apparemment, il était bien connu désormais au quartier général que Karl et moi étions en couple.

Son lit était installé et une bougie brûlait sur son bureau. Sa lumière jaune, vacillante, répandait des ombres ocre dans la pièce. Nous parlâmes peu. Il me dit de m'asseoir sur son lit, puis il m'embrassa. Nous ôtâmes nos vêtements un par un, jusqu'à ce que nous soyons nus sur les draps, une couverture étalée sur nos épaules. Karl me demanda si j'étais vierge, à quoi je répondis par l'affirmative. Je pense qu'il fut heureux de savoir que je n'avais jamais connu un autre homme. Je lui retournai la question. Oh, me dit-il, il y avait plusieurs années de cela, il avait payé pour les services d'une dame. Il me jura que ça avait été la seule et unique fois. Mon hymen s'était rompu, des années plus tôt, alors que je participais à des compétitions sportives entre filles, mais je n'éprouvai pas le besoin de l'expliquer à Karl. Cela ne l'aurait pas dérangé, de toute façon.

Il mit un préservatif, me pénétra lentement jusqu'à ce que nous soyons assez détendus, l'un et l'autre, pour faire l'amour à une cadence qui nous soit naturelle. Nous ondulâmes, nos corps s'accrochant l'un à l'autre, ne faisant plus qu'un lorsque nous nous consumâmes, épuisés par notre passion mutuelle.

Nous restâmes allongés dans le lit, blottis l'un contre l'autre, jusqu'à l'aube du lendemain matin, où nous nous rhabillâmes. Karl me raccompagna à mon dortoir. Aucun de nous n'exprima le moindre regret pour la soirée, mais nous savions devoir nous montrer prudents. Faire l'amour tous les soirs, voire toutes les semaines, était impossible. Hitler voulait que ceux qu'il avait appariés dans sa grande sagesse se marient pour le bien du Reich. Des rapports sexuels hors mariage étaient assimilés à un acte de trahison. Nos relations sexuelles constituaient un danger pour l'État. Nous savions tous les deux que nous devions renoncer à notre plaisir mutuel : trop de choses étaient en jeu.

Les journées d'automne s'écoulèrent tandis que les pensées de vengeance me consumaient. Je les gardais pour moi, m'abstenant même de les partager avec Karl, car je savais qu'il ne me permettrait jamais de passer à l'acte.

Début décembre, je reçus une lettre de mon père. Dès sa sortie de l'hôpital, il était retourné au travail et avait pris une chambre libre dans la maison d'un collègue, un homme avec une femme et deux enfants. La famille avait réduit son espace de couchage, permettant ainsi à mon père de louer une chambre. Les logements comme les revenus étaient médiocres à Berlin. Il n'écrivit pas grand-chose sur ma mère, mais son chagrin transparaissait dans le ton sombre et stoïque de sa missive. Malgré tout, je fus heureuse de recevoir de ses nouvelles et d'apprendre qu'il était sain et sauf.

Une semaine plus tard, la Cheffe m'informa qu'Else, quatre autres filles et moi serions transférées au Berghof pendant la période des vacances, voire plus longtemps. Personne ne connaissait jamais la durée des séjours d'Hitler là-bas : parfois, il restait jusqu'au printemps ou au début de l'été avant de regagner l'un de ses autres quartiers généraux. Je fus déçue, jusqu'à ce que j'apprenne que Karl venait aussi.

Cette nuit-là, avec les autres, je montai dans un train en direction du sud-ouest pour le Berghof. Else et moi occupâmes le long voyage à bavarder et à jouer aux cartes, mais il nous fallut trois jours pour atteindre Berchtesgaden, car nous voyagions principalement de nuit. Hitler, qui craignait toujours les bombardements alliés, avait ordonné que les trains roulent sous le couvert de l'obscurité. La deuxième nuit, je fus invitée à dîner avec le Führer. Je dus masquer le dégoût qu'il m'inspirait en le voyant assis dans son siège réservé au centre du wagon-restaurant. Avec quelle intensité je brûlais de mettre un terme à sa vie ! Je tremblais à l'idée de lui enfoncer dans le cœur une arme insignifiante, un couteau de table peut-être. Comme d'habitude, sa conversation porta sur tout sauf sur la guerre. La Cheffe m'avait prévenue que toute mention des événements en cours entraînerait un regard sévère et le renvoi de la table du dîner. Au lieu de quoi, il parla art et culture et nous bombarda d'anecdotes sur sa jeunesse avant de revenir à l'un de ses sujets favoris.

Pendant le dîner, il continua à professer son dédain pour les mangeurs de viande.

— Vous rendez-vous compte de la façon dont la viande arrive sur une table ? pontifia-t-il. Ce ne sont que des cadavres sur des cadavres sanguinolents, qui jonchent le sol. Vous ne pouvez pas imaginer à quel point c'est dégoûtant avant de l'avoir vu.

Il se baissa et caressa Blondi, couchée à ses pieds, puis nous délivra un cours sur les abattoirs.

La crudité de ses descriptions et la haine que m'inspirait mon hôte achevèrent de me couper l'appétit.

À notre arrivée à Berchtesgaden, Else fut impressionnée par les panoramas majestueux des Alpes. Elle n'avait jamais été si loin au sud. Après avoir grimpé dans l'une des voitures qui attendaient en file à la gare, nous prîmes la route de montagne. La retraite d'Hitler ne tarda pas à se profiler devant nous, luminescente sous le brillant soleil de décembre. Après avoir traversé le poste de garde, la voiture s'arrêta à l'entrée que j'avais vue pour la première fois six mois auparavant. Curieusement, j'avais l'impression de rentrer à la maison après une absence éprouvante. Le soleil, la belle lumière du matin, l'air de la montagne me ranimèrent après le séjour oppressant à la Tanière du loup. L'atmosphère ici était beaucoup plus détendue qu'à Rastenburg. Else remarqua aussitôt la différence, elle aussi. Elle affirma que ses soucis semblaient s'évanouir : elle pourrait même ne plus rechigner à travailler comme goûteuse au Berghof. Je lui montrai notre chambre avec vue sur l'Untersberg, la même chambre qu'Ursula et moi avions partagée. Cette petite partie de mon histoire semblait remonter à une éternité.

Comme j'étais un membre senior de son personnel, la Cheffe me chargea de goûter le dîner du soir. Else devait se charger du déjeuner, un repas également important dans l'emploi du temps d'Hitler. Je fis visiter le domaine à Else afin qu'elle se familiarise avec les serres et les autres bâtiments de l'enceinte. Nous étions de retour au Berghof, admirant la vue depuis la terrasse, quand Eva Braun surgit avec ses deux terriers écossais. Elle se souvint de moi et me serra la main. Hitler et elle avaient vécu éloignés l'un de l'autre pendant plusieurs mois et elle semblait heureuse d'avoir à nouveau de la compagnie. Je la présentai à Else. Si Eva se montra cordiale avec moi, sa réserve vis-à-vis de ma camarade m'indiqua qu'il fallait gagner sa confiance pour être invité dans son cercle.

—Je crains que vous n'ayez pas grand-chose à faire cette année, nous confia Eva. Le Führer a ordonné que toute célébration soit mise en sourdine. (Elle soupira.) Je souhaite vraiment que la guerre se termine au plus vite, afin que nos vies puissent revenir à la normale. Adolf… (Elle se tut, rougissant d'avoir utilisé son prénom avec désinvolture.) Le Führer est tellement absorbé par ses fonctions que je m'inquiète pour lui. Je ne veux pas qu'il soit de mauvaise humeur. Il n'autorisera peut-être même pas que nous décorions un sapin, cette année, mais il offrira probablement ses chocolats traditionnels à son personnel. C'est au moins quelque chose à attendre avec impatience. N'est-ce pas, Negus et Stasi ? Et les petits goûters qu'il organise l'après-midi quand il est en vacances, bien sûr.

Elle se pencha pour caresser les chiens et mit ses mains autour de leurs bajoues

—Quand ont-ils lieu ? demanda innocemment Else.

Eva se redressa sur un éclat de rire et remonta les revers de son manteau de fourrure.

—Oh, ils ne sont pas organisés pour vous, mais pour les invités du Führer. J'imagine que c'est vous qui ferez office de goûteuse à cette occasion, en revanche.

Sur un au revoir plein de raideur, elle tourna les talons et s'éloigna, nous laissant, Else et moi, plantées sous le soleil.

—Qui était cette femme ? demanda Else.

—Une compagne du Führer. Elle dirige le Berghof. Arrange-toi pour rester dans ses petits papiers.

Nous regagnâmes notre chambre. Quelque chose m'avait frappée pendant qu'Eva nous parlait des dînettes d'Hitler. Comment mieux empoisonner le Führer que pendant l'une de ses réunions intimes au coin du feu dans le Grand Hall ? Pourtant, un tel plan serait risqué et pourrait entraîner de nombreux décès, y compris la condamnation à mort de ceux qui avaient laissé passer le poison. Cette pensée m'engourdissait comme un plongeon dans un lac glacé.

De nombreuses nuits durant, je me tournai et retournai dans mon lit pendant que j'élaborais mon plan pour tuer Hitler. Je ne partageais ces pensées avec personne, surtout pas avec Karl. Faute de savoir si je devais les prendre au sérieux, je devins obsédée : une folle qui ne pensait qu'à tuer. La colère, les machinations meurtrières prenaient une telle intensité en moi que je pouvais à peine dormir. Chaque fois que je mettais au point le scénario parfait, je pensais à mon père et à ce qui pourrait lui arriver, ou bien les paroles de Karl me revenaient en mémoire. « Tuer le Führer doit faire partie d'un plan d'ensemble », me grondait-il dans ma tête. Quelles seraient les conséquences de l'assassinat d'Hitler ? Bien sûr, je serais une héroïne pour les Alliés, mais en Allemagne, ma famille et moi serions qualifiées de traîtres par les nazis et punis de mort. Ma colère et ma frustration étaient exaspérantes.

Mais supposons que je parvienne à assassiner Hitler sans que personne le sache ? Peut-être pourrais-je me glisser dans sa chambre pendant qu'il dormait et lui trancher la gorge, ou verser du poison dans son oreille comme Claudius l'avait fait au roi dans *Hamlet*. Il devait y avoir un moyen de débarrasser l'Allemagne de ce tyran. Seulement pour que mon père, Karl et moi survivions à l'assassinat, il faudrait commettre le crime parfait. Je n'avais pas de bonne solution. Je n'étais pas une meurtrière née.

Pendant mon travail à la Tanière du loup et au Berghof, j'avais remarqué que les officiers SS faisaient très attention à leurs armes. Il était rare qu'ils se séparent de leur fusil. Parfois, ils ôtaient leurs étuis au déjeuner et les plaçaient sur la table, ou à côté d'eux, ou les remisaient sur le sol à côté de leurs bottes. Ils avaient toujours leurs armes à portée de main. Et je n'avais vu qu'une seule fois un officier partir sans la sienne. Il était hors de question d'en dérober une. Un vol serait immédiatement remarqué. Je soupçonnais l'existence d'une cache d'armes dans la résidence des SS au Berghof, mais je n'osais pas interroger Karl sur son emplacement, ni faire une tentative insensée pour m'y introduire. J'étais sûre d'être capturée.

Le poison n'était pas particulièrement un bon choix non plus, bien que ce soit le plus pratique pour moi. J'avais retenu la leçon après ma tentative sur Minna : trop d'innocents risquaient d'être tués et le soupçon pèserait sur les survivants. Otto, le cuisinier, avait payé le prix de mon complot contre Minna.

Sinon, beaucoup d'objets pouvaient être utilisés en guise d'instruments de mort : un couteau, une épée, une hache, une canne. Une corde de piano. Un bas, comme Franz sur Minna, une cravate. Un homme pouvait être assassiné de diverses manières, mais aucune d'entre elles n'était facilement accessible à une femme dans ma position. Les forces de sécurité d'Hitler, le goût inné du Führer pour la réclusion, même la neige sur le sol, qui rendait pratiquement impossible de suivre quelqu'un sans laisser d'empreintes, compliquaient la réalisation d'un meurtre. J'avais lu, il y avait longtemps, qu'il était difficile de tuer un homme et plus difficile encore de se débarrasser du corps. J'étais persuadée de l'exactitude de cette affirmation. Un meurtre, c'était contrevenir à l'ordre des choses et il y avait trop de façons de bâcler le travail.

Tuer Hitler semblait une tâche impossible. Je nourrissais le fantasme de le pousser hors du sentier de randonnée qu'il aimait tant et qui menait à la Teehaus. Le Führer et moi ferions une promenade en fin de matinée avec Blondi et, lorsque nous arriverions au belvédère, je le pousserais sur le côté pour qu'il se tue. Mais il y avait en général beaucoup de monde à ses promenades. Comment réussirais-je organiser une balade solitaire avec le Führer ? Impossible ! Le cas échéant, le blâme retomberait sur moi. Et s'il survivait à sa chute ? Et si quelqu'un nous suivait ? Trop de questions agitaient mon esprit.

Je me rendis compte un matin que la mort de ma mère me rendait complètement folle. La rage qu'elle m'inspirait se dirigeait contre Hitler et je ne pouvais réprimer mes émotions meurtrières.

Karl me retrouva cet après-midi-là sur la terrasse. La journée de décembre était lumineuse et froide, après une soirée de la veille marquée par des chutes de neige. Les magnifiques montagnes étaient nimbées de blanc et des volutes de nuages transparents nous survolaient, poussés par un vent du nord plutôt frais. La lumière du soleil tombait en éclaboussures brillantes sur la terrasse. Beaucoup s'y étaient rassemblés à midi pour profiter de la chaleur : Eva et quelques-unes de ses amies, vêtues de belles robes et de fourrures d'hiver ; des officiers SS dans leurs uniformes tape-à-l'œil, qui contemplaient fièrement le paysage. Je savais ce qu'ils pensaient : *L'Allemagne ne pourra jamais être vaincue car Hitler ne le permettra pas. Nous sommes invincibles. Regardez ce que nous contemplons !* Ils étaient aussi hypnotisés par la vue qu'Hitler.

Karl et moi nous dirigeâmes vers un coin de la terrasse où nous pouvions parler loin des autres. Sachant que rien n'en sortirait, je lui racontai de tous les scénarios que j'avais conçus pour tuer Hitler.

Ses yeux se plissèrent d'inquiétude.

—Ne mets jamais ces pensées à exécution, chuchota-t-il durement.

Il m'attrapa par les épaules, me fit pivoter pour que je tourne le dos aux autres et vint se planter derrière moi, afin de continuer à me parler d'une voix douce à l'oreille :

—L'un de nos groupes a reçu des informations de la part des Britanniques. Ils opèrent dans cette région car ils espèrent assassiner Hitler grâce à un tireur d'élite. Nous essayons de les arrêter. Nous sommes d'accord en théorie, mais leur plan ne fera que causer plus de problèmes s'il est exécuté.

Je baissai les yeux, consternée, car je connaissais la question qui hantait Karl.

—Qui prendrait le pouvoir si Hitler était tué ?

—C'est justement la question.

Il s'avança devant moi, me prit les mains et se tint si près que son corps me réchauffa.

—L'opération Walkyrie bat son plein, mais il faut lui donner du temps. La bombe qui avait été placée dans l'avion du Führer n'a pas explosé.

—Quoi ?

Je fixai Karl, incrédule : on avait déjà attenté à la vie d'Hitler ?

Karl sourit, mais je savais que ce n'était qu'une tentative pour tromper les personnes présentes sur la terrasse en leur faisant croire que nous avions une conversation agréable.

—L'opération Spark a échoué. En mars dernier, une bombe a été placée au fond d'une caisse censée contenir des bouteilles de cognac dans l'avion d'Hitler mais, pour une raison quelconque, elle n'a pas explosé. Nous pensons que le bouchon explosif a gelé en soute. Il y a eu d'autres tentatives. (J'étais abasourdie.) Tu ne devrais pas être au courant de tout ça. Ce n'est pas prudent. Plus tu ignores ce qui se passe, mieux c'est. Nous sommes constamment sur nos gardes. Nous ne savons jamais quand un officier tête brûlée va tenter de l'assassiner.

Walkyrie est notre meilleur espoir de sauver l'Allemagne. Et je ne suis pas le seul à être de cet avis.

Les larmes me piquaient les yeux à la simple possibilité de la mort d'Hitler. Je voulais m'accrocher à Karl, mais une telle démonstration d'émotion aurait été trop difficile à expliquer. J'essuyai mes larmes.

— Je me sens fatiguée et vaincue. Notre situation me semble sans espoir. N'y a-t-il rien que je puisse faire ?

— Magda, soupira-t-il, tu dois te sortir ces pensées de la tête. Ne te rends pas folle pour quelque chose que tu ne peux pas accomplir. (Il balaya la terrasse du regard.) J'ai un plan, mais nous ne pouvons pas en parler ici. C'est trop dangereux. Enfile tes bottes. Allons faire un tour du côté de la Teehaus.

Nous convînmes de nous retrouver sur le perron du Berghof. Je regagnai ma chambre où je troquai mes souliers contre des bottes. Pelotonnée sous les couvertures, Else faisait une sieste après avoir travaillé le matin. Je me déplaçai sur la pointe des pieds pour ne pas la réveiller. Refermant la porte sans bruit, j'empruntai le large couloir où Hitler accueillait souvent les invités de sa retraite montagnarde. J'ouvris les portes du portique qui menait aux larges marches en pierre descendant, tel l'escalier d'un temple grec, vers l'allée en contrebas. Mussolini, Chamberlain et d'innombrables autres dignitaires étrangers avaient gravi ces marches pour rencontrer le Führer. Les sommités du Parti en visite – Speer, Göring, Goebbels – faisaient de même lors de leurs visites. Hitler, le bras dressé pour répondre à leur salut, les dominait à l'instar d'un dieu. De son poste d'observation surélevé, il était le vainqueur, le conquérant de ceux qui montaient vers lui.

Depuis que j'avais commencé mon travail au Berghof, j'avais vu les films d'actualités et les photos. Le protocole était toujours le même. Vêtu de son habit militaire le plus royal, souvent blanc, Hitler se tenait en haut tandis que les visiteurs arrivaient d'en bas. Les invités devaient toujours gravir un escalier pour honorer le chef du Reich. Ils arrivaient là dans le but de lui offrir un cadeau ou – beaucoup avaient été dans ce cas – quelque chose en sacrifice. Une nation ferait aussi bien l'affaire que n'importe quelle offrande.

Karl sourit quand il me vit debout au sommet. La neige tombée la veille avait été repoussée en congères soignées, de chaque côté de l'allée. Les épais tas blancs scintillaient de mille étoiles sous la lumière du soleil. Je pris la main de Karl. Nous descendîmes l'allée parsemée de petites plaques de glace, suivîmes son virage en U jusqu'au sentier qui menait à la Teehaus. Nous étions les seuls à être sortis. Je n'ouvris presque pas la bouche, mais la tristesse que j'avais ressentie plus tôt s'était atténuée et mon humeur améliorée sous les feuilles persistantes de la canopée. Si seulement nous n'étions pas en guerre ! Si seulement un fou n'était pas au pouvoir ! Comme le monde serait différent ! Karl et moi pourrions nous marier, avoir des enfants et commencer une vie ensemble. Mais mes souhaits auraient tout aussi bien pu avoir la consistance de la fumée, aussi transitoire et fugace que le vent circulant autour de nous.

Lorsque nous arrivâmes au belvédère, Karl s'immobilisa, balaya la neige de la balustrade et demeura silencieux. Voyant que j'ouvrais la bouche, il leva la main.

—Écoute, dit-il.

J'obéis, sans pour autant entendre quoi que ce soit. S'étant retourné, il m'effleura la joue de ses lèvres. Mes jambes peinaient à soutenir mon poids tant je me sentais étourdie par ses caresses sur mon visage.

—Je n'entends rien.

—Rien, répéta-t-il en penchant la tête. Rien que le vent qui frôle les arbres, le bruit sourd de la neige qui tombe des branches. Comme le monde peut être calme et beau !

S'éloignant, il se passa les mains sur le visage. Ses épaules s'affaissèrent et il éclata en sanglots. Quand il retira ses mains, son visage était rouge de rage. Il frissonna pour étouffer sa colère.

—Des millions de personnes meurent à cause d'un seul homme ! Penses-y, Magda ! Pense à quel point le monde pourrait être merveilleux si la paix régnait. En cette période de l'année, nous avons besoin qu'on nous rappelle ce que c'est que la paix. Hitler ne reculera devant rien pour arriver à ses fins, pour réaliser sa vision de ce que le monde devrait être. Il tuera et continuera à tuer jusqu'à ce qu'il ne reste rien d'autre que le Reich.

Je l'enlaçai et le serrai contre moi. Une larme ruissela sur mon visage. Il me désigna la vallée, la forêt en contrebas, puis les sommets montagneux qui se dressaient à l'horizon.

—Vois comme il serait facile pour les Britanniques de poster un tireur d'élite en bas, disons dans la forêt… partout où ils pourraient avoir une ligne de mire dégagée.

J'essayai d'imaginer Hitler debout sur le belvédère, peut-être avec Blondi à ses côtés. Une balle dans la tête. Une balle dans le cœur. Ces pensées me firent frissonner, tant j'étais rendue folle par la rage.

—Comme ce serait facile ! poursuivit Karl. Mais comme ce serait malheureux pour l'Allemagne. J'espère que les Britanniques réalisent la folie de leur plan.

—Quand tu allais… (Je ne pus achever ma phrase.) Comment avais-tu introduit la bombe dans la Tanière du loup ?

Il s'appuya contre la balustrade.

—C'est plus facile que tu ne le penses. Les officiers et les soldats ont pris l'habitude de se faire mutuellement confiance. C'est une force et une faiblesse pour le Reich. Les explosifs peuvent être glissés dans une valise ou presque n'importe quel objet, par exemple une bouteille de cognac. Les gardes contrôlent rarement un commandant, sauf s'ils ont des raisons de se méfier. Quand j'ai su que ma tentative était vouée à l'échec en raison de la présence de von Stauffenberg, j'ai enterré la bombe dans un terrain marécageux. En quelques heures, les explosifs sont devenus inutilisables. (Karl m'agrippa par les épaules.) Magda, tu dois faire quelque chose pour moi.

C'est très important… (Il hésita, comme s'il cherchait ses mots.) Je te demande de faire quelque chose qui assurera ta sécurité et peut-être la mienne si nous arrivons à mener l'opération à bien. Sauf que cela n'ira pas sans danger. En revanche, ta vie après l'opération Walkyrie pourrait en dépendre.

Mon pouls s'accéléra.

— Vas-y.

Karl me tint fermement.

— Je veux que tu empoisonnes Hitler.

Je le fixai du regard. Comment pouvait-il me demander de faire une chose pareille alors qu'il avait refusé de me voir participer à une tentative d'assassinat ?

— Je ne suis pas sûre d'avoir bien entendu.

— Tu dois l'empoisonner, mais ensuite, tu dois le sauver.

La rage qui avait flambé en Karl quelques minutes plus tôt avait disparu. Maintenant, seul l'amour transparaissait dans ses yeux.

13

Sur le chemin du retour au Berghof, Karl me convainquit d'afficher mon allégeance à l'égard d'Hitler, car si tout ou partie de l'opération Walkyrie tournait mal, les soupçons ne se porteraient pas sur moi. Naturellement, la Gestapo et les SS me considéreraient comme une complice en raison de notre relation. La meilleure façon d'éviter cette conclusion, m'expliqua-t-il, serait que je sauve la vie d'Hitler. Il était parvenu à cette conclusion au cours des derniers jours. Pendant que nous marchions, nous élaborâmes un plan.

« Austérité » fut le mot d'ordre des vacances au Berghof, comme la Cheffe l'avait prévu. Il n'y eut pas de fêtes, pas d'arbre de Noël et peu de gaieté. La guerre sur le front de l'Est se déroulait mal, les bombardements avaient fait des ravages à Berlin parmi le peuple allemand et les généraux étaient préoccupés par les plans des Alliés à l'Ouest. Bien sûr, sans Karl, j'aurais été aussi ignorante de ces questions que le reste de l'Allemagne. Seuls ceux qui étaient directement touchés, comme les Berlinois et les soldats, connaissaient les horreurs de cette guerre. Le reste du Reich travaillait dur, en croyant aux mensonges répandus par le ministre de la Propagande.

La situation n'empêcha pas Eva Braun d'organiser un thé à intervalles réguliers, comme elle l'avait mentionné à Else et moi sur la terrasse. Plus Karl et moi y réfléchissions, plus nous avions le sentiment que ce serait une bonne idée de nous faire inviter tous les deux à l'un de ses thés, tout comme elle avait invité Karl à la projection d'*Autant en emporte le vent.* De cette façon, nous pourrions être présents l'un et l'autre lors de la tentative d'empoisonnement.

Ce thé eut lieu quelques jours avant Noël. La neige était tombée en abondance pendant des heures et des nuages bas avaient obscurci les montagnes alors que la nuit tombait sur le Berghof. En raison de la météo, Eva avait programmé sa petite réception dans le Grand Hall, après la conférence de situation du Führer, plutôt que dans la Teehaus. Je n'étais jamais entrée dans cette pièce, mais j'avais entendu parler de son immense baie vitrée, de plusieurs mètres de large et de haut, qui donnait sur les montagnes. Karl et moi arrivâmes après 16 heures et Eva, ainsi que plusieurs de ses invités, étaient déjà blottis dans les grands canapés et les larges fauteuils qui entouraient la cheminée de marbre rouge. Je fus immédiatement séduite par la pièce, qui se composait de deux niveaux distincts. Le côté sud, par lequel nous entrâmes, était plus élevé que le reste du Grand Hall. Avec ses tapisseries, ses peintures à l'huile et ses sculptures, sa vaste superficie m'évoqua à un musée qui aurait été construit autour d'un salon. Le lourd plafond de bois était sculpté de carrés ornementaux qui soutenaient un lustre rond. Des ensembles de meubles étaient disposés çà et là à travers la pièce pour offrir des endroits confortables où prendre place. Tout ce dont le chef du Reich avait besoin pour mener ses affaires se trouvait dans le Grand Hall : une table de conférence massive, un globe terrestre extraordinairement grand sur son support en bois, des armoires, une pendule à balancier et même un piano. Toutefois, la pièce maîtresse de ce lieu était bel et bien sa gigantesque baie vitrée rectangulaire. Je n'eus qu'une vague idée de sa taille à cause du mauvais temps. Karl me précisa que, par temps chaud, elle pouvait être remisée dans le sous-sol afin d'offrir une vue imprenable sur l'Untersberg. Cette fenêtre correspondait certainement à la psychologie du Führer. Jusque dans ce détail également, il avait conçu sa retraite de façon qu'elle corresponde à sa vision du monde : il était le maître de tout ce qu'il surveillait.

Deux dames en belles robes et un homme imposant en costume étaient assis sur un large canapé face au feu. L'homme avait un monocle sur l'œil droit. Le groupe semblait mal à l'aise sur le canapé, car son assise était si grande qu'ils devaient se pencher en avant, faute de dossier auquel s'appuyer. Sinon, ils auraient ressemblé à des poupées de chiffon avec leurs jambes qui pendouillaient par-dessus le bord du canapé. Une grande chaise était positionnée de biais près du feu. Je supposai qu'elle était destinée à Hitler. Eva s'était installée à droite, les terriers écossais à ses pieds. Il y avait un autre grand fauteuil, à gauche, et une petite table au centre.

—Assieds-toi là, me chuchota Karl en désignant le fauteuil vacant à gauche de la chaise vide. Je vais distraire Eva. Elle adore quand les hommes flirtent avec elle.

Je pris place. Aucun des invités ne me reconnut ni ne me salua. Ils poursuivirent leurs conversations privées. Je regardai Karl s'approcher d'Eva et s'incliner. Les yeux de la compagne d'Hitler s'illuminèrent quand il la complimenta sur sa robe et sa bonne mine. Je l'entendis susurrer :

—Comme vous êtes ravissante… Aussi radieuse que les étoiles d'hiver…

Et de multiplier les flatteries. Elle ordonna à un valet de réarranger les chaises afin que Karl puisse s'asseoir en face d'elle.

J'avais choisi une robe de soirée noire à manches longues, offerte par la Cheffe lorsqu'elle avait appris mon invitation. J'avais veillé à ce que mon insigne du Parti soit bien en évidence. Pour compléter ma tenue, Karl m'avait également offert une « bague à poison » vieille de plusieurs siècles. Il l'avait achetée dans un magasin d'antiquités à Munich. La bague consistait en un anneau d'argent surmonté d'une opale noire qui dissimulait un compartiment secret, où logeaient quelques granules de cyanure.

Pendant que nous attendions Hitler, certains des invités coulèrent des regards dans ma direction et me posèrent deux ou trois questions doucereuses. Je dus lutter de toutes mes forces pour dompter le tremblement de mes mains. Karl et moi répétions notre plan depuis plusieurs jours. Selon lui, il était crucial que je reste calme tout du long. Je regrettais que la soirée ne soit pas déjà terminée : l'expérience avec Minna avait tempéré mon enthousiasme pour les complots. Le seul moyen que je trouvai pour empêcher mes mains de trembler, ce fut de croiser les doigts et de les maintenir fermement plaqués à mes genoux.

Eva était captivée par Karl. Elle riait, souriait, rejetant la tête en arrière pendant qu'il discutait avec elle. L'incarnation même de la femme en train de flirter. Le stratagème de Karl fonctionnait tellement bien que, l'espace d'un instant, un frisson de jalousie me submergea. Cependant, il était ridicule d'être jalouse d'Eva Braun. Hitler la jetterait hors du Berghof, ou pire, au moindre soupçon d'infidélité.

Une petite tape sur mon bras me fit sursauter. Une jeune femme, qui portait une fine robe crème, ruisselante d'éclats de pierres précieuses, me fixait. Son décolleté était rehaussé d'un pourtour en hermine.

—J'admirais votre bague, me dit-elle. Puis-je l'examiner ?

Elle voulut attraper ma main droite.

Je fus si surprise par sa requête que je retirai instinctivement la main. Karl le remarqua et ses yeux croisèrent les miens. Il hocha la tête avec désinvolture et poursuivit sa conversation avec Eva.

—Bien sûr, répondis-je avant de tendre la main. Mais faites attention, je vous en prie, elle est très vieille, c'est un cadeau de mon arrière-grand-mère.

—Oh, je n'y toucherai pas, promit-elle en se saisissant de mon annulaire. Elle est magnifique. J'adore les pierres de toutes sortes. C'est l'une des plus belles opales noires que j'aie jamais vues. J'aimerais vraiment pouvoir l'essayer, constata-t-elle après s'être penchée et avoir examiné la bague pendant plusieurs instants.

Mon cœur fit un bond, mais je réussis à dire :

—Je ne demanderais pas mieux que de vous la faire essayer, mais l'anneau est très fragile. Je la porte seulement dans des circonstances spéciales, comme ce soir. Un thé avec le Führer ! Je n'en ai pas souvent l'occasion.

Elle relâcha ma main.

—Je vois, fit-elle. Que faites-vous dans la vie ?

—Je suis au service du Führer. Je me tiens entre la mort et lui. Je goûte sa nourriture.

Je partais du principe que mon travail choquerait cette dame, qui qu'elle soit, et que la description de mon poste provoquerait une réaction de sa part. Ce fut le cas. Elle étouffa un petit gémissement, porta la main à son ventre et regagna le canapé. Quelques minutes plus tard, je la surpris en train de me regarder et de chuchoter à l'oreille de la femme élégamment vêtue à côté d'elle. Aucune présentation ne serait plus nécessaire désormais.

La porte sud s'ouvrit. Un valet entra, qui se tint raide près du montant. Hitler, suivi de plusieurs de ses adjoints, pénétra dans la pièce. Nous nous levâmes tous pour le saluer à son entrée. Il portait un costume noir à double boutonnage, paraissant un peu plus âgé, le visage plus fatigué que la dernière fois que nous nous étions rencontrés. Blondi se tenait à ses côtés, en laisse. Dès que le berger allemand se trouva dans la pièce, les chiens d'Eva aboyèrent et hurlèrent. Elle leur ordonna de se taire, mais ils ne lui accordèrent guère d'attention. Hitler fronça les sourcils et confia Blondi à son valet. La porte se referma et le chien disparut. Nous restâmes debout tant qu'Hitler n'eut pas effectué le tour de la pièce, s'inclinant devant les femmes, leur baisant la main, serrant la main de Karl et de l'autre homme avant de s'asseoir dans le fauteuil voisin du mien.

Le cuir craqua lorsqu'il s'assit. Il demeura muet pendant quelques minutes, lissant plusieurs fois ses cheveux bruns vers l'arrière de son front, les yeux rivés sur le feu. L'intensité de la flambée se reflétait dans ses prunelles. On m'avait prévenue de ne pas parler à moins qu'il ne se soit adressé à moi. Je m'agitai sur mon siège tandis que les autres invités se taisaient, attendant que le Führer ouvre la bouche.

Finalement, il déclara :

—Continuez à bavarder. Accordez-moi quelques minutes de répit.

Eva et les autres invités se lancèrent immédiatement dans une conversation, en riant avec mesure, sans quitter Hitler du coin de l'œil. Il semblait de mauvaise humeur, comme si la conférence de situation, qu'il avait tenue plus tôt, ne s'était pas bien passée. Karl et moi n'avions pas entendu de hurlements durant l'après-midi, mais cela ne voulait rien dire. La fureur d'Hitler avait pu être silencieuse, aussi mortelle qu'un sniper. Il avait même pu ordonner des exécutions. Un rapide coup d'œil à mes genoux me permit de revoir l'opale noire qui brillait dans la lumière du feu.

Hitler se pencha vers moi, ce qui me fit sursauter dans mon fauteuil.

—Je suis désolé, lâcha-t-il. Je ne voulais pas vous faire peur. (Sa voix était si basse que je l'entendais à peine.) Je ne veux pas que les autres le sachent, surtout les vampires qu'Eva ne cesse d'ameuter ici, mais je préfère mes invités aux siens. Sans Mussolini, je crois que je n'aurais pas d'amis du tout. (Il regarda le feu dont les bûches gigantesques sifflaient et craquaient sur les chenets.) Cette cheminée restera debout aussi longtemps que le Reich existera. Elle est faite de marbre rouge d'Untersberg. Mussolini m'a offert une cheminée, au Nid d'aigle.

Je n'avais jamais été invitée au Nid d'aigle, une retraite montagnarde encore plus en altitude, construite pour Hitler par Martin Bormann.

—Cette cheminée est magnifique, mon Führer, commentai-je, avant de m'arrêter pour analyser soigneusement ce que j'allais dire ensuite.

Karl et moi avions expérimenté plusieurs scénarios au cours des semaines, mais nous savions que nous ne pouvions pas nous préparer à toutes les situations possibles.

—Vous portez le poids du monde sur vos épaules, ajoutai-je.

Il se tourna vers moi et sourit. Toute férocité avait disparu de ses yeux.

—Je porte ces fardeaux pour le Reich. Et rien d'autre. Il en sera ainsi jusqu'au jour de ma mort.

Il tapota sur les bras de son fauteuil. Un valet s'approcha, tenant un service à thé en argent qu'il plaça au centre de la petite table que nos fauteuils flanquaient.

—Mais ne parlons pas de la guerre, ce soir. Dites-moi plutôt : comment se présentent vos projets de mariage ?

Je baissai la tête, embarrassée par sa question.

—Nous avons un peu avancé, bredouillai-je, espérant que ma réponse l'apaiserait.

Il se pencha sur notre petite table et se saisit de ma main droite.

—Donnez-moi la date, mon enfant. Je veux y participer, puisque j'ai joué un rôle dans cette union.

Le cœur me battait dans les oreilles. Il tenait ma main et, avec elle, la bague empoisonnée. Mon esprit le suppliait de ne pas la regarder.

Une bûche éclata, projetant une étincelle sur le tapis devant la cheminée. Le valet se précipita vers la braise et la balaya rapidement dans une pelle. Je profitai de cette diversion pour retirer ma main. Puis le valet revint et versa du thé dans une tasse en porcelaine pour Hitler. Le Führer déposa la boisson sur la petite table à côté de nous et me dévisagea avec une vive impatience.

C'était l'occasion que j'attendais. Je savais qu'il n'y avait pas de retour en arrière possible. Le moment devait être parfait, sinon Karl et moi étions convenus de ne pas prendre le risque. Eva et les autres étaient en pleine conversation, le thé était versé pour les invités. Je sortis le mouchoir que j'avais glissé dans ma manche et me tamponnai les yeux.

—Je suis très heureuse, mon Führer. Je peux vous dire que nous avons prévu un mariage d'été.

Hitler hocha la tête avec joie, plaça son bras sur mon épaule et m'attira contre lui avec douceur. J'acceptai son étreinte de félicitations, une marque d'affection des plus rares venant de lui. En me penchant vers son torse, je couvris ma main droite du mouchoir. Je ne pouvais pas la voir – pas plus que quiconque, d'ailleurs –, mais la bague était positionnée au-dessus de sa tasse de thé. J'étais sur le point de débloquer le loquet de l'opale avec mon pouce quand Hitler baissa les yeux vers la table. J'avais négligé un fait – une erreur stupide de ma part : il détestait les microbes et mon mouchoir au-dessus de sa tasse dut le perturber. Ses yeux étincelèrent de dégoût.

Notre étreinte fut brève, car il s'écarta de moi presque aussi rapidement qu'il m'avait attirée contre lui. Pendant que les autres étaient servis et qu'Hitler louchait sur les desserts, je fourrai à nouveau le mouchoir dans ma manche. Le poison devrait attendre une autre occasion.

Pendant que les autres invités buvaient, Hitler examina sa tasse en la soulevant de la table. J'étais certaine qu'il hésiterait à y boire, vu sa phobie des microbes.

Une légère odeur d'amande amère monta vers moi depuis les vapeurs de thé. Sur un cri, je fis tomber la tasse au sol. Elle s'écrasa sur le tapis et les chiens d'Eva se précipitèrent dessus.

—Magda, qu'est-ce qui t'arrive ? cria Karl.

—Éloigne les chiens ! ordonnai-je en me jetant sur la tasse. Le thé a été empoisonné.

Un cri collectif retentit dans la pièce, notamment de la part du valet qui avait servi le thé et qui me regardait maintenant avec de grands yeux terrifiés. L'homme sur le canapé recracha son thé et les autres hoquetèrent en reposant leurs tasses. Je sortis mon mouchoir et commençai à éponger le liquide. Eva rattrapa les terriers écossais et les entraîna jusqu'à son fauteuil.

Hitler se leva, sévère comme un juge avant une séance au tribunal, et déclara calmement :

—Ne touchez pas à la tasse. (Il regarda par-dessus mon épaule.) N'abîmez pas votre robe. Comment avez-vous su ?

Je me levai, m'attendant à voir de la colère et de la haine dans son regard, mais ses yeux étaient calmes et scrutateurs, comme s'il pouvait lire dans mes pensées :

—J'ai senti l'odeur du cyanure. La Cheffe dit que c'est une disposition génétique.

—Je crains que nous ne devions demander d'autres théières, constata Hitler, mais je vais d'abord convoquer la sécurité. (Je savais ce que cela signifiait : le colonel SS serait bientôt là pour nous interroger.) Il semble que quelqu'un essaie de m'empoisonner. J'aurais bien soupçonné Otto, sauf qu'il n'est plus là.

La femme qui avait examiné ma bague s'écria :

—Pour l'amour de Dieu, sentez la théière. Nous y avons tous bu.

M'emparant de la théière, j'en soulevai le couvercle. L'odeur n'était pas là, mais je reniflai plusieurs fois, histoire qu'ils soient satisfaits du soin avec lequel je faisais mon devoir.

—Je ne sens rien.

Les dames se laissèrent tomber sur le canapé, soulagées.

—Qui s'est occupé du thé ? demanda Karl au valet.

Le jeune homme trembla en recevant la question de Karl.

—Moi seul, monsieur, répondit-il. Je jure que personne n'a touché à la boisson à part moi. Il a été goûté par une des filles de la cuisine.

—Alors il ne peut y avoir qu'une seule possibilité, reprit Karl. Le cyanure a été placé dans la tasse. Est-ce celle-ci que vous vouliez servir au Führer ?

Il désigna les débris, toujours sur le sol.

—Non, monsieur, je n'ai pas fait attention aux tasses et aux soucoupes. Je le jure.

—Le coupable se trouve donc dans les cuisines, déclara Hitler. Laissez-moi parler au colonel. Il devra commencer par vous, ajouta-t-il en désignant le valet.

—Je vais le chercher, mon Führer, se proposa Karl avant de quitter la pièce.

Je retournai à mon fauteuil et nous restâmes tous à nous dévisager dans une pièce devenue silencieuse. Hitler regardait fixement le feu, comme si rien ne s'était passé. Personne n'osait proférer un mot.

Quelques minutes plus tard, Karl réapparut avec le colonel et quelques-uns de ses officiers. Ils se dispersèrent dans la pièce. L'un d'eux emmena le valet pour l'interroger. Ils prirent aussi la tasse et mon mouchoir trempé, que j'avais laissé près d'elle.

Eva tentait de sourire et de se montrer joyeuse, mais la peur transparaissait sur son visage. Hitler ne manifestait pas la même inquiétude.

—Une fois de plus, la providence m'a sauvé, glissa-t-il à Eva. Combien de fois t'ai-je dit que mon destin s'accomplirait ? La soirée n'est pas gâchée. Nous allons simplement recommencer.

Hitler ordonna au colonel d'attendre la fin du thé avant d'interroger comme bon lui semblait toutes les personnes présentes dans la pièce.

—En attendant, je vais commander une autre théière, du café et une assiette de desserts frais. (Il se retourna sur sa chaise et plongea son regard dans le mien.) Et Magda les goûtera pour nous avant que nous ne les entamions.

La nourriture et les boissons fraîches n'étaient pas empoisonnées, mais j'étais ébranlée par le fait que la tentative n'ait pas été de mon fait. À chaque gorgée et à chaque bouchée, je me demandais si ce serait la dernière. J'accordais plus d'attention à la dégustation que je ne l'avais fait depuis des mois. La tension dans la pièce me forçait à admettre que je m'étais relâchée dans mon travail.

Hitler, Eva et les autres invités me regardaient fixement tandis que je dégustais les nouvelles assiettes sorties de la cuisine. Ils suivaient chaque bouchée avec les yeux aiguisés d'un chat guettant un oiseau. Je me demandai qui avait pu empoisonner la tasse. Karl devait croire qu'il s'agissait de moi, pourtant il se trompait.

Lorsque les conversations reprirent, Hitler radota sur la musique de Wagner jusqu'à ce qu'Eva lui lance un regard froid et dur. Il mit à contrecœur un terme à sa conférence et la pièce se retrouva plongée dans le silence. Eva s'efforça d'orienter notre conversation vers la photographie, le passe-temps qu'elle aimait entre tous, mais les autres invités ne semblaient pas s'y intéresser.

À mesure que la soirée avançait, mon appétit s'amenuisait. Hitler alla même jusqu'à s'endormir dans son fauteuil pendant un moment et Eva chuchota à voix basse à ses invités :

—J'en ai assez. Je suis désolée que la fête ait été si désagréable.

Elle se leva et se dirigea vers la porte. Le colonel SS nous attendait dehors, raide comme la justice. L'agitation réveilla Hitler, qui déclara le thé terminé. L'heure de son dîner, suivie d'une autre conférence nocturne, approchant, il s'excusa. Avant de disparaître, il prit ma main droite – la main de la bague – et la baisa.

—Merci de m'avoir sauvé la vie, dit-il. Je me souviendrai de cette soirée et du service que vous avez rendu au Führer.

Je voulais effacer son baiser de ma main, mais le souvenir qu'il conserverait de ces événements me servirait plus tard d'une manière ou d'une autre, je le savais. N'empêche que je trouvai sa démonstration d'affection révoltante. Elle me retournait l'estomac.

Les autres invités, Karl et moi demeurâmes dans le Grand Hall. Karl, qui avait entendu mon échange avec Hitler, me regardait d'un air approbateur.

Je me détournai de la porte pour que le colonel ne puisse pas voir mon visage.

— Je n'ai rien à voir avec cet empoisonnement, chuchotai-je à Karl.

— Tu dois prendre la bague, la mettre quelque part où le colonel ne se doutera de rien.

Sous prétexte de me tenir la main, Karl la fit glisser de mon doigt. Alors que nous marchions vers la porte, je constatai qu'il essayait frénétiquement de comprendre qui avait empoisonné la tasse et ce qu'il devait faire de la bague.

Le colonel m'arrêta à la porte et demanda à Karl d'attendre dehors. On annonça à Eva et à ses invités qu'ils seraient convoqués plus tard, ou dans la matinée, même si je devinais qu'Eva ne serait jamais interrogée.

Deux SS suivirent le colonel. Je m'assis dans le fauteuil que j'avais occupé toute la soirée. Le colonel, dans son uniforme gris, prit place sur le canapé en face de moi. L'un des officiers, qui tenait un bloc-notes pour consigner mes paroles, s'installa près de la table pour pouvoir écrire. L'autre se tenait dans les parages, observant passivement la scène.

— Trouvez-moi un cendrier, déclara le colonel à l'officier qui était debout.

L'homme hocha la tête et partit exécuter la requête.

Le colonel me jaugea de son regard cruel. Des frissons coururent sur ma peau sous ce regard féroce. Je dissimulai ma peur du mieux que je pus. Arquant un sourcil, il se laissa retomber contre les coussins. Il ne semblait pas aussi petit que les invités d'Eva, sur ce grand canapé.

—Vous semblez attirer les ennuis, constata le colonel.

L'autre officier griffonna sur son papier.

—Que voulez-vous dire ? demandai-je.

—Ce soir, vous avez sauvé la vie du Führer, mais ce n'est pas la première fois que vous rencontrez des poisons.

L'autre officier revint avec un cendrier et se planta à côté de son supérieur. Le colonel tira un paquet de cigarettes de sa veste et l'alluma. Tout en jetant l'allumette dans le cendrier, il souffla un long filet de fumée.

—Le Führer n'aime pas que ses officiers fument, lâchai-je.

Le colonel m'adressa un sourire plein de suffisance.

—Vous êtes très sûre de vous pour une domestique.

Je trouvai son insulte puérile.

—C'est vrai que je suis au service du Führer. Si vous voulez me qualifier de domestique du Führer, cela vous regarde.

Il fit un signe à l'officier qui écrivait. L'homme sortit un dossier de son porte-bloc et le remit au colonel, lequel plaça sa cigarette dans le cendrier d'où la fumée s'élevait en cercles blancs qui finissaient aspirés en fines traînées par l'appel d'air du feu. Il lut le dossier :

—Vous étiez camarade de dortoir d'Ursula Thalberg, qui a tenté de tuer le Führer avec du cyanure ; vous avez été rendue malade par un cuisinier de la Tanière du loup, qui entendait mettre vos capacités à l'épreuve ; vous avez découvert du poison dans la nourriture de la Tanière du loup alors qu'elle était préparée pour le Führer. Ce qui a conduit au renvoi du cuisinier qui vous avait joué ce tour. (Il posa le dossier sur la table.) Et maintenant, ce soir.

Le colonel me fixa d'un regard scrutateur et tira une nouvelle bouffée sur sa cigarette. L'officier SS qui écrivait me regarda pour connaître ma réponse. Je choisis de me concentrer sur le colonel.

—Vous ne faites que réciter les aléas de mon métier. Je suis très bonne dans ce que je fais. Demandez à la Cheffe.

—Avez-vous accès aux poisons ?

Je me penchai en avant pour m'adresser à lui sans détour.

—Tout le monde aux cuisines a accès aux poisons ou bien sait où ils se trouvent. Si vous m'impliquez, vous pouvez aussi bien arrêter tout le personnel de cuisine.

—Ne me tentez pas, Fräulein, s'esclaffa-t-il. Parfois, rien ne purifie l'air comme un bon nettoyage. Levez-vous, s'il vous plaît, ajouta-t-il en pointant l'index vers moi.

—Pourquoi ? balbutiai-je, choquée par son ordre.

—Obéissez.

Haussant les épaules, je me levai tandis que les trois hommes présents dans la pièce me regardaient comme une prisonnière prête à être désossée. Un autre officier SS, une femme cette fois-ci, franchit la porte du Grand Hall. Elle me semblait familière, mais je ne l'avais jamais rencontrée. Après tout, le Führer était entouré de près de deux mille personnes dans ses différents quartiers généraux. Elle me contourna, s'arrêta et se planta résolument devant moi. Ses yeux ne cillaient pas, aucun signe d'émotion ne se lisait sur son visage.

—Fouillez-la, ordonna le colonel.

La femme s'avança sans un mot et plaça les mains sur mes épaules, puis fit descendre ses doigts jusqu'à mes seins. Elle les pressa à travers le tissu, avant de se déplacer plus bas, passa sur mon entrejambe et continua à descendre jusqu'à ce qu'elle termine son travail par mes chaussures. Elle m'ordonna de les ôter, puis de pivoter et procéda à une fouille manuelle similaire de mon dos. Elle examina même mon insigne du Parti. J'étais contente d'avoir donné la bague à poison à Karl, mais je me demandais s'il avait pu la cacher à temps.

—Rien, déclara la femme d'un ton brusque, une fois sa tâche menée à bien.

Je me tournai vers le colonel, les joues rougies par la colère.

—Vous voyez ? Vous n'auriez pas dû nourrir des soupçons à mon égard.

—Je ne suis pas convaincu. (Il tira une dernière bouffée sur sa cigarette avant de l'écraser dans le cendrier.) Sachez que le personnel de cuisine et vous êtes sous surveillance. Nous trouverons l'auteur de ces crimes. (Il pointa son index effilé vers moi.) Le criminel sera puni.

—Je peux partir maintenant ? répliquai-je, toujours ulcérée par ses sous-entendus. Je goûte le dîner du Führer. J'ai du travail.

Sa bouche se retroussa sur un sourire hautain.

—Allez vaquer à vos affaires. J'ai celles du Reich à superviser.

Je jetai un ultime coup d'œil au Grand Hall avant de fermer la porte. Les trois hommes et la femme me regardaient comme s'ils savaient ce que Karl et moi avions prévu pour le thé d'Eva. Leurs regards me firent frémir. La nuit était tombée et l'extraordinaire baie vitrée du mur nord était aussi noire que la nuit, ce qui correspondait également à mon humeur. Une fois de plus, je me sentais impuissante, sous la pression de la main d'Hitler et la surveillance de ses forces.

Karl et moi ne nous revîmes pas avant le lendemain matin. Nous descendîmes l'allée du Berghof, puis remontâmes la colline sur un sentier qui avait été déblayé dans la neige profonde pour conduire à la résidence de Göring. À un moment donné, nous suivîmes les courtes traces de ski laissées la veille par Eva et ses amis. Personne n'était dehors. Les nuages avaient beau s'être dispersés, la température était glaciale sous le ciel d'un bleu impitoyable. Nous nous cramponnions l'un à l'autre en titubant dans la neige.

—J'étais inquiète, lui confiai-je. J'avais peur que tu te fasses prendre avec la bague.

—Je l'ai fait tomber dans mes sous-vêtements, répliqua-t-il. Je pensais que les SS n'iraient pas jusqu'à mettre la main dans mon slip. Je ne sais pas ce que j'aurais fait si le colonel m'avait demandé de me déshabiller. Ce qu'il aurait très bien pu faire.

Je ne pus m'empêcher de rire, même si les circonstances n'étaient pas drôles.

—La femme qui m'a fouillée n'avait assurément pas les mêmes scrupules. Elle a exploré presque toutes les fissures.

Karl hocha la tête.

—Oui, je la connais. C'est une vraie bête et il ne faut pas s'y fier. Tu as de la chance qu'elle ne t'ait pas ordonné d'enlever ta robe. J'ai entendu dire – mais jamais de quelqu'un qui l'avait vu de ses propres yeux – que certains résistants cachaient les objets interdits dans des endroits où on ne pouvait pas les voir. On ne peut les trouver qu'en sondant ces endroits avec les doigts.

Je secouai la tête.

—J'imagine que ceux d'entre nous qui veulent vivre librement doivent recourir à toutes sortes de tactiques.

Karl s'arrêta et se tourna vers moi. Nous nous trouvions sur une pente, à moitié dans la lumière du soleil, à moitié dans une ombre bleue. Les panaches givrés de nos souffles se mélangeaient et disparaissaient dans l'air. Karl m'embrassa.

—Quel est le vieux dicton, déjà ? dit-il. « En amour comme à la guerre, tous les coups sont permis » ? Nous faisons ce que nous devons, quel qu'en soit le prix.

Il guida ma tête vers son épaule.

—L'année 1944 sera bientôt là, constatai-je. On pourrait fêter quelque chose.

Il m'embrassa à nouveau. Cette fois, ses lèvres s'attardèrent sur les miennes et mon cœur se mit à vibrer de désir. Cela faisait plusieurs semaines que nous n'avions pas fait l'amour.

—Oui, répondit-il avec détermination. On pourrait célébrer notre union et prier pour que cette année, le Reich prenne fin.

Je passai les bras autour de son cou et le serrai contre moi.

—J'espère que tu as raison. L'Allemagne a besoin de bonnes nouvelles.

Nous marchâmes sur la colline enneigée jusqu'à nous retrouver sous un soleil aveuglant. Au lieu de continuer vers la maison de Göring, nous tournâmes vers l'est et la caserne des SS. Nous n'étions plus très loin quand Karl ralentit.

—Écoute.

Une légère mélodie flottait dans l'air, des voix d'hommes portées par le vent. Je reconnus la mélodie, un air que j'avais déjà entendu à Noël, à une époque plus heureuse où Berlin n'était pas détruit par les bombes et où la mort ne tenait pas le pays sous son emprise. C'était *O Tannenbaum*, que mon père m'avait souvent chanté pendant mon enfance. Je me souvenais des nuits silencieuses de Noël, quand tout était calme et lumineux et que n'existaient ni les soucis, ni les terreurs de la guerre, ni les horreurs qui s'abattaient sur le monde. Les périodes de paix étaient toujours brèves, semblait-il. Ces périodes étaient terminées et la guerre nous enveloppait, telle une peste. Je me tournai vers Karl en fredonnant doucement la mélodie. Il prit entre ses mains mon visage baigné de larmes.

14

Noël 1943 et le Nouvel An 1944 s'écoulèrent comme le tic-tac d'une triste horloge. La monotonie de l'hiver s'installa avec ses jours gris, ses après-midi lugubres et ses longues nuits. Depuis que Karl et moi étions arrivés au Berghof, nous n'avions connu que peu de joie, aucun des plaisirs auxquels toute personne menant une vie normale aurait pu s'attendre pendant la saison des fêtes. Mais quand je me demandais ce qu'était la « normalité », je ne trouvai aucune réponse satisfaisante. Le monde était en train de se déchirer. Comment pouvais-je me plaindre alors que tant de gens souffraient ? Chaque fois que j'avais envie de pleurer ou de me lamenter sur ma situation, je pensais à ceux qui n'avaient ni nourriture ni abri au milieu de l'hiver et ne possédaient peut-être rien d'autre qu'un appentis pour se protéger contre la rigueur des vents glacés.

Je vis peu Hitler au cours des premiers mois de 1944 et cela me convenait parfaitement. Il était retourné dans la Tanière du loup, laissant quelques-uns d'entre nous avec Eva. Les officiers qui se confièrent à Karl lui expliquèrent qu'il était désormais impossible de s'entendre avec le Führer, où qu'il ait élu domicile. Il se montrait hargneux, irritable, et rejetait toujours la faute sur ses subordonnés. Hitler, l'infaillible, ne pouvait se tromper. Karl affirmait que le Führer avait la particularité étrange de refuser les conseils avisés de ses généraux et de les fustiger ensuite pour les pertes en hommes et en matériel.

Ils étaient condamnés par son manque d'écoute, sa conviction d'être omnipotent. Il était également un homme d'État désastreux, un tyran sur les terres qu'il avait conquises. Ses gouvernements fantoches n'étaient guère que des machines à tuer ceux qui résistaient à sa main de fer.

Nous ne découvrîmes jamais qui avait mis du cyanure dans la tasse d'Hitler. Pas davantage que les SS. Il y avait tellement de poches de résistance dissidentes qu'il fut impossible de savoir qui avait commis le geste. Le colonel ordonna que les poisons soient retirés de la cuisine et supprima les cours que la Cheffe dispensait aux nouvelles goûteuses.

—Je suis plus soucieux de la vie du Führer que de celle d'une goûteuse, lui déclara-t-il. Si elles meurent, elles meurent.

La Cheffe ne cacha pas sa colère, mais ses protestations restèrent sans effet. Pour commencer, je soupçonnai que la tentative d'empoisonnement avait été le fait d'un membre du personnel des cuisines, peut-être même d'Else, mais en étudiant son visage aimable et son comportement servile, je sus qu'elle n'aurait jamais pu entreprendre un acte pareil. D'un autre côté, ceux qui étaient loyaux envers le Führer, comme le colonel, le restaient et s'avéraient au-dessus de tout soupçon. Ils se battraient jusqu'à la mort pour le Reich. Karl et moi avions décidé de nous montrer discrets pendant l'hiver et de ne pas tenter le sort. Les temps étaient trop dangereux et trop de soupçons pesaient sur le personnel des cuisines. Karl m'assurait que le complot que nous appelions de nos vœux serait bientôt mis en place. Nous devions donc faire preuve de patience et de prudence.

Après les fêtes, Karl et moi pensions être rappelés à la Tanière du loup. Toutefois aucun ordre ne fut donné en ce sens. Hitler revint au Berghof à la fin février 1944.

Les dégels intermittents et les pousses d'herbe qui perçaient la neige ne changèrent rien à l'ambiance délétère qui régnait dans la maison. Bien que les jours s'allongent et que le soleil brille plus fort, de lourds nuages de mélancolie planaient sur la retraite montagnarde. Eva et ses amis, le personnel SS, Göring, Bormann, Speer et consorts se prélassaient parfois sur la terrasse pendant les journées de plus en plus chaudes. La plupart du temps, ils étaient comme des silhouettes qu'on aurait découpées dans du papier, aussi creux et inutiles que les gouvernements mis en place par Hitler dans les pays qu'il avait conquis. Je supposais que ces officiers et dignitaires venaient au Berghof pour écouter Hitler, lui faire des courbettes et exécuter ses ordres, qu'ils croient en leur utilité ou non.

Fin mars, les Britanniques n'avaient rien entrepris contre le Führer, pas plus que les autres gouvernements. Karl laissa entendre que d'autres officiers SS pourraient chercher à attenter à la vie d'Hitler, en plus de ceux de la conspiration à laquelle il participait. L'organisation des SS et ses divisions se scindaient, mues par la soif de pouvoir ; la chaîne de commandement était complexe et machiavélique. Les dirigeants ignoraient souvent ce que faisaient leurs collègues officiers. Hitler donnait des ordres contradictoires aux officiers et s'attendait à ce qu'ils les exécutent coûte que coûte. Si les hommes demandaient des éclaircissements, ils étaient qualifiés d'idiots ou de traîtres cherchant à nuire à l'effort de guerre. À mon grand étonnement, Karl me dit que parmi les généraux d'Hitler, le bruit courait d'une attaque que les Alliés pourraient préparer sur le front occidental. Au courant de ces rumeurs, Hitler considérait l'idée comme ridicule. La France était imprenable, pensait-il.

Notre humeur s'améliora le 6 juin 1944, lorsque la nouvelle du débarquement allié en Normandie parvint au Berghof. Karl dissimulait sa joie quand il se trouvait avec les autres officiers, mais avec moi, il était euphorique. Il sentait qu'Hitler ne pouvait pas gagner une guerre sur deux fronts. L'Armée rouge poussait vers l'ouest, les Britanniques et les Américains feraient pression vers l'est et ils se rencontreraient au milieu, en Allemagne.

Selon Karl, Hitler était « pâle comme un fantôme et semblait ne pas avoir dormi depuis des semaines ». Il passait la plupart de son temps dans le Grand Hall, recroquevillé sur lui-même, la main tremblante alors qu'il tentait d'effectuer des tracés au crayon de couleur sur son éventail de cartes.

—Hitler n'aura d'autre choix que de se rendre, m'annonça Karl quelques jours plus tard.

Nous étions assis dans ma chambre après que j'avais goûté l'un des repas du Führer. Else était sortie se promener avec l'une des filles.

—Walkyrie ne sera peut-être même pas lancée, me chuchota-t-il à l'oreille, de peur d'être entendu. (Il serrait mes mains.) Ce ne serait pas merveilleux ? Les Alliés pourraient être là dans quelques jours.

Je le dévisageai : il était en quête de toute bonne nouvelle susceptible de lui être donnée par cette guerre. Il ne pouvait cacher l'exaspération tapie sous sa peau. Je voulais le réconforter pour notre bien, mais ce soir-là, la tâche fut hors de ma portée. Elle s'avérait aussi difficile que le passage de l'hiver au printemps : la promesse était là, mais on n'avait aucune certitude du moment où le changement se produirait.

Je retirai mes mains des siennes. On ne pouvait se montrer trop prudent.

—Ce serait merveilleux, murmurai-je. Mais nous avons affaire à un fou. (Je me détournai, n'osant le regarder, de peur de pleurer.) Je ne crois pas qu'il se rendra. L'Allemagne sera défaite dans les cendres.

Quand je me retournai vers lui, le visage de Karl était blême et ravagé par la douleur.

—Je t'en prie, Magda, fit-il d'une voix tremblante. Dis-moi que tu ne crois pas dans ces paroles. Pour l'amour de Dieu, dis-moi qu'à ton avis, nous allons vivre.

Je soupirai et lui caressai la joue.

—Je sais seulement que je t'aime. Marions-nous et vivons avant qu'il ne soit trop tard.

Il me regarda fixement, les yeux embués par l'émotion.

—Oui, dès que possible, murmura-t-il en m'embrassant.

Eva vint me voir quelques jours avant mon mariage et m'aida à choisir une tenue dans sa vaste garde-robe. Elle m'invita dans ses appartements privés, adjacents à ceux du Führer. Son salon était joliment décoré de meubles bleus et blancs, avec un canapé assorti, disposé le long d'un mur. Un bureau blanc se trouvait en face, ainsi que des chaises et une petite table. Deux fenêtres d'allure rustique laissaient entrer la lumière.

Je sentais qu'elle était aussi excitée que moi par mes noces, peut-être même plus. Comme tant de disciples dévoués d'Hitler, Eva avait le sentiment que rien ne pouvait aller mal tant qu'il était aux commandes. L'homme qu'elle adorait finirait par conquérir tous les pays qu'il désirait. Ma certitude en la matière était loin d'être aussi assurée.

Elle m'emmena dans sa chambre à coucher, dont un mur était flanqué d'une grande armoire en ronce de noyer. Elle en ouvrit les portes et me lança :

—Choisissez ce que vous voulez.

Je fus étonnée par sa magnifique collection de robes, de chaussures, de fourrures et d'écharpes. Je manipulai les robes avec soin, optant finalement pour un élégant tailleur marine, l'un des moins onéreux qu'Eva possédait, mais au style moderne.

—Je vous prêterai mes perles, déclara-t-elle. Elles s'accorderont à merveille avec cette tenue. (Elle s'assit sur le bord de son lit et me regarda.) Je ne pense pas que nous fassions la même pointure. Vous allez devoir vous débrouiller seule pour les chaussures.

Elle s'esclaffa, mais d'un petit rire amer, dont la sonorité me surprit.

—Ai-je fait quelque chose de mal ?

—Oh non, Magda, pas vous. Vous avez été irréprochable. Vous avez même sauvé la vie du Führer. Je vous en serai toujours reconnaissante. (Elle s'interrompit, le temps de lever les mains pour examiner son annulaire.) J'aimerais avoir un peu de sherry, lâcha-t-elle avec un sourire. Un verre pourrait m'aider à survivre à la journée.

—Je vous suis reconnaissante de me laisser choisir une robe. Mais c'est trop.

—Non, c'est votre grand jour.

Malgré sa générosité, je restais consciente que nous n'étions pas vraiment amies.

—Je ne voulais pas vous rendre triste. Si vous préférez rester seule…

Elle se leva de son lit et se précipita vers moi.

—Non, ne partez pas, s'écria-t-elle en prenant mes mains dans les siennes. Ne voyez-vous pas ? Je vous envie, vous épousez l'homme que vous aimez. Et un bel homme, je dois le reconnaître. (Elle rougit.) Je n'ai pas de mariage, pas de noces à espérer, car le Führer ne fixera pas de date tant que nous serons en guerre. Ses obligations sont trop importantes. Il y a trop de travail à accomplir pour l'Allemagne. Le chef du Reich ne devrait pas se préoccuper de questions aussi triviales que… l'amour. Ses excuses sont toujours les mêmes.

Elle relâcha mes mains et s'en retourna vers son lit, où elle se laissa tomber, au désespoir. Pendant un instant, prenant pitié d'elle, je voulus lui tendre la main. Je comprenais ce qu'elle devait ressentir, cependant ma sollicitude pour elle disparut presque sur-le-champ. Comment pourrais-je avoir pitié d'une femme entichée d'un tyran ? Eva s'obstinait à suivre le chemin dangereux qu'elle avait choisi. Elle était peut-être aveuglée par Hitler, ignorant béatement ce qui se passait dans le monde, mais elle avait aussi choisi d'ignorer la guerre et ses horreurs pour l'amour de l'homme qu'elle aimait. Était-elle aussi amoureuse de la promesse du pouvoir ?

Elle appela l'une de ses domestiques. Une femme d'âge moyen, formée à la déférence, pénétra dans les appartements d'Eva. Elle nous salua et prit mes mesures sur les ordres de mon hôtesse. La robe devait être envoyée à Munich pour y être retouchée. Eva semblait de meilleure humeur au moment où je m'apprêtais à partir.

—Avant que vous ne partiez, j'ai quelque chose à vous montrer.

Elle me désigna le coffre de cèdre au pied de son lit, devant lequel elle s'agenouilla. Elle l'ouvrit avec précaution, révérence même, comme si elle était en train de me dévoiler un secret. Je regardai à l'intérieur. Eva souleva une magnifique robe de mariée blanche qui reposait sur des agendas reliés en cuir et un coffret d'argenterie. Tenant le corsage ruché et soyeux contre sa poitrine, elle s'observa dans le miroir.

—C'est à ça que je ressemblerai en tant que mariée. Je vous plais ?

Elle hocha la tête et s'esclaffa, redevenant l'Eva que j'avais connue auparavant. Elle était ravissante, avec son visage ovale et ses boucles brunes qui ressortaient sur la robe.

—Vous êtes magnifique, dis-je.

Une fois de plus, j'eus pitié d'elle, mais je m'interrogeais : comment pouvait-elle continuer à vivre aussi allègrement, dans ses rêves, sans voir de ce qui se passait réellement autour d'elle ? On aurait dit un cheval affublé d'œillères, incapable de voir au-delà d'un étroit champ de vision. J'étais certaine que le Führer ne l'épouserait jamais, mais je ne pouvais le dire. Au lieu de quoi, je lâchai :

—Puisse l'homme que vous souhaitez pour époux reconnaître votre beauté.

Elle m'embrassa sur la joue.

—Je ne demande rien de plus.

Et elle replia soigneusement la robe, qu'elle remisa dans le coffre.

Sur un ultime remerciement, je quittai ses appartements avec la sensation d'avoir passé du temps avec un fantôme. Hitler n'épouserait jamais Eva. Elle mourrait aussi solitaire que le jour où elle était venue au Berghof.

Le matin de notre mariage, un bombardier britannique survola le Berghof si bien que, pendant un moment, nous crûmes que la cérémonie de l'après-midi devrait être reportée. Alerté, Hitler ordonna que les machines à brouillard soient activées. Une brume épaisse recouvrit la résidence et les bâtiments annexes pendant plusieurs heures. Tout le monde prit place dans l'abri anti-bombes. Hitler, qui se tenait en haut des escaliers, regardait le ciel laiteux tandis que le reste d'entre nous attendait en bas. Aucune bombe ne fut larguée et l'on donna le signal de fin d'alerte.

Karl et moi nous mariâmes à 16 heures, le 14 juin, dans le Grand Hall. Une fois le brouillard artificiel dissipé, le soleil brilla de mille feux sur l'Obersalzberg. De gros nuages blancs, dont la queue s'accrochait au sommet des montagnes, traversaient le ciel bleu. Hitler ordonna que l'immense baie vitrée du Hall soit abaissée afin que le bon air des Alpes vienne inonder la pièce. Une centaine d'invités assistèrent à notre cérémonie civile : la Cheffe, les employés des cuisines et des serres, un certain nombre d'officiers SS, dont le colonel, qui, je le savais, ne me faisait toujours pas confiance. Il se tenait dans un coin, jaugeant les participants, semblable à un bouledogue mécontent. Souriant et serrant des mains, Hitler salua de nombreux invités. Le seul autre dignitaire notable du Parti présent ce jour-là fut Speer, l'air réservé, mais bel homme dans son costume et ses bottes de cuir.

Karl et moi nous tenions à l'extrémité sud du Hall, près de la grande cheminée. Nous contemplions par-delà les invités la vue spectaculaire des montagnes, dont les couleurs changeaient dans le soleil de l'après-midi. Les canapés et les fauteuils avaient été retirés du salon pour que nous puissions nous tenir au-dessus des invités assis en dessous. Un juge du Parti célébra notre cérémonie nazie toute simple, sans mentionner ni Dieu ni la religion. Nous nous mariions sous les auspices du national-socialisme. Eva, radieuse, se tenait à ma droite tandis qu'Hitler flanquait Karl sur la gauche. Mon beau soldat arborait un sourire fier, reflétant l'amour que je ressentais pour lui. Rien ne comptait pour Karl, sauf nos vœux. Du coin de l'œil, je vis le chef du Reich sourire et hocher la tête pendant la cérémonie. On aurait dit un père avenant et attentionné.

Karl et moi nous embrassâmes, brève promesse de ce qui allait arriver, et notre mariage fut scellé. La cérémonie avait duré vingt minutes.

Sur ordre d'Hitler, une table de gâteaux givrés et de champagne frappé avait été dressée près du mur ouest. Des valets vêtus de smoking blanc servaient les invités qui bavardaient. Tout le monde s'accordait pour dire que notre mariage était l'événement le plus festif depuis notre retour au Berghof à la fin de l'année précédente. De tels compliments me réconfortaient peu, mais j'essayais d'agir comme une mariée heureuse, même si je savais que nos vies étaient en danger et notre avenir, au mieux, suspendu à un fil. J'accueillis tout le monde d'un sourire et d'un baiser. Je me dirigeai même vers le colonel, qui boudait dans un coin. Malgré ses yeux fixes et froids, je lui tendis une main qu'il serra.

— Félicitations, Frau Weber, lâcha-t-il, du givre dans la voix.

Je souris et l'embrassai sur la joue, sans jamais cesser d'être révoltée par mes actions.

Hitler ne s'attarda guère. Eva demeura à ses côtés en permanence, prenant des photos quand elle le pouvait. Même Hoffmann, le photographe corpulent d'Hitler, était là pour réaliser des clichés « officiels ».

Karl fit le salut militaire en voyant Hitler approcher. Le Führer m'embrassa sur les deux joues et serra la main de mon époux. Il nous félicita et nous offrit deux alliances en argent gravées de son nom à l'intérieur. Il nous laissa avec ces mots :

—Longue vie, mon fils et ma fille. Puissiez-vous avoir beaucoup d'enfants pour le Reich.

Puis lui et Eva s'éloignèrent, celle-ci tamponnant ses larmes. Karl et moi échangeâmes alors un regard, conscients que ces bagues étaient un beau témoignage offert par un dictateur brutal. Ni lui ni moi, j'en étais certaine, ne voulions que nos sentiments pour Hitler gâchent le peu de bonheur que nous pouvions connaître le jour de notre mariage.

Cette nuit-là, nous nous installâmes dans un petit appartement pour couple marié, à l'écart du Berghof et de la caserne des SS. Nous fîmes l'amour alors que la nuit tombait, comme si c'était la dernière que nous allions passer ensemble. Nous savions que nos joies étaient éphémères et notre vie commune, susceptible de se terminer à tout moment.

Environ un mois plus tard, nous partîmes pour la Tanière du loup. La routine fut la même : nous voyageâmes en train de nuit et arrivâmes à Rastenburg au matin. Hitler était installé dans son train privé avec quelques-uns de ses officiers supérieurs, ses adjoints, ses valets et son personnel de sécurité. Le personnel de cuisine et les autres employés suivaient dans un second train. Eva n'était à bord ni de l'un ni de l'autre. Je supposai qu'elle resterait quelque temps au Berghof avant de retourner chez elle à Munich.

Karl et moi voyageâmes dans un compartiment qui nous était réservé, aussi exigu qu'inconfortable. Il se tourna et se retourna, m'empêchant de dormir pendant la majeure partie du voyage. Je lui demandai ce qui n'allait pas, mais il ne voulut rien me dire. Ce fut seulement lorsque nous arrivâmes à la Tanière du loup qu'il se sentit libre de parler. Il se confia à moi alors que nous gagnions notre petite chambre, à l'extrémité ouest du complexe, loin de la zone de sécurité d'Hitler.

—C'est pour bientôt, chuchota-t-il.

Je continuai à marcher, comme si ses mots ne revêtaient que peu d'importance, même s'ils avaient ébranlé mon monde.

— Walkyrie ?

— Oui, répondit Karl, scrutant toujours la résidence devant nous. On ne pourra plus parler une fois à l'intérieur. C'est dangereux de causer n'importe où maintenant. On pense que la Gestapo est au courant. (Il m'attrapa par le coude.) Ralentis un peu. (J'obéis, le cœur battant à tout rompre.) Ça peut être n'importe quel jour maintenant… Les circonstances peuvent changer, mais pour l'instant, c'est décidé.

Mes pieds s'immobilisèrent, comme enlisés dans le ciment. Je devais garder mon sang-froid.

— Cette semaine ? Qu'allons-nous faire ?

Karl s'empara de ma valise et la posa par terre. Il plaça la sienne à côté de la mienne.

— Faisons comme si nous étions amoureux. Embrasse-moi.

Je souris, tout en répliquant :

— Ce n'est pas le moment de plaisanter. Je t'aime vraiment.

Il ôta sa casquette, l'abandonna sur sa valise, puis me prit dans ses bras.

— C'est le moment idéal pour rire. Tu ne m'as pas embrassé.

Je jetai un coup d'œil par-dessus son épaule et avisai quelques agents de sécurité qui se promenaient sur le chemin. J'embrassai Karl tout le temps qu'il leur fallut pour nous dépasser. Nous relâchâmes notre étreinte lorsqu'un nuage masqua le soleil et projeta une ombre sur nous. La forêt qui entourait le quartier général était déjà sombre en soi ; maintenant, nous avions l'impression d'être plongés dans un monde souterrain, tout de vert et de brun. La végétation rampait autour de nous, le camp nous étouffait dans l'étau de sa faible lumière.

Karl regarda dans toutes les directions et ne rouvrit la bouche qu'une fois certain de notre isolement.

— Cette opération ne sera un succès que si elle se termine par la mort d'Hitler. Tout le monde s'est finalement mis d'accord. Il doit mourir maintenant.

—Et les autres ? demandai-je.

—Le temps nous est compté. Si nous n'agissons pas maintenant, nous n'en aurons peut-être plus jamais l'occasion. Les tentatives ont été si nombreuses ! Il y a toujours quelque chose qui cloche. Hitler a quitté la pièce à l'improviste ou ne s'est pas présenté à un rendez-vous. Himmler et Göring ne sont pas là. Plus d'excuses. Nous ne pouvons pas attendre davantage. Un nouveau gouvernement sera établi par ceux qui ont conçu le plan. La Wehrmacht n'aura d'autre choix que de suivre les ordres des nouveaux dirigeants. Nous nous attendons à une résistance, mais Göring et les autres seront arrêtés et l'Allemagne capitulera, pour le bien du peuple. Si Walkyrie échoue, pour une raison ou pour une autre, tu devras te débrouiller seule, Magda.

Une vague d'émotions m'envahit. Je voyais le visage d'un ange vengeur, qui serait détruit ou s'envolerait après le lancement du complot. Les mots de Karl m'effrayaient tout en me rendant triste et heureuse à la fois. Heureuse que ces temps terribles prennent fin, triste que nous ayons si peu de temps ensemble avant que le monde ne s'écroule sur nous. Je touchai son visage, ravie de voir son sourire et la vie dans ses yeux noisette, qui déchiraient la tristesse ambiante.

—Tu dois te sauver, peu importe ce qui m'arrive, poursuivit-il. Si je meurs, tu dois continuer. Si nous sommes séparés, nous ne devrons nous contacter que si c'est sans danger. Nous n'avons pas notre mot à dire sur ces questions tant qu'Hitler n'est pas mort ou que le Reich n'est pas vaincu.

—Où irai-je sans toi ? demandai-je d'une voix brisée.

Il m'attrapa par les épaules et darda sur moi des yeux féroces.

—Qu'est-ce que tu racontes ? Tu es forte, Magda, je l'ai su dès que je t'ai vue, même sur tes photos. Tu sauras où aller, quoi faire. Tu auras peut-être plus d'une vie à sauver.

Il se baissa et passa une main sur mon ventre. Ma gorge se serra et je tressaillis.

—Un bébé ? Comment je pourrais...

—Tu dois continuer. Nous saurons bien assez tôt si le destin a l'intention de nous séparer.

Il ramassa nos valises et nous nous remîmes en route vers la résidence.

—Comment tu sais... pour le bébé ? demandai-je.

—Ça m'est venu à l'esprit pendant qu'on était en train de parler.

Je sanglotai un peu puis, un peu calmée, je lui pris ma valise de la main.

—Je ne suis pas une invalide.

Nous pénétrâmes dans notre chambre exiguë, qui ne contenait rien de plus qu'un lit, un petit bureau et une chaise. Son unique fenêtre ouvrait à l'est vers la forêt. Je n'apercevais ni le bunker du Führer, ni le mess, le théâtre ou aucun des autres bâtiments, les alentours étant masqués par le vert profond des arbres. Je ne pouvais que regarder cette mer d'un émeraude profond et me demander ce qui allait nous arriver.

Le 20 juillet, la bombe explosa.

La déflagration secoua le camp. J'étais assise avec Else et quelques autres filles sur un banc de bois à l'extérieur du mess, après la dégustation du petit déjeuner, mais avant le déjeuner. La journée était agréable, bien qu'un peu chaude. Au début, nous pensâmes que l'explosion était celle d'une des mines terrestres qui entouraient par milliers la Tanière du loup, mais ce son était différent. Nous entendions des mines exploser à toute heure du jour et de la nuit lorsqu'un malheureux animal marchait accidentellement dessus. Cette explosion semblait plus lourde et plus proche.

Elle fut suivie par des cris frénétiques – pas des hurlements –, qui n'étaient pas poussés par des femmes. Un panache de fumée s'élevait à l'ouest, propulsant son voile grisâtre dans l'air. Mon cœur fit un bond et je me cramponnai au rebord du banc. Je pensai à Karl et à l'éventualité de sa mort. Je savais que les conspirateurs avaient lancé Walkyrie.

Else sauta du banc et courut vers la fumée. Je voulais la suivre mais, incapable de bouger, je demeurai clouée au banc. Elle parcourut plusieurs mètres en se laissant guider par le bruit, puis elle s'adressa aux autres filles et à moi.

—Mon Dieu, je crois que quelqu'un a tué le Führer, cria-t-elle par-dessus le vacarme.

On entendit des appels à l'aide. Les gens couraient à l'aveuglette dans toutes les directions, certains vers le lieu de l'explosion, d'autres s'en éloignant. J'imaginai le pire : Karl, les membres déchiquetés, gisant sans vie dans l'herbe, ou bien ne formant plus qu'un tas sanglant avec d'autres corps. Nous ignorions où s'était produite l'explosion.

—Führer, Führer, appelait les soldats d'une voix étranglée par l'émotion.

Je me levai lentement du banc pour me diriger vers le remue-ménage. Mes jambes me faisaient avancer dans une transe de somnambule. J'accélérai le pas et trébuchai sur le chemin, passant devant le cinéma, les voies ferrées et les garages. Impossible d'aller plus loin car les SS m'en empêchèrent : ils obligeaient tous ceux qui arrivaient à faire demi-tour. Nous étions refoulés comme des étrangers, comme des prisonniers regardant à travers une clôture. L'air âcre avait une odeur que je n'avais jamais sentie : il était épais, lourd de produits chimiques et portait la signature du feu. Je chassai la fumée de mes mains pour tenter de voir au-delà de la clôture.

Des images s'imposèrent à moi, sous forme de visions qui ressemblaient à celles que j'aurais eues en pénétrant dans une pièce sombre. Des taches noires et blanches surgissaient devant mes yeux, des formes floues qui naissaient du néant. Alors que je fouillais la fumée du regard, mes yeux entrevirent un cauchemar.

Des officiers, toussant et crachant, sortaient de la salle de conférences où la bombe avait explosé. Certains s'appuyaient les uns sur les autres, d'autres boitaient sur une jambe. Leurs vêtements ensanglantés et déchiquetés pendaient comme des chiffons. Deux hommes en traînaient un troisième hors de la pièce. Ils tenaient par les bras et les jambes son corps qui pendait, inerte, comme un hamac entre eux. Ils le laissèrent tomber par terre.

Karl apparut dans l'encadrement de la porte, un tissu sur la bouche.

Je m'effondrai contre un arbre, soulagée qu'il n'ait pas été tué. Pourtant, même en le voyant sortir du bâtiment, j'étais incapable de dire s'il avait été blessé. Il n'y avait pas de sang sur ses vêtements. Il courut vers l'homme à terre, arracha une partie de sa chemise et passa le tissu sur le visage de l'homme. Le geste était empreint de pitié et de douleur, d'un soldat envers un autre. Je le comprenais à la forme arquée de Karl, au balancement de son dos au-dessus du corps. *Pourquoi cela devait-il arriver ? Pourquoi fallait-il que tu meures ?* C'étaient les questions qu'il se posait, je le savais.

—Le Führer est vivant, cria un soldat.

Ceux qui m'entouraient gémirent et crièrent de joie. En entendant ces mots, Karl leva les yeux de sa tâche miséricordieuse. Ses yeux écarquillés croisèrent les miens et j'en eus le souffle coupé. Sa bouche se tordit en une expression de terreur et d'incrédulité que je n'avais jamais imaginé voir chez lui et que je ne voulais plus jamais revoir.

Le message qu'il m'envoyait était clair. Le Führer était vivant.

La vie de Karl était en grand danger.

Et puis je vis Hitler ! Comme il était entouré d'une nuée d'officiers, je n'aperçus que le sommet de son crâne. Quand la foule se dispersa, je compris qu'il avait été blessé. Il tenait son bras droit avec le gauche et, au lieu de marcher du pas ferme qui était le sien d'ordinaire, il titubait, le pantalon en lambeaux. Ses hommes lui firent prestement traverser la foule. Je ne le revis pas ce jour-là.

La Cheffe s'approcha de moi, les larmes aux yeux.

—C'est vrai que le Führer est mort ?

Je secouai la tête. La Cheffe essuya ses larmes et esquissa un sourire.

—Dieu merci. Le ciel s'est encore montré clément. L'Allemagne vivra un autre jour.

Je découvris plus tard que quatre heures après l'explosion, Hitler visitait la salle de conférences détruite avec Mussolini et promettait d'exterminer les conspirateurs.

* * *

Je pus à peine regarder Karl ce soir-là, après la dégustation. Nous fîmes une promenade pour sortir de notre minuscule chambre. Le camp était silencieux, d'un calme de mort. L'énergie qui flottait habituellement dans l'air de la Tanière du loup avait disparu. Personne ne parlait, sauf en chuchotant. On ne se souriait pas à la table du dîner. Quand Karl et moi échangions des regards, nous savions qu'une blessure, une perte plus grande que tout ce que nous aurions pu imaginer, était sur le point de nous déchirer.

—Il doit être au courant maintenant, chuchota Karl alors que nous marchions sur le chemin près de la voie de garage des wagons. (Le train décoré d'Hitler était stationné sur les rails, sombre, silencieux.) Von Stauffenberg doit savoir qu'Hitler est vivant, précisa-t-il en se frappant une paume du poing. Il a sûrement entendu le discours à la radio. S'il est à l'origine de l'attentat, les autres et lui seront rassemblés comme du bétail. (La voix de Karl était déformée par la souffrance.) Ce ne sera qu'une question de temps avant que la Gestapo ne vienne me chercher. Les choses ne pouvaient pas être pires. La salle de conférences a été détruite par l'explosion. Personne n'aurait dû survivre. Brandt, Korten, Schmundt, la sténographe, tous morts. Mais Hitler a survécu. Peut-être que la providence est bel et bien de son côté.

Je voulais m'effondrer à ses pieds ou, mieux encore, prétendre que rien de tout cela n'était en train de se produire. Peut-être n'était-ce qu'un mauvais rêve, Karl allait me réveiller d'un baiser. Si je me laissais emporter au loin, je n'aurais plus à affronter la vérité. Afin de me ressaisir, je devais affronter la peur qui me tenaillait et me montrer forte pour le bien de Karl.

—Tu crois qu'ils vont venir me chercher ? demandai-je.

—J'ai laissé ton nom en dehors de tout ça. Personne ne le connaît. Von Stauffenberg t'a rencontrée le jour où j'allais… (Il n'osa pas prononcer les mots.) Il a été intrigué par ton courage, mais je lui ai fait jurer de ne jamais t'impliquer dans le complot. J'en suis réduit à prier pour qu'il tienne parole.

—Alors je crois que je suis en sécurité.

—Mais pas moi.

—Karl…

Incapable d'aller plus loin, je m'effondrai contre lui. Il demeura fort et ferme, immobile pendant que je pleurais sur son épaule. Je ne pouvais pas crier, de peur de déclencher une alarme, même si j'avais envie de hurler aux cieux.

—Chut, murmura-t-il en me caressant les cheveux. Tout va s'arranger. Mais tu sais que je dois partir ce soir. (Je plongeai mon regard dans le sien.) Je te retrouverai, je fouillerai toutes les villes d'Allemagne, s'il le faut. Fais ton travail, protège ton père et, si je ne me suis pas trompé, notre bébé. Nous avons échangé nos vœux et nous possédons nos alliances, ajouta-t-il alors que je sanglotais contre son torse. Un jour, nous nous retrouverons. Je te le promets.

Il me prit par la main et me ramena dans notre chambre. Nous éteignîmes la lumière et nous allongeâmes l'un à côté de l'autre, pour nous caresser jusqu'à ce qu'un sommeil béni emporte mes craintes.

Quelques heures plus tard, je fus réveillée en sursaut par mes nerfs et je me redressai vivement dans le lit. La pièce était aussi sombre qu'une grotte, je ne distinguais que des formes floues. La main que je passai sur les draps m'indiqua que le lit était vide. Karl avait disparu comme un murmure. J'allumai la lampe. Tout était resté à sa place dans notre chambre : on aurait dit qu'il était déjà mort. Ses vêtements pendaient dans l'armoire, ses articles de toilette étaient encore sur l'étagère. Il avait laissé un message au pied du lit : « Je t'aime », me disait-il.

Je serrai le morceau de papier contre ma poitrine et je sanglotai jusqu'à ce que la nuit m'emporte à nouveau.

Le bunker du Führer

BERLIN

15

Un coup à la porte me tira d'un sommeil agité.
Karl était parti depuis moins de quatre heures.

J'ouvris sur le colonel qui me regardait fixement. Son uniforme était débraillé, une cigarette pendait de ses lèvres gercées. Il avait l'air d'avoir passé une bonne partie de la nuit debout. Je repoussai la peur qui montait en moi. Karl m'avait demandé d'être forte.

Je soupçonnais la Gestapo et les SS d'avoir déjà rassemblé des suspects pour l'attentat à la bombe. Peut-être Karl était-il suffisamment loin sur la liste pour qu'ils ne soient pas encore remontés jusqu'à lui.

Le colonel s'assit dans un fauteuil, raide comme la justice, et fuma sa cigarette pendant que je m'asseyais sur le lit dans ma robe de chambre.

—Où est-il ? me demanda-t-il.

Je le regardai dans les yeux avant de répondre :

—Je ne sais pas.

Il tapa ses doigts contre sa cuisse et sourit.

—Vous savez où il se trouve, forcément. Vous allez me le dire ou bien…

Il s'interrompit, comme si une nouvelle façon de me torturer lui était venue à l'esprit.

—Ou bien quoi ? demandai-je avec désinvolture.

Je n'avais pas peur parce que le colonel, avec sa première question, avait confirmé que Karl s'était échappé de la Tanière du loup. Puis je me souvins de mon père à Berlin et de la prédiction de Karl concernant un enfant. Je n'avais pensé qu'à moi. Un frisson de peur me descendit dans le dos. Le colonel avait-il senti mon malaise ?

Il tira une bouffée sur sa cigarette et souffla la fumée vers moi.

— Vous faites la courageuse, mais vous êtes sans doute terrifiée.

Il marqua une pause et me regarda comme aucun homme ne l'avait fait auparavant, avec des yeux qui me traversaient la peau pour forer un trou jusqu'à mon âme. Son regard, glacial dans son intensité fiévreuse, n'était pas celui d'un humain.

— Vous serez plus terrifiée encore quand vous comprendrez la gravité de votre situation, car c'est moi qui contrôle votre sort.

Sa bouche déformait les mots pour qu'ils véhiculent puissance et cruauté.

— Voulez-vous que je sois torturée ? Tuée ? La femme qui a sauvé le Führer de l'empoisonnement ?

Il s'esclaffa, sûr de lui et confiant.

— Vous ne pourrez pas jouer cette carte-là longtemps, Frau Weber. Un atout se déchire et se salit. Le Führer a tendance à oublier les bonnes actions quand on est un traître au Reich. (Il s'adossa à sa chaise et croisa les jambes.) Vous êtes une femme très attirante. Pas étonnant que le capitaine Weber ait été séduit. Mais vous êtes différente. Je n'arrive pas encore à mettre le doigt dessus, mais ça ne saurait tarder.

— Je n'ai rien fait de mal. J'ignore où est mon mari, mais je suis certaine qu'il ne participerait jamais à un complot contre le Führer.

— Je n'en suis pas si sûr. Nous disposons de rapports selon lesquels de nombreux officiers ont été impliqués dans cette ignoble tentative d'assassinat. Von Stauffenberg et plusieurs autres ont déjà été exécutés, malheureusement contre les ordres du Führer.

Je retins un petit cri.

—J'ai rencontré le colonel une fois. Il m'a semblé être un homme loyal.

—Il était tout sauf loyal. La Wehrmacht est remplie de traîtres. Vous n'avez qu'à demander au Führer son avis sur les imbéciles qui aident l'ennemi, abreuvent nos soldats de mensonges et sabotent l'effort de guerre. Nos généraux sont des idiots. Mais, avec le temps, tous les traîtres seront éradiqués. C'est mon travail. Je peux vous confier ces choses-là parce que votre parole, contre la mienne, ne sera jamais entendue.

Je me levai du lit.

—J'ai du travail. La Cheffe m'attend.

—Vous n'êtes plus goûteuse tant que nous n'avons pas fait la lumière sur cette trahison. Je vais vous transférer de la Tanière du loup.

Je le regardai fixement et déclarai, d'un ton brusque :

—Je veux parler à la Cheffe. En fait, j'exige même de parler au Führer. Il a béni mon union avec Karl. Il ne supportera pas une telle action contre moi.

Le colonel tira une bouffée sur sa cigarette, puis l'écrasa par terre.

—Le Führer m'a donné carte blanche pour cette enquête. La cuisinière et lui savent où vous allez aller. Ils considèrent que c'est mieux ainsi.

—Je ne vous crois pas.

—Ce que vous croyez n'a aucune importance. Soyez prête dans une heure. N'emportez que le strict nécessaire. N'essayez pas de faire sortir quoi que ce soit en douce. Mes hommes vérifieront votre sac. (Il se leva de sa chaise et s'inclina légèrement.) Oh, autre chose. Donnez-moi vos papiers et votre insigne du Parti. Vous n'en aurez plus besoin.

Il me privait des deux objets qui assuraient ma sécurité dans le Reich et qui m'avaient l'un et l'autre été donnés sur ordre d'Hitler. Je les pris sur le bureau et les lui remis.

Sur un salut militaire, le colonel lança :

—*Heil* Hitler.

Je le regardai fermer la porte en me demandant ce qui allait se passer. Un SS campé devant ma porte m'empêchait de sortir.

Une heure plus tard, je fus escortée hors du quartier général par deux hommes qui marchaient à côté de moi en me tenant par les bras. Ils m'emmenaient si discrètement que personne ne me vit quand ils me firent monter dans une voiture. Peu après, j'étais dans un train à la gare de Rastenburg, convoyée par des membres des forces de sécurité d'Hitler. J'étais une prisonnière d'importance, le colonel n'avait aucun doute là-dessus. Je n'avais aucune idée de l'endroit où l'on m'emmenait. J'avais été autorisée à prendre une valise et un manteau. C'était tout. Les objets personnels auxquels je tenais – les photos de ma famille et celles prises lors de mon mariage – étaient restés derrière moi. Je présumais qu'ils seraient détruits. J'avais dissimulé sous mon lit le singe en peluche que mon père m'avait donné quand j'étais enfant. Si mes photos et mes autres objets personnels étaient perdus, il y aurait peu de choses sur terre pour témoigner de mon existence. Il serait facile pour la Gestapo ou les SS de m'éliminer sans laisser de trace.

Le train se dirigeait vers l'ouest, autrement dit l'Allemagne. Après plusieurs heures, nous rejoignîmes des voies ferrées parallèles dans la campagne plate et boisée de l'est de la Pologne. Un deuxième train stationnait à côté du nôtre, bondé de monde. Les visages des voyageurs, collés contre aux vitres, observèrent ma descente du train. Une tristesse profonde et vide emplissait leurs yeux.

L'un des hommes de la sécurité me tendit un papier pour me dire ce qui serait ses seuls mots pendant notre voyage ensemble.

—Gardez-le avec vous. Il indique votre destination.

La journée était étouffante et chaude. Je glissai sur les rails graisseux en passant entre les gardes. L'homme qui m'avait parlé me rattrapa par le bras et m'aida à monter les marches menant au deuxième train. Je me retournai sur le perchoir que constituaient ces marches et je le regardai. Il sourit, puis leva la main comme pour me dire adieu. Après quoi, il regagna le premier train avec un autre garde.

Des soldats armés se tenaient sur les attelages entre les wagons. Ils me regardaient comme si j'étais leur propriété. L'un d'eux m'indiqua d'aller à droite avec le canon de son fusil. J'entrai dans un wagon rempli d'hommes, de femmes et d'enfants. Les hommes étaient vêtus de costumes froissés ; les femmes, de robes d'été. Pourtant, une odeur de corps sales emplissait la voiture. J'attrapai alors un mouchoir dans mon manteau, que je plaçai sur mon nez, avant de me mettre en quête d'un siège. Il n'y en avait pas. Assis sur un banc, un jeune homme brun à lunettes me remarqua. Il se leva et m'offrit sa place à côté d'une jeune femme, que je supposai être sa petite amie ou sa femme. L'ayant remercié, je m'effondrai dans l'espace étroit entre la femme et une cloison métallique.

Le train se mit en mouvement et roula lentement sur les rails. Le jeune homme me fixait tant que je me sentis mal à l'aise. Il m'adressa quelques mots en polonais et, comme je ne connaissais pas bien cette langue, je lui répondis en allemand que je ne parlais pas polonais. Il passa aussitôt à l'allemand. La femme, dont les pieds reposaient sur deux valises de cuir brun, me dévisageait. Elle portait une robe grise unie. Malgré ses vêtements ternes, elle était belle, avec des cheveux et des yeux foncés.

—Où allez-vous ? me demanda-t-il.

Je tenais toujours le papier que l'homme de la sécurité m'avait donné. Je dépliai le document officiel, frappé de l'insigne nazi et signé par le colonel, afin d'y jeter un coup d'œil.

—« Bromberg-Ost », visiblement.

Le nom ne me disait rien.

—Ma femme aussi.

Il desserra sa cravate, déboutonna sa veste et s'assit par terre en face de nous. Son corps se balançait en cadence avec les mouvements erratiques du train.

—Vous pourrez peut-être devenir amies.

La femme intervint avec une intensité soudaine :

—Je veux être avec toi, lança-t-elle dans un allemand approximatif.

L'homme soupira.

—Je crains que nous n'ayons pas le choix, ma chérie.

Il désigna le garde le plus proche, qui se tenait au bout du compartiment, caressant négligemment son fusil et fumant une cigarette, les yeux rivés sur la campagne. Le jeune Polonais se retourna vers moi.

—Permettez-moi de me présenter, dit-il. Je m'appelle Erik et voici ma femme, Katrina. Nous sommes enseignants.

—Enseignants ? répétai-je, incrédule quant à leur profession.

Je savais de quoi j'étais soupçonnée, mais je n'aurais jamais pensé me retrouver assise à côté d'enseignants. Quels étaient leurs crimes ?

—Nous sommes des opposants politiques, me précisa Erik comme si c'était une dénomination courante. C'est ce qu'affirment les nazis. On nous a accusés de sympathies communistes et d'enseigner aux élèves des modes de gouvernement radicaux autres que le national-socialisme. On m'expédie donc à Stutthof et ma femme à Bromberg-Ost. Voilà pourquoi nous nous retrouvons dans ce train. Pour avoir dit la vérité. (Il m'examina de son regard intense, m'étudiant de la tête aux pieds.) Et vous, pourquoi êtes-vous ici ?

Il va de soi que je ne pouvais leur révéler la vérité. Je ne voulais pas qu'ils sachent que je venais de la Tanière du loup ou que j'avais été au service d'Hitler. La majeure partie de ma vie était construite autour du mensonge. Même si je détestais mentir, je devais m'y résoudre.

—Je ne sais pas exactement. Il n'y a pas de charges contre moi. Un colonel SS est venu ce matin pour m'annoncer que je devais partir dans une heure.

—Vous êtes juive ? demanda Erik.

—Non.

—Alors vous êtes une traîtresse, en conclut Katrina.

Erik secoua la tête et la réprimanda.

—Chut. Nous n'avons pas besoin de lancer des rumeurs. Qui sait ce que les nazis préparent ? (Il ôta ses lunettes et se frotta le nez.) Au moins, nous avons la chance d'être dans un train correct.

—Que voulez-vous dire ? demandai-je.

—Nous arrivons au moins à respirer et à nous asseoir. Nous avons entendu parler d'autres trains : des gens entassés dans les wagons comme des animaux, si serrés qu'ils ne peuvent pas bouger. Ils défèquent les uns sur les autres, suffoquent ou meurent debout. Ils voyagent pendant des jours sans nourriture ni eau. (Il ajouta avec de la fierté dans la voix, comme s'il était honoré par ses ravisseurs.) Ce train a été réservé aux intellectuels et aux hommes d'affaires puissants. Certains sont juifs, d'autres non. Si les nazis ne vous aiment pas, ça n'a pas d'importance. J'ai entendu dire que Stutthof n'était pas une partie de plaisir.

Les photos que Karl m'avait montrées ressurgirent dans mon esprit. Les monticules de corps, de bagages, de livres, de lunettes, de chaussures, tous jetés sur le sol comme autant de déchets humains. Une vague de nausée déferla sur mon estomac.

Katrina éclata en sanglots. Plusieurs hommes du wagon la regardèrent puis se détournèrent, indifférents à ses larmes, stoïquement résignés à leur condition. Je passai un bras autour épaules de Katrina afin de lui témoigner mon soutien.

—Comment cela a-t-il pu arriver ? demanda-t-elle. Pourquoi ? Nous sommes en état d'arrestation parce que nous avons dit la vérité ?

Elle avait parlé assez fort pour que le garde l'entende. Il entra dans le wagon.

—Ferme ta sale gueule de communiste !

Erik tenta de l'apaiser, en entrelaçant ses doigts aux siens. Au bout d'un moment, Katrina recouvra son calme. J'étais choquée de voir à quel point le monde avait changé, à quel point j'étais devenu naïve depuis que j'avais commencé à servir Hitler. Visiblement, je n'allais pas tarder à expérimenter l'horrible réalité dont j'avais été témoin sur les photos de Karl. Pour la première fois, je comprenais vraiment pourquoi de nombreux Allemands défendaient Hitler. Toutes les ruses des nazis – la ferveur politique, la propagande, le mythe de la supériorité – s'adressaient au commun des mortels. Peu de gens avaient connaissance des atrocités comme celles-ci.

Le train avançait en bringuebalant sur la voie et nous restâmes silencieux pendant un long moment. En grondant, mon estomac me rappela que je n'avais pas mangé depuis le dîner. Bientôt, le balancement et la chaleur me bercèrent. Erik somnolait, la tête contre les jambes de sa femme.

Nous fûmes réveillés en sursaut lorsque le train s'arrêta, vers 15 heures, à la gare de Stutthof. Deux gardes armés entrèrent dans le wagon pour examiner les papiers de chacun. On pria tous ceux dont c'était la destination de descendre du train. Je regardai par la fenêtre. Je ne vis que des étendues de forêts à travers une plaine, qui me rappelaient la campagne autour de la Tanière du loup d'Hitler. Au loin, je distinguai vaguement un immense bâtiment en brique de deux étages avec de nombreuses fenêtres et un toit en pente qui me fit penser à un château français. Il semblait y avoir une clairière au-delà. Une rangée de gardes SS armés se tenait à l'extérieur du train, orientant les prisonniers vers un chemin caillouteux.

Lorsque ce fut au tour d'Erik de partir, Katrina s'accrocha à ses bras en sanglotant et en jurant en polonais. L'un des gardes s'approcha et menaça de lui enfoncer la crosse de son fusil dans le ventre. Erik ordonna à sa femme de le lâcher. Elle dénoua ses bras, laissant ses doigts glisser vers le bas, le corps secoué de hoquets.

—Sois raisonnable, ma chérie, lui murmura-t-il en l'embrassant sur le front. On se reverra bientôt. Au revoir... ajouta-t-il en me regardant d'un air interrogateur.

J'avais oublié de leur donner mon nom.

—Magda.

—Au revoir, Magda. Que Dieu vous garde dans ses grâces.

Le garde attrapa Erik par l'épaule et le fit descendre du wagon. Katrina s'effondra sur le banc et enfouit son visage dans ses mains. Assise à côté d'elle, tremblante de ma propre peur, je me sentais inutile et effrayée.

Je balayai le wagon du regard : il ne restait plus que dix femmes à bord, en route pour Bromberg-Ost. Personne ne parla alors que le train s'éloignait. Nous nous dévisagions d'un œil vide, comme si nos vies étaient terminées.

Environ trois heures plus tard, nous arrivâmes à Bromberg-Ost. Ayant rassemblé nos bagages, nous sortîmes du train. Quelques gardes masculins se tenaient près du quai, mais je fus frappée par la présence d'un grand nombre de femmes SS. L'une d'elles, une blonde costaude aux bras musclés, nous « accueillit » à Bromberg-Ost. Elle nous expliqua que nous serions bien traitées pendant notre séjour. La plupart des femmes SS me faisaient penser à Dora de la Tanière du loup. L'air féroce et endurci, elles affichaient une détermination typiquement nazie qui se manifestait dans leur attitude condescendante et leur propension à crier. Elles étaient si raides qu'elles auraient pu se briser si elles avaient dû se plier. L'une d'elles était plus jolie et plus jeune que les autres. Elle était aussi plus à la mode, portant une jupe serrée et d'élégantes chaussures de cuir.

Nous fîmes la queue pour le contrôle. Katrina tremblait derrière moi. La femme d'âge moyen qui se trouvait devant moi chuchota qu'il s'agissait d'un camp de concentration pour femmes, sous la juridiction de Stutthof. La plupart des prisonnières envoyées à Bromberg-Ost l'étaient pour des raisons politiques.

—Nous avons une meilleure chance de survie ici, dit-elle.

Ses paroles ne suffirent pas à me réconforter.

Quand mon tour arriva, on me confisqua mes bagages et mon alliance en argent.

—Tu n'en auras pas besoin, lâcha la blonde costaude.

On m'emmena dans une pièce, vide à l'exception d'un banc de bois, et on m'ordonna de me déshabiller. La jolie SS que j'avais vue près de la plateforme examina mon corps pendant que je me déshabillais.

—Tu es forte et bien nourrie, constata-t-elle. Tu feras une bonne travailleuse. (Elle me tendit une veste d'uniforme rayée et une jupe grossière.) Tu auras d'autres vêtements quand nous aurons déterminé à quel poste tu conviendras le mieux.

Les gardiennes nous montrèrent ensuite le dortoir où nous serions logées : une trentaine d'entre nous par baraque. Mon lit se trouvait près de la porte, sur une plateforme à deux niveaux : une planche de bois brut qui partait du mur et s'étendait sur environ un mètre cinquante. Nous allions y dormir à deux, côte à côte. Mon « oreiller » était une enveloppe de tissu sale et aplati avec un peu de coton à l'intérieur. Une vieille couverture en laine avait été repoussée contre le mur. Je n'en aurais probablement pas beaucoup besoin pendant l'été, mais je ne savais pas non plus combien de temps je serais retenue prisonnière ici.

L'une des gardes nous expliqua les règles et les règlements : nous devions nous coucher à 21 heures et nous lever à 5. Nous prendrions le petit déjeuner et le dîner dans le réfectoire. Le déjeuner, précisa-t-elle, serait pris sur le lieu de travail ou pas du tout, selon la façon dont nous aurions accompli les tâches qui nous étaient assignées. Elle nous indiqua où se trouvaient les latrines, mais nous déconseilla de les utiliser la nuit. Les quelques gardes masculins du camp seraient alors de garde. Il était interdit de fumer, de boire ou d'avoir des relations sexuelles. Tout travail devait être accompli au nom du Reich, car « le travail rend libre ».

—Quand je siffle ou que je frappe à la porte, vous devez vous mettre en rangs et être prêtes à faire tout ce que je vous demande, ajouta la gardienne avec un grand geste théâtral.

Sur quoi, elle sortit. Nous autres, nouvelles arrivées, fûmes laissées avec vingt autres femmes, qui étaient des vétérans du camp. Je m'appuyai contre la balustrade de mon lit et cherchai à comprendre ce qui m'était arrivé. Katrina, la tête basse, était assise sur le banc au centre de la pièce.

La pièce était vide, à l'exception des lits superposés et du banc. Les quatre fenêtres, deux de chaque côté de la pièce, étaient ouvertes pour laisser entrer un peu de brise à l'intérieur. L'air, étouffant, empestait le bois pourri et la chair malpropre. Les femmes qui occupaient déjà la pièce n'avaient pas grand-chose à nous dire : il n'y eut ni bienvenue ni salut. Épuisées par leur journée de travail, elles s'asseyaient sur le banc ou se glissaient dans leur espace de couchage pour faire une sieste. Cette heure devait être l'une des rares de la journée où on les laissait tranquilles. Je voyais bien la façon dont elles accueillaient ce moment de paix. Leurs visages étaient hagards et usés par les épreuves quotidiennes, leurs cheveux emmêlés et négligés.

La baraque était plongée dans l'obscurité, malgré les longues heures d'ensoleillement de l'été, car elle était abritée par l'ombre profonde des arbres. Je cherchai à parler à l'une d'elles mais, trop fatiguée, celle-ci me fit signe de m'éloigner. Lorsqu'elle se retourna sur son lit, je remarquai un insigne sur sa veste, un triangle jaune avec la pointe dirigée vers le haut sous un triangle rouge avec la pointe dirigée vers le bas. Dans les faits, cela formait une étoile de David bicolore, un insigne dont j'ignorais le sens.

Je m'assis sur le banc au milieu de la pièce et fixai les murs. Mon corps était engourdi par le choc et je m'efforçai toujours d'assimiler les conditions horribles dans lesquelles j'avais été plongée. Je voulais m'enfuir, mais je n'avais nulle part où aller. Des sentiments suffocants de perte et de désespoir m'envahirent.

Environ trente minutes plus tard, la même garde revint et nous rassembla pour le dîner. Le mess n'était pas beaucoup mieux que notre baraque, même si l'espace était plus vaste. Des rangées de tables et de bancs en bois brut occupaient toute la salle. Dès que nous eûmes franchi la porte principale, nous nous plaçâmes en ligne pour être servies. Notre souper consistait en une soupe claire où flottaient quelques légumes mais pas le moindre morceau de viande, versée dans une tasse en fer-blanc. Nous eûmes également droit à une croûte de pain chacune. Attablée à côté de Katrina, je m'émerveillai de la vitesse à laquelle j'étais tombée aussi bas et de la distance qui me séparait des produits les plus frais comme des plats raffinés élaborés dans les cuisines d'Hitler, maintenant que je devais me contenter de la lavasse du camp. Même si j'avais faim, cette soupe ne me faisait aucune envie.

—Comment te sens-tu ? demandai-je à Katrina.

Elle remua sa cuillère déglinguée dans le bouillon et répondit :

—Si je ne sors pas d'ici, je ne passerai pas l'hiver. (Elle se tourna vers moi : il n'y avait dans ses yeux sombres que le vide de la vie qui s'écoulait de son corps.) La plupart d'entre nous seront mortes après l'hiver.

Je rétorquai sèchement mais à voix basse, car je ne voulais pas que les autres entendent :

—Si tu sens que tu n'as aucune raison de vivre, tu mourras. Tu dois être plus forte qu'eux.

Elle me jeta le regard piteux du chien recroquevillé, sur le point d'être frappé.

—Et comment je fais ? (Elle observa les autres femmes tristes dans la pièce, puis baissa la tête.) Comment je pourrais remporter une bataille contre les SS ?

—Pense à Erik. Pense à lui à chaque heure du jour et dans tes rêves. Vis pour lui et pour personne d'autre.

Je songeai à Karl et les larmes se massèrent derrière mes yeux, mais j'étais déterminée à ne pas pleurer devant Katrina. Elle avait besoin de ma force. Nous avions tous besoin de la force d'autrui mais, en étudiant les autres femmes dans la salle, je savais qu'il serait difficile de trouver du courage. Les nazis avaient mis au point des méthodes efficaces pour briser nos esprits.

Nous n'étions pas à table depuis longtemps quand une garde nous aboya de finir de manger ou de « retourner dans notre baraque ».

Mon estomac avait beau crier famine, je rapportai ma soupe à la prisonnière qui ramassait les plats. Avisant le contenu de ma tasse, elle lâcha :

—Tu ne feras pas long feu si tu gaspilles la nourriture. Dans trois jours, tu en boiras jusqu'à la dernière goutte.

Je me doutais bien qu'elle avait raison.

—Pas ce soir, répliquai-je pourtant en lui tendant tasse et cuillère.

Katrina et moi regagnâmes la baraque. Aucune gardienne ne nous accompagnait, mais je voyais bien qu'il était inutile d'envisager une évasion. Le camp était entouré d'une haute clôture électrifiée. Je tomberais morte au premier contact.

Les bras et les jambes engourdis de fatigue, je rampai sur la planche dure qui me servait de lit, où je sombrai dans un sommeil sans rêve jusqu'à ce que le coup de sifflet matinal me réveille. Il était l'heure de travailler.

Le petit déjeuner, qui ressemblait plutôt à une bouillie de gruau, avait la même consistance aqueuse que la soupe de la veille au soir. La femme musclée qui nous avait accueillies assigna ensuite leur tâche aux nouvelles arrivantes. Elle s'appelait Gerda et j'appris qu'elle officiait à Bromberg-Ost depuis sa création. Je fus chargée de m'occuper du jardin du camp pendant l'automne. Katrina devait être expédiée dans la journée vers une usine de munitions voisine. Je n'avais pas le temps de prendre une douche, me déclara Gerda. J'aurais la chance d'en prendre une par semaine dans la baraque commune, peut-être plus, « si je me conduisais en bonne fille ».

Je disposais de quelques minutes pour visiter les latrines avant d'être attendue dans le jardin, un terrain assez vaste situé au nord du camp. Je pris furtivement congé de Katrina, lui souhaitai bonne chance et me dirigeai vers la zone de terre labourée. On fit l'appel. Les trois quarts du terrain se trouvaient en plein soleil, le dernier quart à l'ombre, ce qui permettait de cultiver différentes sortes de légumes. Les tomates et les asperges arrivaient à leur apogée. Une garde m'ordonna de cueillir les tomates et de couper les asperges qui étaient mûres. Quand j'eus terminé, la garde me dit de biner le sol en vue des plantations d'automne.

La journée était chaude et humide. Des moustiques et des taons bourdonnaient autour de ma tête. La garde se mit en colère et agita son pistolet vers moi en me voyant écraser les insectes.

—Fais ton travail, me cria-t-elle. Aucun insecte ne te trouvera digne d'une morsure.

Mon cou, mes bras et mes jambes exposés étaient couverts de zébrures rouges lorsque nous fûmes autorisées à nous arrêter pour déjeuner. Encore une fois, on nous servit une soupe, probablement la même que celle de la veille, avec un minuscule morceau de pain. Les tomates et les asperges n'étaient pas destinées à nos estomacs mais à la bouche de nos oppresseurs. Cette fois, je vidai mon écuelle.

Pendant l'après-midi, je labourai la terre quatre heures durant avec la houe. Le sol était dense, truffé de petites pierres. Impossible de creuser plus de cinq centimètres sans que le trou se remplisse de cailloux. J'en informai la garde, qui ne fit qu'en rire et me rétorqua que je n'étais bonne à rien. D'autres avant moi avaient effectué la même tâche sans se plaindre, déclara-t-elle avant de me repousser en m'ordonnant de retourner creuser les sillons.

À 17 heures, j'avais mal au dos et mes bras avaient la consistance de nouilles molles. Je pouvais à peine tenir ma houe. Ma veste et ma jupe étaient tachées de sueur. Les insectes continuaient de voltiger autour de mon visage et de mon cou, me piquant jusqu'à me rendre folle d'exaspération. Finalement, celles d'entre nous qui travaillaient dans le jardin furent autorisées à retourner dans la baraque pour se reposer quelques minutes avant le dîner. Je m'effondrai sur mon lit. Katrina n'avait pas regagné le dortoir.

Je sombrais dans un sommeil douloureux quand une tape sur l'épaule me réveilla. La femme avec laquelle j'avais tenté d'entamer une conversation la nuit précédente se penchait sur moi. Elle mit un doigt sur ses lèvres, puis me chuchota à l'oreille :

— Tu dois garder ça pour toi, mais j'ai un remède qui empêchera les insectes de te piquer. Il y a du camphre dedans. Ça ne sent pas bon, mais quelques gouttes étalées sur les parties exposées de ta peau suffiront à les éloigner. Tu dois souffrir de démangeaisons atroces.

Je me soulevai sur mes coudes et la regardai.

— Merci. La journée a été dure. Un remède, c'est juste ce dont j'ai besoin.

— Attends une minute.

Elle quitta mon lit près de la porte et se traîna vers le sien, qui se trouvait au milieu de la pièce. Après avoir farfouillé sous sa couverture crasseuse, elle en sortit une petite fiole marron, puis elle revint, en ôta le bouchon et plaça le bout de son doigt sur le goulot pour secouer le liquide. Elle fit alors tomber quelques gouttes de son doigt sur mon cou et mes bras. Le camphre brûla ma chair enflammée mais, au bout quelques minutes, les démangeaisons s'apaisèrent sous son baume rafraîchissant.

—Tu es très gentille, murmurai-je. Je m'appelle Magda.

Je lui tendis une main qu'elle prit dans la sienne avec un sourire. La dent du milieu manquait à sa mâchoire inférieure.

—Je m'appelle Helen.

—Pourquoi es-tu ici ? demandai-je.

—Je pourrais te retourner la question, répliqua-t-elle.

Mes yeux se posèrent sur son badge rouge et jaune.

—Je crois que je suis prisonnière politique, bien qu'aucune accusation de ce genre n'ait été formulée à mon encontre.

Helen tapota son badge comme si elle était fière de son insigne.

—Je suis prisonnière politique, moi aussi, et juive. D'où les deux étoiles. La jaune pour « juive », la rouge pour mes opinions politiques. Les nazis m'ont accusée d'être communiste, s'esclaffa-t-elle, et ses yeux s'éclairèrent. Et ils avaient raison. Enfin, je suppose que je n'aurais pas dû te dire ça. Tu pourrais l'utiliser contre moi.

Ce fut à mon tour de rire.

—Ton secret est en sécurité avec moi.

J'allais lui demander comment elle avait été internée au camp quand la garde siffla le dîner. Nous fîmes la queue et franchîmes la porte. Ce soir-là, je n'allais pas rechigner à manger. Katrina était revenue au camp pendant ma courte sieste. Ensemble, avec la femme plus âgée, nous gagnâmes la cantine pour une nouvelle tasse de soupe agrémentée d'un croûton de pain. Cette fois, le bouillon contenait une rondelle de carotte, mais le pain était moisi.

Dès que notre repas fut avalé, Katrina et moi rentrâmes au camp avec Helen. Je demandai à Katrina comment s'était passée sa journée.

—Le travail est dur, répondit-elle en gardant précautionneusement les mains sur ses flancs. J'ai poli des roulements à billes toute la journée. Tu as un quota à atteindre. Si tu n'y arrives pas, on te retire de la chaîne et on te sanctionne.

— On te « sanctionne » ? répéta Helen. Le mot exact est « on te bat ». C'est ce qui m'est arrivé, ajouta-t-elle en ouvrant la bouche pour montrer l'interstice laissé par sa dent manquante. J'ai été frappée par une gardienne qui n'était pas contente de la façon dont je nettoyais les sols.

— Tu nettoies les baraques ? demandai-je.

— C'est mon travail. J'ai de la chance de l'avoir.

— Je ne sais pas combien de temps je vais pouvoir tenir, geignit Katrina. Mes mains étaient à vif à la fin de la journée.

J'étais désolée pour elle, mais je voulais qu'elle survive.

— Pense à ton mari, lui ordonnai-je. Sois forte pour lui.

Quand nous fûmes rentrées à la baraque, Katrina ouvrit ses paumes et nous montra les lacérations sur sa peau. Je doutais qu'elle soit capable de travailler le lendemain. Baissant les yeux sur mes propres mains, je remarquai les boursouflures remplies de liquide qui se formaient sur la peau entre mon pouce et mon index. Elles donneraient des cloques douloureuses le lendemain matin.

Je me glissai dans mon lit pendant que quelques femmes s'asseyaient sur le banc et discutaient. En dépit des lumières allumées et de leur bavardage soutenu, je n'eus aucun mal à m'endormir. Je dormais déjà au moment de l'extinction des feux.

Plus tard cette nuit-là, dans la brume du sommeil, je sentis qu'une paire d'yeux me fixait. Je n'avais pas de montre et il n'y avait pas d'horloge au mur, mais il devait être minuit passé. Je me réveillai en sursaut, surprise par cette présence au-dessus de moi.

— N'aie pas peur, me chuchota une voix féminine. Lève-toi.

Je secouai le brouillard qui m'embrumait l'esprit et je scrutai l'obscurité. La forme sombre d'une femme apparut parmi les ombres lugubres.

—Qui êtes-vous ? Où allons-nous ?

—Tu le sauras bien assez tôt, répondit la femme. J'aurais pu te faire enlever, mais si tu viens de ton plein gré, ce sera beaucoup mieux.

Comme je n'avais aucun doute sur sa sincérité, je rampai du mieux que je pus hors de mon lit, les bras raides et les jambes douloureuses. Je glissai dans mes chaussures lorsque mes pieds touchèrent le sol.

—Suis-moi, ordonna la femme. On pourra parler dehors.

Elle me conduisit vers la porte et sur le chemin qui s'éloignait de ma baraque. Au bout d'une cinquantaine de mètres, elle alluma une torche électrique. Un pistolet pendait de sa main gauche. Je la reconnus : c'était la jeune et jolie gardienne qui m'avait dit que j'avais l'air « forte et bien nourrie ». Elle me fit signe de la suivre jusque dans les ombres plus profondes sous les arbres. Quand nous nous arrêtâmes, elle me caressa les cheveux et le visage.

—Je m'appelle Jenny, dit-elle. Je peux te faciliter la vie.

Je savais que rien de bon ne pourrait découler de son offre.

—De quelle manière ?

Elle posa sa torche par terre et s'appuya contre un arbre. La lumière projetait des stries noires bien nettes sur son visage. Un papillon de nuit voletait autour du faisceau lumineux.

—Vous êtes jolies, Katrina et toi, mais Katrina est trop faible pour ce que j'ai en tête. Toi, tu as de la force de volonté, tu survivras quel qu'en soit le prix. (Je frissonnai quand elle toucha mon visage et je repoussai sa main.) Tu as le choix, reprit-elle. Pourquoi ne pas échanger la douleur contre le plaisir ?

Je n'osai lui demander ce qu'elle voulait. Elle sortit un paquet de cigarettes de la ceinture de sa jupe.

—Tu fumes ?

J'aurais aimé pouvoir me détourner, fuir ses questions, mais je n'avais nulle part où aller.

—Non.

—Tu as des vices ? s'esclaffa-t-elle. L'alcool ? La marijuana ? (Elle se pencha si près de mon visage que je distinguai l'étincelle dans ses yeux.) Les hommes ?

—Où voulez-vous en venir ?

—Les soldats allemands ont besoin de tes services. (Elle rit de nouveau, cette fois plus doucement, avec une pointe de tristesse.) Je leur ai donné tout ce que je pouvais, mais ils se lassent du même corps. Aucun homme ne l'admettra jamais, mais c'est vrai. Chaque homme, marié ou non, cherche davantage. Il ne peut se satisfaire d'une seule femme.

—Vous me dégoûtez, crachai-je en m'éloignant.

Quand je me retournai, je la vis lever son pistolet vers moi.

—Ne t'éloigne plus jamais de moi, sauf si je te l'ordonne, lâcha Jenny. Je n'hésiterai pas à te tirer dessus si tu me désobéis.

Je me retournai.

—Meurtrière.

Elle baissa son arme.

—Crois-moi, personne ne se souciera de ta mort. Personne ne remarquera qu'il manque une prisonnière dans le monde. Si tu ne consens pas, une autre prendra ta place, peut-être Katrina après tout. Je te donne vingt-quatre heures pour prendre une décision. Je viendrai te voir demain soir, à la même heure. Je te suggère de faire le bon choix. (Elle éteignit sa torche et désigna ma baraque.) Retourne te coucher. Le travail de demain sera plus difficile que celui d'aujourd'hui.

Je m'éloignai lentement, sans me retourner. Si elle voulait me tirer dessus, elle devrait le faire dans le dos, comme une lâche. *Les photos du front de l'Est que Karl m'a montrées, il semble que des années se sont écoulées depuis que je les ai vues. Des hommes, des femmes et même des enfants, alignés au sommet d'un ravin. Puis abattus d'une balle dans le dos. Les corps tombant un par un dans la fosse jusqu'à ce qu'elle soit pleine. La terre les a recouverts jusqu'à ce qu'il ne reste plus rien, pas même des larmes.*

Quand je fus certaine d'être loin de Jenny, je courus jusqu'à la porte de la baraque. À bout de souffle, j'en attrapai la poignée, mais je n'arrivai pas à l'ouvrir. Toutes les horreurs des deux derniers jours s'abattirent sur moi et je m'effondrai en sanglotant, sur la terre humide. Mon corps et mon âme avaient été jetés dans l'enfer de Bromberg-Ost. Il n'y avait pas d'issue. Quel que soit le Dieu du ciel, il nous avait abandonnés, mon pays, ma famille et moi.

16

Jenny avait raison : la journée de travail du lendemain fut plus dure que celle de la veille. Mes muscles me faisaient mal. Mes mains, couvertes d'ampoules, palpitaient de douleur à chaque coup de houe, comme si des éclats de verre s'enfonçaient sous ma peau. La dense couverture nuageuse au-dessus du camp, en atténuant la chaleur, nous offrit un peu de répit. Pourtant l'air collait à ma peau comme un chiffon humide. Les heures s'écoulaient avec la lenteur de journées pendant que je me voyais forcée d'ouvrir des sillons boueux dans la terre caillouteuse.

Je remarquai quelque chose de curieux au dîner. Katrina et une autre femme de la baraque avaient disparu. Je n'osai pas demander à l'une des gardes ce qui s'était passé. Je pris mon repas – ce soir-là, une bouillie brune censément composée de pois chiches, qui sentait le cru et la terre – et je m'assis à côté d'Helen. Comme la plupart des autres détenues, elle mangeait lentement, parlant peu, la tête baissée sur son bol. Elle leva les yeux vers moi, marquant à peine qu'elle me reconnaissait lorsque je m'assis à côté d'elle.

— Tu as vu Katrina ? lui demandai-je après une bouchée de la bouillie collante que j'avais dans mon assiette.

Elle secoua la tête. J'eus l'impression qu'elle ne voulait pas me parler.

— Tu sais ce qui lui est arrivé ?

Helen se retourna et me fusilla du regard.

—On ne parle pas de ces choses-là. C'est interdit.

J'arrêtai de remuer ma bouillie et je laissai la cuillère se reposer contre le côté du bol. Helen se remit à manger, sans vouloir parler.

—Laisse-moi te dire quelque chose, chuchotai-je. Je devine par ton silence que quelque chose de terrible est arrivé à Katrina. Je n'ai aucune idée de ce dont il s'agit, mais si tu ne me le dis pas, je l'apprendrai de quelqu'un d'autre. Nous tuons notre propre peuple. Il faut arrêter ça.

Nous demeurâmes silencieuses pendant un moment, mangeant l'une et l'autre nos maigres portions. Quand Helen eut terminé, elle lâcha :

—Les gardiennes attendent, elles sont à l'affût d'une excuse pour se débarrasser de nous. Tu n'es pas là depuis longtemps. C'est dangereux de parler.

—Nous sommes entourées par le danger. Nous devons vivre avec ou mourir. Qu'est-il arrivé à Katrina ?

Helen soupira.

—Tu es stupide. Je nierai t'avoir dit quoi que ce soit. (Elle repoussa son bol.) Les gardiennes font des sélections. Gerda, Jenny… elles décident qui part et qui reste. Katrina et une autre femme ont été envoyées à Stutthof ce matin. Elles n'étaient pas en état de travailler. Katrina se plaignait de ses mains ; l'autre femme avait des problèmes avec ses jambes. Elle pouvait à peine marcher. Elles ne reviendront pas.

—Comment le sais-tu ?

Les yeux écarquillés par l'étonnement, Helen me dévisagea comme si j'étais une idiote.

—Elles ne reviennent jamais. Tu as entendu parler des douches de Stutthof ? (Je secouai la tête.) Des centaines, peut-être des milliers de gens sont envoyés prendre des douches et ils ne ressortent jamais.

—Ils disparaissent ?

—Oui, comme Katrina. Et ensuite, le camp sent la chair brûlée.

Je repensai à la photo que Karl m'avait montrée, celle du prisonnier qui poussait un cadavre dans ce qui ressemblait à un four géant. Le prisonnier sur la photo avait l'air aussi mort que le cadavre. Pour ne pas être submergée par l'horreur de cette révélation, je ne pus que penser à Karl. L'espoir, la faible prière, qui existait dans mon esprit de le revoir vivant un jour était tout ce qui m'empêchait de fondre en larmes. J'espérais que Katrina ressentait la même chose sur le chemin de Stutthof.

Nous participions à notre propre destruction. Comment tous les Allemands avaient-ils pu fermer les yeux ? Je me demandai si ceux qui vivaient dans les villes ou dans les fermes à l'extérieur des camps pouvaient sentir l'odeur de la chair brûlée. Regardaient-ils le ciel alors que des cendres grises pleuvaient sur eux ? Comment pouvaient-ils ignorer ce qui se passait et, s'ils le savaient, pourquoi ne s'en souciaient-ils pas ? Où étaient les gens qui devaient se dresser, horrifiés et indignés, face aux agissements de notre gouvernement ?

Je retournai à la baraque, seule, à l'exception d'Helen. Je n'étais pas d'humeur à discuter. Je pris mon temps pour me préparer à aller au lit. Quand je me glissai sur ma couchette, je fus incapable de m'endormir, en proie à une nervosité qui me démangeait, à l'instar de fourmis rampant sur ma peau. Je restai éveillée, imaginant les secondes qui s'écoulaient, tandis que j'attendais Jenny.

Conformément à ce qu'elle avait annoncé, elle arriva au milieu de la nuit. Lorsqu'elle me toucha, je ne savais toujours pas quoi faire. J'avais pensé à Karl et je m'étais demandé quelle décision il aurait voulu me voir prendre. Je repensai à notre conversation, quand il m'avait prié de faire tout mon possible pour rester en vie. Mon père m'aurait conseillé la même chose.

Je ne lui adressai pas un mot tant que nous ne fûmes pas dehors, dans l'obscurité.

—Je vais vous accompagner.

—Tu es sage, commenta Jenny.

Je sentais une odeur d'alcool dans son haleine, pas forte, mais subtile, comme si elle avait pris quelques gorgées de vodka. Elle alluma une cigarette et me pria de la suivre. Nous traversâmes le camp jusqu'aux douches, où elle m'ordonna de me déshabiller et de me laver. Je me débarrassai de ma veste ainsi que de ma jupe, que je suspendis à un crochet, et j'entrai dans la douche. Jenny m'observait en souriant pendant que je me déshabillais.

—Le colonel sera ravi… sauf en ce qui concerne les piqûres d'insectes, commenta-t-elle en riant. Je lui avais promis une surprise.

Je sursautai car je pensai aussitôt au colonel qui m'avait bannie de la Tanière du loup. Puis je compris que ce n'était probablement pas le même homme. Il y avait beaucoup de colonels dans l'armée. J'eus peur de ce que Jenny me réservait, mais l'eau chaude et savonneuse qui coulait sur mon corps me fit du bien, car cela faisait des jours que je n'avais pas pu me laver aussi méticuleusement.

—Tu feras tout ce qu'il demandera, m'ordonna-t-elle. Tu lui donneras le plaisir qu'il désire. Ne parle pas sauf s'il t'adresse la parole. Je serai derrière la porte, avec ça…

Elle tapota son pistolet, attaché dans un étui sous son bras.

Je passai quelques minutes supplémentaires sous la douche jusqu'à ce que Jenny commence à s'agiter. Dès que je coupai l'eau, elle me tendit une serviette avant de reculer rapidement pour éviter de tremper ses chaussures de cuir. Jenny était habillée d'une jupe noire, d'un chemisier et d'un pull blancs. Le foulard rouge qu'elle avait noué autour de son cou lui donnait l'air de sortir pour la soirée. Les autres gardiennes ne portaient jamais rien d'aussi provocant que Jenny. Elle était ravissante, avec ses longs cheveux tombant en vagues et son visage embelli par le maquillage.

Lorsque j'eus fini de me sécher, Jenny me tendit une pommade et du maquillage en poudre à appliquer sur mon corps pour couvrir les piqûres d'insectes. Elle me passa ensuite une robe blanche qu'elle voulut me voir enfiler.

—C'est une courte promenade. Emporte tes vêtements dégoûtants, jusqu'à ce que nous soyons arrivées.

Elle pinça son nez à deux doigts, comme pour en bloquer l'odeur. Puis elle passa les doigts dans mes cheveux et caressa mes épaules.

—Tu es presque présentable maintenant. Par ici.

La soirée me semblait plus fraîche après la douche, tandis que l'air jouait sur ma peau. Nous n'eûmes pas une grande distance à parcourir avant d'atteindre une baraque près de l'entrée de Bromberg-Ost. De l'extérieur, elle semblait déserte, aussi dénuée de vie qu'un bâtiment vacant, mais derrière les stores occultants, je détectai la lueur jaune d'une bougie. Jenny s'arrêta devant la porte.

—Reviens ici quand tu auras fini. Je serai là pour te ramener. Le colonel est dans le lit du fond, il t'attend.

En tirant sur la poignée, je me répétai que je n'avais pas le choix si je voulais rester en vie. Sur une inspiration, j'entrai. Mes yeux mirent un peu de temps à s'adapter à la pénombre. Quelques bougies projetaient leurs ombres vacillantes dans la pièce. Comme l'air n'y circulait pas, la pièce sentait l'ammoniaque et le sexe rance. C'était le bordel du camp. Il y avait sept lits dans la pièce, trois de chaque côté et un contre le mur du fond. Tous étaient vides, à part le plus éloigné. Un homme était assis sur le lit, nu à l'exception d'une serviette drapée autour de sa taille. Il me fit signe d'avancer. Je resserrai la ceinture de ma robe.

Ce colonel n'était pas celui qui m'avait envoyée ici. Le militaire en face de moi avait une quarantaine d'années, bel homme aux cheveux noirs grisonnants sur les tempes. Son corps était mature, son torse et ses bras couverts de poils noirs. Alors que je marchais vers lui, il ouvrit les jambes et la serviette se sépara en son milieu. Je m'arrêtai.

—Avance, ordonna-t-il dit. (Au ton qu'il avait employé, je devinai que ce n'était pas la première fois qu'il fréquentait le bordel.) Je ne te ferai pas de mal, ajouta-t-il en tapotant le lit. Assieds-toi à côté de moi. Apprenons à nous connaître.

Mes nerfs tressaillirent sous ma peau. En dépit d'un violent tremblement, je pris place à côté de lui.

—Tu es nouvelle, constata-t-il. Je ne t'ai jamais vue. Comment t'appelles-tu ? ajouta-t-il en se tournant vers moi.

—Magda, répondis-je, sans trop savoir si je faisais bien de le lui révéler.

—Tu es jolie Magda. (Il posa une main sur ma jambe et frotta sa paume de haut en bas sur ma robe.) Tu as besoin de te détendre, de t'amuser. Je peux te rendre heureuse. Si tu me rends heureux, ta vie sera beaucoup plus facile. (Il tendit sa main gauche vers moi, se saisit doucement de mon visage et le tourna vers lui.) Tu trembles. Je peux te commander de faire ce que je dis, mais si tu t'abandonnes à moi, c'est beaucoup plus agréable. (Il ouvrit sa serviette de la main droite.) Regarde, ordonna-t-il, en me forçant à baisser la tête.

—Arrêtez, s'il vous plaît, intervins-je. Accordez-moi quelques minutes.

Il se calma et s'adossa au lit, son corps nu exposé à mon regard.

—Ce serait plus facile si je demandais à d'autres de se joindre à nous ? C'est ce que tu veux ? Une orgie ? Jenny peut nous organiser ça. En fait, elle serait heureuse de se joindre à nous, s'esclaffa-t-il.

Je sentis que je m'effondrais.

—Non, ce ne serait pas plus facile. Je préférerais mourir, en fait.

Il gloussa.

—La morale n'a pas sa place dans un bordel. Vois les choses comme un moment de plaisir. Une fois passé, il disparaît pour toujours. (S'étant emparé d'une de mes mains, il la posa sur son ventre.) Demain soir, tu ne te souviendras même plus de mon visage. Tu ne te souviendras pas de la sensation de mon… (Poussant ma main plus bas, il voulut l'enfoncer dans ses poils pubiens, mais je la lui arrachai.) Je vois que ça va être difficile. Je vais sans doute en être réduit à te prendre par la force.

Il se redressa dans le lit, sur le point d'appeler Jenny.

—Je suis enceinte, lâchai-je.

Il me regarda, les yeux écarquillés de stupéfaction, puis il tira lentement la serviette sur sa taille. Il resta là un moment, à m'étudier pour déterminer si je mentais.

—Je vais en parler à Jenny. Elle ne peut pas exciter un homme et ensuite lui jeter un seau d'eau froide dessus. Ce n'est pas bien.

—Je suis mariée à un officier SS, répliquai-je.

Les yeux du colonel se fixèrent sur moi et une vague de dégoût les traversa.

—Si c'est vrai, qu'est-ce que tu fabriques ici ?

La vérité me semblait préférable au mensonge, du moins une demi-vérité.

—Je ne sais pas. On ne m'a pas dit quel était mon crime. J'ai été exilée de la Tanière du loup, où je travaillais pour le Führer.

Il s'éloigna de moi.

—Tu as travaillé pour le Führer ? Quel est ton nom ?

—Magda Weber. Je suis mariée au capitaine Karl Weber.

—Mon Dieu, fit-il en enfouissant son visage dans ses mains Je connais le capitaine Weber. Je le connaissais avant qu'il soit envoyé en service au Berghof.

Le colonel appela Jenny à grands cris.

Elle ouvrit la porte et bondit à l'intérieur, son pistolet pointé sur moi.

—Qu'est-ce qu'elle a fait ? Dois-je la tuer ? s'écria-t-elle en se précipitant vers nous.

—Range ça avant de tirer sur quelqu'un, répliqua le colonel. Trouve des vêtements pour cette femme et emmène-la au dortoir des gardiennes. Reste auprès d'elle toute la nuit et veille à ce qu'elle ne subisse aucun tracas. Je téléphonerai demain matin.

—Je ne comprends pas, balbutia Jenny qui me regarda comme si je l'avais poignardée dans le dos.

—C'est tout, rétorqua le colonel. Fais ce que je te dis. Je t'expliquerai demain. (Il s'allongea sur le lit.) Envoie-moi une autre femme, quelqu'un de plus approprié.

Jenny me tira du lit et me poussa vers la porte.

—Rappelle-toi, lui ordonna le colonel. Tu dois être gentille avec elle.

Une fois que nous fûmes dehors, Jenny agita son pistolet devant moi et lâcha :

—Je ne sais pas ce que tu as fichu, mais s'il y a une ruse là-dessous, je me chargerai personnellement de te tuer. Je n'aime pas qu'on me ridiculise. (Je baissai la tête, sans rien dire.) Espèce de pute, marmonna-t-elle en crachant à mes pieds.

Et sans ajouter un mot, elle me conduisit au dortoir des gardiennes.

Gerda me réveilla de bonne heure le lendemain matin. Elle me dit que je pouvais prendre une douche au dortoir puis me préparer pour le colonel, qui voulait me voir. Elle me donna une robe bleue, des sous-vêtements propres, des bas et des chaussures. Elle avait même récupéré ma valise. Il y manquait quelques objets sans grande importance, car elle avait été fouillée, et les vêtements laissés à l'intérieur étaient froissés et en désordre. Gerda me tendit une tasse de café. Je savourai chaque gorgée de l'odorant breuvage. Pour la première fois depuis des jours, je me sentais redevenue un être humain.

Gerda m'emmena dans un bureau vide où elle me dit d'attendre. Les fenêtres donnaient sur la cour centrale, qui étincelait comme des milliers de diamants verts sous le soleil matinal. Après la cour, les baraques de détention s'alignaient comme des dominos jusqu'à la crête des arbres.

Je vis le colonel s'approcher. Il marchait, le torse si raide qu'on aurait dit un bâton doté de jambes, ne quittant jamais de vue ce qu'il avait droit devant lui. Je tentai de deviner son humeur, qui était très différente de celle de la veille. Il semblait sombre et abattu, comme s'il avait à m'annoncer une mauvaise nouvelle.

Reposant mon café sur le bureau, je me levai quand il entra dans la pièce.

—Asseyez-vous, me dit-il en passant devant moi.

J'obéis, attendant l'arrêté qui déciderait de mon sort.

Le colonel prit place derrière le bureau, ôta sa casquette et la posa devant lui. L'insigne qu'il portait – une tête de mort, le crâne et les os croisés – retint mon regard. Il s'adossa à sa chaise et lâcha :

—Dites-moi ce que vous savez sur le complot visant à tuer le Führer.

Je ne bronchai pas sous son regard inquisiteur.

—Rien. J'étais à la Tanière du loup quand la bombe a explosé.

—Le capitaine Weber a disparu. Vous n'avez aucune idée de l'endroit où il se trouve ou s'il était impliqué dans cet odieux complot ?

—Non.

Il posa un doigt sur ses lèvres et soupira.

—On ne tardera pas à le retrouver et à l'exécuter si mon intuition est correcte. Certaines personnes, à la Gestapo, pensent qu'il est impliqué. Il y en a trop dans son genre.

Pour la première fois, je détournai le regard et regardai par la fenêtre vers la cour, où je vis des prisonnières entamer leur marche solitaire de la journée.

—Si mon mari était impliqué dans cette affaire, il n'a jamais partagé cette information avec moi. Mais il est ridicule de croire qu'il ait pu jouer un rôle dans ce complot. Il est loyal envers le Reich.

Le colonel tapa du poing sur le bureau, si fort que le stylo et le crayon qui s'y trouvaient s'envolèrent du plateau.

—Je ne vous crois pas ! Vous mentez !

Je me tournai vers lui.

—Si je mens, pourquoi vous dirais-je la vérité sur qui je suis ? Les SS ou la Gestapo vous ont-ils dit que j'avais sauvé la vie du Führer ? Ou que c'est le Führer qui a voulu que Karl et moi nous marions ?

Son visage se renfrogna, comme si j'avais battu son argument en brèche.

—Non, j'ai entendu cette histoire de quelqu'un d'autre, de votre patronne, répliqua-t-il calmement. (Il ramassa sa casquette et la fixa.) Lorsque vous vous engagez à donner votre vie au Führer, vous faites certains sacrifices. On m'a dit que vous les aviez faits, ces sacrifices. Je vous crois.

L'anxiété qui m'habitait s'écoula de mon corps.

—Merci, balbutiai-je.

—Je n'ai pas seulement parlé à la Gestapo. J'ai aussi parlé à la cuisinière de la Tanière du loup. Elle s'est portée garante pour vous. (Il me montra sa casquette.) Vous voyez la tête de mort ? Chaque SS a juré d'obéir au Führer et au Reich, de donner sa vie si nécessaire. La cuisinière m'a affirmé que personne ne savait où vous étiez. Le colonel qui vous a envoyé ici n'a informé personne qu'il vous transférait à Bromberg-Ost. Votre patronne était furieuse qu'on lui ait enlevé sans un mot une travailleuse aussi loyale et dévouée. Elle est allée voir le Führer et a demandé que vous soyez renvoyée à la Tanière du loup. Il s'est souvenu que vous lui aviez sauvé la vie. (Il se pencha en avant pour tapoter sa casquette.) Pour votre bien, j'espère que vous êtes loyale envers le Reich. Et j'espère que votre mari, qui a disparu, est aussi dévoué au Führer que vous l'êtes.

Je répondis par un mensonge qui me prenait aux tripes, mais qui s'avérait nécessaire.

—Je suis loyale envers le Führer. Et mon mari aussi.

Les souvenirs de Karl affluèrent dans mon esprit et les larmes me montèrent aux yeux. Baissant la tête, je sanglotai.

—Plus de larmes, m'intima le colonel en se levant de sa chaise pour me prendre par les épaules. La cuisinière a envoyé une voiture pour vous. Elle arrivera cet après-midi. En attendant, vous devrez rester ici. Je vais demander à Gerda de chercher votre alliance. J'espère qu'elle n'a pas été envoyée à la fonte.

La casquette dans les mains, il me souhaita bonne chance et quitta la pièce.

Je restai seule pendant environ une heure avant que Gerda ne revienne au bureau.

—Vous pouvez prendre votre petit déjeuner dans la cuisine, me lança-t-elle. Nous ignorions que vous travailliez pour le Führer.

En admiration devant quelqu'un qui approchait Hitler d'aussi près, elle m'examina comme si j'étais une actrice, une star à part entière. Je savais qu'elle se méfiait aussi de moi, qui avais travaillé au Berghof et à la Tanière du loup pour finir à Bromberg-Ost. Ce parcours n'avait aucun sens pour elle.

—Un colonel SS voulait me voir punie, expliquai-je pour satisfaire sa curiosité. (Elle me regarda, les yeux débordant de questions muettes.) Je ne sais pas moi-même pourquoi, précisai-je. Mais le Führer comprend la situation. C'est pourquoi il me rappelle à la Tanière du loup.

—Je vois, marmonna-t-elle.

Les muscles de son cou épais se tendirent. Elle ouvrit son poing serré pour révéler mon alliance en argent.

Ravie que mon lien avec Karl ait été restauré, je fus submergée par une vague de sentiments. Je repassai l'anneau à ma main gauche.

—Suivez-moi, me dit Gerda. La voiture ne sera pas là avant cet après-midi.

Je passai les heures suivantes dans le réfectoire avec le personnel de cuisine. Certains étaient des gardes et des travailleurs du Parti, d'autres des prisonniers du camp. Tout le monde me dévisageait, y compris Jenny, qui traversa la salle pendant que je m'y trouvais. Elle ne dit rien, se contenta de me fusiller du regard pour avoir contrevenu à son projet de faire de moi une catin. Après le déjeuner – un somptueux festin de porc, pommes de terre, haricots verts et gâteaux pour les gardiennes et les officiers, contrairement à la maigre pitance qu'on servait aux détenues du camp –, je retournai au bureau où le colonel m'avait interrogée.

Vers 14 heures, je vis une Mercedes noire s'arrêter devant le portail. Gerda vint me chercher au bureau pour me demander de la suivre. On me soumit aux « formalités », le portail s'ouvrit et je regagnai la liberté. Le chauffeur SS m'ouvrit la portière, puis nous partîmes. S'échapper de Bromberg-Ost avait été aussi simple que cela. En m'adossant au siège, je regardai ma bague qui scintillait comme une étoile argentée dans l'alternance de soleil et d'ombre entrant par la vitre. Qu'était-il arrivé à Katrina à Stutthof ? Était-elle morte ? J'en avais bien peur. Helen, la Juive communiste, allait-elle connaître le même parcours ? Je ne le saurais jamais et son sort me hantait. J'aurais voulu pouvoir la sauver, mais demander une telle faveur au Reich aurait été impossible.

Le conducteur continua à rouler à grande vitesse. Il ne me parla guère, apparemment pressé de regagner la Tanière du loup. Au bout de trois heures de route, la voiture se retrouva dans les plaines boisées de Pologne. Nous arrivâmes à Rastenburg vers 18 heures. Après avoir passé la sécurité, le chauffeur me laissa près de la gare privée d'Hitler. Faute de savoir si la chambre que j'avais partagée avec Karl m'attendait encore, je pris ma valise et me dirigeai vers le mess. La Cheffe, pensais-je, devait être aux cuisines, en pleine préparation du dîner.

Lorsque j'entrai, le silence s'abattit sur le personnel. Tout le monde me regardait fixement, moi, la femme marquée, revenue de son emprisonnement. La Cheffe se tenait à une table, dans le coin le plus éloigné de la cuisine. Quand elle m'aperçut, elle se précipita vers moi, les bras ouverts, me serra fort et s'enquit de mon état. Le personnel observa d'abord nos retrouvailles avec intérêt, puis retourna lentement à son travail.

—Magda, je dois vous parler, déclara la Cheffe.

Je devinai à son intonation que quelque chose de grave s'était produit. Elle me conduisit jusqu'à son petit bureau près de l'entrée. Nous nous assîmes côte à côte sur les deux chaises rencognées à l'intérieur. Bizarrement, l'environnement de livres de cuisine, les listes d'inventaire, les épices raffinées, notre intimité, tout cela était réconfortant après les jours et nuits interminables que j'avais passés à Bromberg-Ost.

—Le colonel a été relevé de ses fonctions, m'annonça la Cheffe. La Gestapo l'a emmené.

J'étais à la foi choquée et soulagée d'être débarrassée de lui.

—Pourquoi ?

—Personne ne sait, répondit la Cheffe. Tant de choses se sont passées depuis l'attaque de von Stauffenberg contre le Führer. C'est la folie, ici. (Elle pianota sur son petit bureau en chêne.) Si je fumais, je prendrais bien une cigarette. Et un verre de vin ne me ferait pas de mal. Je veux que vous soyez forte, ajouta-t-elle en plongeant ses yeux dans les miens, sourcils froncés. La Gestapo veut vous parler. Je ne le sais que pour m'être entretenue personnellement avec le Führer afin d'organiser votre retour. Je lui ai certifié que vous ne lèveriez jamais la main sur le Reich. (Elle marqua une pause, au cours de laquelle l'inquiétude dans ses yeux se mua en tristesse.) Il n'est pas bien. Il prend généralement ses repas seul, mais parfois il dîne avec ses secrétaires pour toute compagnie. Il a la main gauche qui tremble et marche voûté. Il n'est plus l'homme qu'il était avant l'explosion. On m'a dit que ses colères sont plus fortes que jamais. Personne ne le contrarie. (Les paroles de la Cheffe mettaient mes nerfs à vif.) Même Eva est intervenue en votre faveur, poursuivit-elle. D'habitude, elle n'a pas son mot à dire sur ces questions. Mais le Führer, qui vous connaît, pense que vous n'avez rien à voir avec ce crime, sans quoi je n'aurais pas pu vous faire libérer. Beaucoup de gens ont été raflés et exécutés pour l'attentat : j'ai entendu dire que des centaines de personnes ont déjà été arrêtées. Vous avez de la chance.

—Merci, balbutiai-je en tendant la main pour toucher les siennes.

Elle s'empara de ma paume et nous restâmes là un moment, tandis que la tension de son corps coulait dans le mien.

—Bromberg-Ost était horrible, lâchai-je. Les prisonnières y sont traitées pire que des animaux de ferme. J'ai entendu des rumeurs de…

Elle retira ses mains, l'air dégoûtée.

—Magda ! Je vous en prie. Ne tenez jamais ce genre de propos. Ce n'est pas autorisé. Ce que vous avez vu doit être une erreur. Si des gardiennes agissent comme des criminelles, elles seront punies. Le Reich ne permettrait pas que de telles atrocités se produisent. Ne parlez à personne de ce que vous avez vécu.

Un coup frappé à la porte nous interrompit. Un jeune homme, un valet, ouvrit la porte et fit signe à la Cheffe.

—Attendez-moi ici, m'ordonna-t-elle en partant.

Je dus patienter trente minutes avant que la porte ne se rouvre. Un homme d'âge moyen aux cheveux noirs clairsemés entra. Il portait un costume sombre avec l'insigne du Parti accroché au revers de son veston.

—Frau Weber, commença-t-il en s'asseyant en face de moi. (Il tenait un dossier noir, qu'il posa sur ses genoux.) Je vous dirais bien mon nom, mais mon identité est sans importance.

Il sourit, révélant de parfaites dents blanches.

Quelque chose dans son caractère me troubla. Il était formel et professionnel, pas dur ou ouvertement menaçant comme le colonel. Cependant, je devinai qu'il n'aurait aucune difficulté à me trancher la gorge et à me regarder me vider de mon sang. Il tirerait le couteau sur mon cou avec grâce, comme si commettre cet acte était un art. Il m'apparaissait comme un tueur froid et calculateur.

Il sortit un étui à lunettes noir de sa veste et le posa sur le dossier.

—Laissez-moi vous dire que vous êtes une femme chanceuse. D'autres n'ont pas eu cette chance. (Il ouvrit l'étui, en sortit ses lunettes et les chaussa.) Dans sa grande sagesse, le Führer vous a jugée innocente des crimes dont le colonel vous considérait comme coupable. (Il ouvrit le dossier, tourna la première page et ajouta :) Vous n'aurez plus d'interaction avec le colonel, soyez-en sûre. Il a été renvoyé.

—Où ? demandai-je. Comment puis-je être certaine qu'il ne reviendra pas ?

—Vous n'avez pas à vous en inquiéter. C'est tout ce que je peux vous dire. Cette affaire est sans conséquence pour vous. Peut-être qu'à l'avenir… (Il regarda les lignes dactylographiées et lut :) « Le Reich annonce la mort du capitaine Karl Weber. »

Il continua sa lecture, mais mes oreilles refusaient d'entendre le bourdonnement de cette voix. Je me sentis glisser de ma chaise pour tomber dans le vide. Un cri étranglé jaillit de ma gorge, semblant pourtant provenir d'un endroit situé à l'extérieur de moi, d'un point quelconque de l'univers. Je dégringolai dans l'obscurité jusqu'à ce que l'homme me rattrape et me rasseye sur ma chaise. Je refusais de croire ce que j'avais entendu.

—Frau Weber ! cria-t-il en me secouant par les épaules jusqu'à ce que je le regarde, horrifiée.

—Il est mort ?

Je répétai la question jusqu'à ce qu'elle devienne une violente protestation.

—Oui ! Je dois vous demander de vous calmer.

Je me calai contre le dossier de ma chaise et m'accrochai à son assise en bois. Elle se balançait sous moi comme un bateau dans la tempête.

Il revint au dossier.

—Concernant la mort de votre mari, je peux vous dire que son corps a été découvert hier, à l'extérieur du périmètre de la Tanière du loup. Un message se trouvait à proximité. Le capitaine Weber s'est suicidé. Son corps a été emmené pour être enterré.

Un voile de larmes vint obscurcir mes yeux.

—Où a-t-il été emmené ? Comment est-il mort ?

Il ôta ses lunettes et les remisa dans l'étui.

—Malheureusement, c'est tout ce que je peux vous dire. L'affaire est close. Vous pouvez retourner à vos occupations. *Heil* Hitler, conclut-il d'une voix raide, une fois qu'il se fut levé.

J'entendis la porte s'ouvrir et se refermer. Il était parti.

Le visage enfoui dans mes mains, je pleurais depuis longtemps quand je sentis un contact délicat sur mes épaules. La Cheffe s'assit en face de moi et me tint les bras jusqu'à ce que mes larmes se soient taries et aient été remplacées par des sanglots secs. Prenant alors ma valise, elle me conduisit à travers le domaine jusqu'à mon ancien dortoir, où Dora et Else m'attendaient. Je m'effondrai sur le lit comme une masse de fer. Je les entendais parler, mais ce qu'elles disaient n'avait aucun sens. Je m'en fichais. Plus rien n'avait d'importance. Mon mari était mort.

Mes règles ayant du retard, je devinai que j'étais enceinte. Mais un matin, une douleur aiguë me poignarda en plein ventre. Je me précipitai à la salle de bains. En me soulevant du siège, je regardai dans la cuvette. L'eau était trouble, mêlée de sang et d'un liquide blanchâtre. La prédiction de Karl s'était réalisée, j'avais porté son bébé. Cependant, je l'avais perdu après sa mort.

17

S'il est possible de vivre comme un cadavre, c'est ce que je fis pendant les quatre mois qui suivirent. Il fallut attendre l'automne pour que mes jours et mes nuits soient autre chose qu'un bourbier de douleur. La vie reprenait lentement ses droits, comme l'image d'un puzzle, construite jour après jour, heure après heure, pièce après pièce. Certains jours, je parvenais à voir à travers la brume qui flottait dans ma tête ; d'autres jours, j'étais submergée par la dépression et les larmes.

J'en vins à détester la routine à la Tanière du loup et, franchement, je ne me souciais pas de savoir si j'allais être empoisonnée. La Cheffe tentait de me remonter le moral avec ses blagues et un bavardage léger sur la nourriture, mais je restais une âme sans joie. La plupart des soirs, alors que je dégustais le dîner du Führer, je souhaitais la mort, un soulagement béni à la monotonie de mon existence inutile.

Je rêvais de Karl et de ce qui avait dû lui arriver. À la Tanière du loup, des rumeurs circulaient sur son suicide, mais la plupart des gens étaient trop gentils pour en parler. Je devinais quand on parlait de moi aux voix étouffées, aux regards qui se détournaient, aux gestes qui indiquaient des ragots. Même Dora qui, je le soupçonnais, était la plus informée sur la mort de Karl, gardait le silence.

Un soir de la fin septembre, alors que le vent soufflait en rafales féroces sur le quartier général, deux gardes SS se tenaient devant le cinéma, à fumer une cigarette. Le vent dispersait la fumée au sortir de leurs narines. Ils m'adressèrent un sourire quand je passai à proximité. Comme l'un d'eux mentionna mon nom, je me dissimulai dans l'angle du bâtiment avec l'espoir d'entendre leur conversation. Leurs mots se propageaient dans l'air tourbillonnant et je saisis : « mine terrestre », « lambeaux de son corps », « lâche ». J'attendis dans l'ombre qu'ils soient partis, puis je retournai au dortoir où j'affrontai Dora. Elle était allongée sur son lit de camp, occupée à lire un livre. Elle était si grande qu'elle tenait à peine sur le matelas.

Je jetai mon manteau sur mon lit.

—Qu'est-il arrivé à mon mari ? (Elle me regarda comme si elle n'arrivait pas à croire que je lui aie posé la question.) Je suis sûre que vous le savez. Tout le monde au QG est au courant, sauf moi.

Elle se hissa sur ses coudes. On n'entendait plus dans la pièce que le souffle infernal de l'air à travers la ventilation. Elle secoua la tête.

—Êtes-vous sûre de vouloir entendre la réponse ? La plupart des veuves de guerre refusent de savoir comment leur mari est mort.

Je m'assis sur mon lit pour la dévisager fixement. Dora n'était pas une amie, ni non plus une alliée.

—Je mérite de savoir, insistai-je.

Comme nous n'avions guère cherché à nous rapprocher, je me doutais qu'elle me dirait la vérité. Dora reposa son livre et s'assit.

—Très bien, je vais vous dire ce que je sais, mais si vous en parlez à qui que ce soit, je nierai vous avoir fait la moindre confidence.

Je hochai la tête.

—Le capitaine Weber s'est fait sauter avec un paquet d'explosifs dans le périmètre extérieur de la Tanière.

L'image qui me vint à l'esprit me fit grimacer, mais je gardai mon sang-froid. Je savais aussi que le terrain dans cette zone était truffé de mines.

—Je n'arrive pas à y croire, murmurai-je.

—C'est pourtant vrai. J'ai reçu un rapport de première main, ajouta Dora avant de se pencher en avant. La Cheffe l'a découvert, mais je ne sais pas comment. Elle avait peur de vous le dire. Bien sûr, personne ne devrait évoquer de tels sujets.

—Mon mari n'aurait jamais fait une chose pareille. Je connais Karl. Il n'était pas du genre à se tuer. C'est pour ça que j'ai entendu des officiers murmurer qu'il était un lâche ?

—Très probablement. Il a choisi la solution de facilité. Êtes-vous si certaine qu'il ne se serait pas suicidé ? Et si votre mari était impliqué dans le complot visant à tuer le Führer ?

—Impossible.

Dora baissa la voix jusqu'au murmure :

—Je sais uniquement ce qu'on m'a dit. Visiblement, le colonel faisait chanter des officiers, qu'ils soient impliqués ou non dans l'attentat. C'est pour cette raison qu'on l'a emmené. Il a fait peser des soupçons sur de nombreux hommes… et quelques femmes. Je suppose qu'il a cherché à vous faire avouer, mais qu'il a échoué. La Gestapo, bien sûr, doit examiner toutes les pistes possibles.

Je frémis à ses mots.

—L'officier de la Gestapo a précisé qu'il y avait un message. Savez-vous ce qu'il contenait ?

—Je ne l'ai pas vu, mais votre mari y clamait son innocence, ainsi que la vôtre. Apparemment, il savait qu'il allait passer un mauvais quart d'heure. Être accusé est aussi accablant que d'avoir commis l'acte lui-même.

Je n'eus pas à effectuer de gros efforts pour imaginer les atrocités qui pouvaient se produire quand on tombait entre les mains de la police secrète.

Else, qui entra, m'offrit son sourire enjoué. Elle nous salua, mais ni Dora ni moi ne répondîmes. Quand Else perçut notre mauvaise humeur, elle se déshabilla pour se mettre au lit, se glissa sous la couverture et ferma les yeux. Dora retourna à son livre tandis que des images de Karl me trottaient dans la tête. J'avais gardé les espoirs qu'il nourrissait pour notre avenir près de mon cœur. Aussi avais-je beaucoup de mal à croire à son suicide. Je me demandais comment j'allais passer mes derniers jours à la Tanière du loup.

La première neige tomba à la fin du mois d'octobre. L'air froid et humide alourdissait la journée. La pluie arriva d'abord, l'écorce détrempée des arbres vira au noir. Des grêlons suivirent pendant plusieurs heures avant que la neige ne tombe en poudreuse dans le crépuscule gris.

La Cheffe vint me voir ce matin-là et me demanda de l'aider. Parmi tous les gens qui fréquentaient la Tanière du loup, je la considérais comme la seule personne en qui je pouvais avoir confiance, une amie en quelque sorte. Nous allâmes à son bureau pour examiner les stocks de nourriture. Quand nous y fûmes entrées, elle referma la porte.

Avisant les journaux sur le bureau, j'eus l'impression que leur encre s'écoulait en vagues sur les pages. Je me frottai les yeux.

—Je crois que je deviens folle, balbutiai-je. Passer un peu de temps loin de la Tanière du loup me ferait du bien.

La Cheffe soupira et me posa une main sur l'épaule.

—Nous serions tous mieux loin d'ici, répliqua-t-elle avec un sourire, en s'asseyant près de moi. Voulez-vous un peu de vodka ? Je garde une bouteille cachée, mais vous ne devez jamais révéler le secret de ma petite réserve. Le Führer ne serait pas content s'il savait que sa cuisinière descend un petit verre de temps en temps.

Je gloussai.

—Je n'en ai bu qu'une fois, lors d'une fête d'anniversaire. Mon hôte m'en avait servi un petit verre.

—Eh bien, ici, c'est tout ce que la maison a à offrir.

Elle tendit la main vers une armoire que j'avais déjà ouverte plusieurs fois. Elle farfouilla parmi les boîtes et les livres, puis souleva un morceau de bois, comme si elle retirait un panneau secret. Du verre scintilla dans la faible lumière. La Cheffe plongea la main et en ressortit une bouteille de vodka russe.

—C'est de la vodka de contrebande. Avoir ça dans la Tanière du loup à l'approche de nos ennemis mortels ! On pourrait se faire pendre pour une bouteille, mais je ne m'inquiète pas trop. J'essuie mes empreintes digitales. Si on m'interroge, je répondrai : « Comment je saurais qui l'a mise ici ? » (Elle se saisit de deux petits verres dans l'armoire et versa la vodka.) À nous.

Elle entrechoqua son verre au mien et vida le liquide d'un trait dans sa gorge. Je me contentai d'une gorgée. La boisson provoqua une sensation de brûlure sur ma langue et ma première réaction fut de la recracher, mais je la fis descendre et une boule diffuse et chaude vint se loger dans mon ventre.

—On finit par aimer, déclara la Cheffe. Surtout par une nuit froide.

Je passai la langue sur mes lèvres.

—Ce n'est pas mauvais.

La Cheffe voulut remplir mon verre, mais je l'arrêtai d'une main.

—Je ferais mieux de m'abstenir. Dora pourrait le sentir à mon haleine.

Elle hocha la tête, mais ses yeux étincelaient de colère.

—Au diable, Dora ! Elle aurait bien besoin d'un verre pour se détendre. Comme la plupart des gens ici…

Sa voix s'éteignit et elle se servit une autre rasade. Son visage affichait désormais une expression aigre. La joie que lui procurait la bouteille s'était dissipée.

—La situation est mauvaise, Magda. Le Führer voit rarement qui que ce soit à part son personnel militaire, qu'il critique constamment pour son incompétence. (Elle inclina son verre et avala sa boisson.) Il reste dans sa chambre. Le médecin m'a dit qu'il se plaignait de son estomac et qu'il se faisait constamment faire des injections pour garder son énergie. Il a l'air d'un vieil homme.

—Et la guerre ? demandai-je.

—Nous sommes en train de la perdre. L'Armée rouge est à notre porte. Je suis sûre qu'on ne va pas tarder à quitter la Tanière du loup pour des quartiers plus sûrs.

—Si je pouvais partir maintenant, je le ferais.

J'inclinai la tête en arrière et vidai ma vodka. La Cheffe reposa son verre sur le bureau et soupira.

—Vous devriez partir maintenant. Le front de l'Est s'effondre à toute vitesse. Les Rouges pourraient être là dans quelques mois, voire quelques semaines. C'est pour votre bien. Même les officiers SS conseillent secrètement aux gens de partir.

Sa suggestion me prit au dépourvu. Un trou s'ouvrit dans mon cœur dès l'instant où j'envisageai d'être chassée du quartier général pour plonger dans la guerre. Soudain, je compris combien ma vie ici avait été agréable malgré mon incarcération à Bromberg-Ost. Je me souvins de mes journées au camp et des femmes comme Katrina et Helen qui y étaient restées. Peut-être leur libération arriverait-elle bientôt. Il n'y avait rien que je puisse faire pour les secourir dans leur détresse.

Les nouvelles de l'avancée rouge m'ébranlèrent. Karl m'avait suppliée de rester en vie pour moi et pour notre enfant à naître. Mais avais-je survécu – et aussi échoué dans mon désir de tuer Hitler – en raison de mon désir égoïste de sécurité ? Sans la protection d'Hitler, j'étais destinée à être une « Allemande ordinaire », prise dans le feu croisé des armées à l'approche. Ceux qui entouraient Hitler se sentaient protégés, à l'abri du danger, malgré la guerre. Le ministre de la Propagande continuait à abreuver de mensonges les citoyens du Reich : l'armée gagnerait la guerre et Hitler protégerait son peuple. Qu'en était-il des troupes américaines et britanniques ? À quelle distance se trouvaient-elles de l'Allemagne ? Je n'avais aucune idée de leurs positions. Mon père était-il en sécurité à Berlin, alors que la ville était une cible ?

—Les autres sont allés dans une ferme à l'extérieur de Rastenburg, m'indiqua la Cheffe. C'est près d'ici, mais plus sûr que le quartier général. Vous pourriez toujours venir travailler. Une voiture viendrait vous chercher.

Je tendis mon verre, désireuse de profiter d'une autre dose de vodka. La Cheffe m'en versa une généreuse rasade.

—Et vous ? Vous venez ?

—Je reste à la Tanière du loup, répondit-elle en secouant la tête. Ma place est aux côtés du Führer, quoi qu'il arrive.

Son expression faisait écho à la détermination dans sa voix. Je n'étais pas en mesure d'argumenter avec elle. Pour faire éclater la vérité, j'aurais voulu lui dire que rester au quartier général équivalait à un suicide, lui parler des complots visant à tuer Hitler, de la façon dont les prisonniers étaient traités dans les camps, mais je savais qu'elle ne m'écouterait pas, car on ne devrait pas aborder ces sujets-là. Je comprenais, mais méprisais sa loyauté envers l'homme qu'elle admirait pardessus tout. Hitler inspirait ce genre de dévouement parmi son personnel. Peut-être étaient-ce son attitude paternelle, sa gentillesse et son attention à leurs besoins qui les gardaient sous sa coupe. Pourquoi auraient-ils cru ce que Karl et moi savions être vrai ? Ils n'avaient aucune idée de ce qui se passait à l'Est ou dans les camps.

—La voiture vous emmènera à la ferme après la dégustation de ce soir, m'annonça la Cheffe. Ça ne devrait pas être long, vu la façon dont il mange ces jours-ci. Je ne vois pas comment il peut vivre de lait et de gâteau aux pommes, mais je suppose que c'est bon pour son estomac.

Revenue au dortoir, je fis une fois de plus mon sac. Bizarrement, en cherchant sous le lit, je retrouvai mon singe en peluche. Il avait été rapporté de la chambre que Karl et moi avions partagée et traînait par terre depuis mon malheureux voyage à Bromberg-Ost. Je le sortis, tapotai la poussière de son corps pelucheux et le fourrai dans ma valise. Je fis le vœu de ne plus jamais m'en séparer. Mes souvenirs de famille, eux, avaient disparu.

La Cheffe avait eu raison à propos de la dégustation. C'était devenu une affaire vite expédiée, car on ne redoutait plus guère un empoisonnement d'Hitler. Pourquoi s'y risquer quand la fin était proche ? Les autres membres du personnel de la Tanière du loup savaient sûrement que la guerre n'allait pas tarder à être perdue. Mais bien sûr, ils n'en pipaient mot.

Quelques heures plus tard, Else et moi partîmes pour notre nouvelle maison.

La ferme en bois se trouvait à moins de dix kilomètres au nord-est de la Tanière du loup. Le couple qui possédait la propriété, des provinciaux, gardait une loyauté farouche à Hitler. Des emblèmes nazis drapaient le manteau de la cheminée. Des croix gammées ornaient les oreillers et les tapis. Peter et Victoria étaient de véritables Prussiens, immensément fiers de leur héritage germanique : il était grand et mince, sa femme plus petite et corpulente. Il me rappelait les photos que j'avais vues d'Otto von Bismarck à l'âge mûr. Peter rabattait ses cheveux vers la gauche, sur un long visage accentué par une barbe et une moustache rousses. Victoria nous accueillit à la porte et m'offrit bien vite un bol de ragoût de chèvre que j'acceptai. Sa cuisine était savoureuse, le ragoût copieux et garni de pommes de terre, de choux et d'oignons. Je supputai qu'une bonne partie de leur production maison atterrissait à la Tanière du loup. Peut-être les nazis rétribuaient-ils le couple en remerciement de leur « sacrifice ».

La maison rectangulaire offrait un mobilier rustique. Tout ce que Peter et Victoria possédaient provenait de la région, même le coucou artisanal au-dessus de la cheminée. Else et moi n'étions pas les seules goûteuses de la maison. Quatre autres femmes y résidaient également. Je leur avais rarement parlé au quartier général, sauf pour échanger des salutations et des banalités. Nous partagions toutes les six une longue cabane attenante à la maison principale, dotée de lits superposés confortables et d'une literie chaude. Plusieurs chats étaient assis sur les rebords des fenêtres et un golden retriever allait et venait librement dans la maison.

Nous nous réjouissions de notre hébergement, en plus de nos expéditions à la Tanière du loup. Cette trêve à la ferme s'accompagnait de conditions de vie beaucoup plus confortables que dans nos quartiers exigus de la Tanière du loup. Un agréable sentiment de familiarité et de chaleur imprégnait la maison, mais l'hiver s'installait et les soirées de la mi-novembre étaient de plus en plus longues et froides.

Une nuit, je fus réveillée par un chuchotement. Je sursautai dans mon lit, horrifiée à l'idée que quelque chose aille complètement de travers.

—Magda, tu entends ? me demanda la voix.

Scrutant l'obscurité, je distinguai le visage bouleversé d'Else. Elle était accrochée à la rambarde et me regardait fixement. J'occupais la couchette au-dessus de la sienne.

—Pour l'amour de Dieu, Else, qu'est-ce qui ne va pas ?

Elle désigna l'unique fenêtre située au centre de la cabane. Je me glissai hors du lit aussi discrètement que possible pour gagner le carreau sur la pointe des pieds. La pièce était glaciale dans cette nuit profonde et le parquet froid piquait mes pieds nus. Écartant le rideau, je coulai un œil dehors. La ligne sombre des arbres arrivait presque jusqu'à la maison. Derrière la fenêtre couverte de givre, une neige légère tombait, mais je n'entendis rien.

—Écoute, me chuchota Else, en tournant une oreille vers la fenêtre. Ça dure depuis environ une demi-heure maintenant.

Je commençais à penser qu'elle avait perdu la tête. Mais quelques secondes plus tard, une lumière jaillit à travers les branches sombres, même si les gros arbres morcelaient sa blancheur jaunâtre. Puis un grondement sourd retentit à mes oreilles. Je savais que ce que nous avions vu et entendu n'était ni un éclair ni le tonnerre. Il faisait bien trop froid pour qu'éclate un orage. Nous attendîmes quelques minutes supplémentaires, subjuguées par la neige qui tombait. Frissonnante, je retournai prendre une couverture dans mon lit. Else continuait à regarder par la fenêtre. Elle semblait aussi petite et vulnérable qu'une enfant. Je me plantai à ses côtés pour partager ma couverture avec elle. Une autre explosion fendit le ciel.

— Tir de canon, commentai-je. Les Rouges se rapprochent.

Le bombardement se prolongea pendant une autre demi-heure avant de cesser. Else et moi nous traînâmes jusqu'à nos lits, mais il me fallut plusieurs heures pour m'endormir, taraudée que j'étais par la pensée de l'avancée de l'Armée rouge.

Le lendemain matin, les autres goûteuses, à l'exception d'Else et de moi, partirent à l'aube. Au petit déjeuner, Peter mentionna les bombardements et secoua la tête avec dégoût.

— La Wehrmacht repoussera les envahisseurs ennemis, déclara-t-il. Il n'y a rien à craindre.

Victoria, qui arpentait fébrilement sa cuisine, semblait moins convaincue. Des cernes s'étaient formés sous ses yeux après sa mauvaise nuit de sommeil. Une fois que Peter eut quitté la table, elle me confia :

— J'ai peur de ce qui pourrait arriver. Le Führer dit que nous devons nous protéger à tout prix de la horde asiate. Ils vont brûler nos maisons, tuer nos hommes et nous violer.

Elle triturait sans s'en rendre compte la serviette qu'elle serrait entre ses mains. Le visage d'Else blêmit et elle poussa un cri. Je ne l'avais pas vue aussi visiblement bouleversée depuis le jour de notre arrivée à la Tanière du loup.

Moi aussi, j'étais secouée par la nouvelle de cette avancée, mais je voulais me montrer forte pour Else.

—Il ne faut pas croire tout ce qu'on entend, répliquai-je en essayant de faire bonne figure. Le Reich vaincra.

Je n'en croyais pas un mot, mais ces paroles parurent remonter le moral de Victoria, qui se remit à vaquer à son ouvrage en cuisine. J'essuyai la vaisselle pendant qu'elle la lavait. Else débarrassait la table et nous apportait les assiettes, sans cesser de froncer les sourcils : le ménage ne suffisait pas à la distraire des idées noires de la journée.

Les chutes de neige cessèrent en fin de matinée. Le soleil transperça les hauts nuages gris et projeta de longues ombres à travers les arbres. Je lus au salon, Else joua avec deux chats jusqu'à ce qu'il soit temps de nous préparer pour aller travailler. La voiture de la SS arriva vers 15 heures pour nous prendre. Les goûteuses qui revenaient en sortirent, la mine sombre. Le chauffeur de la SS s'appuya contre la longue berline noire et alluma une cigarette. Alors qu'Else et moi montions dans la voiture, il lâcha :

—C'est peut-être l'un de vos derniers jours au quartier général. Les Rouges sont à moins de vingt kilomètres. La situation ne présage rien de bon.

Je ressortis de la voiture.

—Else, va rassembler tes affaires, tu pourrais en avoir besoin.

—Vous n'avez pas le temps de faire vos bagages, protesta le chauffeur. J'ai un horaire à respecter.

—Ça ne prendra qu'une minute, répliquai-je.

Sur le chemin de la porte, je conseillai à Else de fourrer autant de choses qu'elle le pouvait dans son sac.

—Si quelqu'un t'interroge, réponds que nous en avons reçu l'ordre, sans rien ajouter.

Il nous fallut environ cinq minutes pour tout rassembler. Je ne mis pas longtemps, car je n'avais jamais vraiment déballé mes affaires, persuadée que nous ne séjournerions guère à la ferme. Je glissai mon singe en peluche au fond du sac que je refermai. Else avait un peu plus d'affaires à rassembler que moi, mais elle s'acquitta rapidement de sa tâche et nous pûmes partir. Nous ne prîmes pas congé des autres goûteuses, ni de Peter ou de Victoria, nous fonçâmes directement à la voiture. Notre chauffeur irrité appuya sur l'accélérateur, projetant toujours plus de boue et de cailloux à mesure qu'il accélérait.

En arrivant au mess, nous déposâmes nos sacs dans le bureau de la Cheffe. Elle aussi paraissait consternée par l'approche des Rouges et tâchait de s'occuper l'esprit en cuisinant.

— Vous avez eu raison d'apporter vos sacs, constata-t-elle. L'ordre d'évacuation peut tomber à tout moment. (Ses yeux s'assombrirent.) Tout ce que nous avons construit et ce pour quoi nous nous sommes battus va être détruit.

Je voulais parler à la Cheffe des photos que j'avais vues, des informations que Karl avait recueillies sur les camps et leurs atrocités, mais je savais que le temps de la vérité était passé. Ses illusions seraient brisées bien assez tôt.

Alors qu'Else et moi étions sur le point de déguster le repas du soir, le bruit sourd et le claquement des tirs de canon firent vibrer le bâtiment. Les murs de briques et de bois tremblaient sous l'effet de la déflagration. Le hall n'était pas un bunker. La Cheffe et moi échangeâmes un regard et Else prit une profonde inspiration. Une vague de peur nous submergea alors qu'une autre explosion retentissait à quelques kilomètres de là.

— Partez, nous intima la Cheffe. Retournez à la ferme. Vous y serez plus en sécurité. J'ai beaucoup à faire, moi.

— Je ne veux pas partir, protesta Else. On ne peut pas rester ici ?

— À votre avis, les obus et les bombes, ils vont atterrir où ? répliqua la Cheffe en s'emparant des mains d'Else. Sortez maintenant. Je prie de pouvoir vous revoir dans le futur.

La Cheffe ordonna à un jeune officier SS de nous ramener à la ferme. Nous reprîmes nos sacs et le suivîmes jusqu'à la voiture. Une fois que nous eûmes passé les postes de contrôle, l'homme accéléra. Pendant que nous parcourions la courte distance, je vis des éclats de lumière orangée à l'est, suivis de grondements tonitruants. Les ondes de choc frappèrent le véhicule avec une telle force que la voiture trembla, comme poussée par une gigantesque main invisible.

Else tremblait sur son siège et j'essayai de la consoler, mais j'avais du mal à être courageuse.

—Dépêchez-vous, hurlai-je au chauffeur, sans cesser de jeter des coups d'œil frénétiques vers l'est.

J'avais la gorge desséchée par la peur.

Nous nous trouvions aux abords de la ferme quand le chauffeur ralentit.

—Qu'est-ce qui ne va pas ? demandai-je.

Repoussant sa casquette, il pointa le doigt devant lui. Des flammes léchaient le ciel et des volutes de fumée noire s'échappaient d'un endroit situé au cœur de la forêt.

—C'est la ferme, constatai-je. Nous devons aller les aider.

—Je ne reçois pas d'ordres de vous, cracha-t-il. On risquerait d'être blessés. Je fais demi-tour.

J'abattis la main sur le dossier de son siège.

—Voulez-vous vraiment être responsable de la mort de quatre membres du personnel du Führer ? Pourriez-vous justifier vos actes auprès de votre supérieur ?

Il tourna la tête vers moi. Malgré la pénombre de l'habitacle, je distinguai l'expression de son visage. Il avait l'air d'un enfant qui viendrait de se faire réprimander. Je supposai qu'il avait à peine plus de dix-huit ans. Maussade, il se remit pourtant face au pare-brise et lâcha :

—Je fais encore cinq cents mètres. Vous pourrez y aller à pied à partir de là.

Else tira sur mon manteau.

—Ne sois pas stupide, Magda. Les Rouges sont peut-être là-bas. S'il te plaît, faisons demi-tour.

Else avait toujours été protégée depuis que je l'avais rencontrée, d'abord par Minna, puis par la Cheffe et moi.

—Nous allons nous en sortir, déclarai-je. Les autres goûteuses ont peut-être besoin de notre aide.

J'ordonnai au chauffeur d'avancer. Le jeune homme éteignit les phares de la berline et poursuivit sa route. Le moteur de la Mercedes ronronnait dans un murmure. Nous tressautions sur les nids-de-poule, faisant crisser les pierres sur notre passage. Les tirs d'artillerie avaient ralenti, mais les flammes devant nous s'élevaient plus haut dans les airs.

— Voilà, c'est assez loin comme ça, décréta le jeune homme. Si vous souhaitez…

Une rafale de balles fit éclater le pare-brise. L'une d'elles transperça la tête du jeune soldat. Son sang gicla vers l'arrière en gouttelettes chaudes alors qu'il s'affalait sur le volant. Je criai à cause d'Else tout en tirant sur son bras : elle s'était affaissée mollement contre moi, l'œil hagard. Du sang s'écoulait d'un trou dans son manteau. Je poussai un nouveau cri, bataillant pour ouvrir la portière. Je me glissai sur l'extrémité droite de la banquette, celle qui était la plus proche du bois. Et, poussant la portière, je me précipitai dans la forêt avant de trébucher sur une bûche. Heureusement, mon lourd manteau me protégea du choc. Le froid et la neige, en me tombant dessus depuis les branches, en rajoutèrent à mon étourdissement.

Des voix d'hommes, qui me parvenaient de l'avant de la voiture, retentirent sur la route. Je m'enfonçai plus profondément dans la forêt, n'éprouvant plus rien d'autre que de la panique, laquelle me poussa vers l'avant jusqu'à ce que j'arrive à un petit affleurement rocheux. Je me cachai derrière, prêtant l'oreille au bruit des hommes qui approchaient par-dessus les battements sauvages de mon cœur. Ils parlaient russe, aussi ne compris-je pas ce qu'ils disaient. J'entendis les portières de la berline s'ouvrir et se refermer dans un claquement. Les hommes s'esclaffèrent et lancèrent ce qui ressemblait à de bruyants jurons. Les voix disparurent ensuite, s'éloignant sur la route que nous avions empruntée pour nous rendre à la ferme.

Je grelottai dans l'obscurité mais me relevai du sol. Le feu, qui crachait des flammes orange dans le ciel, brûlait toujours à une centaine de mètres. Sa chaleur me réchauffait le visage quand je me tournais vers lui. Je titubai à travers la forêt pour me diriger vers la ferme, loin des hommes sur la route. Plus je me rapprochais du brasier, plus les bois brillaient. Les branches sombres scintillaient dans la lumière. La neige qui les recouvrait avait commencé à fondre en gouttes froides qui me tombaient sur les épaules et la tête.

J'atteignis bientôt la lisière de la forêt. La lumière était si brillante que, pour y voir clair, je devais mettre les mains en visière sur mes yeux. Je poussai un cri. La ferme était consumée par les flammes. De grandes colonnes de feu et de fumée tourbillonnaient dans l'air, projetant des étincelles et des cendres sur le sol.

Devant la maison gisaient six corps, bien alignés sur l'étroite bande de terre entre la porte et les bois : les quatre goûteuses, Peter et Victoria, les propriétaires des lieux. Leurs têtes étaient dirigées vers moi, face contre terre dans la neige. Du sang s'était répandu autour de chacun d'eux, d'un rouge brillant sur la couche de glace. Je rampai près de la ligne des arbres afin de demeurer cachée. Les bras des femmes étaient étendus au-dessus de leurs têtes tandis que Peter et Victoria gisaient aux extrémités opposées de la rangée, les bras le long du corps. Apparemment, chacun avait reçu une balle à l'arrière du crâne. Le chien jaune, qui reniflait la neige ensanglantée, décrivait de petits cercles autour de son maître.

Je plaquai une main sur ma bouche pour étouffer un cri. Peter, Victoria et les goûteuses étaient membres du Parti, mais ils ne méritaient pas de mourir de cette façon. Puis je me souvins des photos du front de l'Est que Karl m'avait montrées et qui corroboraient les rumeurs d'atrocités commises contre les Polonais, les Russes et les Juifs. Mon cœur se serra, car l'armée en marche disposait de la capacité de se venger, de rendre « œil pour œil, dent pour dent ».

Tombant à genoux sur le sol mouillé, je remontai un pan de mon manteau sur ma bouche et je sanglotai. Si seulement j'avais écouté leurs protestations, le jeune officier et Else seraient peut-être encore en vie. Je tremblais en comprenant que j'étais responsable de leur mort. Mais j'avais seulement voulu sauver les autres ! Ils gisaient maintenant morts devant la ferme en feu qui m'avait abritée pendant plusieurs jours. Je n'arrivais plus à pleurer ni de honte ni d'horreur.

Les souvenirs de Karl envahissaient mon esprit. Je devais avoir la force d'avancer sans lui, mais j'ignorais combien de temps je pourrais exaucer son souhait de me voir vivre. Son dernier message – « Je t'aime » – restait suspendu devant mes yeux. Il voulait que je vive et je tenais à honorer ce souhait qu'il avait formulé pour moi.

J'observai le feu pendant plusieurs minutes, le ballet grotesque des flammes sur les corps. Soudain, la main droite de l'une des femmes s'agita sur le sol. Était-elle vivante ou s'agissait-il d'une contraction involontaire ? Je l'ignorais, mais je savais que je ne pouvais quitter ma cachette pour aller vérifier. Elle allait se vider de son sang sur la terre froide, si elle n'était pas déjà morte.

Je luttai pour donner un sens à ce que je voyais. Au loin, comme un son traversant le brouillard, des voix d'hommes retentissaient dans l'air. Des coups de feu claquaient, des tirs rapides. Il y eut des cris, des hurlements de douleur et puis le silence. Je m'agenouillai au pied d'un grand arbre pour réfléchir à ce que je devais faire. Impossible de retourner à la voiture, la berline était inutile. Je ne pouvais pas non plus passer la nuit dans la forêt sous peine de mourir de froid. Ma seule option était de me trouver un abri et de la chaleur.

Une pensée peu agréable me traversa l'esprit. La cabane abritant les lieux d'aisances se trouvait à plusieurs mètres derrière la maison, à la lisière de la forêt. Peut-être était-elle suffisamment éloignée de la ferme principale pour ne pas avoir été détruite. C'était mon seul espoir de survie pour la nuit.

Je contournai la ferme en passant par l'épaisse forêt, repoussant les branches et les ronces jusqu'à ce que j'arrive derrière la bâtisse. Les latrines étaient toujours debout et la chaleur de l'incendie s'étendait bien au-delà dans la forêt. J'ouvris la porte et j'entrai. La puanteur était accablante, mais l'odeur n'était pas bien cher payer ma survie. Un croissant de lune avait été découpé dans la porte. Je restai debout pendant plusieurs heures à regarder le feu et à respirer autant d'air frais que possible. Finalement, épuisée, je m'assis entre la porte et les toilettes et je laissai retomber ma tête pour me reposer.

En me réveillant, je vis qu'une lumière aqueuse s'insinuait par les fissures de la porte. Ma montre indiquait presque 8 heures. Je me levai, massai mon cou raidi et douloureux après cette longue nuit. Je jetai un coup d'œil à travers le croissant de lune. Le feu se consumait lentement, projetant de la fumée et des vagues de chaleur dans les airs. Impossible de rien voir au-delà du tas de cendres et de gravats, mais je savais ce qui s'y trouvait : des cadavres.

J'ouvris la porte et tendis l'oreille. Les bois étaient silencieux ; pas même un oiseau d'hiver pour gazouiller dans la matinée glaciale. Une étincelle sifflait et sautait de temps en temps du feu, mais le monde était étrangement calme, comme si la mort avait posé ses mains sur la terre. Sortant des latrines, je contournai les décombres, me sentant plus seule que je ne l'avais encore jamais été. Le ciel était maussade et gris ; la terre, une boule morne en rotation dans le cosmos. Je baissai les yeux sur mes chaussures boueuses et mes bas déchirés. Ma jambe était couverte d'égratignures, dont certaines avaient saigné avant de former une croûte. Mon manteau était maculé de terre.

Par-delà les débris fumants, je distinguai les corps. Ils étaient toujours là, avec leur visage gris-bleu, déformé, maintenant figé dans le sol. Le sang, qui s'était accumulé, avait imbibé la glace, créant des auréoles brun rouille autour des têtes. Le chien avait disparu. La berline n'était pas visible de l'endroit où je me tenais, mais je savais qu'elle n'était qu'à quelques centaines de mètres. Après un dernier regard aux corps, je me dirigeai vers la voiture. Je n'avais pas parcouru plus de quelques dizaines de mètres quand j'entendis le grincement d'un embrayage de camion. Je me précipitai aussitôt dans les bois pour me cacher derrière un grand pin. Lorsque le camion apparut, je poussai un soupir de soulagement : il transportait des soldats de la Wehrmacht, dont les têtes dépassaient des protections métalliques de la plateforme ouverte.

Je me ruai sur la route en agitant les mains. Le camion s'immobilisa. Certains hommes se penchèrent de la cabine, braquant leurs armes sur moi.

— Arrêtez, criai-je. Je suis Magda Ritter, l'une des goûteuses du Führer.

Un officier, en service à la Tanière du loup, me reconnut. Il ordonna aux hommes de garder leurs armes pointées sur moi.

— Je suis seule, déclarai-je. Les autres sont morts.

Après avoir scruté les bois, l'officier ouvrit la portière. Plusieurs soldats sautèrent du camion. L'officier m'interrogea et je lui racontai mon histoire depuis le moment où la berline avait été attaquée.

— Nous étions en patrouille, expliqua-t-il. Je suis désolé que nous soyons arrivés trop tard. (Il examina la route.) Il y a eu des combats intenses pendant la nuit. Les Rouges ont temporairement reculé, mais nos efforts ne dureront pas. Le Führer a ordonné l'évacuation de la Tanière du loup. Vous devriez venir avec nous sans quoi vous allez manquer le train pour Berlin.

Je désignai la maison.

— Et les corps ?

— Les chiens n'en feront qu'une bouchée, répondit l'officier. (Comme je commençai à objecter, il leva la main et répliqua :) Nous n'avons pas le temps de les enterrer. Les Rouges devront s'en charger. Ce sont eux qui les ont tués.

Un soldat tendit un bras que j'attrapai et il me hissa sur la plateforme. Nous regagnâmes la route et parvînmes bientôt à la berline. Son pare-brise cassé brillait comme un miroir brisé. Je criai au conducteur de s'arrêter car je voulais récupérer mes bagages.

—Vite, ordonna l'officier à l'un de ses hommes.

Un soldat sauta à terre. Je lui désignai mon sac qui se trouvait toujours dans le coffre ouvert. Mes bagages avaient été fouillés, mais je voyais bien que mes quelques affaires se trouvaient toujours à l'intérieur.

Même si je me refusai à regarder dans l'habitacle, je ne pus m'empêcher de voir le dos du jeune soldat affaissé sur le volant. Le corps d'Else était avachi sur la banquette arrière. Je ne distinguai pas son visage, mais elle avait les mains croisées sur la poitrine comme pour tenter d'arrêter l'hémorragie de son cœur.

Le soldat revint avec ma valise. Le camion partit en trombe sur les ornières de la route. Les hommes scrutaient les environs par-dessus les barrières de sécurité, leurs armes en position. Ils redoutaient à l'évidence une attaque inopinée des Rouges. Je m'assis sur les lattes de la plateforme et relevai mon col autour de mon cou. Un vent froid me traversait. Je versai une larme silencieuse en repensant à Else et aux autres, puis je me demandai si j'allais réussir à sortir de la Tanière du loup.

18

En moins de vingt-quatre heures, l'atmosphère du quartier général de la Prusse-Orientale avait sombré dans le chaos. Je sentais l'énergie du désespoir crépiter dans l'air lorsque le camion s'arrêta au garage près de la voie ferrée. Des rangées de valises et de dossiers s'alignaient sur le sol en attendant d'être chargés dans l'un des trains privés d'Hitler. Des officiers SS se penchaient sur eux et griffonnaient dans des carnets. Un soldat m'aida à descendre du camion. Je me sentais soulagée d'être de retour.

La Cheffe se tenait à proximité. Elle échangea un regard attentif avec l'officier qui m'avait interrogée plus tôt. Il secoua la tête et le visage de la Cheffe s'empourpra. Elle poussa un cri et s'élança vers moi pour me prendre dans ses bras.

—Maudits barbares ! s'écria-t-elle. J'espère qu'ils pourriront en enfer !

Elle tamponna le sang séché sur mon visage, puis s'effondra contre mon épaule afin de verser le reste de ses larmes. Je la réconfortai du mieux que je pus, puis je lui racontai mon histoire. Je pleurai en décrivant la mort d'Else dans la voiture.

—Nous avons peu de temps, lâcha la Cheffe après que j'eus terminé. Le train part à midi et nous devons le prendre. Retrouvez-moi ici à 11 h 45.

Sur quoi elle se détourna et se dirigea à grands pas vers le mess.

Empoignant ma valise, je gagnai le dortoir tout aussi vite. En chemin, je croisai beaucoup hommes qui détalaient comme des fourmis dont la fourmilière viendrait d'être piétinée. Dora était dans notre chambre, en train de préparer ses affaires. Elle tourna vers moi une mine pincée pour constater :

—Tu pues la merde.

—J'ai passé la nuit dans des latrines, rétorquai-je en jetant mon sac, dégoûtée, sur mon lit de camp. (Elle me fixa d'un regard vide.) Toutes les goûteuses sont mortes.

Dora retourna à ses bagages.

—Leur sort est préférable à celui que nous allons endurer. Représente-toi la chute du Reich. (Elle fit claquer le couvercle de sa valise et tourna vers moi son visage allongé qui frémissait.) Je n'arrive pas à y croire.

Elle répéta ces mots plusieurs fois avant de s'effondrer sur son lit. Le plafonnier projetait des ombres sur son visage.

—Nous ne pouvons pas abandonner. Le Führer ne permettra pas à la Wehrmacht d'échouer.

—La guerre sera bientôt terminée, répliquai-je. Et l'Allemagne sera vaincue.

Elle me fusilla du regard.

—Comment oses-tu dire une telle chose ? Tu devrais être pendue pour trahison. C'est à cause de gens comme toi et ton traître de mari que nous perdons la guerre.

Folle de rage, je voulus la gifler, la secouer, jusqu'à déloger son obéissance aveugle au Parti, mais j'en avais assez dit. Une confrontation ne ferait que jeter de l'huile sur le feu.

Je me détournai de Dora pour ouvrir mon casier. Il ne contenait rien d'important, quelques épingles à cheveux et une paire de bas filés. Je n'avais que quelques robes dans ma valise. Celle que je portais allait devoir être jetée. Je sortis une robe de mon sac, partis pour les douches et restai sous l'eau chaude savonneuse jusqu'à ce que mon corps soit récuré et net. Quand je regagnai la chambre, Dora était partie. J'enfilai des vêtements propres et laissai ma robe tachée de sang sur mon lit de camp, un souvenir pour les Russes ou la forêt qui gagnait du terrain, selon celui qui arriverait le premier.

La Cheffe m'attendait sur le quai de la gare.

—J'ai dû laisser beaucoup de choses derrière moi, expliqua-t-elle en se tordant les mains. Ce sera une nouvelle vie à Berlin, si ce n'est notre dernière. (Ses yeux se troublèrent sous l'afflux de pensées.) J'ai peur de ce que les Alliés vont nous faire, Magda. S'ils nous trouvent en premier, les Rouges nous massacreront dans les rues comme des porcs.

—Vous serez en sécurité avec le Führer, lui assurai-je.

Même maintenant, la Cheffe ne voyait pas qui avait attiré une telle destruction sur nos têtes. Elle ne blâmerait jamais son Führer pour la catastrophe en cours.

—Vous venez à la Chancellerie avec nous, n'est-ce pas ?

Je regardai, sur la voie de garage, les hommes et les femmes qui évacuaient la Tanière du loup. Ils parlaient peu. La plupart se tenaient tête baissée ou fixaient le train avec des yeux vides. Dora, sa valise à côté d'elle, se tenait au bout du quai.

—Non, répondis-je. Je dois trouver mon père. Je n'ai pas eu de nouvelles de lui depuis des mois. Je ne sais même pas s'il est en vie.

La Cheffe se tourna vers moi et posa les mains sur mes épaules.

—Rappelez-vous ceci : en cas de besoin, venez au bunker et je vous laisserai entrer, votre père et vous. (Je secouai la tête.) Ne soyez pas stupide, insista-t-elle. Vous n'aurez peut-être pas le choix si vous voulez survivre.

Je la remerciai de sa gentillesse mais, au fond de moi, je savais que je ne voulais plus rien avoir à faire avec Hitler ou son équipe. Je voulais retrouver mon père et commencer une nouvelle vie avec lui, si c'était possible. Tant de choses demeuraient en suspens. L'ennemi pouvait tous nous tuer. Je songeai à Karl. Il était penché sur moi, le visage empli de joie. Nous faisions l'amour pour notre dernière nuit ensemble. Son corps se tenait au-dessus du mien et il touchait mon visage comme seul quelqu'un qui vous aime peut le faire. Mon cœur souffrait pour Karl, mais il était mort. Il voulait que je survive, sauf que sans lui, la vie semblait impossible. Pourtant, chaque fois que je me sentais accablée, je me rappelais la promesse que je lui avais faite.

Un officier SS s'avança devant ceux qui attendaient sur le quai. Il expliqua que seul un petit nombre d'entre nous serait autorisé à monter à bord : plusieurs voyages seraient organisés entre la Tanière du loup et la gare de Rastenburg en utilisant tous les trains privés d'Hitler. Il choisit la Cheffe et moi pour partir dans le premier. Les autres, y compris Dora, devraient attendre.

Nous montâmes à bord et prîmes des sièges près de la vitre. Vu depuis le wagon décoré, le monde semblait plutôt terne et sans couleur. Ma vie ne serait plus jamais la même. Je serais une Allemande ordinaire et mon service auprès d'Hitler juste un lointain souvenir. Une mélancolie automnale planait sur la Tanière du loup alors que les nuages de novembre s'amassaient en couches grises au-dessus de nous. Le temps s'était arrêté pour un instant. Les arbres dénudés, les bunkers au loin, la voie ferrée resteraient dans ma mémoire tels qu'ils étaient à cette minute. Rien n'y pouvait changer. Pendant que j'observais le paysage, un vieil homme voûté s'approcha du train. Il était entouré d'officiers SS et de généraux militaires, qui semblaient pousser en avant son corps frêle. L'Adolf Hitler sûr de lui et dynamique s'était effondré sous nos yeux, il n'était plus que l'ombre de lui-même. La tentative d'assassinat l'avait blessé, physiquement et psychologiquement, plus que quiconque ne l'aurait cru. Ou bien peut-être que le dégoût de soi avait conduit à son affaiblissement, ou peut-être qu'il avait été consumé par la haine devant l'incapacité de l'Allemagne à gagner la guerre. J'aurais été bien en peine de trancher.

Après plusieurs minutes, le train quitta la voie de garage et nous roulâmes à travers la forêt vers Rastenburg. La Cheffe me tapota les mains. Nous étions en route pour Berlin.

Je les laissai à la gare le lendemain matin. Plusieurs voitures SS attendaient là, pour emmener Hitler et son personnel à la Chancellerie du Reich. J'étreignis la Cheffe et l'embrassai sur la joue.

—N'oubliez pas, vous pouvez toujours venir au bunker, me lança-t-elle.

Je la remerciai et regardai les élégants véhicules s'éloigner. Hitler avait pris place dans une grande Mercedes, loin de l'endroit où je me trouvais.

J'observai la ville. Berlin était en ruine. Nous avions eu de la chance de pouvoir terminer le voyage. Des quartiers entiers n'étaient plus que décombres. La Cheffe et moi avions constaté les dégâts depuis le train. Un soldat qui nous accompagnait déclara que Berlin lui rappelait Hambourg après le bombardement de 1943 et les horribles pertes subies là-bas. Mes yeux n'étaient pas préparés au chaos que j'avais sous les yeux.

Le ciel couvert s'était dégagé, mais les brèves apparitions du soleil ne suffirent pas à me remonter le moral. J'empoignai mon sac, heureuse d'avoir si peu en ma possession, car je n'avais que mes pieds pour me transporter vers mon ancien quartier, Horst-Wessel-Stadt.

Je traversai des pâtés de maisons pulvérisés en briques et cendres. Les façades des magasins calcinés s'alignaient le long des rues comme autant d'allumettes brûlées. Les vendeurs proposaient un maigre achalandage dans des charrettes tirées par des ânes. Affamée, j'achetai une pomme à moitié pourrie à un homme au manteau en haillons. Il s'excusa de la piètre qualité de son fruit, mais m'assura que je ne trouverais pas un meilleur repas ailleurs. Je ne mis pas sa parole en doute.

Le voyage dura plus de deux heures, à travers des pans de maçonnerie çà et là dans la rue, des véhicules incendiés, des maisons réduites en cendres. Mon père m'avait écrit avoir emménagé chez un homme et sa famille. Ils étaient tous deux ouvriers à l'usine. Quand je parvins dans la rue de cet homme, qui n'était pas loin de l'endroit où j'avais grandi, il ne restait plus rien. Les immeubles avaient été détruits, les arbres réduits en miettes, les trottoirs étaient jonchés de briques et d'ordures. Je m'assis sur mon sac dans le soleil du début d'après-midi, accablée par ce spectacle de désolation. Quelques personnes me dépassèrent, mais nul ne parlait. Les gens avaient été vidés de toute vie, ils étaient plus désespérés que moi. Je me demandai si je n'avais pas été trop prompte à rejeter l'offre de la Cheffe. Au moins, j'aurais eu de la nourriture et un abri au bunker.

Après une demi-heure de repos, je me levai pour reprendre ma route vers mon ancien quartier. Je me souvins des nuits où les bombes tombaient, de la chaleur torride, de ma tentative de sauvetage de Frau Horst, de la chaussure de ma mère trouvée dans la rue. Je n'aurais pas reconnu notre quartier si je n'avais aperçu une balise en bois clouée sur le cadavre d'un arbre explosé par une bombe.

Je parcourus le pâté de maisons, bouleversée par un sentiment de perte accablant. C'était comme si mon passé avait été effacé par les bombes. Même si c'étaient les Alliés qui les avaient larguées, je connaissais le véritable auteur de cette destruction. Il était maintenant en sécurité et au bien chaud dans la Chancellerie pendant que le reste de l'Allemagne souffrait.

J'avais trouvé ce que je pensais être les marches en ruine de mon ancienne maison quand j'entendis une petite voix m'appeler par mon nom. En me retournant, je découvris une femme en manteau gris et chaussures noires. Des cheveux longs et filandreux sortaient du foulard blanc qu'elle portait sur le dessus de la tête. Elle ressemblait à une vieille paysanne.

—Magda ? répéta-t-elle avec prudence.

Je ne la reconnus pas tout de suite. Puis elle sourit, se précipita vers moi et me serra dans ses bras.

—Oh, Magda, tu as l'air en forme, dit-elle. Bien mieux que nous autres.

Je prononçai son nom aussi prudemment qu'elle avait proféré le mien.

—Irmigard ?

—Oui, tu ne me reconnais pas ? (Son sourire se mua en froncement de sourcils et elle baissa les yeux sur son manteau et ses bas en lambeaux.) Non, bien sûr que non. Tu te souviens de moi de l'époque où nous étions à l'école.

—Ne sois pas bête, répliquai-je pour essayer de l'apaiser. C'est juste que je ne t'ai pas vue depuis très longtemps.

Je posai mon sac au sol et je regardai son visage ridé et couvert de cendres. Je voulais lui demander : « Comment vas-tu ? », lui faire une conversation polie, mais je sentais qu'aucune de nous n'était d'humeur pour ce genre de banalités.

—Je ramasse des briques, lâcha Irmigard sans que je le lui demande, avant de glousser : Il faut parfois rire face aux difficultés de la vie. Qui aurait pu imaginer que la fille d'un bijoutier respecté ramasserait des briques pour les vendre ? Il y en a tellement peu qu'elles valent autant que des diamants, elles sont même plus précieuses que la vraie pierre. Les gens en ont besoin pour reconstruire leurs maisons.

Elle désigna une brouette grinçante de l'autre côté de la rue, qui contenait les biens auxquels elle tenait le plus.

—Où habites-tu ? demandai-je.

Irmigard tendit son bras maigre vers une rangée de bâtiments, à quelques rues de là.

—Ils sont endommagés, mais il reste assez de planchers et de plafonds pour que plusieurs familles y vivent. Notre immeuble a été réduit en miettes. Nous avons de la chance d'avoir un endroit tout court. Mon père paie un petit loyer au propriétaire, qui vit au rez-de-chaussée avec sa femme. Parfois, ils restent debout toute la nuit pour garder le bâtiment. Mon père a une arme. (Elle posa un doigt sur ses lèvres.) S'il te plaît, garde ça pour toi. Tu sais que c'est illégal, mais nous n'avons pas d'autre moyen de nous protéger. Cela dit, si nous sommes à nouveau bombardés, nous n'avons pas grand-chose à perdre.

Une bourrasque froide nous souffla dessus et Irmigard s'essuya le nez avec la manche de son manteau. Puis, avisant les ruines de mon immeuble, elle demanda :

— Tu loges où ? J'ai été désolée d'apprendre le décès de ta mère.

La pensée de la mort de ma mère me paralysait de douleur.

— Je n'ai jamais retrouvé son corps. Mon père était malade à l'hôpital et je n'avais pas le temps de la chercher. Je travaillais pour le Führer.

Irmigard plissa les yeux sous le soleil qui sortait des nuages et lui éclairait le visage.

— J'ai entendu dire que tu travaillais pour lui, en effet.

Elle avait parlé d'un ton morne, comme pour m'indiquer qu'elle ne voulait plus entendre parler d'Hitler, puis me dévisagea avec curiosité parce que je n'avais pas répondu à sa question.

— Je n'ai nulle part où aller, déclarai-je en secouant la tête. Je pensais pouvoir retrouver mon père. Je désirais m'éloigner de mon travail et de tout ce qui s'y rattachait…

— Tu devrais venir à la maison avec moi. (Irmigard serra les mains.) Ce serait comme au bon vieux temps, quand on bavardait après l'école.

— Je ne crois pas. Il faut que je cherche mon père.

— Tu peux le chercher, mais tu dois habiter chez nous si tu n'as pas d'endroit où vivre. (La lueur dans ses yeux m'indiquait qu'elle serait ravie d'avoir ma compagnie.) Tu n'as aucune raison de refuser. Même si la maison n'est pas jolie, nous l'avons rendue confortable à l'intérieur et nous réussissons à nous dégoter quelques légumes de temps en temps. Les jours de chance, nous avons même un os à bouillon avec un peu de viande dessus.

Je scrutai son visage négligé et y vis quelque chose que je n'avais plus perçu depuis longtemps : de la fierté. Cette camarade de classe qui avait fait partie de ma vie il y avait si longtemps était remplie de fierté et de détermination. Elle me rendait fière d'être allemande. C'était quelque chose que je n'avais plus ressenti depuis que Karl m'avait montré les atrocités du régime. Mon sentiment était si différent de ce que m'inspirait l'esbroufe d'Eva et de ses amis et l'obséquieuse flagornerie des militaires qui entouraient Hitler.

—D'accord, concédai-je, mais je paierai ma chambre et ma pension et je t'aiderai à ramasser des briques si tu m'aides à chercher mon père. J'ai économisé quelques Reichsmark.

Irmigard me saisit les mains.

—Nous serons les meilleures amies du monde. Viens, laisse-moi te conduire à ma famille. Je suis sûre qu'ils seront heureux de te voir.

Nous traversâmes la rue pour aller chercher sa brouette et toutes deux, parlant et riant, nous poussâmes les lourdes briques à travers les rues criblées d'ornières jusqu'à son logis.

La famille d'Irmigard m'accueillit comme une parente. Sa mère, Inga, nous reçut sur les marches de l'immeuble à l'abandon. Irmigard me conduisit au deuxième étage, où elle vivait avec sa mère, son père, Frederick, et sa jeune sœur, Helga. Frederick, quinquagénaire grisonnant, réparait une montre, assis au soleil devant une fenêtre brisée. Il avait coupé les doigts d'une paire de gants en tissu afin de garder ses mains au chaud, tout en conservant l'agilité de ses extrémités. Helga – une jolie adolescente de quatorze ans aux longs cheveux blonds – lisait un livre sur une chaise sans pieds. Je l'avais déjà rencontrée plusieurs fois lorsqu'elle était beaucoup plus jeune.

Tous les carreaux de la façade du bâtiment étaient cassés. Un fort vent du nord-ouest entrait dans la pièce. Irmigard me montra les portes-fenêtres qu'ils fermaient la nuit pour clore l'espace. La pièce, large d'environ sept mètres, servait de salle à manger et de chambre à coucher. Des bouts de bois et de petites branches jonchaient le sol autour d'un poêle fixé au mur. Une porte à l'arrière menait à une petite salle de bains qui ne fonctionnait pas, faute d'eau courante. Malgré tout, mieux valait cet appartement qu'une vie dans la rue ou dans une cabane, comme c'était le cas pour tant de Berlinois.

Ce soir-là, alors que la famille était réunie autour d'une petite table en chêne, le père d'Irmigard récita une prière, non pour l'Allemagne ou Hitler, mais pour la paix. Nous étions assis à la faible lumière des bougies, car il n'y avait plus d'électricité. Inga cuisinait sur le poêle à bois qu'elle alimentait du petit bois d'allumage. Nous dînâmes dans des bols ébréchés et des assiettes fêlées qui avaient été lavés à l'eau de pluie. Le repas se composait de deux maigres carottes, réparties entre nous cinq, et d'un bouillon très clair où avait trempé un os de jambon. Je me sentais coupable de prélever ma part sur cette quantité déjà bien maigre et je me jurai de ne pas rester longtemps sous leur toit. Aussi frugal que soit le repas, je me sentais chanceuse de ne pas avoir à m'inquiéter d'être empoisonnée.

—Les nazis vont bientôt venir me chercher, annonça Frederick pendant le dîner. Ils me mettront un fusil dans les mains et attendront de moi que je tire sur l'ennemi. Sous peu, il n'y aura plus que des vieux comme moi et les Jeunesses hitlériennes pour défendre les rues. Le Führer ne fait que prolonger notre agonie.

Inga enfouit son visage entre ses mains et secoua la tête.

—Mon Dieu, ils ne te demanderaient quand même pas de te battre. Toi qui peux à peine monter un escalier ! Ils vont te tuer !

—Maman, ne dis pas des choses pareilles, s'insurgea Irmigard.

Son père leva sa cuillère et la tapota contre sa tempe.

—J'ai réfléchi. Je doute que la guerre se poursuive encore longtemps. Mais dans le cas contraire, pas question que je tue un homme de plus. Je me rendrai et ce sera tout.

—Comment en est-on arrivés là ? demanda la mère d'Irmigard. Le Führer nous a apporté la prospérité, l'ordre et le respect et maintenant le monde s'écroule. On ne peut pas continuer comme ça plus longtemps, sans quoi…

Sa voix s'éteignit et elle baissa les yeux sur la lavasse devant elle. La suite de ses paroles fut étouffée par ses sanglots.

Le reste d'entre nous resta tranquillement assis pour réfléchir à notre sort tandis que Frederick parlait de la fin de la guerre et des « beaux jours » à venir. Inga voulait être réconfortée par les paroles de son mari, mais elle sombrait dans la mélancolie en voyant l'affliction de ses filles.

Nous ne veillâmes pas longtemps après le dîner, car il n'y avait rien à faire et à peine assez de lumière pour voir devant nous. Deux matelas étaient dressés contre le mur. Lorsque la vaisselle eut été passée dans le seau d'eau de pluie et séchée, la mère d'Irmigard retira la literie du mur et la plaça devant le poêle. Il ne restait plus de bois pour chauffer l'appartement mais, les portes-fenêtres étant fermées, la température était tolérable. Nous nous réunîmes sur les matelas en lambeaux. Heureusement que nous disposions de beaucoup de couvertures. La mère, le père et Helga se partagèrent un matelas tandis qu'Irmigard et moi prenions celui qui était le plus éloigné du poêle. Frederick nous alloua une couverture supplémentaire et nous souhaita bonne nuit. Nous fûmes bientôt tous blottis les uns contre les autres pour nous réchauffer afin d'affronter le froid de novembre qui enveloppait la pièce. Irmigard et moi discutâmes à voix basse jusqu'à ce que nous n'en puissions plus et que nous nous endormions toutes les deux.

Plusieurs heures plus tard, je fus réveillée en sursaut par des bombes qui faisaient voler en éclats un autre quartier de Berlin. Je regardai autour de moi : j'étais la seule à avoir remarqué les explosions. Je guettai la sirène prévenant la population d'un raid aérien, mais sans succès. L'immeuble trembla légèrement et je vis des éclairs de lumière par les fentes des portes-fenêtres. Je secouai alors Irmigard pour la réveiller.

Elle tressaillit et frotta ses yeux bouffis de sommeil.

—Qu'est-ce se passe ?

—Il y a un raid aérien, répondis-je. Il faut sortir de l'immeuble.

Elle reposa en soupirant la tête sur son matelas miteux. Mes yeux s'étaient suffisamment adaptés à la pénombre pour que je puisse distinguer le contour de son visage.

—Cela arrive la plupart des nuits et presque tous les jours. Nous n'avons aucune raison de nous inquiéter.

—Comment peux-tu en être aussi sûre ?

Mon ventre se retourna quand une autre bombe frappa à proximité.

—Il n'y a plus de défenses à l'échelle de la ville. Si le raid nous visait, on aurait entendu la petite sirène de notre quartier. C'est tout ce que nous avons. Herr Schiff, en bas de la rue, sonne l'alarme. Rendors-toi.

Sur quoi, elle se détourna et remonta les couvertures sur sa tête.

La nonchalance d'Irmigard me choquait. Je n'arrivais pas à croire qu'elle soit si habituée aux bombardements qu'elle pouvait dormir pendant qu'ils se déroulaient. Je tentai de me rendormir, mais les grondements des explosions me rappelaient la mort de ma mère et le bombardement de la ferme. Je n'arrêtais pas de repenser aux corps alignés dans la neige. Quand je m'endormais, mes yeux s'ouvraient brusquement sur l'image du sang gelé sur le sol glacé.

Je songeai à la question que la mère d'Irmigard avait posée au dîner : « Comment en est-on arrivés là ? » Je connaissais la réponse, mais je n'avais pas eu le courage de l'énoncer à sa famille. Pas encore. Avec le monde qui explosait autour de nous, je pensais que les Allemands connaîtraient la réponse bien assez tôt, si ce n'était déjà le cas.

Je restai plus longtemps que prévu avec Irmigard et sa famille. Nous fêtâmes Noël et le Nouvel An ensemble, même s'il n'y avait pas beaucoup de joie en ce début d'année 1945. Nous étions reconnaissants d'être en vie. Lorsque la neige tombait, Irmigard cessait de chercher des briques. Le maigre revenu de la famille provenait alors exclusivement de son père.

Pour Noël, nous coupâmes une petite branche sur un arbre à feuilles persistantes et la décorâmes de morceaux de verre et de papier, les seuls ornements dont nous disposions. Frederick, qui avait achevé un travail d'horlogerie, avait gagné de la nourriture supplémentaire et des bougies en guise de paiement. Nous les allumâmes et restâmes debout autour de notre petit arbre à chanter des cantiques de Noël. Je me surpris à regarder mon alliance qui scintillait à la lumière des bougies. Une boule se forma dans ma gorge. Je commençais à accepter la mort de Karl. Cette pensée, choquante, s'avérait en même temps réconfortante. Je voulais renoncer à mon rêve de le revoir vivant.

Le jour de l'An promettait d'être morne et terne : nous allions nous enfermer dans la chambre pour essayer de nous réchauffer autour du poêle tiède. Cependant, Frederick nous revigora lorsqu'il sortit une bouteille de champagne de derrière la chaise sans pieds du salon. L'air avait suffi à garder la bouteille au frais. Nous voulûmes savoir comment il s'était procuré cette boisson de luxe, mais il refusa de nous le révéler, arguant qu'il s'agissait d'un cadeau de Dieu. Nous célébrâmes notre bonne fortune en portant un toast avec nos tasses de porcelaine ébréchées. Même Helga but avec nous.

À la mi-janvier, Helga attrapa un mauvais rhume, que nous prîmes d'abord pour une grippe. Nous trouvâmes des lattes de bois et un petit matelas que nous traînâmes dans l'escalier, car son père estima qu'il valait mieux qu'elle dorme à l'écart de la famille. Nous plaçâmes le matelas devant le poêle. Un gentil voisin, qui habitait la même rue que nous, nous donna quelques aspirines, que nous lui fîmes prendre. Heureusement, la fièvre d'Helga tomba au bout de quelques jours et elle se rétablit malgré le temps glacial.

Après avoir été si bien nourrie pendant mon séjour auprès d'Hitler, je me retrouvais frigorifiée et épuisée par la faim. En trois mois, j'avais perdu près de cinq kilos, peut-être davantage, et j'arborai désormais le même visage décharné que tous les membres de la famille d'Irmigard.

Mon amie et moi demandions à tous les gens que nous croisions dans la rue s'ils avaient vu mon père, Hermann Ritter. Quelques-uns connaissaient son nom et indiquaient la direction de notre ancien immeuble, mais la plupart secouaient la tête et continuaient à avancer, complètement hagards. Je m'aventurai dans le quartier où il avait vécu en dernier. Mais là aussi, mes demandes furent accueillies par des regards vides. Dénicher un téléphone en état de marche relevait presque de l'impossible, toutefois une amie d'Irmigard savait où en trouver un. Elle me conduisit jusqu'à une imprimerie qui, pour une raison ou une autre, n'avait pas trop été touchée par les bombardements. Je donnai à son propriétaire bourru quelques Reichsmark pour un appel, dans l'espoir optimiste de trouver mon père. Je composai le numéro de tante Reina et d'oncle Willy à Berchtesgaden, malheureusement la ligne avait été coupée. Après cet appel, je compris combien il devait être difficile de maintenir le service téléphonique entre le nord et le sud de l'Allemagne, alors que toutes les infrastructures s'effondraient sous le poids écrasant du conflit.

Les journées monotones, les longues nuits et le fardeau fastidieux d'avoir à affronter à la guerre se prolongèrent tout au long de l'hiver. Personne ne semblait savoir ce qui se passait, bien que des rumeurs circulent, selon lesquelles les Rouges avaient percé le front de l'Est à la mi-janvier et avançaient à travers la Pologne en direction de Berlin. Tout ce que nous parvenions à entendre, c'était une émission de radio occasionnelle sur la façon dont le peuple allemand devait résister à la « Horde rouge » et se battre jusqu'à la mort dans les rues. Selon le ministre de la Propagande, la mort serait préférable aux viols et aux tortures meurtrières perpétrés par l'ennemi. Je me demandais si la Tanière du loup était encore debout ou si elle était en ruines, soit du fait de l'avancée de l'Armée rouge, soit sur ordre d'Hitler. Je penchais plutôt pour la seconde hypothèse.

À la mi-mars, nous étions tous à l'appartement par une fin d'après-midi. Les jours rallongeaient et l'on sentait les premiers signes du printemps dans l'air, ce qui nous permit d'ouvrir les portes-fenêtres pendant quelques jours de chaleur. Nous entendîmes des pas dans l'escalier, puis l'on frappa à notre porte. Frederick répondit, non sans avoir au préalable caché son arme derrière un panneau mural mal fixé.

Il ouvrit la porte pour découvrir plusieurs soldats de la Wehrmacht dans le couloir. L'un d'eux lui pointa son fusil au visage et déclara :

—L'Armée rouge est en route. Soyez prêt. Si vous êtes appelé, vous vous entraînerez avec nous dans les rues. Votre famille et vous, vous allez nous aider à ériger des barricades et à creuser des tranchées en cas de besoin.

Le soldat nous fit le salut militaire et le groupe s'élança dans le couloir, sans doute vers la prochaine famille qu'ils pourraient trouver.

Frederick se tourna vers nous, souriant malgré son soupir.

—Je vous avais prévenues que cela arriverait. Il n'y a rien d'autre à faire que de céder. Nous n'avons pas d'autre choix. Si nous résistons, on nous fusillera comme traîtres.

Nous échangeâmes des regards pleins de tristesse, comprenant à quel point les circonstances étaient devenues désespérées dans la ville. Trois jours plus tard, un autre groupe de soldats frappa à notre porte. Depuis l'une des fenêtres cassées, nous vîmes le père d'Irmigard se tenir debout sous la pluie avec son fusil, tandis que les soldats lui aboyaient des ordres, à lui et à une bande d'hommes et de garçons débraillés. Il leva une fois les yeux vers nous et nous fit signe. L'officier de la Wehrmacht lui frappa le bras de la crosse de son fusil. Il ne nous regarda plus jamais.

On demanda aux femmes de transporter de l'eau et des rations pour les hommes qui creusaient les tranchées. Nous nous exécutâmes, soulevâmes même de pleines pelletées de terre. Et nous regagnâmes l'appartement épuisées. Helga, parce qu'elle était jeune et jolie, put récupérer quelques rations supplémentaires auprès des soldats. Nous lui étions reconnaissants de ce surplus de nourriture.

Une nuit, alors que nous dormions tous, un son différent nous parvint aux oreilles. Ce n'était pas le bourdonnement des bombardiers alliés au-dessus de nos têtes. Cette fois-ci, contrairement aux nuits précédentes, tout le monde se réveilla, tant les sons étaient inhabituels. C'étaient des avions à réaction plus rapides, plus petits, qui rugissaient au-dessus de la ville. Au loin, à l'est, des bombardements éclatèrent. Je reconnus le son que j'avais entendu en provenance de la ferme. L'Armée rouge était aux portes de Berlin.

La Wehrmacht ne pourrait pas les arrêter. Bientôt, les Russes seraient à notre porte.

19

Les bombardements continuèrent nuit et jour. Plusieurs fois, nous crûmes devoir évacuer l'humble maison que la famille d'Irmigard avait aménagée. Nous étions réveillés en sursaut dans nos lits ou obligés de nous mettre à l'abri pendant la journée. Se protéger n'était pas tâche facile, car la plupart des bâtiments autour de nous avaient déjà été détruits. La nuit, nous descendions les escaliers pour nous réfugier dans un terrain vague déchiqueté par les bombes, en espérant que la zone dévastée ne se trouvait pas dans la ligne de tir.

D'après les rares rapports radio du Reich, les attaques provenaient de toutes les forces alliées, y compris l'Armée rouge. La rumeur se répandait que les Alliés se précipitaient vers Berlin pour s'emparer de la ville. Frederick participa à des exercices de simulation dans la rue alors que les Rouges approchaient. Ces exercices, conduits par des officiers de la Wehrmacht et des SS, devinrent de plus en plus fréquents et militarisés à mesure que la situation se dégradait autour de la ville.

—Quelle absurdité ! lâcha-t-il un soir au souper. Comme si une bande de combattants de rue amateurs pouvait tenir tête à une armée bien entraînée.

Nous, les femmes, fûmes obligées d'ériger des barricades à mains nues. Les matériaux étaient faciles à trouver : poutres brûlées, briques et pierres cassées, charrettes et morceaux de voitures détruites, il y avait de tout en abondance. Cependant, le travail était éreintant et durait tant que nos doigts ne saignaient pas et que nos bras ne tremblaient pas d'épuisement. L'armée dressa une barricade au bout de la rue où nous logions. C'était un haut empilement de débris de construction et de ferraille. Irmigard sacrifia même les dernières de ses briques, car elle ne pouvait plus les vendre. Tout espoir que le Reich puisse reconstruire la ville s'évanouissait devant la réalité de notre rude existence.

Le jour de l'anniversaire d'Hitler, en avril, les bombardements cessèrent, faisant naître un calme étrange dans l'air. Mais le répit fut de courte durée, car le ciel s'ouvrit sur une pluie de roquettes lancées depuis la banlieue de Berlin. Ces armes étaient plus terrifiantes que les bombes, car on n'était prévenu que peu de temps avant que le missile ne fonce sur nous. L'Armée rouge se montrait implacable dans ses bombardements. Le peu qu'il restait de la ville était réduit en miettes, tandis que nous priions pour notre sécurité et que nous nous couvrions les oreilles afin de nous protéger du tonnerre des explosions.

Le soir du 23, Inga, postée près des fenêtres de devant, nous appela. Les cheveux attachés en queue-de-cheval, elle portait un peignoir. Bien qu'il soit près de 19 heures et que la nuit tombe, je la mis en garde : elle avait tort de rester ainsi exposée. Le ciel était d'un bleu d'encre à l'est tandis que les nuages de l'ouest étaient striés de rose. Frederick se trouvait à la barricade en bas, en compagnie de plusieurs soldats et d'un officier SS. Celui-ci aboya des ordres et les soldats tirèrent sur un assaillant invisible au nord-est. Je pressentais que quelque chose allait vraiment mal tourner.

Soudain, plusieurs grenades atterrirent devant la barricade, où elles explosèrent dans un souffle puissant, projetant des pierres, du métal et de la terre dans les airs. Nous vîmes les éclats d'obus tomber, la fumée se dissiper et nos soldats regarder prudemment par-dessus la barricade.

—Regardez, souffla Inga.

Elle montrait la rue suivante. Cinq soldats de la Wehrmacht accouraient vers la barricade. En approchant du bout de l'artère, ils furent abattus par une mitrailleuse et tombèrent dans la rue comme des poupées de chiffon. Leurs armes s'envolèrent. Plusieurs soldats dans des uniformes que je ne reconnus pas se précipitèrent vers la barricade. Ces hommes, dépenaillés, étaient habillés de gris, leurs fusils en bandoulière pointés devant eux. Je supposai que c'étaient des Rouges.

—Mon Dieu, il va se faire tuer ! s'écria Inga. Freddy, Freddy, attention !

Des balles fusèrent au-dessus de nos têtes, remplissant l'air de poussière. Nous nous laissâmes tomber sur le sol.

—Ça va ? demandai-je à Inga.

Elle hocha la tête et secoua la poussière de ses cheveux.

—Qu'est-ce qui se passe ? Tu vois quelque chose ?

J'ordonnai aux autres de rester au sol pendant que je regardais par-dessus le rebord de fenêtre. Une autre rafale de coups de feu retentit. Les Rouges, qui avaient atteint le pied de la barricade, étaient en train de l'escalader. L'un d'eux s'apprêtait à lancer une grenade lorsqu'un soldat de la Wehrmacht se précipita sur le tas de gravats et se mit à tirer. Il fut abattu, mais non sans avoir tué son adversaire. L'Allemand tomba au sommet de la barricade tandis que les ennemis s'écartaient de leur camarade mort. Je me baissai, fermai les yeux et attendis l'explosion de la grenade. Son souffle secoua notre immeuble et Irmigard et sa sœur se mirent à pleurer.

—Taisez-vous, les réprimandai-je. Il ne faut pas que les Rouges sachent que nous sommes ici.

Je regardai de nouveau par la fenêtre. Les soldats qui avançaient s'étaient retirés pour quelque temps. Seule la moitié inférieure du corps du Russe mort restait dans la rue. L'officier SS hurla des ordres au père d'Irmigard : il voulait le voir monter sur la barricade comme le soldat l'avait fait. Frederick secoua la tête, jeta son fusil et courut vers l'immeuble.

L'officier SS lui intima de s'arrêter, mais Frederick continua sa course. L'officier pointa son pistolet et fit feu à deux reprises.

Les balles touchèrent Frederick en plein dos. Il trébucha dans la rue et s'effondra sur le trottoir. Sa tête s'écrasa contre l'asphalte. Je savais qu'il était mort.

—Qu'est-ce qui se passe ? demanda Inga.

Elle se redressa pour regarder en bas. Je l'attirai en arrière.

—C'est trop dangereux ici, répliquai-je. Nous devons sortir de l'immeuble.

—Pourquoi ? voulut savoir Irmigard.

—Les Rouges sont à notre porte. On n'a que quelques minutes.

Je rampai vers la pièce voisine, encourageant les autres à me suivre.

Une nouvelle explosion secoua le bâtiment. Puis des coups de feu claquèrent, suivis de hideux gémissements de douleur.

Irmigard, sa mère et sa sœur se laissèrent tomber sur le sol. Inga pleurait, car elle savait que son mari était mort. Les soldats en bas applaudirent et crièrent en russe. Leurs cris retentissaient à travers les fenêtres brisées.

Quand nous arrivâmes dans la chambre, je fermai les portes-fenêtres et serrai Inga dans mes bras. Elle me repoussa.

—Je veux qu'ils meurent, lâcha-t-elle dans un murmure de colère. Tous. Les Allemands, les Rouges, les Américains… (Elle se laissa tomber contre mon épaule avant de sangloter.) Mon mari est mort.

Je n'eus pas le temps de la consoler.

—Ne regardez pas la rue, lui conseillai-je. Prenez vos manteaux et allez vers l'escalier.

En un instant, tout le monde comprit la gravité de notre situation : le deuil devrait attendre. Ayant récupéré nos manteaux, nous étions sur le point de traverser le couloir plongé dans l'obscurité quand nous entendîmes des voix en bas. Les Rouges montaient l'escalier.

Je les repoussai dans la chambre et je refermai notre porte sans bruit.

—Glissez-vous sous les couvertures et ne faites pas un bruit, ordonnai-je.

Elles se précipitèrent sur le lit pendant que je me tenais près de la porte.

Les soldats ne prirent pas la peine de frapper. L'un d'eux ouvrit la porte d'un coup de pied et braqua sa torche dans la pièce. Je les fixai du regard par-delà la lumière aveuglante. Le désordre des lits ne suffit pas à les tromper. Cinq d'entre eux firent irruption dans la pièce. C'étaient des hommes endurcis, dont deux avaient une ascendance métissée comme en témoignaient leurs yeux bridés. Les torches leur donnaient un aspect fantomatique, qui venait s'ajouter à l'horreur que je ressentais déjà. L'un d'eux toucha le lit avec son fusil et Helga poussa un cri. Il arracha les couvertures et dévoila les femmes cachées dessous.

Même si je ne comprenais pas ce qu'ils disaient, leurs gestes étaient pour le moins clairs. Quatre d'entre eux partirent en exploration dans l'appartement tandis que le cinquième montait la garde avec nous, le fusil pointé et prêt. Il n'y avait pas grand-chose à voir ou à trouver dans notre petit logis, aussi revinrent-ils rapidement.

Le soldat qui nous tenait en joue alluma une cigarette et désigna la pièce de devant, au-delà des portes-fenêtres. C'était lui qui paraissait commander leur détachement. Il lança quelques mots aux autres qui s'esclaffèrent. L'un d'eux but à une flasque qu'il avait dans sa poche. Les quatre autres hommes se dirigèrent vers l'avant de l'appartement et éteignirent leurs torches. Leurs silhouettes se détachaient contre les fenêtres qui laissaient filtrer une faible lumière. Des roquettes frappaient parfois à plusieurs pâtés de maisons de là et leurs éclairs explosaient dans la pièce comme la foudre. Lentement, les soldats ôtèrent leur pantalon pour ne garder que leur chemise. Ils portèrent leurs mains au-dessous de leur taille pour se caresser en nous attendant.

Ils voulaient d'abord Helga, ce qu'ils nous firent comprendre en l'appelant. Inga, qui avait attrapé sa fille, refusait de la lâcher. Elle implorait leur pitié quand l'homme au fusil la frappa. Il lui donna un coup de crosse dans le dos, ce qui l'envoya valser sur le lit. Irmigard et moi tentâmes de le retenir, mais ce fut peine perdue. Il fit décrire à son fusil un arc mortel qui nous aurait tuées si nous ne nous étions écartées d'un bond de sa trajectoire.

Un des hommes à moitié nus sortit du fond de la chambre et attrapa Helga, la traitant de « pute nazie » en allemand. Ce furent les seuls mots que je parvins à identifier.

Helga, les yeux écarquillés de terreur, se débattit autant qu'elle le put, mais sans succès. Les autres soldats l'entraînèrent, qui hurlait et sanglotait. Ils refermèrent les portes-fenêtres et, pendant un moment, tout redevint silencieux. Le commandant se tenait près des portes, son fusil pointé sur nous. Inga sanglotait sur le lit.

Puis Helga hurla et nous entendîmes ses cris de douleur pendant dix longues minutes avant qu'ils ne se transforment en gémissements étouffés. Irmigard et moi regardions la porte, incapables de faire autre chose que de sangloter. J'essayais de penser à un moyen de nous enfuir, à un plan pour échapper à ces bêtes, mais ma tête était trop remplie d'horreur et de douleur pour réfléchir.

Puis, après une autre longue attente, la porte s'ouvrit et Helga en fut brutalement poussée. Son chemisier était déchiré, du sang lui coulait sur les jambes. Inga prit sa cadette dans ses bras. Elles se blottirent l'une contre l'autre sur le lit.

Ce fut ensuite au tour d'Irmigard.

Puis les soldats vinrent me chercher.

Une fois les portes-fenêtres refermées, il faisait sombre dans la pièce. Des mains rugueuses se posaient partout sur moi. Des dents mordaient mon cou. Une haleine empestant la fumée de cigarette et l'alcool emplissait mes narines. Le devant de ma robe fut déchiré sur le haut, le bas repoussé au-dessus de ma taille. Puis la nuit devint une brume de douleur d'un rouge aveuglant. Ils furent quatre à me prendre à tour de rôle pendant que les autres regardaient. L'opération ne fut pas très longue, même si elle me parut durer des heures.

Quand ils eurent fini, ils me poussèrent hors de la pièce et je m'effondrai sur le lit avec les autres. Pendant tout ce temps, le commandant avait gardé son arme pointée sur nous.

Peu après, les quatre hommes sortirent, remontant leur pantalon en se moquant de nous.

—*Heil* Hitler, nous chantèrent-ils tout en levant le bras pour singer le salut nazi.

Quand ils eurent fini de se moquer, les cinq soldats repassèrent leur fusil en bandoulière et dévalèrent l'escalier.

—Je vais les tuer, siffla Inga qui se précipita vers le panneau derrière lequel Frederick cachait son arme.

Cette dernière m'était sortie de la tête, mais je criai à Inga d'arrêter.

—Que pouvez-vous faire ? Tuez l'un d'entre eux et les autres nous tueront. Laissez-les partir.

Elle interrompit son geste, s'appuya contre la porte entrouverte et pleura.

Je me levai du lit, grimaçant de douleur, puis j'allumai une bougie dont la maigre lumière jaune se répandit dans la pièce.

—Nous avons besoin de soins.

—Il n'y a pas de médecin dans ce quartier, répliqua Irmigard après m'avoir dévisagée.

Elle berçait sa sœur. Les yeux vides et noirs, Helga fixait le plafond sans rien dire.

Je ne pouvais aller chercher de l'aide qu'à un seul endroit : la Chancellerie.

Irmigard et moi soignâmes Helga du mieux que nous le pûmes. Nous trempâmes des chiffons dans l'eau froide du seau à linge afin d'arrêter le saignement. Les linges ensanglantés teintèrent l'eau de rose. Je me reposai avec mes amies pendant une demi-heure avant de quitter le lit. Au début, j'avais jugé préférable de me rendre à la Chancellerie au matin, quand je pourrais voir l'ennemi mais, après réflexion, je décidai de profiter de l'obscurité.

Je conseillai à Inga de se munir du fusil de Frederick, mais de ne l'utiliser qu'en dernier recours. Je doutais que les mêmes soldats reviennent, toutefois la situation semblait se dégrader de minute en minute. Or elle ne pourrait pas faire grand-chose contre des hommes armés. Utiliser son arme les ferait sans doute tuer, ses filles et elle. Je jetai un coup d'œil par les fenêtres de devant pour voir si je repérerais des soldats ennemis. Je n'entrevis qu'un jeune homme et une jeune femme, silhouettes sombres et encapuchonnées courant vers l'est, une direction dangereuse. On aurait dit des Allemands se précipitant vers l'ennemi. Je me dirigeai vers l'ouest.

La vue depuis la fenêtre ressemblait à un cauchemar. Les roquettes d'artillerie faisaient trembler le sol lorsqu'elles explosaient près de nous. Nombre d'entre elles passaient au-dessus de nos têtes, dangereusement près de l'appartement. Des immeubles brûlaient à l'horizon ; à quelques rues de là, plusieurs furent engloutis. À l'est, un lance-flammes fendit l'air de son feu orange. Son jet puissant fit voler en éclats toutes les fenêtres qui n'avaient pas encore été brisées. Le feu liquide traversait les structures comme une cascade infernale. Au loin, des cris retentissaient dans la nuit.

Il me fallut m'armer de tout mon courage pour quitter l'appartement, même s'il n'offrait aucune sécurité réelle. Je me lavai du mieux que je pus et enfilai une autre robe. Je jetai mes affaires, y compris mon singe en peluche, dans ma valise que je devais laisser derrière moi, faute d'être en état de la transporter.

—Attendez ici, leur lançai-je depuis la porte. Je vais faire venir un médecin. Si vous devez partir, ne vous éloignez pas trop et prévenez au moins un voisin, n'importe qui, pour que je sache où vous êtes.

Helga fixait le plafond, indifférente à mes paroles. Irmigard me remercia et m'envoya un baiser.

—Prie pour nous, ajouta Inga en hochant la tête.

Ayant refermé la porte, je scrutai l'obscurité de l'escalier. Quand mes yeux se furent adaptés à la lumière, je descendis lentement. À chaque pas, mes jambes et mon ventre me lançaient. La porte de l'immeuble avait été brisée et pendait sur ses gonds. N'importe qui pouvait entrer, mais il n'y avait pas âme qui vive. Le cadavre ensanglanté de Frederick gisait dans la rue, son bras gauche tendu en l'air comme s'il voulait atteindre le ciel. Ce n'était pas l'heure des larmes. J'espérais qu'Inga et ses filles ne verraient pas son corps au matin. Peut-être qu'un étranger compatissant ou un soldat allemand l'emporterait avant le lever du soleil.

Je courus vers la gauche de la rue. Chaque pas me donnait l'impression qu'on me plantait un couteau dans l'aine, mais je n'avais pas d'autre choix que de continuer à marcher, de courir si nécessaire. La Chancellerie du Reich se trouvait à plusieurs kilomètres, j'ignorais combien. J'étais certaine, cependant, que le trajet me prendrait plusieurs heures et, vu la lenteur de ma progression, j'aurais de la chance si j'y arrivais avant minuit. Bien sûr, je devais aussi me soucier des soldats. Les Russes pouvaient me capturer et me violer à nouveau ; la Wehrmacht me tirer dessus, moi une ombre dans la nuit que les soldats prendraient pour un ennemi.

Je passai devant des montagnes de gravats et de carcasses d'immeubles qui s'élevaient du sol comme des squelettes carbonisés et noircis. Certains étaient blancs de cendres. Je n'étais plus qu'à quelques rues de ma destination quand je me retrouvai devant une barricade de wagons de tramway endommagés. Je posai le pied sur le marchepied de l'un d'eux et me cramponnai à la rambarde. À travers le véhicule, je distinguai les ruines ardentes et les rues vides, remplies de débris, qui se trouvaient de l'autre côté.

Je fis un pas en avant, mais ma jambe droite accrocha un morceau de métal déchiqueté. Une douleur vive et acérée me transperça la chair. Instinctivement, je me baissai pour tâter la blessure. Du sang chaud et gluant coula sur mes doigts.

Une main m'agrippa par le dos de mon manteau et m'obligea à descendre du marchepied.

—Où allez-vous ? me demanda un soldat russe dans un allemand parfait.

Il portait un long manteau qui descendait jusqu'au sol. Ayant repoussé sa casquette avec le canon de son pistolet, il pointa son arme sur moi. Une vive lumière orangée se reflétait sur nos visages.

—Vous avez besoin d'un médecin, constata-t-il en regardant ma jambe ensanglantée.

—J'en cherche un, répliquai-je. Vos hommes m'ont violée, ainsi que deux autres femmes, dont l'une était très jeune.

Son regard passa de l'hostilité à l'inquiétude. Il me demanda d'ouvrir mon manteau. Quand j'eus obéi, il me fouilla. Après s'être assuré que je ne portais pas d'arme, il reprit :

—Les hommes perdent la tête. Ils comprennent que chaque heure peut être leur dernière sur terre, alors ils profitent des femmes.

—Ils « profitent » ? répétai-je avec incrédulité. Ils ont failli nous tuer. La plus jeune était vierge.

Il s'appuya contre le côté défoncé du tramway.

—La guerre engendre des créatures infernales. Allez-y, trouvez votre médecin. Je vous souhaite bonne chance. Il y a des troupes allemandes de l'autre côté de ces véhicules. Si j'étais vous, je marcherais les mains en l'air.

—Vous me laissez partir ?

Il hocha la tête.

—Bien sûr. On n'est pas tous des bêtes en rut. On cherche un monstre en particulier et quand on l'aura trouvé…

Il prit une écharpe blanche dans une poche de son manteau et l'enroula autour de la coupure à ma jambe. Il se mit à parler avant de se taire, comme s'il avait repéré une menace de l'autre côté de la rue. Se faufilant derrière le tramway, il contourna une porte brisée et disparut.

J'étais tentée de lui faire confiance. Alors je me hissai sur le tramway, les jambes douloureuses, je traversai la rame défoncée et je descendis de l'autre côté. Levant les mains au-dessus de ma tête, j'avançai dans une rue jonchée de détritus. En quelques secondes, j'étais encerclée par quelques hommes âgés, une poignée de garçons des Jeunesses hitlériennes et un officier SS. Celui-ci m'examina d'un air absent, puis me fouilla. Il me demanda mon nom et voulus savoir d'où je venais.

Après m'être nommée, je répondis :

—D'environ un kilomètre à l'est. (Je lui indiquai la direction.) J'ai été violée par les Russes.

—Les porcs ! Attaquer nos femmes.

Il m'escorta dans la rue jusqu'à la sécurité relative d'un immeuble en ruine. Les autres hommes et garçons regagnèrent leurs planques et leurs barricades.

—Je dois aller à la Chancellerie. Je travaille pour le Führer.

—Vous ? s'esclaffa l'officier.

—Vous avez une torche ? répliquai-je.

Il secoua la tête.

—J'ai un briquet.

—Allumez-le.

Dès que nous eûmes de la lumière, j'ôtai ma bague pour lui montrer l'inscription sur mon alliance.

—Mon Dieu, balbutia-t-il. Je vous y emmène au plus vite.

Il cria des ordres aux hommes et se mit en route avec moi. Nous nous baissâmes à l'angle d'une rue quand un obus russe vola au-dessus de nos têtes avant de frapper une cible à plusieurs rues de là. L'officier me désigna une masse brune à une centaine de mètres à l'est. Lorsque nous arrivâmes, il retira le filet de ce qui ressemblait à un tas de terre et dévoila un petit véhicule, un croisement entre une moto et un char miniature. Il m'ordonna de m'installer sur le siège arrière pendant qu'il conduisait. Mon estomac se retourna à plusieurs reprises sur les cahots du trajet mais, en vingt minutes, nous étions devant le garage souterrain de la Chancellerie.

Les deux officiers de garde devant le bunker ne crurent pas un mot de mon histoire jusqu'à ce que je leur dise d'aller chercher la Cheffe. Ils comprirent tout de suite de qui il s'agissait. Le soldat qui m'avait amenée me laissa avec eux. L'un d'eux eut la sollicitude de m'offrir un siège dans le couloir froid pendant que l'autre allait transmettre le message. Le bunker du garage était un vaste complexe situé à l'ouest de la nouvelle Chancellerie, rue Hermann Göring.

À un moment donné, je me pliai en deux de douleur et l'officier restant se précipita à mes côtés. Il demanda s'il pouvait faire quelque chose.

—Amenez-moi chez un médecin, répondis-je.

Des points lumineux dansaient devant mes yeux et, malgré l'air froid et humide, de la chaleur montait de ma peau. Le sang de ma coupure avait imbibé l'écharpe du soldat russe. Je grelottai sur ma chaise en bois.

Il me sembla que des heures s'étaient écoulées avant que j'entende la voix familière de la Cheffe. Elle se précipita vers moi en criant mon nom.

—Pourquoi ne vous êtes-vous pas occupés de cette femme ? hurla-t-elle aux officiers. Elle travaille pour le Führer.

Les hommes reculèrent en bredouillant des excuses. La Cheffe leur fit signe de partir.

—Je vais l'emmener trouver le Führer, et ce ne sera pas grâce à vous.

Elle me souleva de la chaise et je m'appuyai contre elle.

—Il va falloir marcher un moment, Magda, mais vous pouvez y arriver. Pensez à des choses agréables. Mieux encore, racontez-moi ce qui s'est passé depuis la dernière fois que nous nous sommes vues. Parler vous permettra de ne pas penser à votre douleur.

La Cheffe ignorait que j'avais été violée. Alors que nous marchions dans le long dédale des bunkers, je lui racontai mon séjour chez Irmigard et sa famille ainsi que mes efforts pour retrouver mon père. De nombreux soldats s'affairaient, et il semblait qu'un nombre égal d'entre eux étaient allongés sur des brancards, en attente de se faire opérer. Ce n'étaient partout que gémissements et odeur d'antiseptique.

—Nous ne pouvons pas nous arrêter ici, déclara la Cheffe en secouant la tête. Ces bunkers ne vont faire que s'encombrer à mesure de l'arrivée de blessés. Je vous emmène chez le médecin personnel du Führer. Vous devez vous souvenir de lui.

Je me souvenais d'un médecin rondouillard, chargé d'injecter à Hitler ses doses quotidiennes de vitamines et de morphine. Je n'avais jamais aimé l'attitude obséquieuse du docteur ni sa soumission à son chef. Cependant, étant donné les circonstances, j'aurais été heureuse de le voir. La douleur s'intensifiait à mesure que nous nous rapprochions du quartier général souterrain d'Hitler.

Nous cheminâmes à travers les tunnels apparemment sans fin des bunkers jusqu'à ce que nous arrivions à un couloir. Je soufflai et me cramponnai fermement à la Cheffe quand nous tournâmes à gauche, dans un passage étroit. Un officier SS se leva de derrière son bureau alors que nous approchions du Vorbunker. C'était le premier abri anti-aérien qu'Hitler avait fait construire sous l'ancienne Chancellerie. Sur un signe de tête de la Cheffe, l'homme nous laissa franchir ce contrôle de sécurité.

—J'ai gardé un lit pour vous dans les dortoirs, m'annonça la Cheffe. Vous vous y sentirez comme chez vous. C'est près de la cuisine.

Elle réussit à sourire. Nous débouchâmes à nouveau dans un passage plus large jusqu'à ce que nous traversions une salle à manger. Ma chambre se trouvait après. Je m'effondrai sur le lit, soulagée de me reposer à nouveau. Rien ne m'aurait mieux convenu que de dormir, mais la Cheffe ne l'entendait pas de cette oreille. Finalement, je lui racontai ma rencontre avec les soldats russes et mon viol. Elle m'écouta, les larmes aux yeux. Quand j'eus fini, elle déclara :

—Restez ici. Je vais chercher le Dr Haase.

Je ne connaissais pas ce Dr Haase. Hitler avait dû renvoyer le Dr Morell, le gros médecin qui l'avait suivi pendant des années. Oscillant entre la veille et le sommeil, je restai allongée sur mon lit jusqu'à ce que le docteur au visage de rat claque des doigts devant mes yeux. Je me réveillai en sursaut.

—S'il vous plaît, laissez-nous, ordonna-t-il à la Cheffe.

Elle me caressa la main.

—Rétablissez-vous, ma chère Magda. Je serai derrière la porte.

Elle quitta la pièce. Le médecin remonta ma robe et baissa ma culotte ensanglantée. Il secoua la tête.

—La coupure sur votre jambe est le moindre de vos problèmes. Vous faites une hémorragie interne. Je vais envoyer chercher une infirmière.

Il appela la Cheffe, qui passa la tête dans l'embrasure de la porte avant de se hâter de suivre ses instructions.

Je me concentrai sur mon environnement, peu désireuse de regarder le docteur ou de sentir ses doigts sur moi. La pièce était petite, encombrée de lits superposés en fer et dépourvue de couleurs. Quelques ampoules nues l'éclairaient. Un bourdonnement constant emplissait mes oreilles, comme les trépidations sourdes d'une machine. Les bunkers de la Tanière du loup ressemblaient à des palais comparés à ceux du Vorbunker.

Au bout de quelques minutes, une infirmière apparut, seringue à la main. Mon bras fut rapidement piqué, puis je perdis connaissance. Je me réveillai plusieurs heures plus tard, vêtue d'une tunique d'hôpital. La Cheffe était assise à mes côtés, mais je ne voulais que dormir. D'autres femmes dormaient dans des lits à proximité. Je levai la tête pour prononcer quelques mots, cependant les effets de l'anesthésie se révélèrent encore trop puissants. Ma tête retomba sur l'oreiller et je me rendormis.

Quand je me réveillai, j'ignorais si on était le jour ou la nuit. La pièce était vide. Je cherchai à remuer les jambes, mais elles ne répondaient pas. Sous l'effet de la panique, les battements de mon cœur s'accélérèrent. Je balançai entre la conscience et l'inconscience, jusqu'à ce que la Cheffe apparaisse à mes côtés.

—Vous ne devez pas bouger, m'expliqua-t-elle en désignant mes jambes. Elles sont attachées au lit. Le médecin ne veut pas que vous marchiez pendant quelques jours pour que le processus de guérison puisse commencer. Ensuite, vous devriez aller mieux. Je vous apporterai à manger plus tard.

Elle sourit et s'approcha pour me tenir la main. Malgré son allégeance à Hitler, la Cheffe m'avait encore montré l'amie fiable qu'elle savait être. Elle s'assit pour me dévisager de ses yeux bruns pleins de tristesse.

Une pensée horrible me frappa et je me redressai sur mes coudes.

—Les femmes que j'ai laissées derrière moi, dis-je. Elles ont besoin d'un médecin. Quelqu'un doit aller les chercher. Je vais vous dire où elles se trouvent.

La Cheffe secoua la tête.

—C'est impossible, Magda. Tous les médecins disponibles sont ici, au bunker, afin d'aider les soldats blessés et les gens qui défendent la ville. De plus, aucun médecin ne pourrait se rendre dans ces quartiers maintenant. Cela reviendrait à un suicide. Ils seraient abattus par l'Armée rouge.

—J'ai pourtant réussi.

—Vous l'avez échappé belle. Vous aviez plus de chances en vous dirigeant vers la Chancellerie, à l'ouest, que ceux qui ont essayé de se rendre à l'est. L'ennemi se rapproche d'heure en heure. Nos pertes augmentent à chaque minute qui passe.

(Elle marqua une pause, puis baissa la voix.) Il y a autre chose, murmura-t-elle. (Je la regardai fixement.) Le Dr Haase pense que vous ne pourrez jamais avoir d'enfants. Les dégâts ont été trop lourds.

Je me rallongeai, les yeux noyés de larmes. Mais il y avait plus que de la tristesse dans mon corps meurtri. Une colère noire m'envahit.

—Où est-il ? demandai-je à la Cheffe.

Elle me regarda comme si j'avais perdu la tête. Ce qui était peut-être le cas.

—Qui ? me fit-elle préciser.

—Hitler.

J'avais craché son nom sans me soucier que quelqu'un entende mon blasphème.

La Cheffe me dévisagea, horrifiée.

—Magda, vous êtes malade. Je vais chercher le docteur.

—Je ne suis pas malade ! C'est lui la cause de tout ça ! C'est lui qui doit être puni !

La Cheffe se pencha vers moi et posa une main sur mon front.

—Ça n'a pas de sens. Calmez-vous.

Je martelai le lit de mes poings et tirai sur les sangles qui entravaient mes jambes jusqu'à ce que j'aie l'impression de sentir mes pieds se détacher. Une douleur cuisante fusa dans mon abdomen. Je me cramponnai à mon ventre et me débattis sur le lit jusqu'à ce que je ne puisse plus bouger. Épuisée, je fondis en larmes.

Le médecin ne vint pas, mais une infirmière surgit, munie d'une seringue de sédatif. Après sa piqûre, la lumière au-dessus de moi devint brumeuse et faible au point de se transformer en obscurité. Une pensée m'envahit alors que je sombrais dans l'inconscience : *Quoi qu'il en coûte, je tuerai Adolf Hitler.*

20

Les jours suivants disparurent de ma mémoire. Je n'étais pas sûre du nombre d'heures qui s'étaient écoulées. Je me souvenais que les médecins et les infirmières m'auscultaient, changeaient ma literie, ma blouse, mes pansements et que la Cheffe me nourrissait, malgré mon absence d'appétit.

Puis, comme un patient sortant d'une fièvre prolongée, je me sentis mieux, assez pour me lever. J'effectuai de petits pas autour de ma chambre et je passai la tête dans le couloir. Quelques personnes me saluèrent. D'autres me jetèrent un regard puis détournèrent les yeux. La Cheffe et moi discutions lorsqu'elle m'apportait mes repas, cependant, elle ne fit jamais mention de mes délires à propos d'Hitler ni ne renonça à son indéfectible amitié pour moi. Elle m'apprit que Berlin était sur le point de tomber : tout le monde le savait et faisait des plans pour fuir la ville. Hitler, disait-elle, n'était pas convaincu et prévoyait de rester jusqu'à la fin. Elle ainsi que plusieurs membres du personnel, dont le valet d'Hitler, tenaient également à rester.

Je lui demandai si un médecin avait été envoyé chez Irmigard. La Cheffe secoua la tête. Je voyais à son expression que même si je brûlais de les voir sauvées, ni elle ni moi ne pouvions rien y faire.

Les heures s'écoulaient, rythmées par le ronronnement des générateurs. Si des bombes tombaient, si des roquettes s'écrasaient sur la Chancellerie, nous ne les entendions pas.

Il aurait pu y avoir des combats au corps à corps dans le jardin au-dessus, nous ne les aurions pas entendus non plus. C'était comme si nous vivions dans une tombe fermée au monde, sans espoir de trouver la sortie.

Un soir, je me sentis assez forte pour prendre un repas à la cantine. La pièce se trouvait à côté de la cuisine du Vorbunker et, pendant que je mangeais, j'aperçus une femme que je reconnus du Berghof. Au début, je crus que mes yeux me jouaient des tours – peut-être les effets persistants de mes médicaments avaient-ils affecté ma vision et fait apparaître un fantôme devant moi ? Elle portait une robe bleue unie à manches longues et se promenait dans la cuisine avec sa légèreté habituelle, souriant et parlant au personnel. Je reconnus sa voix sur-le-champ. Cette femme était Eva Braun.

Je portais pour l'heure une blouse d'hôpital. La Cheffe essayait de me trouver des vêtements, mais les robes étaient rares.

Eva me repéra et se dirigea vers moi, le regard amical. Elle tira une chaise de l'autre côté de la table et s'assit, avant de s'emparer de mes mains.

—C'est si bon de vous revoir, Magda. J'ai entendu parler de vos malheurs. Je suis heureuse que vous alliez mieux.

Je ne savais quoi répondre. Comment pouvait-elle conduire une conversation badine alors que son monde, c'est-à-dire notre monde, s'écroulait autour de nous ? Mais Eva avait toujours allègrement ignoré la réalité au profit des vêtements et des fêtes. Elle était celle qui jouait du violon pendant que Berlin brûlait. J'étais surprise de la voir dans le bunker, car elle passait habituellement son temps loin d'Hitler, dans sa maison de Munich. Elle avait le visage plus fatigué que la dernière fois que je l'avais croisée. Les fastueux bijoux et vêtements du passé avaient disparu au profit d'une apparence plus modeste.

—Depuis combien de temps êtes-vous ici ? demandai-je.

—Quelques semaines, répondit-elle avec un sourire piteux. Pourquoi ne viendriez-vous pas dans ma chambre ? J'ai quelques robes que je peux vous donner. Cette tunique ne vous va pas.

Je terminai mon repas pendant qu'Eva me parlait de ses parents et de sa sœur. Lorsque j'eus terminé, elle me conduisit hors de la cantine vers une porte de passage qui menait à une cage d'escalier rectangulaire. Les marches descendaient encore plus profondément dans la terre jusqu'à ce que nous arrivions à un poste de contrôle SS. Nous étions dans le bunker du Führer. L'atmosphère était semblable à celle du Vorbunker, mais en plus claustrophobique. On entendait le ronronnement constant des générateurs, les couloirs étaient éclairés de façon tape-à-l'œil, les plafonds bas, une série de petites pièces partaient du couloir. Un chien aboyait apparemment très loin. J'entendis le gémissement étouffé de chiots.

—Blondi, m'expliqua Eva. Je garde mes chiens loin d'elle. Je ne les laisserai jamais se mélanger.

—Blondi a eu des chiots ? demandai-je.

—Oh oui, il l'a fait se reproduire. Je crois que c'est une portée de cinq. Je ne leur accorde pas beaucoup d'attention.

Nous nous arrêtâmes dans l'étroit couloir entre deux portes. Une odeur de gasoil et de désinfectant flottait dans l'air.

—Ici, tout est accessible à pied, commenta Eva en s'efforçant de sourire. La penderie est à côté de ma chambre. Malheureusement, la salle de bains aussi.

Elle ouvrit la porte de la penderie en question et jeta un coup d'œil à l'intérieur. La lumière était allumée. Il y avait là de la place pour une petite commode et un portant accueillant ses robes et ses fourrures. Elle passa le portant en revue et déclara :

—Choisissez-en quelques-unes. Je suis sûre que je n'aurai pas l'utilité de toutes.

—Vraiment, je ne devrais pas.

Elle me toucha l'épaule.

—Magda, nous savons tous ce qui se passe. Tirons-en le meilleur parti. Prenez-les comme un cadeau. Si elles ne vous vont pas, je les ferai retoucher. Croyez-le ou non, je sais même me servir d'une aiguille s'il le faut.

Je la remerciai, mais je me sentis coupable en regardant ses vêtements. Une fois dans la penderie, je jetai un coup d'œil au portant. Dix belles robes, pour la plupart bleu marine et noires, étaient suspendues sur des cintres. Elles portaient toutes le monogramme « EB » au niveau du col. Je les examinai une par une jusqu'à tomber sur une magnifique robe blanche, celle qu'elle m'avait montrée au Berghof.

—Celle-là, vous ne pouvez pas l'avoir, me prévint-elle. Je la porterai bientôt, le jour de mon mariage.

Je reculai d'un bond comme si je venais de toucher une flamme.

—Vous allez vous marier ?

Eva éclata de rire et sa voix eut ensuite la vivacité d'un champagne plein de bulles.

—Il a tenu le coup aussi longtemps qu'il a pu, le pauvre. Maintenant, il n'a pas d'autre choix que de m'épouser. (Elle gloussa comme une écolière.) Venez y assister, soyez-en témoin. Peut-être ma demoiselle d'honneur. (Je secouai la tête, abasourdie.) Non, vraiment, venez. À qui puis-je demander ce service ici ? À une des femmes de sa garde SS ? Elles ont toutes des visages taillés dans le béton. Une infirmière ? Une de ses secrétaires privées ? Elles sont aussi laides que les SS. (Elle étouffa un rire derrière la paume qu'elle porta à sa bouche.) Je ne devrais pas me moquer. S'il vous plaît, ajouta-t-elle en attrapant mes mains pour les serrer, dites-moi que vous allez y réfléchir. Mon mariage serait incomplet sans une demoiselle d'honneur.

—Vous savez être très persuasive. Merci de me l'avoir proposé. Bien sûr que j'accepte.

En fait, je ne pensais qu'au moyen de tuer Hitler. Quelle ironie ce serait de le tuer le jour de son mariage, le « plus beau jour » de sa vie ! Mais comment m'y prendrais-je ? Il faudrait beaucoup plus de planification que de me contenter d'y rêvasser. Et que faire d'Eva ? La tuer, elle aussi ? Non. Ce ne serait pas nécessaire. Une fois Hitler mort, les autres membres du Reich entreraient en action. Les SS viendraient me chercher et je disparaîtrais peu après. D'une certaine façon, j'avais de la peine pour Eva qui se montrait si bête. Je voyais comment elle attirait les gens à elle avec ses gentilles attentions, ses invitations à célébrer la vie au milieu de la guerre. Hommes et femmes étaient flattés de faire partie de son cercle social, de se rapprocher éventuellement d'Hitler ; cependant, ce dont elle avait fait l'expérience devait être aussi superficiel et creux qu'un thé au soleil de la terrasse du Berghof. J'étais convaincue qu'elle ne savait rien des massacres, des camps de concentration, des atrocités commises par le Reich. Elle n'était pas stupide. Son plus grand défaut, c'était d'être aveugle à tout, sauf à sa propre perception de la vie.

Je pris trois de ses robes – deux noires et une bleu foncé – et je lui souhaitai bonne nuit. Eva m'accompagna jusqu'à l'escalier et au poste de contrôle SS qui menait au Vorbunker. Avant de l'atteindre, elle jeta un regard en arrière, vers sa chambre.

—Pauvre, pauvre Adolf, gémit-elle. Ils l'ont tous abandonné. Il est tout seul maintenant. Il n'a plus que Blondi et moi.

Je la remerciai pour les robes et la laissai dans le couloir. Sur le chemin de ma chambre, une femme portant une robe de soie coûteuse apparut dans le couloir. Trois jeunes filles habillées de façon similaire l'accompagnaient. Elles me dévisagèrent comme si j'étais un spectre. Je devais avoir l'air effrayant dans ma blouse d'hôpital, avec mes cheveux en bataille et mon visage sans apprêt. Plus tard, j'interrogeai la Cheffe pour savoir de qui il s'agissait.

—Vous ne savez pas ? me demanda-t-elle, étonnée. C'est Magda Goebbels et ses enfants. Ils sont ici le temps que passe la tempête.

Son mari, le ministre de la Propagande, logeait aussi dans le bunker, mais je ne l'avais pas vu. La Cheffe m'apprit que, quelques jours auparavant, il avait lu la proclamation de son allégeance aux habitants de Berlin. Une copie imprimée de cette proclamation se trouvait sur la table de la cuisine. Je m'en emparai :

Je vous demande de vous battre pour votre ville. Battez-vous avec tout ce que vous avez, pour le bien de vos femmes et de vos enfants, de vos mères et de vos parents. Vos bras défendent tout ce qui nous a toujours été cher et toutes les générations qui viendront après nous. Soyez fiers et courageux ! Soyez inventifs et rusés ! Votre chef est parmi vous. Ses collègues et lui resteront parmi vous. Sa femme et ses enfants sont là aussi. Lui, qui a autrefois capturé la ville avec deux cents hommes, va maintenant utiliser tous les moyens à sa disposition pour galvaniser la défense de la capitale. La bataille pour Berlin doit être le signal d'un soulèvement de la nation entière pour se battre.

La folie avait gagné jusqu'aux profondeurs souterraines.

Un soir, je demandai la date du jour à la Cheffe. Le 28 avril, me répondit-elle. J'ignorais comment lire l'heure autrement qu'en demandant aux gens. Il n'y avait pas d'horloges ou de calendriers sur les murs. Le temps disparaissait en une litanie monotone au sein du bunker. Après l'attaque, j'avais laissé ma montre-bracelet et ma valise dans l'appartement d'Irmigard. Je pensais à sa famille en me demandant si elle était en vie. Je priais pour que ce soit le cas.

Les six enfants de Goebbels, cinq filles et un garçon, vivaient dans le bunker. Toute la famille avait été personnellement invitée par Hitler. Depuis la première fois que je les avais entrevus, je les remarquais plus souvent. Ils donnaient l'impression de prendre part à un jeu, et se démarquaient des officiers et du personnel habituels. La fille aînée semblait plus réservée et boudeuse que les autres. Je supposai que sa liberté et ses amis lui manquaient parce qu'elle était plus âgée. La vie à l'intérieur du bunker était moins un jeu pour elle que pour les enfants plus jeunes.

Ce soir-là, le garçon Goebbels passa près de moi dans le corridor. Je lui donnai environ huit ou neuf ans. Ses cheveux étaient plus foncés que ceux de ses sœurs et je repérais dans son visage une certaine ressemblance avec son père, notamment ses lèvres fines. Il était en train de devenir un jeune homme maigre, bien qu'il ait encore une certaine rondeur enfantine au niveau du ventre. Il brandit un revolver en bois dans ma direction et me demanda où j'allais. Il faisait semblant d'être soldat, mais son ton sévère sapait l'aspect ludique du jeu.

—Qui êtes-vous ? demandai-je, bien que je connaisse déjà la réponse.

—Je vous ai posé la question en premier, répliqua-t-il. Vous avez vos papiers d'identité ?

—Vous n'avez qu'à interroger le Führer. Il vous dira qui je suis.

Ses yeux s'écarquillèrent et il rengaina son arme.

—Vous êtes une amie de l'oncle Adolf ?

Incapable de revendiquer une quelconque amitié avec Hitler, je répondis :

—Je travaille pour lui.

Ses épaules s'affaissèrent.

—Tout le monde travaille pour l'oncle Adolf. Je n'ai aucune chance d'attraper des espions ou des traîtres. Vous avez vu l'homme qu'ils ont traîné ici aujourd'hui ?

Je m'accroupis contre le mur pour être plus près de son visage.

—Non, qui était-ce ?

— Le beau-frère d'Eva Braun, déclara-t-il fièrement. Il travaillait aussi pour l'oncle Adolf, mais ils l'ont rétrogradé. Il était ivre. Ils vont peut-être le tuer, précisa-t-il en souriant.

J'avais entendu dire qu'Eva avait une sœur, mariée, mais je ne savais rien de plus sur cet homme. Je désignai l'arme jouet.

— Où as-tu eu ton fusil ?

Il sortit la réplique peinte de son étui et me la tendit.

— Je suis Helmut Goebbels et mon père me l'a donné. Il m'a ordonné de protéger ma mère et mes sœurs pendant qu'il travaille avec l'oncle Adolf. Mon père est très important.

Je regardai les stries réalistes de la crosse, le viseur, la gâchette de la réplique. Je lui rendis l'arme avec ces mots :

— Tu fais du bon travail pour ton père. (Puis je me dis que je pourrais lui poser une question « innocente » de la plus grande importance.) Y a-t-il d'autres armes comme la tienne dans le bunker ?

Devant son air soupçonneux, je me demandai si je ne m'étais pas trahie.

— Eh bien… comme tu travailles pour l'oncle Adolf, je peux te le dire.

Les murs tremblèrent, secoués par une explosion assourdie. Elles étaient devenues plus fréquentes au cours de la dernière journée. Au début de mon séjour au bunker, je n'entendais rien. Les Russes n'étaient plus qu'à quelques rues de la Chancellerie et les tirs étaient constants. Helmut regarda le plafond et l'ampoule vacillante au-dessus de nos têtes.

— Ma mère dit que l'Armée rouge arrive. Ça lui donne la nausée. Elle dit à mes sœurs que nous devrons peut-être bientôt quitter le bunker. Ça les rend heureuses, surtout ma sœur aînée. Elle veut rentrer à la maison, sauf que ma mère ne quittera jamais l'oncle Adolf, je le sais. (Il tapota le pistolet à son flanc.) Il ne tire pas de balles, mais mon père a dit qu'il me donnerait un vrai pistolet si j'en avais besoin.

Un autre obus fit vibrer les murs. Ils tombaient sur l'ancienne Chancellerie au-dessus de nos têtes.

Helmut reprit, sans se soucier de l'artillerie :

— J'aurai une arme. Depuis que des traîtres ont essayé de tuer l'oncle Adolf, il n'autorise pas les armes autour de lui. Seuls quelques SS en ont. Ceux qu'il sait loyaux.

J'aurais pu remettre en question son affirmation naïve selon laquelle le personnel d'Hitler s'avérait d'une loyauté inébranlable, mais je m'en abstins.

Au bout du couloir, près de l'escalier qui menait au bunker d'Hitler, une silhouette voûtée passa en traînant des pieds comme un bossu. Helmut, qui le vit aussi, cria son nom et s'élança à sa poursuite sans m'adresser un mot de plus.

La silhouette s'arrêta et se retourna. Je sursautai en affrontant le visage du mal. Il avait vieilli d'une vie depuis que je l'avais vu. Sa chemise s'échappait de la ceinture de son pantalon. Ses cheveux grisonnaient sous la faible lumière, son visage était marqué de lignes sombres. Il s'arrêta, tourna la tête vers moi pour me fixer. La lumière dans ses yeux avait disparu. Son bras gauche tremblait. Il ne leva pas la main ni ne sourit pour me montrer qu'il m'avait reconnue. Pouvait-il seulement me voir ?

Son visage grotesque me terrifia. Avais-je vraiment besoin de le tuer ? En réalité, il était déjà mort, un cadavre ambulant tenant audience dans sa tombe. Il prit Helmut par les épaules et s'éloigna en se servant du garçon comme d'une canne.

Ce soir-là, allongée sur mon lit de fortune, je me demandai si je devais encore songer à tuer Hitler. Après avoir vu sa silhouette fantomatique dans le couloir, je savais que ses jours étaient comptés. Cependant, il n'y avait rien dans mon éducation religieuse qui me ferait perdre le sommeil si j'assassinais un tyran. J'avais été élevée dans la religion luthérienne, mais ma dévotion était souple. Mon père allait rarement à l'église, ma mère sporadiquement le dimanche et les jours de fêtes religieuses. Si j'accompagnais parfois ma mère à l'église, c'était uniquement parce qu'elle m'en priait. Je n'avais guère envie d'être instruite dans les voies de la religion. En revanche, je tirerais une certaine satisfaction, à titre posthume bien sûr, d'avoir mon nom dans les livres d'histoire comme « la femme qui a tué Hitler ».

Cette nuit-là, Eva me tapota sur l'épaule. Je dormais profondément, malgré les explosions répétées, et son contact me fit sursauter. Elle tenait une torche. Me hissant sur mes coudes, je demandai, d'une voix ensommeillée :

—Qu'est-ce qui se passe ? Quelque chose ne va pas ?

Elle secoua la tête. Puis je vis des larmes dans ses yeux.

—Mon beau-frère est mort. Les forces de sécurité l'ont emmené dans le jardin et l'ont abattu. J'ai supplié qu'on l'épargne, mais Adolf n'a pas voulu en entendre parler. Il l'a traité de « fou, ivrogne et coureur de jupons ». Même si ma sœur est sur le point d'accoucher, ça n'a rien changé. Je lui ai dit : « Tu es le Führer. » (Elle s'assit sur le bord de mon lit et baissa la tête.) Pauvre, pauvre Adolf. Ils l'ont tous abandonné, tous trahi. Mais mieux vaut que dix mille hommes meurent plutôt qu'il soit perdu pour l'Allemagne. Ma sœur devra vivre sans son mari. (Une étincelle de vie revint dans ses yeux.) Adolf et moi allons nous marier dans une heure environ. Vous devez vous habiller. Je veux que vous soyez là, Magda.

—Quelle heure est-il ?

—Quelques minutes après minuit. Venez dès que vous le pouvez. Nous nous marierons dans la petite salle de conférences. Je préviendrai le garde que vous êtes invitée.

Elle se leva de mon lit de camp et s'éclipsa de la pièce.

Je me levai d'un bond pour chercher sous le lit la boîte qui contenait mes affaires. Je n'avais pas pris de vrai bain depuis des jours, je m'étais contentée de m'asperger rapidement à l'eau du robinet de la cuisine. La seule baignoire se trouvait dans l'appartement d'Hitler et seuls la famille Goebbels, Eva et lui étaient autorisés à l'utiliser.

Je sortis la robe bleue d'Eva et l'enfilai. Elle m'allait assez bien pour que je puisse la porter. Je me lavai à l'évier de la cuisine, me rendant aussi présentable que possible pour le mariage. Un couteau de boucherie brillait sur le comptoir, dont je songeai à me munir avant de rejeter l'idée. Je n'avais aucun moyen de le dissimuler. De plus, j'ignorais combien de personnes seraient présentes au mariage d'Eva ni à quelle distance je pourrais m'approcher d'Hitler.

Quittant la cuisine, je traversai la cantine obscure jusqu'au passage qui menait au bunker inférieur d'Hitler. Au pied de l'escalier, le garde SS me laissa passer après que je lui eus donné mon nom. Je remarquai qu'il portait un pistolet dans un étui à la taille. Passant devant la grande salle de conférences où Hitler tenait ses briefings quotidiens, je me retrouvai à la porte de la plus petite des deux. Ni l'une ni l'autre n'étaient grandes, à dire vrai. Le centre de la plus vaste était occupé par une table. J'imaginai les généraux et les officiers rassemblés autour tandis qu'Hitler donnait des ordres pour ses offensives vouées à l'échec. Tout le monde savait que Berlin était en train de tomber. Le Führer était un « empereur sans vêtements », dont personne ne se moquait. Le peu de pouvoir qu'il avait encore ne tarderait pas à disparaître.

La porte était ouverte. Eva, qui m'aperçut, me fit signe d'entrer. Elle portait la robe blanche qu'elle m'avait montrée, quelques jours plus tôt. Le visage rougissant, elle était assez jolie, mais sans rien de commun avec la femme de l'époque insouciante du Berghof. Vêtu d'un costume sombre et d'une cravate assortie, Hitler était assis sur une chaise, l'air sombre et préoccupé. Il portait l'insigne du Parti sur son revers. Goebbels, le visage allongé et terne, se tenait à proximité, les mains croisées devant lui. Son expression était aussi sévère et intransigeante que sur toutes les photos du ministre de la Propagande. La peau sous ses yeux était cernée de noir en raison du manque de sommeil. Martin Bormann, à l'allure de bouledogue, s'occupait d'un papier posé sur la table : le certificat de mariage d'Adolf et Eva.

Hitler me fit un signe de tête mais ne m'adressa pas la parole. Je me postai à côté d'Eva qui saisit ma main gauche de sa main droite. Elle avait une poigne forte quoique froide. Je regardai mes doigts et mes yeux tombèrent sur l'alliance en argent que le Führer nous avait offerte, à Karl et à moi, le jour de notre mariage. Eva ne portait pas de bague de ce genre.

Bientôt, un SS apparut à la porte, accompagné d'un homme miteux, habillé en civil. Sa veste, sa chemise et son visage étaient couverts de saleté. Goebbels nous le présenta comme Herr Wagner, conseiller municipal de Berlin et membre d'une unité de combat basée à quelques rues du bunker. Goebbels avait exfiltré Wagner de la rue pour qu'il célèbre le mariage.

La cérémonie civile ne dura guère. Hitler et Eva jurèrent qu'ils étaient d'ascendance aryenne et ne souffraient d'aucune maladie héréditaire qui les rendrait inaptes au mariage. Hitler signa le certificat et tendit ensuite le stylo à Eva. Je la vis commencer à signer son nom en tant qu'« Eva Braun ». Elle éclata de rire, se donna une petite tape sur la main, en guise de plaisanterie, puis rectifia : « Eva Hitler, née Braun ». Le couple s'embrassa rapidement, puis serra à tour de rôle la main de toutes les personnes présentes dans la salle. Hitler ne m'adressa pas un mot lorsqu'il se saisit de la mienne. Toute parole aurait été superflue. Son regard vide et sa faible poignée de main m'indiquaient tout ce que je devais savoir sur son état.

—Je suis si heureuse, Magda, me glissa Eva en me conduisant à l'appartement privé de son mari.

Cette pièce était meublée d'un canapé et d'une petite table. Une jolie nature morte hollandaise était accrochée au mur. Le bureau d'Hitler se trouvait également dans la pièce, surmonté d'un portrait dans un cadre ovale.

Eva désigna la photo d'un homme âgé à l'air sévère, portant une perruque blanche poudrée et une médaille d'argent en forme d'étoile épinglée à son gilet sombre.

—Vous savez qui c'est ?

Je secouai la tête.

—Frédéric le Grand, continua-t-elle. Adolf le fixe pendant des heures, comme si le vieux guerrier lui parlait. Inutile, soupira-t-elle. Tout cela est inutile. Un roi de Prusse défunt ne peut sauver le Reich. Comme je le regrette !

Ses yeux se remplirent de larmes.

Hitler entra dans la pièce, suivi de son petit entourage. Eva essuya ses larmes et se posta à ses côtés. J'aurais voulu exprimer ma haine, mon désir impérieux de le voir mort. Malgré mon dégoût, je fus frappée par la vitesse du déclin de sa personne. Peut-être était-ce l'heure tardive, mais il avait toujours travaillé tard dans la nuit ; peut-être toutes ses fameuses illusions avaient-elles fini par se fracasser. Il n'était plus que l'ombre toxique de lui-même. Son visage couleur craie était affaissé après ces longs mois passés sous terre. Son costume froissé et sa démarche voûtée reflétaient l'effondrement en cours au-dessus de nos têtes. Pendant que le chef du Reich s'effondrait sous terre, l'Allemagne l'imitait à la surface.

D'autres personnes apparurent sur le seuil, dont la Cheffe, Frau Goebbels et les secrétaires, tous invités par le marié. La chaleur grimpa dans la pièce, en raison de tous les corps massés à l'intérieur, et je m'éloignai d'Eva et d'Hitler pour me rapprocher du passage, où je pourrais respirer.

Le valet d'Hitler servit le champagne, les invités portèrent un toast aux mariés. Quand la petite tempête de rires et de tintements de verres se tut, tout le monde regarda le Führer. Il était assis sur le canapé et mangeait un morceau de gâteau glacé. Des miettes tombaient de sa bouche sur les revers de son costume. Eva fronça les sourcils mais s'abstint de le réprimander, comme elle l'aurait fait du temps où elle logeait au Berghof.

Ayant achevé de manger, il déclara :

—C'est le moment de nous rappeler les jours meilleurs. (Il s'essuya les doigts sur une serviette à champagne et s'adossa au canapé.) J'ai consacré ma vie à l'Allemagne et au Parti. Comme c'était merveilleux au début, quand chaque homme, chaque femme et chaque enfant se levaient avec fierté pour répondre à l'appel du national-socialisme.

Tous les yeux, sauf ceux de Bormann, se voilèrent. Et nous nous embarquâmes pour une longue harangue sur le « bon vieux temps » du Parti et le récit de la montée au pouvoir du Führer. Il parla pendant près d'une heure. Personne ne pouvait rien faire d'autre que de tenir sa coupe de champagne et de l'écouter pontifier sur sa jeunesse, la gloire des premières années et le terrible destin qui frappait maintenant les nazis. Finalement, il baissa la tête et regarda ses mains. Ses invités gardèrent le silence, attendant d'être congédiés.

Il se servit une autre part de gâteau, qu'il posa sur la serviette étalée sur ses genoux.

—Il y a une dernière chose que je voudrais vous dire à propos de ma nuit de noces.

Il marqua une pause. Ses yeux larmoyants se posèrent tour à tour sur chaque membre de l'assistance. Il secoua la tête comme s'il n'arrivait pas à croire à l'inéluctable déclin de sa puissance, aux obus qui explosaient au-dessus de sa tête, à la destruction de l'armée qui avait conduit le Blitzkrieg.

—C'est fini, lâcha-t-il finalement. Le national-socialisme est mort, il ne ressuscitera jamais. Qui aurait le courage de diriger un tel mouvement à part moi ? (Ses lèvres dessinèrent un sourire sardonique quand il fixa tour à tour Goebbels et Bormann, qui restèrent impassibles sous son regard.) Que ceux qui veulent quitter le bunker le fassent, conclut-il.

—Jamais, mon Führer, répliqua Goebbels sur un salut militaire.

Les autres lui firent écho et saluèrent à leur tour. Je restai debout dans le couloir, les bras le long du corps.

Hitler tendit les mains, comme s'il suppliait l'assemblée.

—Vous êtes libérés. Ne souffrez pas avec moi. Tout le monde, sauf vous, mes fidèles amis, m'a trahi. Même le peuple allemand m'a abandonné. (Serrant les poings, il les frappa contre sa poitrine.) Ils n'ont pas la volonté de survivre, faute de colonne vertébrale pour s'opposer à nos ennemis. J'ai surestimé leur valeur depuis le début. Ils méritent d'être écrasés.

Sur quoi, il s'affaissa sur le canapé comme un ballon qui se dégonfle.

—Oui, mon Führer, cria Bormann.

La rage m'envahit. Je voulais étrangler Hitler. Il avait le culot de rendre le peuple allemand responsable de l'échec de son projet tyrannique. D'un seul coup, il balayait d'un revers de la main mon père, ma mère, mon oncle et ma tante qui l'avaient loyalement soutenu, et même les enfants innocents morts en son nom dans les rues. Aucun remords ne tourmentait le Führer. Aucune excuse ne sortait de ses lèvres. Seulement des reproches. La chute fatale de l'Allemagne était le fait de la Wehrmacht. Les soldats étaient des lâches qui accordaient plus de valeur à leur vie qu'à leur pays ; ses généraux et ses officiers militaires, des idiots qui ne connaissaient rien à la stratégie et à la tactique. Qui pourrait blâmer le pauvre Führer alors que toute l'Allemagne était en faute ?

—Ce sera une libération pour moi de mourir, lâcha-t-il. Et donc je vais… ici, avec mon épouse à mes côtés. Elle a choisi de partager mon sort.

Magda Goebbels fondit en larmes. Son mari se précipita à ses côtés jusqu'à ce que ses pleurs s'apaisent. Plusieurs secrétaires d'Hitler s'essuyaient également les yeux.

Alors que la morosité et la dépression de la confession suicidaire se propageaient à travers la pièce, de nombreux invités s'éclipsèrent, fuyant l'atmosphère oppressante. La fête de mariage était terminée. Hitler se leva du canapé, prenant soin d'envelopper son gâteau dans une serviette. Il le glissa dans sa poche droite et passa devant moi, les yeux rivés devant lui, comme en transe, alors que je me tenais dans le passage.

Eva me tapota sur l'épaule.

—Merci d'être venue, Magda. Je suppose que je ne vous verrai plus beaucoup à partir de maintenant. (Elle regarda les autres invités disparaître dans le couloir.) Partez dès que vous le pourrez. Quittez Berlin et dirigez-vous vers le sud, vers Munich. Les Américains seront là. Ils se montreront plus indulgents que l'Armée rouge.

Une secrétaire, Frau Junge, passa et entra dans la salle d'attente avec Hitler.

—Elle est loyale, commenta Eva. Junge sera là jusqu'à la fin. (Elle voulut sourire, mais sa bouche se tordit rapidement en une grimace.) Adolf est en train de dicter ses dernières volontés et son testament. Ce ne sera plus très long maintenant. Au revoir, chère Magda, conclut Eva en m'embrassant sur la joue.

Elle entra dans sa chambre et me laissa en compagnie du valet et des Dr et Frau Goebbels, assis sur le canapé, incrédules, abasourdis par la décision de leur Führer de mourir à Berlin.

Moi, en revanche, je me réjouissais en silence.

Le lendemain matin, je m'assis sur mon lit pour pleurer. Personne n'était venu à mon secours. Je doutais que quelqu'un se soucie de moi ou, si c'était le cas, ce quelqu'un était trop fatigué et déprimé pour agir. Je ressentais les effets de l'existence au bunker : le manque d'air frais, l'impression que les murs se refermaient autour de moi, les mêmes visages chaque jour, une routine qui ne variait jamais alors que les heures défilaient au-dessus de moi comme celles d'une horloge qui retarderait. L'un des SS me dit que je ne devrais pas m'inquiéter de sortir : on ne voyait pas le soleil, de toute façon, à cause de la fumée. Tout en avançant, les Russes tiraient à bout portant avec leurs canons d'artillerie. Berlin était réduite en cendres. Les obus frappaient sans relâche au-dessus de nous et le sol tremblait. Les attaques étaient plus fréquentes et plus féroces à mesure que les heures passaient.

Je me ressaisis pour réfléchir à la façon dont je pourrais me rendre dans le Sud, à Munich et à Berchtesgaden. Le voyage semblait impossible, mais je m'en préoccuperais au moment de l'évacuation, si je sortais vivante du bunker.

Peu après 11 heures, ce même matin, la Cheffe se précipita dans ma chambre, le visage sauvage et rougi. Elle s'assit sur mon lit pendant quelques secondes, ses bras ballants furieusement sur ses côtés, comme si elle ne savait pas quoi faire.

—Mussolini est mort, annonça-t-elle dit. Le Führer est désemparé. Son meilleur ami est parti. Je ne le quitterai pas, Magda. Frau Junge non plus. Nous resterons jusqu'à la fin.

Je lui pris les mains.

—Vous devriez partir avec moi. Allons à Berchtesgaden. Ce sera plus sûr là-bas. Nous pourrions nous réfugier chez mon oncle et ma tante si nous n'arrivons pas à atteindre le Berghof.

Elle me regarda avec étonnement.

—Et votre père ? Et vos amis berlinois ?

Je frissonnai.

—Je n'ai aucune idée de l'endroit où se trouve mon père ni si mes amis sont encore en vie. Pas question que j'affronte les Russes encore une fois.

L'irrévocabilité de la perte de mon père m'anéantit. Comme tout le monde en Allemagne, j'avais perdu bien des choses. La Cheffe se pencha vers moi et nous nous embrassâmes. Un geste simple, né de la perte.

Puis la Cheffe déclara :

—Je dois y aller. Il ne mange pas, mais je lui prépare toujours ses repas, précisa-t-elle avant de me prendre dans ses bras. S'il vous plaît, venez me dire au revoir avant de partir.

J'acquiesçai, m'allongeai sur mon lit et restai là pendant une vingtaine de minutes, jusqu'à ce que je ne puisse plus me reposer. Je me levai alors pour faire les cent pas dans la pièce. J'avais besoin de voir le soleil, de respirer à nouveau l'air, avant d'être capturée ou tuée. Mes chances de m'échapper du bunker semblaient minces.

La Cheffe m'avait parlé d'une sortie de secours à l'ouest, menant au jardin bombardé que Speer avait construit derrière la nouvelle Chancellerie. Plusieurs personnes, dont Eva, l'empruntaient quand ils voulaient prendre l'air. Je quittai mes quartiers et traversai la cantine pour gagner le passage menant au bunker inférieur. Je descendis les marches. Le garde me jeta un rapide regard et me fit signe de passer, comme si ma présence n'avait aucune importance. Lui aussi savait que la fin était proche. Le couloir central, très long, passait devant la salle de conférences et les quartiers d'Hitler. Au-delà, je vis une silhouette voûtée dans l'ombre près d'une porte.

—Tuez-la, l'entendis-je ordonner. Je ne veux pas qu'elle soit capturée par les Russes, pas plus qu'Eva et moi ne voulons l'être. Les Italiens se sont moqués de mon ami, ils l'ont pendu comme un porc à un crochet. Je ne permettrai pas que cela lui arrive…

Il frappa du poing contre le mur avant de s'arrêter, soudain conscient de ma présence, et me fixa de ses yeux enfoncés dans leur orbite. L'Hitler vif et rusé s'était transformé en un troglodyte avachi, un monstre grotesque des enfers. Il leva la main pour que je m'arrête, se pencha vers la porte et la ferma partiellement.

—Que faites-vous ici ? demanda-t-il.

—J'espérais prendre l'air, répondis-je.

—Seules les personnes autorisées peuvent quitter le bunker par cette voie. (Il se détourna de la porte.) Vous pourriez vous faire tuer.

Un homme sortit la tête de la pièce et dit :

—C'est fait. Le poison a été rapide comme l'éclair.

—Laissez-moi et emportez les chiots, ordonna Hitler.

L'homme disparut dans la pièce et, quelques instants plus tard, il en sortit avec une boîte. Sur son passage, j'entendis les grattements et les gémissements étouffés des chiots. Il s'engagea dans le passage menant vers l'escalier et, au-delà, vers la sortie. Hitler rentra d'un pas traînant. Bientôt, des sanglots étouffés parvinrent jusque dans le passage.

Je m'approchai dans l'espoir de voir quelle mort avait suscité une telle réaction chez Hitler. La porte était fissurée. La lumière à l'intérieur de la pièce était crue. Hitler était agenouillé sur le sol. Sa poitrine se soulevait au-dessus de la créature noir et feu qui gisait, réduite au silence, sur le sol. Blondi avait été empoisonnée.

J'entendis s'ouvrir la porte qui conduisait à la sortie. Puis cinq coups de feu retentirent dans le passage. Bientôt, l'homme revint. Je me rencognai dans l'ombre, afin de m'éloigner d'eux.

—Les chiots sont morts, glissa l'homme à Hitler. Vous n'avez plus à vous inquiéter.

Je marchai rapidement, espérant m'éloigner de ce dont j'avais été témoin. La mort étendait sa main froide partout dans le bunker, même sur le chien qui comptait tant pour Hitler.

Mon enfermement me tenaillait. Je retournai au Vorbunker et empruntai le long couloir de liaison qui menait à la série de tunnels creusés d'est en ouest sous la nouvelle Chancellerie. Le garde SS me demanda ce que je faisais. N'étant pas d'humeur à mentir, je lui avouai que je devenais folle dans le bunker et que j'avais besoin de faire un tour. Il hocha la tête, sourit tristement, comme s'il savait ce que je vivais, et me fit signe de partir.

Je ne me rappelais pas grand-chose de la nuit de l'attaque de l'appartement d'Irmigard. À mon arrivée, la Cheffe m'avait conduite au Vorbunker. Je voyais maintenant l'horreur qui avait été imposée au peuple allemand. Des installations médicales avaient été construites dans plusieurs pièces. L'odeur du sang et de la chair imprégnait le couloir. Plusieurs médecins se déplaçaient de table en table, comme animés par les fils d'une marionnette fantôme. Leurs tabliers étaient tachés de rouge et éclaboussés de tissus humains.

L'un des médecins criait des ordres à une infirmière qui avait l'air perdue face à la tâche colossale qui l'attendait.

Une centaine de patients, dont beaucoup avaient des membres déchiquetés, des brûlures ou des blessures ouvertes, les attendaient. Ils étaient peut-être même plus d'une centaine. Les blessés gisaient comme des mannequins sur les tables, recouverts de draps ensanglantés ou nus dans leur douleur. Un médecin amputa le bras droit d'un soldat, juste en dessous de l'épaule. Puis, brandissant le membre, il le jeta dans un bac métallique débordant de jambes, de bras, de mains et de pieds coupés. Le spectacle sanglant me retourna l'estomac en même temps que la puanteur de la mort m'envahissait les narines.

Le médecin qui avait pratiqué l'amputation m'interpella :

—Pouvez-vous aider ?

Au début, faute de savoir quoi répondre, je l'observai fixement.

—Nous avons besoin de vous, me supplia-t-il. Des gens sont en train de mourir.

Je regardai dans le couloir. Des rangées de réfugiés silencieux, dont certains étaient des membres décorés du Parti, qui pensaient apparemment avoir le droit d'échapper à ce que d'autres souffraient, étaient assis sur le sol, l'air écrasés et renfrognés. Ils ne s'étaient pas proposés pour aider les médecins. Je me demandai pourquoi. Peut-être avaient-ils vu assez de sang ou n'avaient-ils aucun goût pour la tragédie qui se déroulait autour d'eux. Je voulus m'éloigner de l'hôpital de fortune, puis je m'immobilisai. Une étrange question me traversa l'esprit : et si je parvenais à glaner des informations sur Irmigard et sa famille ? Je fis demi-tour pour me frayer un chemin à travers le dédale de tables jusqu'au médecin qui m'avait demandé de l'aide.

21

Un espoir torturant naquit aussi en moi alors que je me dirigeais vers le docteur. Et si Karl n'était pas mort et qu'il se trouvait ici dans le bunker ? Aussi improbable que soit cette possibilité, je m'y cramponnai un instant.

Mais l'espoir que j'avais de trouver Karl parmi les centaines de blessés ne tarda pas à s'envoler. Je scrutai chacun des visages remplis de douleur. Il n'était nulle part parmi eux. Le docteur haussa les épaules quand je l'interrogeai sur Irmigard et mon ancien quartier.

—Je dirais que leurs chances de survie sont minces, répondit-il. Nous n'avons pas pu aller vers l'est depuis des semaines.

Je n'eus guère le loisir de me reprocher de poser de telles questions. Chassant ma tristesse, je demandai au docteur comment je pouvais l'aider.

Je changeai des bandages, frottai les draps dans un seau à linge, tins les mains d'hommes et de femmes que les médecins amputaient. Je dus souvent détourner le regard car mon estomac et mon cœur ne pouvaient supporter leurs cris. L'anesthésie étant une denrée rare, seuls les blessés les plus graves en recevaient une dose. Un homme administrait du whisky, avec la bénédiction des médecins, à ceux que la douleur rendait à moitié fous.

—Je veux mourir, me confia un soldat qui avait perdu ses deux jambes à cause d'un obus russe.

Un autre, moins gravement blessé, me fit part de la même envie d'en finir avec la vie. Je m'efforçais de leur remonter le moral, sans mentionner le Reich. Je les assurais plutôt de leur importance, du besoin qu'on avait d'eux sur cette terre. Alors que je me penchais au chevet de ces personnes, Hitler et son pacte de suicide me venaient à l'esprit et je ne cessai de m'étonner en constatant que l'humeur des soldats et des citoyens, qui avaient sombré dans le désespoir le plus total, reflétait en fait la psyché du chef du Reich.

Au fil des heures, la lutte acharnée pour les blessés et le maniement de leurs corps finirent par m'épuiser. Trouvant une chaise vide, je m'y effondrai pendant quelques minutes. L'un des médecins me remarqua.

—Merci pour votre aide, dit-il. Allez vous chercher quelque chose à manger.

—Quelle heure est-il ? demandai-je.

—Plus de 21 heures.

Je retournai au Vorbunker, où j'essuyai le sang qui maculait mes mains. Ma robe était constellée de résidus sanguinolents. Je tombai sur la Cheffe dans le passage. Elle m'attrapa par le bras et m'entraîna.

—Nous allons voir le Führer, me glissa-t-elle.

Elle ouvrit le chemin jusqu'à la grande salle de conférences du bunker inférieur. Hitler se tenait là, penché sur une vaste carte de l'Allemagne étalée sur la table. Ses deux secrétaires, qui avaient aussi été convoquées, lui faisaient face. Lorsque nous entrâmes, il ôta ses lunettes de sa main gauche tremblante et les posa sur la table. Il portait sa veste d'uniforme beige. Je ne l'avais pas vu ainsi vêtu depuis que nous avions quitté le Berghof.

Nous nous rangeâmes en ligne et attendîmes qu'il parle. Glissant la main droite dans sa poche de veste, il se dirigea vers nous d'une démarche mal assurée, s'aidant de sa main gauche appuyée sur la table pour garder l'équilibre. Un sourire triste traversa son visage, puis il déclara :

—Je tenais à vous remercier pour vos loyaux services à votre Führer. Les autres le sauront bientôt, mais je vous libère de votre serment…

Il continua à parler, cependant nous avions toutes les peines du monde à distinguer ses grommellements. Même si nous savions tous ce qui allait se passer, la pensée de mettre fin à ses jours revint à mon esprit.

Ses doigts tremblaient dans sa poche, dont ils faisaient entrer et sortir la doublure au rythme de tressautements frénétiques. Finalement, il retira sa main et l'ouvrit. Quatre capsules de cyanure, dans des boîtiers de cuivre qui scintillaient à la lumière, reposaient au creux de sa paume. Il nous en donna une à chacun.

—J'aurais aimé vous offrir un meilleur cadeau d'adieu, reprit-il. Si les Russes font irruption, vous préférerez peut-être cela à une captivité forcée et à leurs manières bestiales.

Son regard nous abandonna pour se concentrer au-delà des murs, comme si nous ne nous trouvions pas dans la pièce. Nous restâmes là avec le poison dans nos mains tandis qu'il disparaissait d'un pas traînant dans ses quartiers.

Frau Junge essuya ses larmes et nous nous dispersâmes.

—Je n'ai pas l'intention de l'utiliser, marmonna la Cheffe en s'éloignant.

J'avais mon ampoule dans la main, sans parvenir à décider si je devais l'utiliser sur moi ou sur Hitler. Parvenue jusqu'à mon lit, je glissai la capsule sous mon oreiller et me couchai. Tout ce que je me rappelle ensuite, c'est que je fus réveillée par des cris et des rires. Je me levai pour me diriger en titubant, l'œil vide, vers la cantine. Au moins vingt membres du personnel d'Hitler, y compris des officiers, faisaient la fête. Une pile de disques était posée à côté d'un phonographe. La musique retentissait dans la pièce et se mêlait au tintement rauque des verres. Plusieurs bouteilles de champagne vertes voguaient à travers la foule, passant entre des mains avides.

Un officier SS ivre s'approcha de moi, indifférent à mon apparence négligée et à ma robe tachée de sang, dans laquelle j'avais dormi. Son pantalon était mouillé de champagne et sa poitrine apparaissait sous sa chemise ouverte et sa veste d'uniforme. Il s'effondra contre la porte avant de poser une main sur mon épaule.

— Tu veux danser ?

Il se balançait n'importe comment, sans suivre la musique. Je craignais qu'il ne se renverse sur moi.

— Vis un peu. Il ne nous reste plus que quelques heures. (Il désigna le plafond.) Les salopards ne sont plus qu'à quelques rues d'ici. Peut-être au-dessus de nous en cette minute. Qu'ils aillent se faire voir.

Il me lança un clin d'œil et approcha son visage près du mien. Son haleine empestait un horrible mélange de cigarette et de champagne.

— Et si on s'envoyait en l'air ? Qu'est-ce que tu as à perdre ?

Je repoussai sa main.

— Merci pour l'offre, mais non.

Comme je cherchai à passer devant lui, il m'attrapa le bras. Je lui flanquai un coup de pied dans le tibia, qui le fit grimacer de douleur.

— Espèce de salope ! cria-t-il. Tu vas voir ce que tu vas prendre.

Mais il chancela vers l'arrière, loin de moi.

Prenant une grande inspiration, je me rendis dans la cantine avec l'espoir d'y repérer un visage familier. J'avisai la Cheffe et Frau Junge, attablées à l'autre bout de la pièce. Je repoussai les fêtards, dont beaucoup tenaient à peine debout après leurs abondantes libations. Des chocolats et des pâtisseries coûteux trônaient aussi sur les tables. Quelqu'un avait fait une razzia sur ce qui restait des luxueuses délices d'Hitler. Je rejoignis les deux femmes à la table. La Cheffe m'offrit un verre de champagne. Je secouai la tête.

— Qui sait quand vous aurez à nouveau cette opportunité ? objecta-t-elle. Je ne refuserais pas si j'étais vous.

— Non, répliquai-je. Je veux avoir toute ma tête.

— Pourquoi ? demanda Frau Junge. La fin est arrivée. Ce n'est qu'une question de temps avant qu'on nous sorte d'ici, morts ou vifs.

— J'ai des affaires à terminer.

Elles me regardèrent l'une et l'autre comme si je venais de proférer une énormité.

— Comme nous tous, soupira la Cheffe.

Une infirmière et un soldat passèrent devant nous en dansant, non sans se cogner à notre table. Nous la cramponnâmes par le bord pour l'empêcher de basculer.

— Ces imbéciles d'ivrognes, marmonna Frau Junge. Ils n'ont aucun respect pour le Führer. (Elle prit une gorgée de champagne.) Qui voudrait quitter cette vie dans un tel état ?

Magda Goebbels apparut à l'autre extrémité de la cantine, dans une robe de chambre blanche. Elle fusilla la foule du regard et cria :

— Honte ! Honte à vous tous ! Le Führer ne peut pas dormir. Mes enfants non plus. Ayez un peu de décence.

Les fêtards éclatèrent de rire et continuèrent à festoyer. Dégoûtée par ce spectacle, elle se détourna. Bientôt, le valet d'Hitler apparut et répéta les paroles de Frau Goebbels. Il supplia la foule de se calmer pour que le Führer puisse dormir. Ses supplications demeurèrent également lettre morte.

La Cheffe se pencha vers Frau Junge et lui glissa :

— Nous qui avons été loyales et fidèles au Führer, buvons à sa santé.

Elles entrechoquèrent leurs verres et me dévisagèrent parce que je refusais de me joindre à elles.

Je me levai de table.

— J'en ai assez de ce spectacle.

Je les quittai et regagnai ma chambre. Le sommeil ne vint pas, parce que la fête se poursuivit jusqu'à 5 heures du matin.

Elle s'interrompit lorsque les bombardements devinrent si intenses qu'on n'entendait plus la musique. La terre gémissait et tremblait autour de nous comme un volcan en éruption.

* * *

Environ deux heures plus tard, Eva se présenta dans mes quartiers. Elle portait une jolie robe bleue, la couleur de son humeur.

— Venez avec moi, m'intima-t-elle.

Comme personne ne pouvait se reposer à cause des explosions, je décidai de l'accompagner. Mon visage était devenu familier aux SS et, vu que j'escortais Eva, aucun garde ne nous interrogea. Nous traversâmes le bunker du Führer en direction de la sortie, là où Blondi et les chiots avaient été tués.

— Je veux voir la lumière, m'expliqua-t-elle. Ces dernières journées ont été un enfer, mais ce sera bientôt fini. (Elle se tourna dans le passage menant à l'escalier de sortie, secoua la tête et se mit à rire comme l'« ancienne » Eva, celle du Berghof, à la voix bouillonnante comme un ruisseau.) En fait, c'est un grand soulagement de savoir que tout cela va bientôt se terminer.

Eva gravit lentement l'escalier, savourant chaque pas. Je la suivis.

Elle poussa la porte, qui ne pouvait être ouverte que de l'intérieur. Les bombardements avaient temporairement cessé. Une vision cauchemardesque de terre brûlée s'étendait devant nous. Des arbres brisés jonchaient le sol. Bien que nous soyons le 30 avril, aucune feuille n'ombrageait le jardin de la Chancellerie. Au lieu de quoi, un paysage criblé de trous d'obus et de destruction s'étendait devant nous. La nouvelle Chancellerie était en ruine, sa grandiose architecture détruite par les bombes et les obus. D'énormes blocs de pierre s'empilaient à sa base. Un épais nuage de fumée flottait dans l'air, donnant au ciel du matin une teinte rouge orangé infernale. Les feux brûlaient si près de nous que nous pouvions à peine distinguer le disque du soleil à travers les brouillards nocifs.

Eva sortit sans que je cherche à la retenir.

—Regardez, Magda ! déclara-t-elle fièrement. Je suis dehors et les Russes l'ignorent.

À cet instant, un obus stria le ciel au-dessus du bunker et atterrit à quelques centaines de mètres. L'explosion fit vaciller Eva. Je lui conseillai de revenir à l'intérieur.

Elle effectua une pirouette autour d'un cratère.

—La mort peut attendre quelques minutes. (Elle désigna la terre torturée.) Ce trou est peut-être l'endroit où nous sommes enterrés. Il est un peu à l'air libre. J'espère qu'ils ont fait du bon travail pour dissimuler nos corps.

Je la regardai avec incrédulité et compris qu'elle perdait la tête. Elle disait n'importe quoi. Postée près de la porte donnant sur le jardin désolé, je la rappelai.

—Rentrez, Eva. C'est trop dangereux.

Un autre obus d'artillerie fila au-dessus de ma tête, mais il frappa plus loin cette fois. Rentrant les épaules, elle revint lentement vers moi.

—Je suppose qu'on devrait... mais laissez-moi m'attarder un peu devant la porte.

Je me postai alors derrière elle pendant qu'elle tordait le cou pour examiner la destruction de la ville.

—J'ai une faveur à vous demander, reprit-elle, retournant le visage vers moi. (Je m'approchai, si près que je voyais ses yeux étinceler pendant qu'elle parlait.) Adolf et moi devrons mourir quand le moment sera venu. Nos corps seront brûlés. Des hommes s'en occuperont. Vous avez été d'une loyauté irréprochable envers nous et envers le Führer, ajouta-t-elle en me regardant avec un sourire. Je veux que vous vous occupiez de notre mort. Que ce soit rapide. Adolf est d'accord pour qu'il y ait quelqu'un dans la pièce avec nous, qui veillera à ce que nos ordres soient exécutés. Alors c'est vous, chère Magda, qui devrez mettre fin au règne du Troisième Reich. Vous devrez vous assurer que nous sommes bien morts.

Je me cramponnai à la balustrade pour recouvrer mon équilibre, tant j'étais abasourdie. Sa demande avait beau me répugner, elle me procurait un frisson de satisfaction. Hitler choisissait la solution de facilité et ne répondrait pas de ses crimes. En se suicidant, il ferait porter le poids de sa défaite à ses généraux, aux soldats et au peuple allemand. Il mourrait en martyr, du moins à ses propres yeux. Et Eva, qui ne se souciait de rien d'autre que de sa dévotion aveugle au Führer, se joindrait à lui dans leur pacte de mort.

La fumée tourbillonna vers la porte et les tirs reprirent brusquement. Eva claqua le battant, ce qui nous replongea toutes deux dans le monde souterrain du bunker. Des explosions secouèrent à nouveau le jardin de la Chancellerie. L'une d'elles nous bouscula violemment sur les marches.

Je me retournai, prête à redescendre dans le bunker. Hitler se tenait en bas, vêtu d'une robe de chambre rouge et de pantoufles. Il nous regardait sans sourire, le visage rougeaud et affaissé sous l'éclat d'une ampoule. Peut-être désirait-il voir le soleil lui-même. Sans nous saluer, il se détourna et disparut dans le couloir.

En le regardant, je sus que le destin avait décidé du cours de ma vie.

J'allais tuer Adolf Hitler.

22

Eva vint me voir vers 14 heures, le lendemain après-midi. Son mari, les secrétaires et la Cheffe prenaient un repas. Elle n'avait pas d'appétit, m'avoua-t-elle. Ses chiens avaient été tués.

Peu de temps après, nous rejoignîmes les membres du personnel dans la grande salle de conférences. Eva me présenta au pilote d'Hitler, Hans Baur, à plusieurs généraux et à Otto Günsche, membre de la Liebstandarte et adjudant personnel, qui se trouvait aux côtés d'Hitler lorsque la bombe avait explosé dans la Tanière du loup. Personne ne reconnut en moi la femme de Karl Weber ou, si tel était le cas, on s'en moquait. Goebbels et sa femme se trouvaient dans la pièce, ainsi que Bormann. Il se passa à peu près la même chose que la veille, à ceci près qu'Hitler ne distribua pas de cyanure.

Pendant que ces adieux se déroulaient, Eva me prit à part et me conduisit dans le salon situé entre le bureau et la chambre d'Hitler. C'était ici, m'indiqua-t-elle, qu'ils allaient mettre fin à leur bref mariage. Sur une table se trouvaient deux capsules de cyanure et deux pistolets. Une bouteille de champagne ouverte et deux verres trônaient également à côté.

—Restez ici, m'intima-t-elle. Nous serons bientôt de retour.

Je m'assis sur le canapé, passant mes doigts sur les fleurs de son motif. Au bout de plusieurs minutes, je me levai et regardai les tableaux du bureau et du salon. Eva avait laissé la porte d'entrée entrouverte. La pièce avait été passée au crible et la plupart des papiers et des livres d'Hitler avaient disparu. Je supposai qu'ils avaient été détruits par un membre du personnel. Regagnant le salon, je me rassis sur le canapé et pris l'un des pistolets afin de l'étudier. Je lus le nom gravé sur l'arme, un Walther 7.65 mm. Il devait être chargé. Le cyanure se trouvait à proximité, renfermé dans ses capsules de cuivre.

La porte du bureau s'ouvrit pour livrer passage à Eva. Elle portait sa robe bleue du matin. S'effondrant sur le canapé, elle essuya les larmes qui ruisselaient sur ses joues. Elle me dévisagea avec un sourire inquiet, avant de se servir une coupe de champagne. Elle en prit une gorgée et me dit :

—C'est si difficile de dire au revoir, Magda, balbutia-t-elle, avant de reposer le verre à côté d'elle sur le canapé. Des interruptions, toujours des interruptions. Maintenant, on ne peut même plus mourir sans être interrompu. Ma vie avec Adolf a été sans cesse remise à plus tard. « Le devoir m'appelle, ma chère Eva. Peut-être le mois prochain, peut-être l'année prochaine. » Attendre et attendre pour quoi ? Une consommation qui n'a jamais eu lieu. Pendant des années, il n'a pas pu faire l'amour à une femme car le « Führer » était trop important. L'Allemagne était sa maîtresse. Maintenant que nous sommes mariés, c'est trop tard. Il n'en est plus capable physiquement. (Elle s'esclaffa et but une autre gorgée.) Je ne devrais pas vous dire ces choses, mais je suppose que ça n'a pas d'importance. Si vous enregistrez mes paroles pour l'histoire, ils demanderont : « Qui était Eva Braun ? » Personne ne croira un mot de ce que j'ai dit.

Je voulus répondre, mais nous entendîmes quelqu'un entrer dans le bureau. Eva mit un doigt sur ses lèvres. Je reconnus les voix comme étant celles de Magda Goebbels et d'Hitler.

—Vous devez quitter Berlin ! plaidait Magda, hystérique. Si vous mourez, nous mourrons aussi, et les enfants avec nous. Il n'y aura pas de vie en Allemagne sans vous.

—Rien de ce que vous pourrez dire ne me dissuadera, répliquait Hitler d'un ton plat, content de lui. Vous avez le choix de partir ou de rester. Pourquoi voudriez-vous tuer vos enfants ? Réfléchissez. Je dois finir ma vie ici, pour le bien de l'Allemagne.

Magda éclata en sanglots.

—Alors c'est fini pour nous tous.

—Il n'y a plus rien à dire, conclut Hitler. S'il vous plaît, laissez-nous et occupez-vous de vos enfants et de votre mari.

La porte du bureau s'ouvrit puis se referma.

Mon estomac se noua en pensant au meurtre de six enfants innocents, en particulier à celui du garçonnet, Helmut, que j'avais rencontré dans le couloir. Hitler était aussi responsable de leur mort que de celle de n'importe quel soldat ou prisonnier d'un camp de concentration. Je voulus essayer de trouver un moyen de garder les enfants en vie, de mettre la tragédie en suspens, mais mon esprit était envahi par d'autres pensées.

Hitler entra d'un pas chancelant dans le salon et referma la porte. Il portait sa veste d'uniforme sombre avec la croix de fer épinglée sur sa poitrine. Il fixa le sol d'un air maussade, puis ses yeux se posèrent sur moi. Lorsqu'il passa devant moi, l'odeur de la mort envahit mes narines, comme si sa chair était déjà en putréfaction. Son bras gauche tremblait quand il se laissa tomber sur le canapé.

—Frau Weber, lâcha-t-il d'une voix faible, contenue, un fragment de son ancienne puissance. Eva vous a-t-elle dit pourquoi vous êtes ici ?

Je hochai la tête.

—Alors, allons-y. Les barbares sont à notre porte.

—Je mourrai la première, Adolf, déclara Eva, mais taisons-nous pendant quelques secondes. Portons un toast à une vie dans l'éternité.

—Des millions de personnes me maudiront demain, mais la providence n'aurait pas voulu qu'il en aille autrement, répliqua Hitler. Pendant de nombreuses années, le destin a été de mon côté. Maintenant, je dois faire face à la réalité. Il n'y a pas d'autre issue que celle d'une mort honorable.

Eva leur versa du champagne, ils burent, puis elle l'embrassa sur la joue avant de lâcher :

—Au revoir, mon amour.

Avant que je puisse réagir, elle avait la capsule dans sa bouche. Le verre craqua entre ses dents et un petit cri métallique, comme le bruit d'une grille qui se referme, s'échappa de ses lèvres. Son visage se déforma, elle ramena involontairement les jambes contre sa poitrine sous l'effet de la douleur. Une odeur d'amande amère envahit la pièce. Elle était morte, figée sur le canapé, comme si elle avait été soudain frappée par une puissance divine.

Je me dirigeai vers la table où je m'emparai des deux pistolets. J'en pointai un vers la tête d'Hitler.

—Je suis ici pour vous donner une mort honorable. Vous avez raison, il n'y a pas d'issue.

Hitler fit un bond en avant, puis retomba sur le canapé.

Mon corps tremblait si violemment que je laissai tomber l'autre arme près de la porte. Tenant le pistolet restant à deux mains, je stabilisai ma visée.

—Vous vous croyez puissant, mais vous n'êtes qu'un lâche.

—Absolument pas, rétorqua-t-il, l'œil mauvais. Tuez-moi maintenant.

—La mort peut attendre. Elle ne viendra pas avant que je vous aie dit ce que des millions de gens savaient mais n'osaient pas admettre. Beaucoup, beaucoup de soldats, y compris parmi vos plus proches collaborateurs, souhaitaient votre mort depuis des années. Je suis désolée qu'ils aient échoué. La guerre se serait peut-être terminée plus tôt, pourtant la question de savoir qui prendrait votre place ne cessait de se poser. La mort d'un diable pouvait engendrer un plus grand démon. Heureusement, l'Allemagne n'a plus à s'en inquiéter.

Il porta les poings devant son visage et cria :

—Traîtres, vous êtes tous des traîtres.

—Non ! C'est vous le traître. Mon mari, ma mère, peut-être même mon père sont morts à cause de votre fausse fierté, de vos paroles hypocrites. J'ai vu de mes propres yeux l'horreur de vos camps. À quoi servait le Reich ? Ce n'était qu'une illusion créée à votre seul profit.

Il rougit et me jeta sa coupe de champagne dont le cristal se brisa contre la porte.

—Ce que j'ai fait, je l'ai fait pour le bien de l'Allemagne. Vous êtes une traîtresse à l'esprit étroit comme les autres. Si le peuple ne m'avait pas laissé tomber, l'Allemagne aurait été le pays le plus puissant du monde. Je devrais vous faire arrêter et exécuter.

—Allez-y, rétorquai-je. Criez, appelez les SS. Ils ne peuvent pas vous entendre. Je vous tirerai entre les deux yeux avant que vous n'atteigniez la porte. (Je me rapprochai de lui avec un sourire, le pistolet toujours pointé sur sa tête.) Vous croyez que les Allemands vous aiment. Quelques-uns peut-être : les brutes dont vous vous êtes entouré, Goebbels, Bormann. Mais les gens ordinaires que vous dénigrez pour leur manque de courage, ceux que vous êtes censé aimer, vous méprisent. Si vous marchiez dans la rue maintenant, ils vous pendraient comme Mussolini. Ils vous lapideraient et cracheraient sur votre cadavre.

Il voulut se saisir de la capsule de cyanure.

—Je ne veux plus entendre parler de ces foutaises.

J'agitai le pistolet dans sa direction et plaçai l'ampoule hors de sa portée.

—Ne touchez pas à ça ! Ce ne sera plus très long.

Il retira la main.

—Mon mari voulait votre mort. Il savait, comme d'autres, la souffrance que vous infligiez à tous ceux que vous considériez comme vos ennemis. Ceux que vous avez assassinés étaient des gens honnêtes, des gens attentionnés avec des familles qui n'avaient rien fait d'autre que de s'être vus qualifier d'ennemis du Reich. Votre Reich. Vu qu'ils n'étaient pas à la hauteur de votre vision de la perfection allemande, ils sont morts. Car, après tout, ils étaient la cause du problème de l'Allemagne : des profiteurs, pécheurs et décadents qui nous ont ruinés pendant un millénaire. Au moins, ils sont morts avec honneur. Ils étaient bien plus forts que vous ne pourrez jamais l'être. J'espère que ceux que vous avez assassinés, ceux que vous avez exécutés, ces innocents qui sont morts à cause de vos rêves insensés, vous cracheront dessus par-delà la tombe. Ils méritent de se venger un peu. Au début, ils ont cru en vos paroles creuses. C'était avant que vous ne trahissiez leur confiance, en les écrasant pour satisfaire votre quête de pouvoir absolu. (Je me penchai près de lui car je voulais qu'il entende mes mots.) On vous haïra comme l'homme le plus maléfique de l'histoire. La mention d'Adolf Hitler couvrira cette nation de honte, pas de gloire. Votre nom sera vilipendé aussi longtemps que l'homme habitera la terre.

Il inclina la tête.

—Votre espèce a mené l'Allemagne à la défaite. Regardez la destruction qui nous entoure, les morts à chaque coin de rue. Si le peuple s'était tenu à mes côtés, l'Allemagne aurait été invincible. Pensez-y quand vous retournerez au milieu de toutes ces cendres.

Il tendit la main vers la capsule et, cette fois, je ne l'arrêtai pas. Il la glissa lentement entre ses dents.

—Pour faire bonne mesure, ajoutai-je en m'agenouillant à ses côtés afin de lui coller le pistolet sur la tempe droite. Il n'y a pas d'issue.

Il mordit dans la capsule et je pressai sur la gâchette. L'explosion projeta ma main en arrière. Un trou s'ouvrit dans sa tête et du sang coula de la blessure. Hitler s'affaissa sur le canapé, les yeux encore ouverts dans la mort. Puis il tomba et sa tête s'écrasa contre la table. Mes mains, le canapé, le tapis et le mur derrière lui étaient couverts de son sang. Même le corps d'Eva portait une partie de la souillure de sa mort. Je regardai la coulée cramoisie et m'étonnai qu'elle fasse partie de lui. J'étais fière de l'avoir tué. Pendant quelques instants, je me délectai du sang qui m'entourait, comme si j'étais devenue folle. Le sang ne me dérangeait pas : il s'évacuerait dans l'évier. Mais pour l'instant, je voulais sentir sa chaleur lorsqu'il s'écoulait sur mes mains. Le temps jouait contre moi, cependant.

Je jetai le pistolet sur le sol devant lui, je m'essuyai les mains sur ma robe et je reposai l'autre pistolet sur la table. Puis je me précipitai vers la porte de la chambre attenante d'Eva, car je savais que les autres ne tarderaient pas à venir enquêter sur le coup de feu. Je m'assis sur son lit jusqu'à ce que le sang commence à sécher sur ma robe. J'entendis des bruissements dans le salon, mais personne n'entra dans la chambre. Au bout d'une heure environ, je jetai un coup d'œil par la porte. Les corps n'étaient plus là. Quelqu'un avait exécuté les ordres d'Hitler de se débarrasser de ses restes et de ceux d'Eva.

En retournant dans mes quartiers, je croisai les enfants de Goebbels, assis dans l'escalier entre les bunkers du haut et du bas. Helmut, qui me reconnut, cria :

—Vous avez entendu le coup de feu ? (Je secouai la tête.) En plein dans le mille.

Il tapa dans ses mains. Je m'effondrai contre le mur, tremblant de façon incontrôlable devant l'énormité de mon geste. Mes genoux lâchèrent et je m'avachis sur le sol.

L'une des filles aînées se précipita à mes côtés.

—Ne faites pas ça, me souffla-t-elle, en me serrant les mains. Nous allons bientôt sortir d'ici. C'est ma mère et mon père qui l'ont dit.

Je restai assise, tremblante, pendant plusieurs minutes, avant de réussir à prendre congé des enfants. Pouvais-je faire quelque chose ? Je redoutais ce qui les attendait.

La Cheffe me raconta plus tard ce qui était arrivé à Hitler et à Eva.

Ils avaient été transportés, comme il l'avait demandé, jetés dans un trou peu profond, puis on avait arrosé leurs corps d'essence avant de les incendier. Les hommes avaient eu peu de temps pour s'assurer que le Führer et sa femme ne seraient jamais découverts. Les bombardements se poursuivaient alors même que les porteurs de cercueils tentaient d'enflammer la tombe de fortune. Tout au long de la journée et dans la soirée, quelques fidèles du Parti avaient renouvelé leur promesse de veiller à ce que les corps soient complètement réduits en cendres. Finalement, les corps désintégrés avaient été recouverts de terre du jardin et leur tombe entourée de gravats, de déchets et de détritus de guerre.

Des rumeurs circulèrent partout sur ce qui allait suivre. Les communications avaient été coupées quelques jours auparavant, mais nous savions, grâce à des rapports de première main, que les Russes n'étaient qu'à quelques centaines de mètres, engagés dans un féroce combat au corps à corps avec les derniers défenseurs. Maintenant qu'Hitler était mort, beaucoup de ceux qui avaient juré de rester avec lui jusqu'à la fin planifiaient des moyens de s'échapper. Personne ne voulait être capturé par les Russes. Baur, le pilote d'Hitler, me conseilla de me diriger vers le nord ou l'ouest, dans les zones tenues par les Britanniques et les Américains. Je ne savais pas si cette suggestion serait plus facilement réalisable que celle d'Eva, qui m'avait conseillé de prendre la direction du sud et de Munich. Cependant, Bormann et la famille Goebbels logeaient toujours dans le bunker. Aucun de nous ne voulait bouger tant qu'ils contrôlaient les derniers vestiges du pouvoir du Reich.

Cette nuit-là, je dormis d'un sommeil agité. J'avais mis fin à la vie d'Hitler, un acte dont j'avais rêvé, sans oser croire qu'il se réaliserait. Au fond de moi, je pleurais la perte de mon âme. Je sentais que mon humanité avait été aspirée et que je serais condamnée à l'enfer pour avoir été une meurtrière. Le visage de ma victime apparut dans ma tête. J'avais appuyé sur la détente, la balle avait troué sa tempe, du sang s'était écoulé de la blessure. Chaque fois que je fermais les yeux, son visage m'apparaissait.

Je pensais aussi aux enfants Goebbels et à leur destinée dans le bunker.

Le lendemain matin, je frappai à l'appartement de Magda Goebbels. Les enfants et elle dormaient juste à côté de moi. Elle entrouvrit sa porte et passa la tête par l'entrebâillement. Son visage était blanc et craquelé comme une fragile feuille de parchemin. Elle hocha la tête, pourtant ses yeux étaient aussi vides et ternes qu'une mer grise par temps froid. Je voulus parler, mais elle referma la porte. Sans pour autant la voir, je compris au bruit qu'on se hâtait de pousser une chaise contre la poignée. Je partis, certaine de ne pouvoir influer sur la décision qu'elle ou son mari pourraient prendre.

Pendant l'après-midi du 1er mai, nous attendîmes tous patiemment des nouvelles de Goebbels ou de Bormann. Rien ne vint. Nous restâmes dans le bunker comme des poissons prisonniers d'un étang qui rétrécit.

Ce soir-là, la Cheffe me demanda si je voulais l'aider à servir à manger aux enfants Goebbels. Nous prîmes chacune deux plateaux, quatre au total, que nous transportâmes jusqu'à l'appartement de Magda. Je n'avais parlé à personne de ses projets funestes, pas même à la Cheffe. Une fois de plus, Magda se présenta à la porte et, quand elle vit qui frappait, elle ouvrit, juste assez pour que la Cheffe lui remette les plateaux.

Je lâchai précipitamment, pendant la livraison du dernier :

— Je sais ce que vous êtes en train de faire.

L'espace d'un instant, les yeux de Magda flamboyèrent, puis leur éclat s'adoucit.

— Ma famille ne vous concerne pas.

Elle tenta de refermer sa porte, mais je l'en empêchai.

— Je sais, mais réfléchissez-y.

Elle déposa le plateau et franchit la porte, les yeux baignés de larmes.

— Baissez la voix, bredouilla-t-elle. Maintenant que le Führer est mort, la vie ne vaut pas la peine d'être vécue. (Elle s'étranglait de tristesse et de regret.) Tout ce que nous défendions est en ruines ; tout ce qui était beau, noble et bon a été détruit. Nos enfants méritent mieux que de vivre sous une domination barbare. (Elle me désigna sa porte.) Je ne pouvais pas demander meilleure fin que de marcher sur les traces du Führer. Et eux non plus.

La Cheffe, qui comprenait maintenant ce qui se passait, la supplia de garder ses enfants en vie.

—Rien ne pourra me faire changer d'avis, répliqua Frau Goebbels. Et si je dois utiliser la force pour réaliser mon plan, je le ferai. Mon mari et moi avons scellé nos destins.

Sur quoi elle rentra dans la chambre et referma la porte.

Ce fut la dernière fois que je vis Magda Goebbels. Environ trois heures plus tard, la Cheffe et moi marchions dans le bunker inférieur quand nous entendîmes des coups de feu. Rapidement, quelques SS et des officiers d'ordonnance s'engouffrèrent dans le passage menant de la sortie de secours au jardin de la Chancellerie. Quand je demandai ce qui s'était passé, l'un d'eux me répondit que Goebbels et sa femme s'étaient suicidés. Leurs corps furent également incendiés dans le jardin.

La Cheffe et moi passâmes devant l'appartement des Goebbels. La porte était fermée, mais je l'ouvris pour regarder à l'intérieur. Les enfants, tous les six, dormaient comme des anges dans leur lit. Les filles, habillées en blanc, portaient des rubans dans les cheveux. Je touchai l'une d'elles : elle avait le bras froid et raide. J'appelai Helmut, mais il ne réagit pas. Je m'approchai de l'aînée, Helga. Elle avait le visage meurtri et des éclats de verre sur les lèvres, comme si on l'avait forcée à avaler une capsule de cyanure. Les autres enfants semblaient avoir ingéré le poison. Une mortelle odeur d'amande flottait dans l'air.

La Cheffe sursauta en voyant les enfants et recula hors de la pièce. Secouant la tête, je regrettai amèrement de ne pas avoir pu les sauver. Un autre pilier du Reich était tombé et, comme souvent sous le règne nazi, des innocents en avaient payé le prix.

Après la mort de Goebbels, nous reçûmes l'ordre de former des groupes et d'évacuer le bunker. Je fus placée avec la Cheffe, les secrétaires et quelques autres dans le premier groupe qui partit. Wilhelm Mohnke, un Brigadeführer SS, devait nous diriger. Nous partîmes sans rien d'autre que les vêtements que nous avions sur le dos. J'enfilai mon manteau car il faisait nuit et que l'air était frais. Je glissai la capsule de cyanure dans ma poche.

Mohnke donna ses ordres. Les quatre groupes devaient se diriger vers le nord pour rejoindre un groupe de soldats allemands. Son plan préconisait que nous nous rassemblions à la station de métro Kaiserhof, allions jusqu'à la Friedrichstrasse et gagnions une autre station plus au nord.

Nous quittâmes le bunker vers 23 heures. Passant d'abord par les tunnels, puis par le sous-sol de la Chancellerie du Reich, nous trouvâmes finalement la sortie en nous faufilant par les fenêtres brisées.

La Cheffe et moi nous cramponnâmes l'une à l'autre pour courir sur la Wilhelmplatz jonchée de décombres. Les bombardements et les combats de rue faisaient toujours rage et les flammes s'élevaient dans le ciel. Je faillis me tordre la cheville sur les gros débris en travers de notre route. Nous tombâmes une fois de plus dans l'obscurité lorsque nous atteignîmes la gare.

—Restez près de moi, m'intima la Cheffe.

Je me retrouvai à frissonner dans le tunnel, imaginant toutes sortes d'horreurs, depuis les rats jusqu'à des troupes de l'Armée rouge. Je m'accrochai au manteau de la Cheffe alors que nous progressions péniblement au milieu des rails. Ceux qui portaient des torches projetaient une lumière tremblante devant nous. Les membres de notre groupe entraient et sortaient de l'ombre. Quelques-uns restaient en arrière.

Les rayons de leurs torches rebondissaient sur nous, puis disparaissaient dans le brouillard du lointain. L'explosion des obus en surface projetait sur nos têtes la terre et les pierres de la voûte du tunnel.

—Magda, fit la Cheffe, à bout de souffle, comme si c'était la dernière fois qu'on se parlait. Si nous sommes séparées, veillez à bien vous diriger vers l'ouest. Baur m'a dit qu'il avait survolé des Américains près de Magdeburg. Traversez la rivière Havel à Spandau.

Ses mots corroboraient les dires du pilote, un peu plus tôt.

Cela faisait des années que je n'avais pas visité Spandau. Je connaissais la direction générale à prendre, mais je doutais de pouvoir y arriver seule.

Mohnke et les autres crièrent qu'ils avaient atteint une sortie. Un des soldats voulut rejoindre la rue, mais il fut repoussé par les bombardements. Nous continuâmes. La Cheffe et moi courions côte à côte, nous tenant par la main. Nous trébuchions dans le tunnel, évitant des débris qui surgissaient de nulle part devant nous. Nous étions à bout de souffle quand je sentis la main de la Cheffe glisser de la mienne. Elle poussa un cri de douleur et disparut dans l'obscurité.

—Qu'est-ce qu'il y a ? lui lançai-je.

—J'ai trébuché sur une poutre, répondit-elle. Je suis fichue.

Un soldat s'approcha de nous et abaissa sa torche vers le sol. La jambe de la Cheffe, couverte de sang, était enflée.

—Je pense qu'elle est cassée, balbutia-t-elle. Rejoignez les autres.

—Je vais rester jusqu'à ce que vous receviez du secours.

Elle me repoussa.

—Ne soyez pas stupide. Personne ne viendra. Vous avez une chance de vous échapper. L'ennemi m'arrêtera et ce sera tout.

—Nous devons avancer, confirma le soldat, qui agita sa torche pour nous montrer les autres, loin devant.

Le groupe se morcelait.

—Continuez sans moi, dis-je.

Le soldat hocha la tête et s'élança à la poursuite des autres, nous laissant dans l'obscurité. Quelques traînards, ou peut-être d'autres groupes quittant le bunker, passèrent devant nous. Leurs pas résonnaient sur les rails en bois ; je sentis l'air frais déplacé par leurs corps frôler le mien. Et puis, tout redevint noir et silencieux. Loin sur les rails, là où le soldat avait essayé de sortir, des tirs d'artillerie zébrèrent l'obscurité avec la soudaineté d'un éclair. Le visage tordu de douleur de la Cheffe apparut pendant une fraction de seconde.

—Laissez-moi, Magda, répéta-t-elle en frappant du poing contre mon manteau. Partez, ou je demande à un soldat de me traîner dans la rue et de m'abattre comme un cheval blessé.

—Vous ne pensez pas ce que vous dites.

—Bien sûr que si ! Partez ! Vous ne pouvez pas me sauver, mais vous pouvez vous sauver vous-même. Je veux que vous partiez. Je ne vous pardonnerai jamais votre désobéissance. (Elle marqua une pause, cramponnée aux revers de mon manteau, et ajouta, d'une voix déformée par la souffrance :) Je ne me le pardonnerai jamais s'il vous arrivait quelque chose.

J'étais sur le point de répéter mon intention de rester à ses côtés lorsque les mots de Karl me revinrent en tête. Leur force et leur écho me bouleversèrent. « N'oublie pas de rester en vie, Magda. Quoi que tu fasses, reste en vie », me supplia-t-il dans un tunnel ferroviaire sous une Berlin dévastée par la guerre. Mon corps se mit à trembler et je luttais pour retenir mes larmes.

—Je ne veux pas partir, m'entêtai-je.

La Cheffe resta muette un moment, puis ses mains froides se saisirent des miennes.

—Vous devez pourtant y aller. Vous avez la vie devant vous. La mienne est à moitié terminée et le reste n'a pas d'importance.

Je la serrai contre moi, l'embrassai sur la joue et me levai péniblement. Quand je me retournai, les larmes que j'avais retenues me piquèrent les yeux. Derrière moi, les obus qui explosaient éclairaient à nouveau la sortie. Je m'éloignai de la Cheffe en courant pour gagner la lumière, la laissant seule sur les rails. Je décidai de sortir de terre plutôt que de me joindre aux autres.

À la sortie, un gros tas de gravats obstruait presque complètement le passage. Plusieurs minutes s'écoulèrent, que je passai à ramper sur le béton et le métal tordu, l'oreille à l'affût du moindre bruit d'obus qui approcherait. Finalement, je me précipitai dans la rue où je fus accueillie par une autre vision du feu de l'enfer, de bâtiments en ruine et de véhicules détruits. Des tirs retentissaient dans les rues, mais leur « pop-pop-pop » crépitait au loin. Je pris un risque et tournai à gauche, c'est-à-dire vers ce que je pensais être l'ouest. Je traversai la rue en courant, évitant les décombres et les ordures, et je finis blottie dans l'embrasure d'une porte déserte. Reculant d'un pas pour me reposer, je me heurtai à quelque chose.

Je hurlai, mais j'aurais tout aussi bien pu crier dans le vent.

—Où allez-vous ? demanda un homme d'une voix remplie d'inquiétude et de compassion.

Elle ne recelait en revanche aucun soupçon de faiblesse. Je me retournai.

—Mon Dieu, vous m'avez flanqué une sacrée frousse.

Son visage énergique était éclairé par la lumière ardente de la guerre. Il était vêtu de noir, mal rasé, les joues mangées par une barbe sombre.

—Vous n'avez aucune raison d'avoir peur. Je suis en fuite, tout comme vous, répliqua-t-il avec un sourire.

—Je suis désolée, mais vous m'avez quand même fait peur.

Je m'adossai au mur pour tenter de reprendre mon souffle.

—Un obus arrive, me prévint-il avant de me pousser dans un coin et de protéger mon corps du sien.

L'obus explosa au centre du pâté de maisons. Des rochers et des débris jaillirent devant nous.

Je n'avais rien entendu.

—Comment le saviez-vous ?

—Je sens ces choses-là, répondit-il. (Il s'écarta, pour brosser la terre de ses épaules.) On arrive à percevoir les vibrations de l'air. Vous cherchez les Alliés ? (J'opinai.) Comme tout le monde. Je vais moi-même dans cette direction.

—Je ne sais pas qui vous êtes, répliquai-je. Pourquoi devrais-je vous faire confiance ?

—Je m'appelle Karl. Nous pouvons y arriver ensemble. Vous vous appelez ?

Je l'observai fixement alors que la lumière vacillait sur son visage. Un sentiment de calme m'envahit.

—Magda Ritter.

—Magda. C'est un joli prénom, commenta-t-il avant de désigner la rue. Si on veut s'échapper, on devrait y aller avant qu'il fasse jour. On aura plus de chances.

—Vous êtes soldat ?

Il secoua la tête.

—Non, je suis un Allemand qui n'a jamais cru au Führer ou à la guerre. J'ai été absent pendant un certain temps. Je ne suis pas devin, mais j'ai toujours su que les choses finiraient de cette façon.

Je voulais le croire. Il y avait quelque chose dans ses yeux qui communiquait sécurité et chaleur. Bien sûr, son prénom me rappelait mon mari, mais Karl était un nom courant parmi les Allemands. Mon intuition me soufflait que je n'avais rien à craindre.

—Allons-y alors. On m'a dit que je devais traverser la Havel. C'est loin de Spandau ?

—Environ dix-huit kilomètres. Nous pourrons traverser le pont avant l'aube.

Je me demandais comment il était au courant du pont dont la Cheffe m'avait parlé. Peut-être était-ce une information connue de tous, *via* un réseau de communications souterraines.

Il m'attrapa par la main et me tira dans la rue.

Les heures suivantes s'écoulèrent dans le brouillard alors que nous traversions les bois massacrés du Tiergarten, des rues en ruines, des cours intérieures et même des tunnels ferroviaires pour atteindre notre objectif, Spandau. Les scènes de désolation se succédaient au fil des heures : bâtiments incendiés, pâtés d'immeubles entièrement rasés par les bombardements. De temps en temps, nous voyions des gens se mettre à l'abri lorsque de nouveaux obus tombaient. La misère et la destruction nous accompagnaient partout dans notre voyage. Karl déclara qu'il considérait les morts comme des chanceux.

Vers 5 heures du matin, nous atteignîmes le pont Charlotten sur la rivière Havel avec quelques autres réfugiés sortis de nulle part. Ne risquions-nous pas d'être abattus en le traversant ? Je m'arrêtai, incapable de décider comment continuer.

—Allez-y, me lança-t-il. Je vais attendre ici.

—Vous ne venez pas ?

Il m'effleura le visage de sa main.

—Ce serait un plaisir, répondit-il, mais j'ai du travail. Il y a d'autres personnes qui ont besoin de mon aide, tout comme vous. D'autres ne tarderont pas à arriver.

Une étrange tristesse m'emplit le cœur. Si seulement il pouvait changer d'avis.

—Impossible, répliqua-t-il comme s'il lisait dans mes pensées. Partez maintenant, tant que c'est encore sûr.

—Je ne peux pas vous persuader ?

Il secoua la tête et me fit signe de partir.

Je traversai le pont, me retournant de temps en temps pour regarder derrière moi. Il se tenait sur le côté est de l'Havel et me dévisageait. Après avoir traversé, je me retournai et lui adressai un signe de la main. Il me répondit d'un signe lui aussi, silhouette sombre à une centaine de mètres de distance.

Devant moi, Spandau était abandonné, une succession de rues sans vie, vidées par la guerre. Quelque part au loin, des cris retentirent, qui m'emplirent les oreilles. J'identifiai aussitôt la langue comme du russe. La terreur m'envahit et, pendant un instant, je songeai à retraverser le pont en courant pour rejoindre Karl, mais quand je me retournai, il avait disparu.

La lumière du jour devenait plus vive à chaque instant, bien que la ville soit toujours plongée dans l'ombre. Je passai en courant devant des vitrines désertes, me faufilai dans les rues vides, en direction de l'ouest. Les voix russes devenaient moins audibles à mesure que je m'éloignais de Spandau. J'arrivai bientôt sur une route étroite bordée de fermes abandonnées. Le paysage me rappela les photos que j'avais vues de la France au sortir de la Première Guerre mondiale, des alignements de maisons détruites avec des fenêtres noircies qui me regardaient comme des âmes perdues. L'air était chargé de l'odeur nauséabonde du bétail et des chevaux en décomposition. Au terme d'une heure de route environ, j'entendis le crachotement d'un véhicule qui approchait. Je me réfugiai dans un bosquet d'arbres et je m'aplatis au sol sans oser lever les yeux, de peur d'être surprise. Quand j'eus enfin le courage de lever la tête, le véhicule était passé et le monde avait replongé dans un silence mortel. Je marchai encore une heure, sans guère m'éloigner de la route. Je passai devant un panneau accroché à un arbre : « Staaken[1] », proclamait-il. Aucun être vivant n'avait croisé mon chemin jusqu'à ce que je remarque un corbeau posé sur le toit d'une grange. L'oiseau noir me scrutait avec méfiance. Voyant que je m'approchai, il s'envola vers l'ouest après avoir décrit un large cercle.

Je quittai la route pour gagner la grange, dont j'ouvris la porte. Il n'y avait rien à l'intérieur, à part un tracteur rouillé et des harnais de cuir. Les stalles des chevaux étaient vides, mais des empreintes de sabots restaient imprimées dans la terre sombre. Je me reposai quelques minutes sur le foin de l'un des box. Mes jambes me faisaient mal, mon estomac grondait et ma gorge était desséchée par la soif. Je me forçai à me lever. La seule nourriture que je dénichai fut une tasse de

1. Quartier de Berlin *(NdT)*.

nourriture pour poulet posée sur le rebord d'une fenêtre. Je ne pouvais pas la manger : elle était si sèche que mes dents s'y seraient fendues.

Je m'allongeai sur le foin et m'endormis pour me réveiller tard dans l'après-midi. Les rayons obliques du soleil filtraient à travers les fissures de la paroi. Le sommeil n'avait guère contribué à me revigorer : au contraire, je me sentais encore plus mal. Le manque de nourriture me rendait faible et tremblante. Je cherchai à me lever, mais mes jambes refusaient de me porter. Mes lèvres craquelées réclamaient de l'eau. J'eus beau relever la tête, mon corps flottait dans les ténèbres. Le souffle court, je sentis ma tête retomber sur mon oreiller de paille.

Je me réveillai sur un lit de camp branlant dans une pièce souterraine éclairée par des bougies. L'air, rance et humide, me rappelait mes séjours peu agréables dans les bunkers.

Un garçon d'environ huit ans, qui me regardait fixement, finit par lancer, en direction de l'étage :

—Maman, elle est réveillée !

Une femme aux jambes épaisses, portant des bas déchirés et des chaussures noires, descendit l'escalier. Elle fronça les sourcils pour réprimander le gamin du regard.

—Je t'avais dit de la laisser dormir, lâcha-t-elle.

—Mais j'ai rien fait, protesta le garçon. Elle s'est réveillée toute seule. Je la surveillais pour vérifier qu'elle allait bien.

—Merci, articulai-je au prix d'un gros effort. Où suis-je ?

—À Staaken, répondit la femme. Mon fils vous a trouvée dans une grange, à environ cinq cents mètres d'ici. Il cherchait son chat. Mon mari vous a portée jusqu'à la maison.

Je me redressai sur les coudes. Apparemment, je me trouvais dans une pièce située sous une ferme. Des étagères remplies de récipients en verre contenant de la nourriture s'alignaient sur un mur. Je les montrai du doigt.

—On t'a nourrie, déclara le garçon. Tu ne t'en souviens pas ?

Je secouai la tête.

—Vous n'êtes pas la seule dans votre cas, ajouta la femme. On donne aussi de la nourriture aux Rouges. Ils nous laissent tranquilles, mais ils reviennent toujours en redemander. (Je dus tressaillir ou mon visage manifester de la douleur, car la femme poursuivit :) Ils n'ont jamais regardé ici. Pour autant qu'ils sachent, c'est une cave à légumes. Ils mangent dans la cuisine et repartent dans la foulée. La plupart d'entre eux se dirigent vers l'est, vers Berlin, de toute façon. (Elle secoua la tête.) On ne peut pas empêcher les soldats de venir... pour le cas où vous cherchiez à les fuir.

—Quel jour est-on ? demandai-je.

La femme s'essuya les mains sur son tablier.

—Le 4 mai.

—La dernière date dont j'aie gardé le souvenir, c'était le matin du 2 mai.

—Ce sera bientôt l'heure du souper, si vous vous sentez assez bien pour manger à l'étage.

—Je ne veux pas vous mettre en danger. Je partirai dès que possible.

Le garçon fit un pas vers moi.

—Ne pars pas. C'est excitant d'être ici avec toi.

Au-dessus de nous, le bruit d'un moteur se rapprochait. Je me blottis contre le mur humide. La femme se pencha vers moi pour me toucher l'épaule.

—N'ayez pas peur. Je reconnais ce bruit. Ce sont les Américains.

—Les Américains ?

—Oui. Ils passent dans leurs véhicules militaires au moins une fois par jour. Je crois qu'ils retrouvent les Russes près de Spandau.

Je m'assis et posai les pieds sur le sol.

—Quand ils reviendront, je devrai partir.

La femme hocha la tête.

—Comme vous voulez. Nous n'avons pas besoin d'une bouche supplémentaire à nourrir.

Je me lavai à la citerne, puis je soupai avec la famille au coucher du soleil. Le mari passait ses journées à travailler aux champs maintenant que les combats avaient cessé près de Staaken. Il avait tardé à planter, mais il espérait que certaines cultures pousseraient.

Le fermier et sa famille étaient des gens peu loquaces, ce qui me convenait parfaitement. Je voyais bien que le garçon était le plus curieux des trois, mais il n'était pas autorisé à parler au dîner. Je ne voulais pas raconter mon histoire à cette famille, de peur de la mettre en danger vis-à-vis des Russes. Je leur racontai seulement que je cherchais mon mari, un capitaine SS, qui aurait pu être capturé par les Américains.

J'aidai la femme à faire la vaisselle après que le mari et le garçon furent allés se coucher. Vers 22 h 30, nous entendîmes de nouveau le bruit du moteur. Regardant vers la route, elle hocha la tête. Je lui pris les mains et la remerciai de m'avoir sauvé la vie. Comme le véhicule approchait rapidement et que je ne voulais surtout pas le manquer, je poussai la porte et courus sur la route. Les phares arrivaient à toute allure à ma rencontre. Je plantai fermement mes pieds dans le sol et j'agitai mes bras. Une voiture verte d'aspect robuste dérapa en freinant, pour s'arrêter devant moi.

Un homme portant un uniforme que je n'avais encore jamais vu passa la tête par la fenêtre du passager.

Je m'approchai. Le conducteur ouvrit la portière et pointa un pistolet sur moi. Je gardai les bras levés. Les deux hommes scrutèrent les environs d'un regard frénétique, comme s'ils redoutaient de tomber dans une embuscade.

—Merde. Qu'est-ce que tu fabriques ? me lança le chauffeur en allemand.

—Je me rends, répondis-je.

Il se renfrogna.

—Toi et le reste de l'Allemagne.

—Je travaillais pour le Führer, continuai-je en allemand, avant de répéter mes paroles dans le peu d'anglais dont je disposais.

Par-delà l'éclat des phares, je distinguai leurs visages stupéfaits. Le soldat sortit pour marcher vers moi, tandis que le conducteur ne cessait de me tenir en joue.

—Prouve-le, ordonna le soldat en allemand.

J'ôtai mon alliance et je la lui tendis.

—Putain de merde, grommela-t-il.

Puis il s'adressa au chauffeur en anglais, avant de repasser à l'allemand. Il me commanda de garder les mains en l'air pendant qu'il me fouillait.

Le chauffeur criait des instructions en anglais.

— Il veut qu'on monte dans la Jeep, m'expliqua le soldat. Il y a des Allemands par ici qui croient encore que la guerre est en cours.

—Ce n'est pas le cas ? demandai-je.

Il désigna la Jeep.

—Grimpe, ma fille. Si elle n'est pas déjà terminée, ça ne saurait tarder.

À 22 h 44, le 4 mai 1945, je fus arrêtée par des officiers de la 9e division de l'armée américaine. Après minuit, j'étais assise, frissonnante et désorientée, dans un camp de l'armée près de Magdeburg sur l'Elbe. J'étais heureuse d'être en vie, mais profondément triste pour mon pays.

Berchtesgaden

ÉTÉ 1945

23

La liberté fut signée au prix du sang. Les Alliés vainquirent le Reich. L'Allemagne fut humiliée et divisée parce que le monde voulait asservir notre nation. Aucun peuple sur terre ne voulait voir l'Allemagne, ou le moindre spectre de fascisme, se relever. Pendant ce temps, les Allemands creusaient parmi les décombres pour essayer de reconstruire leur vie. En cours de route, beaucoup furent terrassés par la maladie et la faim. La vengeance entra aussi en ligne de compte et les morts ne cessèrent pas pour autant. De nombreuses femmes se suicidèrent après avoir été violées par des soldats ennemis. Des familles mouraient de faim dans les rues. À bien des égards, Hitler avait eu raison en prédisant que la défaite aurait de lourdes conséquences pour l'Allemagne. Il avait choisi la solution de facilité, tandis que ceux qui restaient souffraient.

Au début, comme engourdie, je ne savais pas quoi faire. Que pouvais-je dire aux Américains qui me retenaient ? Qui me croirait si je leur racontais que j'avais tué Hitler ?

Mon alliance était devenue le sujet de conversation du camp.

Le major qui me l'avait retirée du doigt siffla quand il en vit l'inscription. Bientôt, je me retrouvai devant un général au visage aigre qui avait peu de patience pour la « racaille nazie », comme il disait. Tout cela, je l'appris par l'intermédiaire de l'interprète allemand. Je craquai et je lui déballai tout : comment j'étais devenue goûteuse grâce à mon séjour chez tante Reina et oncle Willy, comment Karl Weber m'avait communiqué les informations sur le Parti qui avaient changé ma vie. Je lui narrai l'attentat à la bombe, la façon dont Karl s'était sacrifié pour mettre fin à l'horreur qui ensanglantait notre pays. Je lui donnai même des détails sur mon viol par des soldats russes et sur mes derniers jours à Berlin. J'omis un détail concernant mon séjour dans le bunker : le meurtre que j'avais commis. L'histoire n'aurait rien à gagner de cette information.

D'autres Américains voulurent m'interroger, insistant sur ma familiarité avec le Berghof. Quelques semaines après mon « arrestation » à Magdebourg, un lieutenant-colonel de l'armée américaine vint me chercher et me transporta dans un camp près de Munich appelé Dachau. J'y passai plusieurs jours à répondre aux questions des autorités américaines. Le printemps battait son plein et les journées étaient agréables, mais la mort planait sur le camp comme un linceul. Des rumeurs circulaient parmi les détenus sur un « massacre » de gardes allemands par les Américains. Chacun craignait d'être placé contre un mur et de subir le même sort. Une odeur nauséabonde de pourriture avait envahi le camp. Cela ne faisait pas si longtemps que les prisonniers morts ici avaient été enterrés.

Je pris place dans une pièce avec un policier militaire, un officier chargé des interrogatoires et un jeune soldat dactylographe. L'officier, qui parlait parfaitement l'allemand et l'anglais, allumait cigarette sur cigarette tandis que le dactylo tirait des bouffées pendant les pauses de mon témoignage. La fumée flottait à travers la pièce où elle créait une brume irrégulière. Ils voulaient savoir comment était aménagé le Berghof, qui s'y trouvait, de quelles informations j'avais connaissance et ce qu'Hitler faisait au quotidien. Je répondis du mieux que je pus à leurs questions.

Apparemment, ma « proximité » avec lui faisait de moi une sorte de célébrité. L'officier chargé de mon interrogatoire avait vu dans ma déclaration, comme quoi j'avais souhaité mettre fin à la vie d'Hitler et que Karl avait collaboré avec les poseurs de bombes, une amusante parenthèse dans une histoire mondiale pleine de tragédies. On ne s'en tirait pas avec des aveux pareils, quand on avait affaire à lui. Il y avait trop de mensonges, disait-il, trop de faux à démêler du vrai.

Je vivais dans une grande baraque avec d'autres prisonnières de guerre. D'une certaine manière, l'endroit me rappelait Bromberg-Ost, mais avec une meilleure nourriture, une belle vue sur le paysage environnant et, à l'exception des rumeurs, aucune menace explicite de mise à mort ou de mauvais traitement. Vu que j'étais une prisonnière modèle, les soldats et les gardes américains se prirent rapidement d'affection pour moi. Ils souriaient et riaient lorsque nous échangions, même si toute fraternisation était strictement interdite entre soldats et ressortissants allemands. Les Alliés tenaient à tout prix à débusquer les criminels nazis dans la population. Se lier d'amitié avec une Allemande était proscrit.

Un matin de la mi-juin, l'officier chargé de l'interrogatoire vint me trouver.

—Nous allons faire un voyage, m'annonça-t-il. Je pense que vous serez contente de sortir.

J'étais méfiante, mais toute occasion de quitter le camp était un soulagement, même si les conditions de vie y étaient meilleures que dans la plupart des villes allemandes.

—Où va-t-on ? demandai-je en attrapant ma veste.

—Berchtesgaden, répondit-il.

Mon cœur fit un bond avant de se serrer dans ma poitrine. Où m'emmenait-il ? Je repensai à mon oncle et à ma tante. Avaient-ils survécu à la guerre ? Je ne leur avais pas parlé depuis des années, mais je n'osais demander à l'officier de me conduire chez eux.

L'homme m'escorta jusqu'à une Jeep conduite par un policier militaire. Je pris place sur le siège voisin de celui du policier militaire pendant que l'officier se détendait et fumait à l'arrière. La journée était lumineuse, les nuages printaniers filaient au-dessus de nos têtes. Le soleil me réchauffait et, pour la première fois depuis des mois, je me sentis comme un être humain, malgré mon incarcération.

Le chauffeur prit la direction du sud et la Jeep fonça. Parfois, nous étions bloqués par des convois de troupes ou devions couper à travers champs car les routes étaient trop endommagées. À un moment donné, la circulation étant particulièrement lente, l'officier se pencha vers l'avant de la Jeep et me glissa :

—Les services de renseignement de l'armée britannique ont corroboré votre témoignage. Nous savons beaucoup de choses sur vous.

Il sourit avant de s'adosser à nouveau à son siège. Pourquoi cette confidence ?

Nous parvînmes dans les Alpes septentrionales, puis nous tournâmes vers Berchtesgaden. Les souvenirs de mon séjour dans cette ville me revinrent en mémoire. Nous voyagions sur des routes portant les stigmates de la guerre et je sus instinctivement où nous allions. Bientôt, le Berghof apparut au-dessus de nous. Je remarquai qu'il était différent : ce n'était plus la structure blanche et immaculée dont je me souvenais. Nous passâmes devant le poste de garde, désormais occupé par des soldats américains. Le chauffeur gara la Jeep et nous remontâmes l'allée criblée d'ornières, pour apercevoir bientôt le visage explosé de la retraite montagnarde d'Hitler. Des cratères de bombes criblaient le sol, les arbres avaient été dépouillés par les explosions. Nous tournâmes près du tilleul désormais dépourvu de feuilles, offert à Hitler par Bormann.

La gigantesque baie vitrée, qui faisait partie du Grand Hall où avait eu lieu mon mariage, regardait le paysage comme un grand œil creux. La silhouette d'un GI se découpait dans son cadre, sentinelle solitaire admirant la vue vers le nord. Le toit avait été arraché, le bois brûlé dans un énorme incendie, la maçonnerie noircie par le feu. L'aile est, où se trouvaient mes quartiers et la cuisine, n'était plus qu'un amas de ruines causées par une frappe directe.

Abasourdie devant tant de destruction, je m'immobilisai près de l'escalier de pierre menant au Berghof. Je ne ressentais aucune tristesse, seulement du regret devant le gâchis apporté par Hitler sur cette terre. Il avait emprunté ces escaliers tant de fois : pour monter dans sa voiture, pour accueillir les dignitaires étrangers, pour se rendre chaque jour à la Teehaus. Marches fissurées, pierres noircies, tels étaient désormais les emblèmes du Reich déchu.

L'officier me tapota l'épaule.

—Dites-moi, Magda. Comment c'était ici ?

Sa question fit naître un torrent d'émotions, comme du sang s'écoulant d'une entaille profonde. Ayant pris une inspiration pour me calmer, je commençai mon histoire. Nous traversâmes des pièces qui sentaient encore les cendres et la destruction et je lui fis le récit de tout ce dont je me souvenais sur le Berghof. Une partie de notre visite comprenait les tunnels où la collection de disques d'Hitler était demeurée intacte. Une grande partie du Berghof avait déjà été dépouillée par les forces conquérantes. Des graffitis recouvraient ses murs, signe du désir inné chez l'homme de claironner ses victoires.

Nous passâmes plusieurs heures au Berghof avant de regagner la Jeep. Le policier militaire nous conduisit à Berchtesgaden pour le déjeuner, où nous mangeâmes des rations américaines parce que les restaurants étaient sombres et déserts. Nous nous installâmes à l'extérieur de l'établissement où j'avais mangé avant de me rendre au Reichsbund. C'était là que ma vie avait changé. J'observai la rue et repérai la façade de la maison de mon oncle et de ma tante. Je rechignai à évoquer de nouveau leurs noms.

—Qu'est-ce que vous regardez ? demanda l'officier.

—Rien, répondis-je en secouant la tête.

—La maison de votre oncle et de votre tante n'est pas loin d'ici. J'aimerais aussi leur parler. (Il alluma une cigarette dont il souffla la fumée vers la rue.) Je suis désolé de vous surprendre ainsi, mais nous avons nos raisons.

Un vent, soudain froid, balaya notre table, m'obligeant à renfiler ma veste.

—Qu'est-ce que vous leur voulez ? demandai-je. Ils appartenaient au Parti, mais mon oncle est un policier et un petit bureaucrate. Il n'a pas eu de contact direct avec Hitler.

L'officier baissa ses yeux bleus sur la table, puis les reporta, durs et inquisiteurs, sur moi.

—Votre tante soutient les gouvernements fascistes avec ferveur. Nous détenons cette information à son sujet. Nous aimerions que vous lui demandiez de nous en dire plus sur ce qui s'est passé ici, en ce qui concerne le Parti.

Je détournai le regard.

—Je doute qu'elle parle.

—Vous parviendrez peut-être à la persuader.

Nous restâmes assis là quelques minutes de plus, afin d'achever les boîtes de conserve qui constituaient notre déjeuner. Puis l'officier se leva de sa chaise et déclara :

—Allons-y.

Je n'avais pas le choix.

Lorsque nous arrivâmes, j'eus peur de frapper à la porte. Sans trop savoir pourquoi, j'étais en proie à un profond sentiment d'effroi. Sur l'insistance de l'officier, je frappai et, quelques instants plus tard, ma tante répondit. Elle portait une simple robe d'intérieur. Les bijoux nazis avaient disparu de sa tenue. Poussant un cri de surprise, elle se couvrit la bouche, mais quand elle vit l'officier américain et le policier militaire, ses yeux devinrent froids.

—Que fais-tu ici ? me demanda-t-elle.

—Ils veulent te parler, répondis-je.

Tante Reina hésita quelques secondes, puis ouvrit la porte. S'étant approchée de moi, elle me murmura à l'oreille :

—Ils doivent rester dans le salon.

—Pas de messes basses, intervint l'officier devant nos chuchotements.

Ma tante, qui s'était retournée, nous conduisit tous les trois dans le salon. Nous prîmes place autour de la cheminée. Les coussins et les tapis brodés de croix gammées avaient disparu eux aussi. La pièce était unie et terne dans la lumière de l'après-midi. Le grand portrait d'Hitler accroché dans la salle à manger n'était plus là, lui non plus.

Ma tante s'assit en face de nous sur le canapé. Sans manifester d'émotion, elle m'annonça :

—Ton oncle est mort.

Je voulus m'approcher d'elle, mais l'officier m'arrêta. Le choc d'apprendre la mort de l'oncle Willy me pétrifia. Malgré les idées politiques de ma tante, j'avais de la peine pour elle, qui avait perdu l'homme qu'elle aimait.

—Il s'est pendu quand il a appris la mort du Führer, expliqua-t-elle. Il a ressassé les événements pendant des jours : une occupation américaine, la chute du Reich. Je l'ai supplié. « Les gouvernements vont et viennent », je lui ai dit.

Ses yeux se mouillèrent, l'obligeant à tirer un mouchoir de sa poche.

En tuant Hitler, j'étais partiellement responsable du suicide de mon oncle, une ironie du sort qui me frappa rudement. Mais je ne pouvais pas m'attarder sur ce constat. D'une manière ou d'une autre, Hitler serait mort.

L'officier hocha poliment la tête aux déclarations de ma tante et poursuivit :

—J'aurais quelques questions à vous poser sur la structure du Parti à Berchtesgaden.

Reina ricana.

—Allez-y. Vous n'obtiendrez pas grand-chose car je ne sais pas grand-chose.

J'entendis des bruits de pas.

L'officier et le policier se levèrent d'un bond et dégainèrent leurs pistolets.

Tournant la tête, je vis les jambes d'un homme dans l'escalier. Il portait un ample pantalon noir et des chaussures éraflées.

Ma tante se leva de sa chaise.

—Retourne là-bas ! Je t'ai dit de courir et de t'enfuir quand tu le pourrais !

—Descendez lentement, ordonna l'officier américain, le pistolet toujours braqué sur l'homme.

—Je suis fatigué de courir, répliqua l'interpellé, les mains en l'air.

Je tombai à genoux, secouée de sanglots. L'homme de l'escalier courut vers moi.

—Halte ! cria l'officier.

Mon mari se tenait devant moi. Mes jambes se dérobèrent et Karl se précipita vers moi, me releva, puis je tombai dans ses bras en pleurant. Le temps s'arrêta pendant que je m'effondrais dans son étreinte.

—Je te l'avais dit, murmura-t-il en couvrant mon visage de baisers. N'abandonne jamais.

Même ainsi, la tête sur sa poitrine, je croyais serrer un fantôme, et pourtant je sentais la chair et le sang de ses épaules et de son torse. Malgré tout, j'avais encore du mal à croire qu'il était vivant.

—Je l'ai fait pour toi, chuchotai-je. J'ai survécu parce que tu me l'as demandé.

—Je n'ai jamais douté de toi, dit-il en prenant mon visage dans ses mains, avant de poursuivre : Écarte-toi quelques secondes, mon amour. J'ai des affaires à régler.

Il ouvrit lentement sa veste pour montrer aux Américains qu'il n'était pas armé. Puis il tendit les mains.

—Je suis le capitaine SS Karl Weber et je me rends.

—Devons-nous utiliser des menottes, capitaine Weber ? demanda l'officier en entamant la palpation de mon mari.

(Karl secoua la tête.) J'ai votre parole. N'essayez pas de vous échapper, sans quoi nous pourrions être obligés de tirer.

Karl leur fit le salut militaire.

—Non, monsieur, je ne tenterai rien. Je veux être avec ma femme.

Nous quittâmes ma tante une demi-heure plus tard, après que l'officier eut établi un contact radio avec le camp. Nous retournâmes à Munich, où Karl fut immédiatement emmené par les Américains et nous dûmes attendre deux longues semaines avant de nous revoir. Nous prîmes place l'un en face de l'autre à une longue table en bois. Karl, qui portait des vêtements de prisonnier, avait la mine fatiguée, mais il semblait en bonne santé. Nous ne nous lâchâmes pas la main tout le temps que dura notre conversation.

—Je n'arrive toujours pas à croire que tu es en vie, murmurai-je. Je me pince tous les jours et je remercie Dieu pour ce miracle.

—J'y ai cru, répliqua-t-il. Je devais y croire, sinon je n'aurais pas pu continuer.

Je le regardais, la tête pleine des questions que je devais lui poser pendant le peu de temps dont nous disposions. Une, en particulier, me taraudait.

—Qui est mort au cours de cette terrible explosion et ce feu ? J'ai toujours senti au fond de moi que tu ne te suiciderais pas.

—Franz. Il ne s'est jamais remis de la mort d'Ursula, soupira Karl, le visage empreint de mélancolie. Il a été blessé sur le front de l'Est, pas gravement, mais assez pour être mis hors service pendant quelques semaines. Puis, quand l'attentat à la bombe a échoué, il savait que nous serions impliqués tous les deux. Le matin de mon départ, je l'ai retrouvé près du champ plongé où von Stauffenberg t'avait arrêtée. Il faisait encore nuit. Franz a proposé qu'on échange nos papiers, ce que j'ai accepté. Sous prétexte qu'il avait un plan pour nous sauver la vie. Je n'avais aucune idée de ses intentions. Vu qu'il m'avait embrassée sur la joue, j'aurais pourtant dû deviner ce qui allait se passer. J'avais élaboré un plan pour atteindre la voie ferrée sans être repéré et descendre les rails. Comme les gardes me connaissaient, ils m'ont laissé passer aux points de contrôle. Tout le monde était sens dessus dessous. Je leur ai dit que le Führer m'avait ordonné de pister les traîtres. Le dernier obstacle que j'ai rencontré à l'intérieur du périmètre, ça a été la clôture électrique. J'ai réussi à trouver un arbre avec des branches qui la surplombaient, un arbre qui n'avait pas été taillé. Alors j'ai grimpé dessus et j'ai sauté par terre. La forêt, la cachette d'Hitler, a joué en ma faveur. Si je n'avais pas été en chemin, j'aurais fait demi-tour pour essayer d'arrêter Franz, mais j'étais déjà loin de Rastenburg quand j'ai trouvé son message.

— Son message ?

— Oui, il était glissé dans ses papiers. Il m'y expliquait en détail comment il allait se tuer en se faisant exploser. Comme quoi il valait mieux qu'il meure plutôt que moi, parce qu'il savait que toi et moi, nous pourrions continuer ensemble. Qu'il n'y avait aucun espoir pour lui. Le corps ne devait pas être identifié, disait-il, sinon la Gestapo serait sur ma piste. C'est pourquoi sa mort a été aussi horrible. Il s'est aspergé d'essence et s'est immolé par le feu. Les flammes se sont propagées sur lui, jusqu'à mettre le feu à la bombe qu'il portait. Et il a réussi, autrement ils t'auraient interrogée. (La mâchoire de Karl trembla et il essuya une larme au coin de son œil.) J'ai essayé tous les trucs possibles pour me déguiser. J'ai dû détruire ses papiers et la note. On ne devait jamais les trouver sur moi, sinon j'étais un homme mort. Je me suis débarrassé de mon uniforme dès que j'ai pu.

Je me levai pour regarder, au-delà du garde américain, la lumière qui filtrait par une fenêtre à l'extrémité de la caserne. Au loin, le tonnerre grondait au-dessus des montagnes.

—Nuit et jour, je me suis demandé si tu étais vraiment en vie. Chaque fois que je pensais à abandonner, tu revenais dans ma tête. Un homme m'a conduit de Berlin à Spandau. Il s'appelait Karl. Quand nous sommes arrivés, il a disparu, tout comme toi. Je me suis dit que c'était un ange envoyé pour me guider, peut-être ton esprit dans le corps d'un autre homme.

Karl joignit les mains.

—Non, je suis dans le Sud depuis longtemps. Grâce aux circonstances de notre rencontre, je me suis rappelé les noms de ton oncle et de ta tante. Arriver à Berchtesgaden n'a pas été facile. Certaines nuits, j'ai dormi dans des granges et des champs. Des fermiers compatissants m'accueillaient de temps en temps. J'ai même travaillé quelques jours pour certains d'entre eux. Quand je suis arrivé, j'ai expliqué à ton oncle et à ta tante que j'étais ton mari. Je leur ai montré notre alliance et ils m'ont accueilli. J'ai menti sur ma participation à l'attentat contre Hitler, sans quoi ton oncle m'aurait dénoncé. J'ai prétendu être un espion du Reich et un bon nazi. Je les ai suppliés de ne révéler à personne que j'étais ici. Je leur ai dit que nous avions été séparés lors de la chute de la Tanière du loup, que tu étais toujours au service du Führer. La nouvelle les a réjouis.

—Qu'est-il arrivé à mon oncle ?

—Ta tante et moi avons essayé de le rassurer en lui disant que l'Allemagne continuerait sans Hitler, mais il n'y croyait pas. Je voyais ce qui se passait, mais je ne pouvais pas l'arrêter. Il s'est pendu à un pont, le drapeau nazi drapé autour du corps.

Je baissai la tête en faisant les cent pas, honteuse des agissements de mon oncle.

—Il serait en vie aujourd'hui si cet homme diabolique n'avait pas existé.

Je n'avais pas raconté à Karl tout ce qui s'était passé pendant mes journées dans le bunker et je me demandais quelle serait sa réaction. Je ne pouvais pas aborder le sujet.

—Où as-tu séjourné avant de partir vers le sud ?

—Je me suis rendu à Berlin et j'y suis resté, jusqu'à ce que les conditions deviennent intolérables. J'ai pris des vêtements que j'ai trouvés dans des bâtiments abandonnés et j'ai fait la queue pour manger. J'ai souvent souffert de la faim, car il était trop dangereux d'être vu. Et comme on pendait les gens pour vol, je devais me montrer prudent. Une fois, j'ai pris le manteau d'un mort, puisqu'il n'en avait plus besoin. Le plus dur, c'était d'éviter les soldats. Je me suis caché la plupart du temps jusqu'à ce que je comprenne que je devais partir.

Je me rassis sur le banc pour étudier le visage de Karl. Il était plus maigre ; des rides d'inquiétude marquaient profondément les commissures de ses lèvres et de ses yeux. Nous avions tous deux mené une vie bien agitée pendant notre année de séparation. Je voulais lui poser une autre question, mais je redoutais d'en entendre la réponse. Il me dévisagea avec l'air de qui savait déjà ce que j'allais demander.

—J'ai cherché ton père, précisa-t-il. Je ne l'ai jamais retrouvé.

Le garde s'approcha et nous annonça dans un allemand approximatif que notre temps était écoulé. Nous devions retourner dans nos « maisons » respectives. Je levai la main, afin de quémander quelques minutes supplémentaires.

—J'ai quelque chose à te dire, annonçai-je à Karl. Tu m'aimes comment ?

—Tu connais la réponse. Assez pour attendre toute une vie.

Secouée de tremblements, je me cramponnai à ses mains.

—J'ai été violée par des soldats russes. Je ne pourrai plus avoir d'enfants. Si tu en veux, peut-être…

Il me dévisagea avec tristesse, mais m'empêcha de poursuivre en plaquant un doigt sur mes lèvres.

—Je t'ai épousée, répliqua-t-il au bout de quelques secondes. Je t'ai prise pour la vie. Rien de ce que tu diras ne pourra y changer quoi que ce soit.

Le garde m'indiqua qu'il en avait assez de nos atermoiements et il nous fit quitter la table. Nous gardâmes les yeux rivés l'un à l'autre pendant qu'on nous emmenait.

Deux ans plus tard, Karl et moi fûmes libérés par les Américains. Nous entamâmes ce jour-là notre deuxième vie. Pour notre nuit de retrouvailles, nous fîmes l'amour et parlâmes jusqu'à l'aube. Là, je lui racontai tout.

ÉPILOGUE

Berlin, 2013

Est-ce que j'ai tué Hitler ? Maintenant vous connaissez la réponse. J'aurais seulement souhaité le faire plus tôt. Avant que les Soviétiques ne commencent le blocus en 1948, je me suis rendue à Berlin et j'ai traversé le secteur jusqu'à mon ancien quartier. Le pâté de maisons où ma famille avait vécu était encore en ruine. J'ai demandé à quelques personnes si elles avaient entendu parler de mon père, mais elles ont secoué la tête, l'air absent.

J'ai parcouru les rues jusqu'à l'ancien appartement d'Irmigard. Trois familles y vivaient, car le bâtiment avait encore des murs et des planchers, bien qu'il n'y ait qu'un poêle à bois et pas d'eau courante, un peu comme c'était le cas lorsque j'y avais vécu. J'ai demandé si je pouvais voir la pièce où la famille d'Irmigard avait logé. Une gentille femme et son jeune fils m'ont accueillie. L'appartement était le même, à cette différence près que les nouveaux résidents y avaient apporté leurs quelques affaires.

—J'ai vécu ici au début de 1945, ai-je dit.

—Quel est votre nom ? a demandé la femme.

—Magda Weber. Ritter de mon nom de jeune fille. Vous êtes de ce quartier ?

—Non. Nous étions à la recherche de mon mari, qui était soldat, et nous avons atterri ici. Nous avons eu la chance de trouver cet abri. (Sourcils froncés, elle s'est assise sur une chaise branlante.) Ce n'est pas grand-chose, mais c'est tout ce que nous avons. (Elle a fait une pause pour me dévisager.) Si vous avez vécu ici, vous devez savoir quelque chose sur cet endroit. Que s'y est-il passé ? Tous les jours, je me pose la question car je sens leur présence.

Je l'ai regardée avec inquiétude.

—De qui ?

—De l'esprit des morts. À cause de la guerre, ils sont des millions à errer sur la terre et des millions d'histoires horribles restent non racontées.

—Je vous le dirais bien, mais…

Je me suis interrompue pour lui désigner son fils.

—Rolf, va dans la pièce de devant et restes-y jusqu'à ce que je te rappelle.

Le garçon nous a quittées à contrecœur avant de refermer les portes-fenêtres qui avaient étouffé nos cris pendant cette terrible nuit. Mon récit a fait pleurer mon interlocutrice.

—La maison est remplie de tragédie, a-t-elle constaté, avant de lancer : Rolf, sors la valise qu'on a trouvée ici.

Les portes se sont ouvertes et le garçon est entré en traînant une valise déglinguée sur le sol. La femme l'a posée sur une table pour que je puisse en examiner le contenu. Ses yeux brillaient de larmes.

—Elle était dissimulée dans un coin, recouverte d'un matelas ensanglanté. Votre nom est écrit au stylo à l'intérieur. Je l'ai gardée, en me disant qu'un jour, sa propriétaire reviendrait peut-être.

—Merci, balbutiai-je en lui serrant les mains. Ce qui s'est passé ici n'a pas été plus tragique que ce qui est arrivé à d'autres.

—Je l'ai fouillée, s'est excusée la femme. J'espère que vous me pardonnerez. J'ai tout remis à l'intérieur et je l'ai fermée.

Je l'ai étreinte, puis j'ai ouvert la valise. J'avais oublié que, des années plus tôt, j'avais écrit « Magda Ritter » au stylo bleu à l'intérieur. Ma montre avait disparu, mais il restait encore quelques robes et quelques sous-vêtements. Et en dessous se tapissait mon singe en peluche. Il était resté à Berlin pour attendre mon retour. Je l'ai serré contre ma poitrine et j'ai pleuré.

—Maman, a lâché Rolf, la dame pleure à cause d'un jouet.

La femme a hoché la tête.

—C'est bien plus qu'un jouet, lui a-t-elle expliqué. Un jour, tu pleureras sur des souvenirs, toi aussi.

J'ai passé d'innombrables journées à pleurer sur des souvenirs. Je n'ai jamais retrouvé mon père. J'ai entendu dire que la Cheffe avait été capturée par les Russes. Elle a disparu de ma vie après que je l'ai laissée sur les rails du métro, sous Berlin. Karl est mort en 1995 d'une rupture d'anévrisme. Nous n'avons pas eu d'enfants, bien sûr, mais nous avons passé de nombreuses années heureuses ensemble. J'ai continué ma vie et ne me suis jamais remariée. Aucun homme ne pouvait remplacer Karl.

En considérant ce qui m'est arrivé, maintenant que j'approche de la fin de ma vie, je remercie le sort pour ce que j'ai appris. Je tiens à partager mon expérience avec autrui. Ce qui s'est passé en Allemagne durant ces terribles années ne doit plus jamais se reproduire. Même si l'humanité s'efforce de faire le bien, la cruauté demeure.

Moi, Magda Ritter, j'ai été l'une des quinze femmes qui ont goûté la nourriture d'Hitler afin qu'il ne soit pas empoisonné par les Alliés ou les traîtres à la cause. Pour autant que je sache, il n'y a eu que deux tentatives d'empoisonnement, l'une émanant d'Ursula Thalberg, l'autre commise dans le Grand Hall. Il a vécu beaucoup plus longtemps qu'il n'aurait dû.

Comme je l'ai dit au début, c'est ainsi. Les secrets que j'ai gardés si longtemps enfouis en moi devaient être libérés de leur prison intérieure. Le passé m'a assez punie. Maintenant que vous avez lu mon histoire, peut-être ne me jugerez-vous pas aussi sévèrement que je me suis jugée moi-même.

NOTE DE L'AUTEUR

L'idée de *À la table d'Hitler* est venue d'un reportage d'Associated Press publié le 26 avril 2013. Le reportage, réalisé par Kirsten Grieshaber, relatait la vie de Margot Woelk, qui avait été goûteuse pour Adolf Hitler. Frau Woelk avait tu son ancienne profession jusqu'à ses quatre-vingt-quinze ans. Elle déclarait au journaliste que, pendant des décennies, elle avait essayé de se débarrasser du souvenir de ses journées aux côtés d'Hitler, mais qu'« ils revenaient toujours [la] hanter la nuit ». *À la table d'Hitler* n'est pas un récit de la vie de Mme Woelk, même si j'ai basé plusieurs scènes du roman sur ses expériences. Ce roman ne se veut pas non plus une biographie voilée de sa vie.

À différentes périodes de mon existence, j'ai lu avec grand intérêt des livres sur le Parti nazi, Adolf Hitler et la Seconde Guerre mondiale. Lorsque j'ai fait part à une collègue de mon intention d'écrire *À la table d'Hitler*, elle m'a dit qu'elle espérait ne pas me voir transformer mon récit en une célébration du fascisme et de la vie du dictateur allemand. Je lui ai certifié que ce n'était nullement mon intention. J'ai rencontré beaucoup de personnes fascinées par Hitler, non parce qu'elles admiraient l'homme responsable de la mort de millions de gens, mais parce qu'elles se demandaient, comme moi, comment une si terrible tragédie avait pu se produire. Et, plus important encore, comment nous pourrions empêcher qu'un événement similaire se reproduise à l'avenir. Malheureusement, comme nous le savons, l'histoire se répète. Quels facteurs ont été responsables de la montée du fascisme et de son adoption par la majorité du peuple allemand ? Comment Hitler a-t-il réussi à tromper le monde ? Ce sont des questions complexes auxquelles les historiens, les sociologues et les psychologues s'efforcent de répondre. Je n'ai pas la prétention de fournir des réponses. Si, en tant qu'auteur, j'ai permis au lecteur de se souvenir, de ne jamais oublier, alors j'ai accompli ma mission.

La plupart des gens liront ce livre comme un roman, le récit fictif d'une vie à une période significative. D'autres le liront comme un pan de l'histoire. C'est à ces derniers que s'adresse l'avertissement suivant : *À la table d'Hitler* ne se veut pas un récit strictement historique du Troisième Reich. Dans son livre *Les Derniers Jours d'Hitler* (2002), Joachim Fest affirme par exemple de manière stupéfiante que les circonstances du suicide d'Hitler dans le bunker de Berlin « sont désormais impossibles à reconstituer ». Un tiers a-t-il été impliqué dans sa mort ? Les historiens spéculent encore sur cette possibilité. Cette question m'a ouvert les portes de mon roman. Elle m'a permis de placer Magda dans le bunker avec Hitler.

Pour écrire *À la table d'Hitler*, j'ai effectué les recherches les plus minutieuses possibles, cependant, les comptes rendus historiques et les chronologies divergent. Le lecteur doit savoir que j'ai fait tout mon possible pour marier l'histoire et la fiction. Pour reconstituer la vie quotidienne au Berghof, je me suis appuyé sur de nombreuses sources, dont certaines différaient. J'ai inséré des personnes réelles, aujourd'hui décédées, parmi mes personnages. Hitler avait un don pour tenir compagnie à ceux qui le servaient personnellement. Un personnage majeur du livre, la Cheffe, est un composé de plusieurs personnes engagées par le chef du Reich. Hitler a eu de nombreux cuisiniers qui l'ont servi avec plus ou moins de succès. Mon modèle principal s'appelait Constanze Manziarly, mais elle n'était pas en poste au Berghof lorsque mon héroïne,

Magda Ritter, y arrive, à la fin du printemps 1943. C'est une liberté que m'autorise la fiction.

La chronologie des voyages d'Hitler et de ses séjours dans ses différents quartiers généraux est bien documentée. Les nazis étaient, en quelque sorte, d'une méticulosité obsessionnelle. Encore une fois, j'ai essayé de respecter l'histoire, même si, pour les besoins de la fiction, il peut y avoir des cas où l'action et la chronologie ne coïncident pas nécessairement. Par exemple, j'ai placé Hitler au Berghof pendant la période de Noël 1943. Des sources affirment pourtant qu'à cette époque, il a passé des vacances discrètes à la Tanière du loup. Certains détails historiques ont été difficiles à retrouver. J'ai quelque peu avancé la chronologie concernant le camp de concentration pour femmes de Bromberg-Ost. En dépit de mes efforts, je n'ai trouvé aucune photo et peu d'informations sur ce camp, à l'exception de détails sur des gardiennes qui ont été pendues plus tard pour leurs crimes.

De nombreux lecteurs peuvent se poser la question : les soldats SS de base, la Wehrmacht et les citoyens allemands étaient-ils au courant des escadrons de la mort, des camps et des atrocités commises ? La réponse est sujette à débat. Plusieurs livres ont posé la question de savoir si tous les Allemands étaient complices de l'entreprise nazie. Ou bien étaient-ils tout simplement inconscients ? Il est indéniable que les hauts fonctionnaires et certains cadres du Parti savaient ce qui avait été ordonné, mais accuser tous les officiers, tous les membres du Parti et les Allemands est, à mon avis, une erreur.

De ce point de vue, j'ai également voulu dépeindre la situation critique du peuple allemand à cette époque. Tous n'étaient pas des nazis convaincus. Les « conspirateurs » SS et autres officiers qui ont organisé l'attentat de juillet 1944 à la Tanière du loup connaissaient des détails sur les activités du Reich qui n'étaient pas accessibles au peuple allemand. Si le public avait su ce qui se tramait, la machine de propagande mise au point par Joseph Goebbels aurait pu s'enrayer. Aujourd'hui encore, les historiens ne s'accordent pas sur les raisons de la tentative d'assassinat perpétrée contre Hitler. Était-ce parce que la guerre prenait une mauvaise tournure et que les officiers voulaient sauver leur peau ? Ou bien parce qu'ils connaissaient et abhorraient les atrocités d'Hitler ? L'histoire penche en faveur de la première hypothèse.

De nombreuses tentatives d'assassinat visant le Führer ont échoué ou n'ont jamais été menées à terme. Il s'agissait de complots parfois mijotés par des « loups solitaires », parfois ourdis par des groupes. Mes recherches m'ont appris qu'aux yeux des comploteurs, la possibilité d'atteindre non seulement Hitler mais aussi d'autres cibles importantes comptait pour beaucoup. À force de s'inquiéter de savoir qui allait prendre le pouvoir, de nombreux conspirateurs n'ont pas agi. Cette considération de taille a entraîné l'annulation de certains complots. J'ai intégré cette idée à la fiction d'À la table d'Hitler. Ce facteur s'était considérablement estompé au moment où von Stauffenberg est entré en scène.

Pour la création de ce roman, je tiens à remercier John Scognamiglio, mon éditeur chez Kensington Books, qui a cru en ce livre ; Evan Marshall, mon agent, qui a su garder fermement le cap ; et les éditeurs Traci E. Hall et Christopher Hawke, pour leur formidable maniement du stylo rouge et leurs précieuses suggestions en matière d'intrigue, d'émotion, de nuance et de chorégraphie. Comme toujours, je compte sur mes bêta-lecteurs pour leurs observations avisées : en l'occurrence, Robert Pinsky et Mike Deaton.

J'ai lu trop de livres sur le Troisième Reich au fil des ans pour les citer tous, mais la liste de quelques ouvrages majeurs de ma bibliothèque s'impose. Il existe également de nombreux sites web inestimables, trop nombreux pour être mentionnés, mais qui m'ont aidée à écrire À la table d'Hitler :

– *Le Troisième Reich des origines à la chute* de William L. Shirer ;

– *Les Derniers Jours d'Hitler* de Joachim Fest ;

– *Au cœur du Troisième Reich* d'Albert Speer ;
– *Dans la tanière du loup. Les confessions de la secrétaire d'Hitler* de Traudl Junge, avec la collaboration de Melissa Müller ;
– *Douze ans auprès d'Hitler. Confidences d'une secrétaire particulière d'Hitler* de Christa Schroeder ;
– *Hitler démasqué* d'Otto Dietrich ;
– *La Nuit* d'Elie Wiesel ;
– *The Holocaust Chronicle*, Publications International, Ltd.

Third Reich in Ruins (sur le site www.thirdreichruins.com) a été d'une aide précieuse grâce à ses photos fort utiles pour une reconstitution historique.

Afin que nous n'oubliions pas, ce livre devrait nous inciter à nous souvenir de tous ceux qui ont perdu la vie pendant la Seconde Guerre mondiale. Nous avons tendance à oublier que les événements décrits dans ce roman se sont déroulés il y a seulement soixante-quinze ans, soit trois fois rien dans l'histoire de l'humanité. Nous ne pouvons qu'espérer et prier pour que la grâce de Dieu et nos efforts sans relâche nous préservent d'événements similaires à l'avenir. Une autre guerre mondiale conduirait sûrement à notre anéantissement. Nous ne devons donc jamais cesser de surveiller ceux qui chercheraient à utiliser leur pouvoir pour détruire.

Achevé d'imprimer en août 2021
sur les presses de la Nouvelle Imprimerie Laballery
58500 Clamecy
Numéro d'impression : 108100

Imprimé en France

La Nouvelle Imprimerie Laballery est titulaire de la marque Imprim'Vert®